ばらとおむつ

銀色夏生

角川文庫 14642

この本は、母、しげちゃんの脳梗塞《のうこうそく》の看護記録と、それをとりまく家族たちの日常生活です。脳梗塞は、わりとポピュラーな病気です。それに対する私たちの対応が、助けというほどではないかもしれませんが、なにかの参考にはなるかと思い、記録することにしました。本文中に登場する人物に関しては、プライバシーを考慮して、詳細を変えております。

母、しげちゃん、脳梗塞になる

2006年、2月中旬、出張から帰ると、母が、2日前に入院したという。

兄（せっせ）が、電話では話せないと言うので、これは重い病気かと気を引き締める。兄がすぐに来て、診断書を見せてくれた。脳梗塞と書いてある。う〜む。ついに、きたかと思った。

話してくれたところによると、母のろれつがまわっていなかったので、おかしいと思い、病院へ行こうと言ったところ、なかなか行きたがらない。

本人は、様子を見るわ、と言う。でも、やはりおかしい、と思い、近くの病院へ行ったら、ちょうど脳の専門の先生がきていて、脳梗塞の症状がでているということ。で、すぐに専門の病院へ行き検査したところ、やはり脳梗塞だったので、即入院。

方向感覚もおかしくなっていたらしい。車を運転していて、左側をこすりながら走っていたり、それを不思議に思っても、見ることもせず。

前日の夜は、ちょっと近所に買い物にでて、歩いても歩いても家に帰りつかなくて、普段は15分ぐらいのところを、3時間もかかったと、あとで聞いた。

その日の夜は、とても暗い気持ちで、なかなか寝られなかった。この夜が、いちばん気が重かった。

次の日、さっそく、せっせと病院へお見舞いに行ってみた。

ちょっと、しゃべるのにろれつがまわっていなかったけど、それほどひどくはなさそうだった。

視界が左半分、ないとのこと。字も、書けない。めまいがするらしい。

待合室の公衆電話まで歩いて行って、他の兄弟(私の弟と妹)へ電話をかけ、心配しないようにと笑顔で話している。それから、一ヶ月ほど入院して、退院した。


しげちゃんの家には、去年から一緒に住みはじめた、しげちゃんの兄、タダオさんがいる。

その人とは、私も4年ほど前に初めて会ったのだが、それまでの60年間、精神病院に入院していたという。戦争から帰ってきてから頭がおかしくなったのだそうだ。いったい、なにがあったのだろうか。よっぽどイヤなことが……?(のちに、戦争に行く以前から、やはりおかしいところはあったと聞いた。けれど、たいへんにやさしい心の持ち主で、子どもの頃から姉妹にとてもやさしかったそう。)

そして、去年の夏に、その精神病院がなくなったので、しげちゃんがここへ引き取ったというわけらしい。けれど、見た目はそれほどおかしくは見えない。おとなしく、礼儀正しく、おしゃれさんで、しげちゃんよりもよほどまともな人に見える。でも、話すと、たしかに、ひとことふたことまではいいのだが、それ以上になると、へんなことを言い出す。

私にも、いつか、「この家の柱を普請しようと思っているんですよ」「東京へ行くんですか？　電電公社に2千万円の貯金があるんです」などと真剣に言っていた。妄想型らしい。人に危害を加えたりはしないが、日常生活をひとりでやれる、どうにかぎりぎりのところだと思う。生活費は、2ヶ月に一度、もらう年金。そのおじさんと母は、築100年ほどのぼろぼろのこの家に、この半年ほど、ふたり暮らしをしていたのだ。

せっせは、独身で、なにをやっているんだか、いつもせっせの住む家（しげちゃんの家から歩いて5分ほど。元店舗だった建物で、これまた古くてでっかい）の中で忙しそうにしていて、時々、しげちゃんの用事を手伝ったり、私がお願い事をすると、幅広いジャンルのことをひきうけてくれるので、大変重宝な人物だ。外に働きに行っていないのでヒマだから、僕がしげちゃんの面倒をみるよ、と言って、入院中も洗濯物など、3日に一度は見舞いに行って、あれこれやってくれた。

さて、母は退院後、食欲がなく、食事を少ししかとらなかった。せっせが心配していたが、お菓子を食べたら、それで満腹になって食事を残すようだ。そして、ずっと寝ている。とても寒く、こたつに入ったまま眠ってしまい、風邪をひいたり、体調がどうもよくない。ぐったりしている。その部屋自体、暗かったし。やけに、しんき臭い。どんどん生命力がなくなっていくようで、これは、もうダメかもと、せっせと話したりした。

ある日、食欲がないうえに、吐き気がして、これはさすがにおかしいと、せっせが病院に連れていったら、高血圧からくる症状かもしれないということで、吐き気がおさまるまでもう一度入院しましょう、ということになった。(吐き気の理由がわかりました。タダオおじが作った得体の知れない食べ物を、せっせがそれと知らずにしげちゃんに食べさせてしまい、その味のまずさに、らしい。)

そして前よりも言葉がしゃべれなくなっているので、検査したら、ふたたび梗塞がおこっていたそうで、これが2度目の梗塞部分ですと、先生がレントゲンをみせてくれた。新しく梗塞が起こった血管の箇所が白く見える。小脳の下の辺りの血管でレントゲンにうつらないぐらい細くなっているというところをみせてもらった。手術するという手段もあるけど、それも危険を伴うというので、手術はしないことにする。

その後、お見舞いに行くたびに衰弱しているようで、流動食になったり、点滴をしていたり、おむつが棚においてあったりで、もうこれは本当に死に向かっているなと、思った。ほとんど寝ていて、ひとりでは歩けず、歩く時は、4本足の杖《つえ》を移動させながらどうにか歩いている。

せっせと、今後のことについていろいろ相談もした。もし亡くなったら、ということなど。食事をとらないということは、もうその人は、自然と死に向かっているのじゃないか……。

本当に、このころは、死ぬことを覚悟して、会いに行っていた。

が、一ヶ月ほどたつと、だんだん顔色もよくなっていった。

一時は危険かと思ったけど、どうやら、そこは越えて、生きのびたようだ。

そして、性格は変わらず、相変わらず、きついジョークを飛ばしている。本人は気のきいた冗談のつもりだろうが、人にはそれがジョークとわからないので、この人は、なんてきつい人なのだろうと、思われているようだ。

ある日、となりの患者を泣かせたらしい。それも、心理作戦で。

お見舞いにきた娘さんがかいがいしく世話をしているのを見て、娘さんが帰ったあと、「いい娘さんをもっておしあわせね」と、琴線にふれることをわざと言ったら、泣いたわ。計画通り。ふっふっふっ、とまわらぬ口で言いながら笑っていた。

せっせが、介護記録を、兄弟たちにメールで送信してくれるそうなので、以下、そのメールと私の文章とをおりまぜます。

4月初め、弟と妹が子どもを連れてお見舞いに来て、まあまあ安心して、帰っていった。

『4月18日（火）しげちゃんの近況

しげちゃんの近況は、とても良い感じです。かなり元気になってきました。まだ歩行は困難ですが、4本足の杖があれば、なんとか移動できるようです。血色も良く、ぐあいも良さそうで、まだまだ死にそうにはありません。

現在、介護保険の申請中です。介護保険の介護度などが出るのは、まだ時間がかかりそうです。でも、退院はそろそろではないかと思います。しげちゃんもお医者様からそう言われたと喜んでいました。退院する時のために、オーストラリアに着て行ったオーバーとジャケットを持ってきてくれとたのまれました。でももう4月ですから、必要はないと思います。

昨日は偶然、しげちゃんの昼食にぶつかりました。私が考えていたのとかなり近いメニューでした。これなら何とかなると思います。

皿1　白身魚の切り身2枚、野菜（キャベツ、人参《にんじん》）の炒め物
皿2　揚げ豆腐、大根おろし
皿3　卵スープ、蟹《かに》カマ入り
ご飯　おにぎり（小）二個　ヤクルト

いきなりヤクルトから飲もうとしたので、それは止めさせました。手伝いながらですが、以上をほぼ完食でした。とにかく甘いものを先に食べさせないことと、やわらかいたんぱく質の豊富な物を中心にすれば良いと思います。

あと、塩分をがんばって減らすこと。血圧の高いしげちゃんには重要な事だと思います。

通販で湯たんぽと足首に巻くおもりを購入しました。しげちゃんが病院でやっているリハビリで使っているものと似たやつです。家に帰ってきたらリハビリをやらせるつもりです。もちろん無理の無い程度にですが。すこしは動かないとおなかも減りませんし。

それでは、また報告します。』

ずいぶん普通の食事ができるようにまで、なった様子。

退院の話も出始めた。今度、退院したら、せっせがきちんと管理して面倒をみるそう。

古くて暗い今までの寝室で寝るのはやめて、離れのような部屋（私たちが一時、借りていたところ）があるので、そちらに拠点を移して、手すりをめぐらして、介護用ベッドを購入して、せっせもそこへ引っ越して、お世話してくれるという。

『4月20日（木）

今日はしげちゃんの病院に行ってきました。

元気にリハビリしてました。あの4本足の杖でいちに、いちにと歩いてます。歩けるのですが、方向がわからないらしく、トイレに行っても、帰りの方向がわからなくて苦労しているみたいです。食欲もあるみたいで、食事は完食するとのことでした。今日はカレーと、おにぎりと、酢の物などでした。酢は血圧を下げるらしいので、たくさんとるといいらしいです。そういえばしげちゃんは酢っぱいものが嫌いでした。やはり血圧が高いのは食事が影響しているかもです。

退院後のリハビリは近くのQ病院でやることになるかもしれません。私はあの病院の次男坊と同級で、いまでは医者ですが、昔あいつはちょっと不良だったと記憶しています。それでQ病院はあまり使いたくないのですが、他は遠かったり人がいなかったりで、条件があわなそうです。それでは。』

兄弟姉妹のみなさん、またセッセが妙なことを言いだした気がしますので、みなさんのご意見をお聞かせください。セッセという人は、時々、かたくなに、奇妙な自説を主張することがあるというのは、皆さんご存じだと思います。

（かつての香港旅行の一件が、よい例。

妹としげちゃんが、お腹をこわしてホテルの部屋で苦しんでいた時、妹が、何も食べられず、飲めず、うなっていたのですが、ふと、オレンジジュース……、オレンジジュースなら、飲める……オレンジジュースを飲みたい……と、言いました。

よかった！　助かった！　と思い、すぐにオレンジジュースを注文しようとしたところ、セッセが、「えっ？　オレンジジュース？　だめだ、オレンジジュースは胃に悪いから、飲んじゃだめだ」と言い出しました。

「だって、飲みたい、って。それなら飲めるって……。なんか飲まないと、脱水症状に……」と、私が言うと、

「だめだ。飲ませては、いけない。胃に悪いから、オレンジジュースはダメだ」と言い張りました。そして、言い合いにまでなりました。

でも、どうにか頑張って、オレンジジュースを飲ませたら、それから急速に快復していき

ました。妹も、のちに、あの時のオレンジジュースが、ほんとうに、体中にしみわたって、生き返った、と言っていました。）

このことを、まず忘れないように心に刻んでおいてください。

で、しげちゃんが、だいぶよくなってきて、今月末には、退院できるかもという状況になってきました。離れの改装も、順調に進んでいて、今日、見せてもらったところ、お風呂《ふろ》場の床がつめたいので、スノコを張り、部屋の壁には手すりをつけ、介護用ベッドに、テレビ、リハビリ用のおもりなど、着々と生活の準備ができていました。すべて、せっせの製作です。廊下から庭に下りられるように、踏み段もつけるそうです。わざわざ引っ越して、介護のための準備をしてくれて、本当に、ありがたいです。食事のことや、リハビリセンターのことも、あれこれ調べているようです。

さて、ところで、てるくんの妻、なごさんとその母上が、お見舞いに、6月ごろに来たいと、てるくんから話があったそうです。ああ、それなら、ついでにどこか、温泉にでも招待しようかな、と、私が言ったところ、セッセが、「僕も考えたんだけど、もし、もうちょっとよくなってたら、」と言うので、「ああ、一緒に温泉に連れて行くっていうの？でも、おむつしてるんだったら、大変だよ。なにがあるかわからないし」と、言いましたところ、

「そうじゃなくてね。わざわざ金沢から来てもらうのは大変だから、僕が車で金沢まで、しげちゃんを連れていこうかと思って」

……僕が車で金沢まで、しげちゃんを連れていこうかと思って……

兄弟姉妹のみなさん、どう思われますか？

2度目の脳梗塞《のうこうそく》に、先月、見舞われた、梗塞ほやほやの母です。

食事をぼろぼろこぼすから、エプロンをしてようやく食べてて、方向感覚もあやしく、視界も半分になった、しかも、おむつ、の母です。

ついでに、福岡、大阪、奈良の親戚《しんせき》をまわって、挨拶《あいさつ》をさせるとも言っていました——。

みなさんの意見を、ぜひ、お聞かせください。

驚いた自分の感覚が、正常なのかどうか。

私からみたら、あまりにも非常識に思えるのですが、もしもそうだとすると、今後の兄の介護生活の、かなりの独走ぶりが、目に浮かびます……。

姉より

「輝彦（弟）です。

兄貴は、ホントによくやってくれていると思います。心から感謝しています。

さて、今回の件ですが、最初に読んだときに、兄貴は冗談で言ったんだろうと思ったのですが、香港旅行の部分をよく考えると、冗談ではないとわかりました。

兄貴の行動には、2つ問題があると思います。

1・複数の要因が重なっている場合に、自分がもっとも重要と考えた項目が最優先となり、他の要因とバランスをとるということが苦手

このとき、〝楽〟よりも〝身内の我慢〟が重視される
2・相手に自分と同じ判断基準を強要（＝相手の立場で考えるのが苦手）
〈香港旅行の場合〉
●問題の要因
A．妹がおなかを壊して、何も飲み食いできない
B．オレンジジュースなら飲めるが胃に悪い
●分析
この2つの要因に対して、兄貴の行動パターン〝1〟は〝B〟を選択
この時点で、〝A〟の問題は軽視。
※ただし、〝オレンジジュースが胃に悪い〟は兄貴の偏った考え
さらに兄貴の行動パターン〝2〟は、何も飲み食いしてない妹の立場になることができない。おそらく兄貴にとっては、1〜2日の絶食は問題ないため、妹も大丈夫だろうと考えたのでしょう。でもそれは、兄貴だからであって、一般人には無理。

では、金沢の場合に当てはめると。。。

〈金沢の件〉
●前提
なごみと金沢の義母《はは》がおふくろのことを心配している。

昨年、なごみ父が亡くなったときに金沢まで来てくれたことをとても感謝している。

脳梗塞で、おふくろが大変であることは十分承知している。

脳梗塞の進行具合によっては、挨拶もできなくなるかもしれない。

以上の理由で、できるかぎりおふくろに負担を掛けないよう、お見舞いしたい。

それには、宿をどこかに取っておいて、日中の短い時間、おふくろの居る場所に行って、お見舞いするのがいい。

ということで、兄貴にはおふくろの調子のよさそうなタイミングでお見舞いにいきたいという話をしました。姉貴も金沢の立場であれば、同じように考えると思います。

●要因

ところが、サービス精神にあふれる兄貴は、金沢側が大変だからと兄貴なりに考えてくれました。そこで以下の2つの要因を検討したことと思います。

A．なごみ母にご足労かけないよう、おふくろの方を金沢まで連れていく

B．おふくろは脳梗塞でリハビリ中

●分析

ここで兄貴の行動パターン〝I〟はあろうことか、〝A〟を選択
しかし金沢側の気持ちを考えると、そんなことしたら、相手が困ると考えそうなものだが、兄貴の行動パターン〝2〟はその考えに至らない。
自分（身内含む）が〝我慢〟さえしていれば、相手に迷惑かけることはないと考えているのでしょう。

この話で、もっとも懸念されることは、〝我慢〟がおふくろに強要されるかもしれないということですね。。。

タイキが公園に連れて行けとうるさいので、あとで続きを出します。

では。」

「テルくんへ
ハハハ。テルくんから、やけに丁寧で技術系の人らしい返事がきたので、感心しました！

まあ、本当には、行かないと思いますよ〜。

ただ、その発想が、あまりにもうけたんで、みんなに教えようとね。

しげちゃんの様子を見て、具合がよさそうだったら、遊びがてら、金沢のお母さんの都合のいい頃に来てもらう、というのがいいと思います。

ぜひ、温泉へ、行きましょう！　と、伝えておいてください。

まあ、今後、兄からの近況と、この姉からの近況をふたつあわせて2で割って、様子を想像して読んでいってください。退院したら、私もちょこちょこ見に行って、報告します。

なによりありがたいのは、セッセがやる気でいることと、しげちゃんとは、なんだかんだいって、いいコンビだということです。

これは、よかったですよね。私だったら、こうは密接ではないでしょうから。

ではでは。カンチンはゲームしながら、サクをいじめてます。雨です。　姉より」

（タイキとは、テルくんの息子。

これから私からも近況報告をすると書いたのに、けっきょくこれ1回でした……。）

「輝彦です。

あと5分、5分と仕事のメールを返してたら、姉貴から返事が来ました。

なるほど、メールだと雰囲気がわからず、まじめなメールになっちゃいました。

ちょっと反省。また、サクちゃんやカンちゃんと遊びたいっす。

タイキはもう限界、公園いってきます。では。」

今、セッセがきたので「本当には行かないよね？」と聞いてみたら、

「いや、様子を見て、行こうかと思う」と言ってました。なんか本気らしいです。まあ、まかせようと思います。とにかく、やれることは、どんどん先にやってしまおう、というタイプなので。先日亡くなった、奈良のおじさんの墓参りにも行かなくては、と思っているらしいです。

ふたりで、旅をするのも、あんがい、オツかもしれませんね。フフフ。

年老いた母と、孝行（？）息子の、人生の終焉《しゅうえん》を飾るふたり旅……。しなくてもいい苦労を強いられそうですが、ふたりには、それでいいのではないでしょうか？

（でも、しげちゃんが、行かないと言うと思いますけど。）

そういえば、しげちゃんが寝たきりになったら、南の島に行って、ふたりで暮らそうと思う、と、つねづね、セッセは言っていましたが、冗談か、ただの願望か、と思って聞いていましたが、本気だったようですね。この感じだと。さわらぬ神にたたりなし、とはこのことかも。

ちなみに、その金沢までの車の旅のことをカンチンに話したら、「ダメ。死ぬ」と言ってました。これが正常な感想でしょう。

では。セッセは今、サクとカンチンとテレビゲーム中。「ファイナルファンタジー」。

さて、セッセという人について、ちょっと説明させてください。兄です。48歳。独身。かつて実家の店舗だった大きな建物、今ではボロボロの幽霊屋敷みたいな家にひとりで居住中。技術系の会社で働いていたが、父が亡くなった15年ほど前に故郷に帰り、家のアパート管理や土地の管理をしていた。

が、元来、人づきあいが苦手で、小さい事を異常に気にやむ性格なので、アパートも閉鎖し、今は、なにをしてるんだかわからないが、いろいろと手伝ってくれるので、重宝している。閉鎖したアパートで、きのこ栽培をしたらどうだろうなどと言ってたこともあった。ハミガキに異常に熱心で、1〜2時間磨く。そのせいかどうか、食事は、1日1食。なに食べてんの？　と聞くと、まあ、いろいろと自分で作って、と、いつも何も教えてくれない。かなりの秘密主義。しげちゃんが、今回、脳梗塞になったということで、退院したら看病するため、実家の離れに引っ越して、介護のための準備をいろいろとしている。苦にならないらしい。僕はひとりだし、時間もあるし、と言っていた。

「私は、なんか、母親とは、やりのこしたことがないというか、清算が終わってるような気持ちがするんだけど、セッセはまだ終わってないんじゃない？　だから、やった方がいいよ」と言っといた。

私個人の意見では、介護って、体をあつかうことだから、専門的な技術を習得した人にやってもらった方が、本人も気持ちがいいのではないかとも思う。身内で看《み》てあげたいという思いはわかるけど、いろいろな痛いところや加減を知ってる、専門の人の方が気持ちいいんじゃないかなと。で、お風呂《ふろ》や、日々のケアをやってくれる人をさがす？　と提案したところ、セッセが、いや、僕で大丈夫だと思う、というので、まかせることにした。

「しげちゃんの世話をするのが、苦じゃないし」と言う。そういえば昔から、異常なほど責任感が強かったなあ。季節は、春。いい気候です。

「君にお願いしたいことがある。

退院したら、お菓子をあげないでおいて欲しいんだ。」

「1センチ角でも？」

「できれば。」

このあいだ、お見舞いにいった時に、アメを2個あげたんだけど、それ以来、食事を残すようになったのは、そのせいだと、いたくおかんむり。せっせに、怒られた。

私がお見舞いに行こうかな〜と言うと、僕も行く、と言うのは、お菓子をあげないように目を光らせるためだと思います。

『4月23日（日）

しげちゃんの症状について、追加しておきます。

しげちゃんは脳梗塞《のうこうそく》でしたが、麻痺《まひ》は残りませんでした。普通、脳梗塞をおこすと右か左に麻痺が出るのですが、しげちゃんにはそれが出ませんでした。しかし、しげちゃんの手足は動くのですが、方向という事でかなりおかしくなってます。

トイレから出て、自分の病室に帰るとき、4足の杖《つえ》を使いながら、よいしょよいしょと歩いて「竹」まで歩くというんです。「竹」ってなんだろうと思ったら、病院の廊下にずっと廻《めぐ》らしてある手すりの事でした。手すりは緑色なので竹なんだそうです。竹まで歩いたら左に曲がり、広い廊下に出たら今度は赤い消火器を探して、そちらに歩くと病室だそうです。しかし、消火器は廊下の左右どちらにもおいてあるので、この方法では自分の病室には帰れません。

普通の人間はトイレに行ったら、何も考えずにもとの所に帰れますが、しげちゃんは目標を探して、そこから方向を考えないと帰ることもできないんです。

そのうえ消火器のように左右にあって、目標にもならないような目標を設定したり、どうもおかしいです。麻痺は残らなかったけれど、かなり基本的な所が壊れてる感じです。今日はしげちゃんの症状についての追加でした。』

そう。緑色の手すりを、竹。消化器のところの赤いランプを信号、と呼んで目標にしていました。

『4月24日（月）
今日は病院にいってきました。元気そうでした。歩くのは杖をついて、大変そうでしたが、痛いところもないし、気分もよさそうです。めまいなどもあまりしないと言ってました。
以前の入院の時は同室の人と仲良くなって、退院後、贈り物を考えるほどだったのに、今回はあまり仲良しさんがいないのか、贈り物を5つほど持って入院したのに、いまだに人にあげていません。それどころか隣のかなり言語の不自由な人とは喧嘩《けんか》なんかしてるらしいです。「親切な娘さんだね」と言ってわざと泣かせたとか言ってました。
あまり楽しみが無いのかもしれません。今日とったデジカメの写真を送ろうとおもいます。』

『4月26日（水）

今日はしげちゃんの退院について話すため、病院に行ってきました。

私の希望としては、4月中に退院と思っていたのですが、リハビリが大事だといわれて、退院を5月の半ばごろまで延ばすことになりそうです。しげちゃんは今月ぐらいで退院したいと言ってましたが、あまりあわてて退院して、また悪くなっても困りますし、今回は慎重にいこうと話してきました。しかし、しげちゃんにとっては退院よりも甘いお菓子の方が重要らしく、とりあえずなにか土産を持って来いと言ってました。

看護師さんたちにも叱られたらしいです。他の患者も、しげちゃんがお菓子を食べてはいけないということを理解しているらしく、

「あなたが私がお菓子を食べるのを見てるのはわかるけど、あなたのためを思っておすそ分けはしないのよ」と言われたらしいです。他の患者さんもしげちゃんが看護師さんから怒られるのを見て、よく知っているのだと思いました。看護師さんたちにチーズ饅頭《まんじゅう》を買っていったのですが、それを何個か私によこせと言ったので、即座に断りました。

教会の人が見舞いに蕨餅《わらびもち》を持ってきたとき、あっという間に1箱あけてしまったらしいです。今でも看護師さんたちにものすごい速さで食べてしまったと言われるそうです。

なんとなく愛煙家のタバコのような存在に思われます。でもしげちゃんは食が細いので、お菓子なんか食べると、てきめんに普通の食事を食べなくなってこまるんです。

少なくとも退院後数ヶ月は甘いお菓子厳禁と思ってます。体調はなかなかよさそうで、痛

いところや苦しいところはないそうです。症状としては退院してもかまわないところまできているのですが、リハビリのために、も少し入院という感じです。それではまた。』

『4月27日（木）
しげちゃんは左の視野がありません。右目も左目も左の方が見えないのです。そのため左側に立っても、しげちゃんには見えないかもしれません。なるべく右側から近づくようにしたほうが良いです。
今日、ゲートボールの最中に、84歳の老人が突然死んだそうです。まことに幸せな死に方だとうわさでした。誰にも迷惑かけず、介護にもならずに、自分の好きなゲートボールのプレイ中にあの世にいける人もいるんだなと思いました。特に最近はしげちゃんの事があるので、年寄りの死に方みたいなニュースには敏感です。』

『4月28日（金）「ばらとおむつ」第1号
メールに題名を仮につけることにしました。また、番号をふります。そうすれば受信できない事故なんかの時に役に立つと思います。
私は悩んでいました。しげちゃんを4月中に退院させようと思っていたので、退院の時に病院の職員に配る記念品をどうするか困っていたんです。近くの記念品店が休みだったので、この町の記念品店なんかを探してみるつもりでした。この前の退院の時はハンカチを

40枚配りました。今回はしげちゃんがボールペンなんかを理学療法士の皆さんなんかに配ろうかなどと言ってました。

「ボールペンかぁ、40本でいくらぐらいになるんだ?」などと思ってたんですが、どうもピンと来るものがありません。困り果てて病院に行ってしげちゃんに相談しました。

「退院の準備だけど、病院の皆さんに配る物はどうしよう?」

「私はね、お金を1000円か2000円、包んで渡せばいいと思ってるのよ」

――げ、現金かよ、しげちゃんグッドジョブ。それだよ、
――最高のアイディアだ。一番簡単だし、準備が楽だ。
――ろくに歩行もできず、オムツなんかはいてるにしては
――冴《さ》えてるじゃないか。2000円ぐらい入った熨斗袋《のしぶくろ》
――をもらった看護師さんや理学療法士さんの苦笑いや
――当惑が目に浮かぶようだ。

「15人ぶんぐらいなら2万円ぐらいだから、2万円をのしに包んで誰かに渡して、皆で分けてくださいって言えば良いんじゃないかと思うのよ」

――いやいや、しげちゃん。それはまずかろう。とりあえず
――2000円ずつ包んだ熨斗袋20ほど用意するから、
――それを退院前に皆にあんたが配りなよ。いやほんとに

ほっとした。これで退院の準備はすべて解決だね。
――脳梗塞で脳が破壊されたと思ってたけど、案外
――いままで良いアイディアをだすのを阻害していた部分が
――破壊されて、頭がよくなったんじゃないか？
今のところ、しげちゃんの退院は5月16日周辺を目標に考えています。準備はちゃくちゃくと進んでいます。それでは、また。』

『4月29日（土）「ばらとおむつ」第2号
恐ろしいものを目撃しました。いくらここが田舎でも時々車が走ってます。その通りの真ん中を電動車椅子が走ってました。ほんとに中央線の真上をです。遠くから見てましたが、思わず
――おーい　誰か警察よべよ――
と心の中で叫んでしまいました。車が後ろから迫ってきます。
そこで、車椅子がさらにとんでもないことを始めました。右折です。あのハルモト商店の前の大きな交差点を中央線から右折です。おそらくアルツハイマーの症状が進んだおばあさんだったのでしょう。だったら、あんなのに乗せるなよう。
結論。しげちゃんには絶対電動の車椅子を使わせない。

あの電動車椅子が近くのドラッグストアに18万8千円で売ってるのですが、ちらっとでもこれをしげちゃんに与えようと思った私が馬鹿でした。車であれほどひどい運転をしていたしげちゃんがまともに運転するわけがありません。電動車椅子なんて、

――だめ、絶対――　です。

でも退院して、ある程度快癒したら、電動車椅子を欲しがるだろうなあ。なにしろ自転車と同じぐらいの車椅子がここには走ってますからね。でも左の視野が無い婆さんが公道を走るなんて恐ろしすぎです。しげちゃんには自転車もだめでしょう。とにかく自分の足より速く移動できるものは全部だめです。ちなみに4本足の杖《つえ》は2組注文しました。庭歩きにひとつ、室内用にひとつです。

あの人は4本足の杖でどこまで歩くだろう？』

『4月30日（日）「ばらとおむつ」第3号

昨日は病院に行ってきました。しげちゃんは元気だったです。症状は良くも悪くもなってません。安定しています。あとはリハビリでだんだんと機能を回復していくだろうと思います。

しげちゃんの隣には、しげちゃんより症状の重い脳梗塞《のうこうそく》の患者がいます。

この人としげちゃんはとても親しく喧嘩《けんか》しているようです。私がしげちゃんに「退院しても教会にはつれていかない、宗教は嫌いだ」と言ったら、隣の人が回らない口でヒイヒイ笑っていました。そして不鮮明な言葉で必死にしげちゃんに何か言っていました。おそらく「あんまりカルトな宗教に熱心なのはおかしいわよ。カルトな宗教はちょっと考えたほうが良いんじゃない？」みたいなことだったと思うのですが。しげちゃんは笑いながら

――なんかへらへらいうとるわ――

とあいての言葉に被《かぶ》せて言ってました。

普段のしげちゃんからすると、びっくりするほどぶしつけでした。かなり言葉の回らない脳梗塞の患者には侮蔑《ぶべつ》的な言い方でした。ふたりはきっと普段からこんな平和で陰険な喧嘩で退屈をまぎらわせているのでしょう。おたがい率直に相手にものを言い過ぎて、大喧嘩みたいな関係と見ました。まあ、病室で2ヶ月も同じ相手とだけ話をしていると、みんなおかしな人間関係におちいるのでしょう。

あと、しげちゃんは最近、本が読めないそうです。本を読んでも意味がわからないそうです。あんなに小説が好きだったのに、かなり怖いです。そこで、「まんがで判る株取引」という本を家から持ってきてほしいそうです。もしかしたら漫画なら理解できるかもとのことでした。それ以外の、ものごとの理解はおおむね良好で、「ぼけ」とかはあまり感じません。ちょっとひっかかる事はあるのですが、それはこの次に紹介します。

娯楽はテレビだそうです。テレビなら理解できるそうです。でも寝ている時間も長いそうで、「薬の影響かもしれない」と言ってました。』

別にカルトな宗教ではありませんよ。でも、この辺には信者がまったくといっていいほどいなくて、現在は、しげちゃんと、しげちゃんがひっぱってきた少々判断力のあやしい人々3人ぐらいしかいません（含、タダオおじ）。

「5月1日（月）
輝彦です。ケンカも脳を刺激するのにいいかもしれませんね。
「株の本」も効果あるんじゃないでしょうか？　ツルばあちゃん（祖母）は、亡くなる前の病院で、殆《ほとん》ど意識がない状態でも、ノシブクロを持たせると、よろこんでいたらしいです。つまり、お金は、脳を刺激させると。では。」

『「ばらとおむつ」第4号
病院の食事の中でしげちゃんが一番好きなものは卵の詰まった「ししゃも」だそうです。やっぱりなと思いましたよ。「塩分が多いんじゃない？」と聞いたらやはり塩からいそうです。そのため、あまり出てこないらしいですが、とてもおいしいそうです。
しげちゃんは病気になったので、退院したら食事に注意すると口では言っているのですが、ほんとに退院したら、絶対塩分と砂糖の多い食事をとると思います。あの人は自分の欲求には正直な人ですから。

前回の経験からしても、ちょっと醬油漬《しょうゆづ》けのものを食べて、あとは甘いお菓子を食べて食事は終わりとするつもりです。たんぱく質をとらないので、あっという間に吐き気がやってきて、何も食べられなくなり、ますます偏った食事になります。

しまいにはお菓子をちょっと食べて終わりでしょう。それでは長くは持ちません。前回はわずか3日でした。こんどは、しげちゃんの食事はもっと注意して準備しようと思ってます。目標は現在しげちゃんが病院で食べている食事です。

しげちゃんは量はあまり食べないので、バランスを考えておかず3皿ぐらいをちょっとずつ準備すればいいかなと思ってます。いちばん考えたのは一日の塩分量でしょうか。病院の食事のメニューを写したのですが、一日の塩分量が7グラムというのはかなり少ないです。

普通に減塩とかいうときは、目標10グラム以下です。それより低い塩分量ですから、かなり注意が必要だと思います。あとは、食事を食べさせるために、お菓子を食べないように注意する。無理しない程度にリハビリ運動をさせる。ししゃもはなるべく出さない。まあ、注意する点さえおさえれば、なんとかなるだろうと思っているのですが。

メニューも一般的で、鳥肉のソテーやきんぴら牛蒡《ごぼう》なんかですし。』

『5月2日（火）「ばらとおむつ」第5号

まず、このメールの題名からはじめます。

最近しげちゃんのおむつがとれそうみたいです。おむつをしたりしなかったりみたいなんで、時々失敗もあるんでしょう。おむつがとれるとなると、題名のおむつは変更しないといけないかもしれません。薔薇《ばら》と何にしましょうか？

今日はみきと一緒に病院に行ってきました。みきはしげちゃんにお菓子の小さな塊を食べさせました。しげちゃんは大急ぎで小さな塊を食べて、嬉《うれ》しそうでした。こぼした小さなこぼれも拾って食べてました。写真は、こぼれたやつを拾っているところです。そしてしげちゃんはぼそりと言いました。

「むすこなんか、来てもダメよ。私にお菓子を持ってくるどころか、ここにあるお菓子までみんな持っていくのよ、、、」

私はどうせ覚悟していたことなので、なんと言われても悪役に徹しようと思います。私みたいな、しげちゃんの要求を阻止するような存在もいないと、どんどんだめになっていくだけですから。おそらく私の用意する食事にも文句がでると思います。なにしろ塩と砂糖を使わないようにしようと思ってますし、その上しげちゃんが嫌いな酢を多用しようと思ってますから。でも、それは必要なことだと思うし、なんと言われてもやるべきだと思っています。そんな時、しげちゃんにお菓子をあげて、しげちゃんから感謝されている人を見るのは、孫にお菓子をあげて、孫のおかあさんに怒られているじじばばを見る思いです。

まんがで判る株取引の本を持っていこうと思ってさがしたのですが、見つかりませんでした。まあ、この家で探し物は見つからない確率の方が高そうなので、どうしても見つからなければアマゾンで発注しようかと思ってます。それでは、またね。』

「スミレとへそ曲がり」というのはどうだろう（みきとは、私のことです）。

しげちゃんのお見舞いに、ひさしぶりに行ってきました。顔色もよく、元気そうでした。口も達者で、ツンツンしている看護師さんに、ツン子さん、というあだ名をつけて、あら、今日《きょう》は、ツン子さんは？　なんて、他の看護師の人にたずねたりしているらしいです。

『5月4日（木）「ばらとおむつ」第6号

今日は一日中田んぼを耕していました。かなり大変です。

これから米作りはどうしようかと思ってます。現実には米は買ったほうが安いぐらいですし、しげちゃんはおそらく何の作業もできないでしょうし。本音はもう米作りは止めたいです。でも、それではしげちゃんは納得しないでしょう。とりあえず今年は私がなんとか米をつくろうと思います。はたして素人でどうなるか判りませんが、もともと米からの収入なんて期待していないので、失敗しても問題はありません。

しげちゃんは病院での食事をすべて食べてくれるので、なんとかこの調子で食事を食べてほしいと思ってます。今、いろいろ高血圧の人の食事をインターネットで調べているのですが、やはり減塩とたんぱく質を取る事を勧めていました。あんまり手をかけるのは大変なので、いかに手軽に高血圧に良い食事を作るか、考えています。椅子が動くので、安定させるためにテーブルをしっかりとつかんでいます。それでもベッドから出て、テーブルで皆と一緒に食事ができるのだから、良いほうでしょう。

この日も食事を完食し、最後にヤクルトを飲んでました。あまりものの味がわからなくなったと言ってましたが、ヤクルトは容器がちいさいので味がわかるそうです。だからコーラなんかも味がわかるようにちいさい容器に入れたら良いなんて言ってました。』

『5月5日（金）「ばらとおむつ」第7号

じじばばには孫がほんとにかわいいらしいです。

この前皆さんが子供をつれてお見舞いに来てくれたときしげちゃんは、ほんとに喜んでいました。帰った後でも嬉しそうにそのことを話していました。

でも、愛はいつも一方通行

さくは、いとこと遊べてとても楽しかったと言ってました。皆が飛行場に向かう高速に乗ってしまうと、

「こんどはいつ会えるかなあ、早くまた会いたいな」と言ってました。

「いつだろうね、さくが東京に行った時にあえるかもよ」

「えー、もっと早く会いたいな」

「まあ、しげちゃんが急に死んだりしたら、お葬式には皆来るかもしれないけど、、、」

さくはここで、手を合わせて。

「そうなの？　じゃあ、しげちゃんが早く死にますように。死にますように」

思わず苦笑いしてしまいました。それはしゃれになってないから。

私は孫がかわいくてたまらないようなじじいにはならないようにしよう。

子供もいないけど。』

「5月8日（月）
輝彦です。さくちゃんの話、傑作でした。何度読んでも笑えます。
ところで、おふくろの減塩の食事に関して、なごみが見つけてくれたんですが、次の情報は使えるかもしれません。（冷凍食品で、全国に発送できるようです）では。」
（情報を教えてもらったけど、結局、せっせが毎日作ってました。）

『5月9日（火）「ばらとおむつ」第8号
今日はケアマネージャーの人がたずねてきました。お茶でもだそうかと思ったのですが、どうぞおかまいなくとのことでした。この次はちゃんと準備しておこう。
しげちゃんの介護度が1か2になるらしいです。

これはだいたい月に2万円程度の自己負担で月に20万円程度のサービスを受けることができることを意味します。ケアマネージャーの人は週に4日程度の通所リハビリテーションを利用するようなプランを考えているそうです。

通所リハビリテーションでは

8：30〜9：00　ご自宅へお迎えに伺います
9：00〜10：00　健康チェック、温泉への入浴
　　　　　　　理学療法士、作業療法士によるリハビリテーション
12：00〜14：00　昼食
14：00〜15：00　レクリエーション
16：00〜16：30　茶話会
　　　　　　　ご自宅へお送りいたします

というサービスを提供してくれるそうです。

ただし、はじめのうちはしげちゃんの疲労も考慮してお昼ご飯の後に帰宅させようかとも言ってました。さらに、私が食事を準備し、自宅でリハビリもやるというので、食事の注意点を病院の栄養士から、リハビリの注意点をリハビリの担当療法士から指導してもらえとの事でした。退院は来週の金曜日か土曜日を考えているらしいです。いよいよ本格的にしげちゃんの退院がせまってきました。

今日もしげちゃんの見舞いに行ってきたのですが、相変わらずチョコレートが1箱ほしい

とか、あめでもあれば楽しみだとか哀願してました。

食事の世話をしている看護師の人に、やたらとお菓子を欲しがるのですが、与えていいかと聞いてみたら、やはり「しげこさんは、ご飯をあまり食べないんですよ。お菓子なんか食べると、ますます食べなくなりますから」と困り顔でした。むろん私に異存のあろうはずもありません。しげちゃんの頼みはにべもなく断りました。実際、今日の昼もサラダなどが残ってましたので、いかんなあと思っていたんです。それにしても、なんであんなアリのような母親になってしまったのか。昔から甘いものは好きだったけれど、ご飯も食べずにお菓子を、まるで、小学生のように欲しがるんです。

家の冷蔵庫にはなんとか鍵《かぎ》をかけられるようにしようと計画中。

おじさんには絶対にしげちゃんにお菓子を与えないよう説得中。

でもおじさんの理性はちょっと不安。

しげちゃんに与える甘みはトレハロース使用とうたったダイエット用お菓子を考慮中。』

『5月10日（水）「ばらとおむつ」第9号
しげちゃんの症状はおおむね良好で、しゃべることもほとんどおかしいことはないのですが、ひとつ変な事があります。

病院の駐車場に病棟を増設中なのですが、その工事が、家の裏のお寺の工事と重なるみたいで、家が自分の病室のすぐ近くにあると勘違いするそうです。

どうしても、自分の家がすぐ近くにあるという感覚が抜けないみたいで、この前は、朝早く起きて「これから歩いて家に帰る」といってどんどん歩き出したそうです。自分でも「自分が今、どこにいるのかわからないのよ」と笑ってました。この混乱だけはずっと前からぬけません。

そろそろ退院の話がでているので、しげちゃんに退院後は車が運転できないこと、自転車も難しいことなんかを話したのですが、しげちゃんはかなり不満そうでした。かなりやりとりしたあとで、口を尖《とが》らせて「まあ、しょうがない」などと言ってました。

お医者さんにも何回か「車を運転してはダメだろうか」と聞いて怒られたらしいです。あの人の今までの生活は車を中心に回っていたので、退院後もなんとか車を運転したいと思うのでしょうが、とても運転は無理で、それどころか歩くことさえおぼつかないんですよ。まあ、退院したら自分の状態もある程度理解できるでしょうから、無茶はしないと思うのですが。

しげちゃんの喧嘩《けんか》仲間が転院したらしいです。となりのベッドが空いてました。最後は仲良く別れたらしいですが、入院した時に持ってきた贈答用の服は渡さなかったようです。あげればよかったのにと思いました。』

関係ないですが、ちょっと余談。

もうすぐ修学旅行のカンチが、学校からなにか、封がしてある手紙をもってきた。

読んでみると、このような内容の文が書いてあった。

「修学旅行『親の心を伝える愛の手紙』のお願い
今回の修学旅行の目玉のひとつとして、『親の心を伝える愛の手紙』を計画しています。

3泊目の夜、最終日ともなると、子どもたちもちょっとした感傷的な気持ちになります。そういったときにもらう親からの手紙は、子どもたちの心にしみ、一生の思い出となります。子どもによっては、正式に親からもらう生まれて初めての手紙かもしれません。普段なかなか言えない言葉がきっと子どもたちの心に響くことと思います。

今から思春期（反抗期）の嵐に向かう子どもたちと保護者との愛の掛け橋のひとつにするために計画しました。

内容につきましては、例えば、「あなたがいてよかった」「産んでよかった」というような、日頃なかなか言えない親としての思い、あるいは、「おみやげよりも思い出をたくさん作ってね」といった子どもたちへのあたたかい一言で結構です。短くてもかまいません。子どもたちにとって、親からの手紙は一生の宝物になります。

この手紙の効果を最大限に引き出すために、この手紙のことは子どもたちには絶対に極秘でお願いします。具体的には下記の要領でお願いします。」

ふむふむ、なるほどね。

さっそく、同封の紙をひろげ、ちょっと考えたすえ、このように書いた。

で、具体的なこと、この封筒に入れて、ノリをして、担任に渡す、など書いてある。

お願い。わざと、夜、ろうかのむこうに、ケツをだして立たないで。
ボワーーッ
びくった〜!
ママより

『5月12日（金）「ばらとおむつ」第10号
今日は病院に行ってきました。しげちゃんの体調は良さそうで、食堂で本を読んでました。

「本を読めるようになったの？」と聞いたら、まだ完全に理解できる訳ではないけど、ある程度の文章の断片はわかるそうです。かなり回復してきたみたいです。見ていた本は女性誌でした。

しげちゃんのベッドの上に紙袋があり、ごちゃごちゃ入ってました。

「私の貴重品入れよ、なんでもかんでもほうりこんでいるの」

しかし、中に使用感のあるオムツが入ってました。名前まで書いてあります。

おそらく不快に感じて無意識に脱いだんだろうと思い、袋に包んで持って帰って捨てようと思ったら、「それ、どうするの」としげちゃんが声をかけてきました。

「オムツだから、持って帰って捨てようと思って」と答えたら、なにか不満そうな顔で、持っていかないでみたいな事を言います。

「おやおや、オムツを溜《た》め込むようになったんだろうか、これはちょっとまずいんじゃないかな」と心配になりました。「オムツだから、捨てるよ」

しげちゃんは惜しそうな顔して「そうね、捨てても良いわね」

しげちゃん。具合は良くなっているみたいなんですが、まだまだ安心できません。

奈良のおばさんの法事に香典を送ったら、香典返しにカタログが届いて、こちらの欲しい物を選んでください、だそうです。しげちゃんはこれが欲しいと言うのですが、どんなも

んでしょうか?↓（買い物する際に使う四輪の押し車）
まだ、これが利用できるほど、しげちゃんは回復していないと思うのですが。これを使ってスーパーまで歩いて行って、お菓子を買いたいそうです。たぶん、これで歩こうと一歩踏み出したとたんに、ばたりと前に倒れるのではないでしょうか。だいたい4本足の杖《つえ》以外では歩くこともかなわない人ですから、とても無理だろうと思います。まあ、しばらくは保留でしょうか。』

『5月14日（日）「ばらとおむつ」第11号
金曜日に病院で栄養指導を受けてきました。

しげちゃんの退院後の食事のことで注意点を聞いてきました。意外と塩分を減らすことの注意は無くて、むしろたんぱく質をたくさんとる事と、ご飯をたくさん食べることを注意されました。

いちばん役に立ったのは、野菜や魚をたくさん調理して、冷凍して必要な分だけ利用しても良いということでした。そこで、利用しそうな食材を冷凍保存することにしました。

人参やほうれん草などは、かなりたくさん作って冷凍しました。

塩分を控えて、たんぱく質や野菜をたくさん食べさせなければならないので、頭を使いますが、なんとかなると思います。ご飯は麦飯、サラダは毎食つける、漬物やふりかけは原則禁止。しげちゃんは食がすっかり細くなってしまったので困るのですが、お菓子さえ制限しておけば、食事はなんとかなるでしょう。明日はまた病院に行ってくるので、その時にエミのメールをミキが印刷したものを届けてきます。母の日用にテルくんが送った花もデジカメで撮ってきます。いよいよしげちゃんの退院が近づいてきたので、準備で忙しくなってきました。水曜日には病院で会合があるそうで、それに出席しろとのことでした。それではまた。』

せっせに、「7月になごさんのお母さんたちがお見舞いに来るって」と言ったら、「ええっ！」と困ったように驚いていたので、「大丈夫。お見舞いは、負担にならないように30分ぐらいですませるって。あとは私もいっしょに温泉に泊まりにいくから、せっせは心配しなくて、いいから」と言った。すると、どうやら、安心した様子。

「5月15日（月）
セッセ殿　テルヒコです。お疲れ様です。
7月15日（土）に、なごみとなご母さんが、おふくろのお見舞いに宮崎に行く予定です。（私とタイキも一緒にいきます）負担がかからないよう、短い時間でお見舞いしたいとの意向です。おふくろの体調にもよると思いますので、日程が近づいたら、相談させてください。では。」

『「ばらとおむつ」第12号
母の日の翌日です。しげちゃんに会いに病院に行きました。しげちゃんはお礼を言っておいてと嬉《うれ》しそうでした。
てるくんの送った花が届いていました。

にっこりしげちゃんは普段より大きな写真で送ります。さらに、エミの送ってくれた手紙をミキがプリントしました。それを読んでいるしげちゃんです。字が読めるようなので良かったです。サリちゃんの顔を見て、なつかしそうに笑ってました。ミキは熨斗袋《のしぶくろ》をおくりました。しげちゃんは熨斗袋も大好きです。もちろん、いくら入っているのかの確認は欠かせません。皆さんにお礼しておいてくれとの事でした。
今年の母の日は特別いろいろ貰《もら》えたのではないでしょうか。』

セッセが、実家の前の広い駐車場に囲いを作っている。木を植栽したりして。毎日、かなり忙しそう。お米も作るらしい。

『「5月16日（火）「ばらとおむつ」号外
私は母の日であるにもかかわらず、なにも贈りませんでした。とてもそれどころではなかったんです。まず、退院が近いので病院の人たちに配るお礼を準備していました。

寸志を23袋、とてもたくさんの寸志がならびます。これを病院の職員に公平に配るのがたいへんそう。楽しそうに熨斗袋を勘定するしげちゃんでした。

あまりたくさんのお金を病院に置いておくのは不安なので、なるべく早く配ってしまおうと、しげちゃんを車椅子に乗せて、病院を走り回って配りましたよ。

皆、はじめは遠慮して、一度は断るのですが、結局、受け取ってくれるので、おそらく満足してくれているのでしょう。ちなみに、小さい熨斗袋には2000円、大きな熨斗袋には4000円。小さいほうは20袋、大きいほうは3袋用意しました。

またまた、アリのしげちゃんはお菓子が欲しいといってます。

楽しみが無いわと文句言って、私にお菓子を買ってこいと言います。

今日は人参《にんじん》が残ってました。あまり好きではないそうです。人参は栄養があるので、退院したら人参を多めに食べさせようと思っていたのですが。』

『5月17日（水）「ばらとおむつ」第13号

皆さん、お元気ですか。明日は病院でしげちゃんも出席しての会合があります。

これからのリハビリの方針などを決めるのだそうです。これからどの病院にどれぐらいの頻度で通院するのかとか、そのようなことも話があると思います。いよいよ退院がせまってきて、かなり不安に感じています。はたしてしげちゃんとの生活はどのようなものになるのか。でも、心配してもしかたないので、とりあえず準備だけは考えられるだけやっておいて、あとは風にまかせようと思います。ケアマネージャーも思ったようにはいかないものだと言ってました。ということで、準備として購入したのが…、オムツです。必要ないかもしれませんが、それならそれで、喜ばしいことで、おそらく無駄にはならない気がします。ちなみに病院ではあまり患者がオムツをはいてるかどうか、言いたがらないのですが、これも個人情報保護でしょうか？』


『5月19日（金）「ばらとおむつ」第14号
今日のニュースはなんといってもしげちゃんが退院したことです。

とうとうしげちゃんが出てきました。同室の患者さんは、なんと泣いてましたよ。やはり、病気で少し気が弱くなっているのでしょうか。

しげちゃんが帰ってきて、いちばん嬉しかったのは、トイレなどの周りにめぐらした手すりが、とても便利だといわれたことでしょうか。役に立ってよかったです。

今日はしげちゃんの食欲があったので、楽な食事となりました。

献立は、サラダ、キュウリとわかめの酢の物、鮭の切り身にブロッコリー、人参、牛乳に、ヤクルトでした。塩分控えめで、バランスも取れていると思います。しげちゃんはご飯に「ふりかけをかけろ、ふりかけをかけろ」とうるさいのです。しかたないので、2回ほどふりかけをかけてしまいました。この辺がまだ甘いでしょうか。』

しげちゃん、退院。夕方、さくと見に行く。最近私が好きな、ぶどうを求肥《ぎゅうひ》でつつんだお菓子をひとつ持って行く。かなり元気そう。退院がうれしいようで、待ちわびていたらしい。せっせが作ってくれたご飯を食べていた。すもうを見ている。

5月20日（土）

せっせとしげちゃんが、梅畑を見に来たついでに遊びに来た。

カンチに、しげちゃんが庭にいるから、あいさつして、と言うと、すごくいやそうにするので、ちょっと喧嘩《けんか》になる。しぶしぶおりていって、しばらく近くで他のことをしながら、それでも、みんなの話に耳を傾けている。

入院している時も、1回しかお見舞いにいかず、今日、一緒に行く？　と聞いても、「どうして、お見舞いに行かせたいの？」と、逆に質問され、返す言葉がなかった。元気な時は、本屋に連れていってもらったり、さんざん、いろいろしてもらっていたのに！

まったく、薄情なカンチンだ。……知ってたけど。

さて、せっせが、しげちゃんを説得してくれという。南の島に行って、野菜を作って暮らすことを。

きのう、退院したばっかりなのに、それはちょっと、今はそんな気持ちにならないんじゃない？　というと、「思った以上に、しげちゃんの体が動かない。僕はもう、はやく、来週にでも引っ越したいぐらいだ」と言う。せっせ、すごくあせっている。南の島に引っ越したら、何かが変わるとでも思っているのだろうか。とにかく、今は、早すぎるのではないかな。

家に同居しているおじさんについて

名前を変えたのだそうだ。自分で。60年間、入院していた精神病院から退院したのをきっかけに。タダオから、一紀（イチキ）へと。新生、イチキおじ。年齢も、80歳ぐらいなのに、34歳と言っている。途中から折り返して、若くなっていってるのだそう。（右は、本人の直筆サイン）

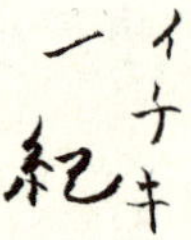

そして、春分の日、建国記念日、と言っては、子どもたちにお金をくれる。いいですいいですと断っても、「そういうことになってるから」と、ひきさがらない。困った。

しばらくしてセッセが、おじさんが2ヶ月分の生活費（年金）を、一ヶ月分だと思い込んでいるようだ。あと一ヶ月あるのに、もう、のこりがわずかしかない。君にも責任の一端があるんだよ、と険しい顔をして、言ってきた。

え？

お金とかお菓子をもらっただろ？　僕のところにもいろいろもってくるけど。

で、もし、足りなそうだったら、お金を返そう、ということになった。

でも、断ったのに勝手にされたことなので、責任といわれると、ちょっとムッとする。

（心配はいつものごとく、せっせの杞憂《きゆう》でした。）

おじさんが終戦は22年と言ったので、せっせはあわてて正確な資料を探し出し、それを持って問いただしに行ったという。それもどうかな。

すると、ああ、そうですか〜、と。反応は薄かったらしい。

かつて、しげちゃんも、おじさんが「あそこが私の家」と妄想を言いだすと、おじさんの困った顔をみたくて、「じゃあ、行こうか」と、いっしょに近くまで行ったそう。

そして、実際の住人がいたといって、困り顔のおじさんの顔を見て、喜んだというしげちゃん。しげちゃんも、しげちゃんだ。

『5月21日（日）「ばらとおむつ」第15号

予想以上に大変です。しげちゃんの世話をするのは、いろいろ時間をとられます。デイケアに行ってくれているので、その分はかなり助かりますが、それでも満足に歩けない人間の世話は大変なことだと知りました。しげちゃんはデイケアから午後4時ころ帰ってくる予定です。就寝は午後8時から9時ごろでしょうか。皆さんに電話でもかけられればいいかと思いますが、まだその時間もとれません。そちらのほうもおそらく忙しい時間帯ではないかと思います。そのうち、時間を考えて電話させますよ。

今のところ、しげちゃんはご飯を食べてくれています。私のメニューが単調なので、そのうち文句がでるかもしれませんが、とりあえずは、必要な栄養は足りていると思ってます。

デイケアサービスはとても気に入ったようで、すでに友達も数人でき楽しく過ごしたそうです。5月はずっといけるのですが（除く日曜日）、6月は介護保険の枠の制限で、何度かお休みがあるかもしれません。デイケアでは入浴とリハビリと食事をしています。食事はなるべく食品の種類を増やして、必要な栄養をとるように注意しているのですが、単調になりがちです。サラダと酢の物は毎回必ずつけることにしています。ご飯は麦飯です。塩分を控えるために醬油《しょうゆ》を酢で割って使っています。あいかわらずお菓子を要求してきますが、ご飯をたくさん食べさせているせいか、今のところ、自分で冷蔵庫をあさるようなまねはしていません。冷蔵庫を施錠するための鍵《かぎ》も買ってきたのですが、まだそこまではやっていません。

昨日は、夜中に突然とびおきて、「子供を温めている」「どこに行った？」とさわいでいました。子供を産んで温めている夢をみたらしいです。ずいぶんリアルな夢だったらしく、今朝もさかんにその事を言ってました。』

『「ばらとおむつ」第16号

しげちゃんは順調にご飯を食べてくれていると思っていたのですが、なんと便秘ぎみなのが判明。これはいけないと思い、少しご飯の量を増やすことを考えています。

それと、ここ数日に限り、環境の変化に対応するという理由で、ごくマイルドな下剤を与えようかと思っています。とにかくしげちゃんは食べるのが遅くて、食べている間におなかが膨れてきて、あまり量が食べられないみたいです。病院でも遅い遅いと言われていたようです。なにしろ、米を一粒ずつ箸《はし》でつまんで食べているのです。今日は、ちょっと危機感を感じて食べるのを介助してしまいました。

魚カレーをどんどん口に運んだんです。運べば、テレビを見ながら食べてくれます。食べられない訳ではないらしいです。でも、中にはまったく助けのいらない食品もあります。デザートです。これに関しては、自分でひょこひょこ食べます。食べるのもすごく速いです。むしろ、止めても止まりません。病院で最初に手を出すのはフルーツでした。私は最後に出すことにしています。

デザートがそんなに速く食べられるなら、他の食品も自分でとっとと食べられないの？

そんな思いの穏やかな日曜の朝でした。今日はデイケアはお休みです。』

『5月22日（月）「ばらとおむつ」第17号

とにかく忙しいです。特に朝は地獄です。ほぼ動けないしげちゃんにご飯を食べさせて、支度をさせて、デイケアにおくりださなければ。そのうえ、じじいの投薬と血圧測定があります。同居のおじさんの血圧が高いので、注意するようにとの医者の指示があったのです。料理もはやいはやい。以前はかなり時間がかかっていたのですが、最近はすごいスピードで作ります。それで、あまり崩れていない所がえらいです。

9時にデイケアの迎えがくるので、それまでに食事や身支度やトイレやもろもろあまりにやることが多すぎて、ぐるぐるぐるぐる駆け回ってます。ほんとは食事もあまり介助しないほうが良いのですが、しげちゃんに食べさせると、ほんとに米粒を一粒ずつ箸でつまんで食べるので、ものすごい時間がかかります。それでついつい私が食べさせたりしています。

ようやく食事が終わり、これから洗い物を片付ければ、送迎がくるまでには、靴が準備できると思ったら、しげちゃんの大好きなNHKの朝のドラマが始まりました。しげちゃんは明るい声で「お兄ちゃんも、一緒に見ない？　おもしろいよ、このドラマ」

この時、私の心に芽生えた　**殺意**　は、子育てしている人や、介護している人には、わかってもらえると思います。とりあえず。今日も何とか無事にデイケアに行ってくれました。

ちなみに、朝食のてんぷらの横の醬油のようなものは、醬油ではありません。減塩醬油を酢で割ったものです。塩分には注意して食事を用意しています。』

『ばらとおむつ』第18号
しげちゃんは、わりと良い壊れ方をしたのではないでしょうか？
年取って、いろんな壊れ方を年寄りはするわけで、たとえば

わたしの預金通帳は誰が盗んだか？

なんて、妄想で人にぶしつけに聞いたり、

どうして、私の体はこうなってしまったのか？
辛い、苦しい、お前に苦労かけるのも申し訳ない。
いっそひとおもいに、、、

などという愚痴を一日に3万回も繰り返し言われたりするよりははるかにましです。お菓子を涙ながらに欲しがったり、人が忙しくて、頭が痛くなるほどのときに、のんきにテレビドラマにさそったりするのは、ほんとに純粋な子供帰りだと思います。とにかく前向きで、いまだにできないことは無いと思ってるみたいです。知り合いの市場の人に届け物をしたときは、「車に乗れるの？」と聞かれて、今すぐにも車を運転しそうな返事をしたり。テ

レビを見ていて、ちょっとでも感動するような話には必ず涙をながしたり。予算や手間の事も考えずに、あれこれ買ってくれと言ってみたり。いまだに商売のことを考えていたり。(なんと、桑の木を見て、あれを貰《もら》ってきて、蚕を飼おうかと思ってるんだけど、と言ったりしてました。)

今日は美容院に行きたいと言うので、行ってみると、階段で二階まで上がらないといけない所でした。階段のない美容院に行こうと言ったのですが、ここが行きつけだからと変更してくれません。しげちゃんが階段を上るのも大変だし、店の方も迷惑ではないのかと思うのですが、そのへんの理解がちょっと不足してるみたいです。ほんとに子供です。赤ん坊みたいな行動が多いです。でもまあ、壊れ方とすれば、ましなほうではないでしょうか。うつ病みたいになったり、やたら疑い深くなったりするよりは良いですよね。』

おかずを小分けして持っていった。

しげちゃんだけしかいなかったので、しばらく話す。ケアセンターは、おもしろいらしい。知人も何人かいて。センターの看護師さんに、「なにか家で困った事はありますか?」と聞かれ、涙ながらに、「お菓子をくれない」と言ってきたそう。今度、もってきてあげるよ、と言う。せっせは、健康のために、しょうゆも酢で割ってあげてるという。昔からお酢が苦手なしげちゃんにとっては、どうだろうか。

5月23日（火）

おかず（鮭のハラス）をちょっと持っていったら、イチキ氏がやってきた。せっせが、言うには、誰かが来ると、すぐにやってくるらしい（でも、このとき限りだった）。以前、イチキ氏が入院していた病院は、車で2時間以上かかるところだった。今は、一ヶ月に一度、車で40分ほどのU精神病院まで、通院している。しげちゃんが連れて行っていたのだが、しげちゃんが入院してからは、せっせが連れて行っている。いろいろと、先生に聞いてみたいことがあると言って、質問をしてきたらしい。

いったいどこまで、話を聞いたらいいのか。教えても解らないことを、どこまで強く言ってもいいものか、そのへんの加減がわからないのだという。

たとえば、しげちゃんが離れに移ったので、電話は、イチキ氏の住んでいる部屋には、もうないのだが、イチキ氏は電話があった方がいいと言う。でも、電話があったころ、しげちゃんの病院に電話をかけて、お医者さんの住所を聞いたり、病院の人は事情がわからないので、いちいち対応してくれたが、最後になんとなく変だと思われ、結局、人に迷惑をかけていた。それで、電話はなくしたのだけど、あった方がいいと言う。それにはどう対処すればいいのか。説明を何度もした方がいいのか、無視していいのか、というようなこと。

まあ、先生が、やさしく話してくれたそうだが。

なにしろ、せっせも、イチキ氏への対応の仕方そのものがわからないので、大変そう。

でも、薬をのまないらしく、それは僕が管理しなくてはと、強く言っていた。

「今度さ〜、U精神病院に行く時、連れて行って〜。どんな人がいるの？」

「いや、みんな見た目はそう、変じゃないよ」

「そうか、診察だから、外来だけか……」

5月24日（水）

きょうはしげちゃんの誕生日らしい。

ケアセンターで、記念写真と写真たてをもらってきてた。庭の花の花束と、箱にいろんな種類のお菓子をつめてもっていく。せっせも、特別にいちごのショートケーキを食後にあげていた。しげちゃんが涙ながらにケアマネージャーさんに訴えた成果があったようだ。「すこしだったらいいじゃないですか。それが楽しみになるんですよ。お菓子をあげてください」と言われたらしく、さすがのせっせも、負けて、きのうは水饅頭《みずまんじゅう》を買ってきたらしい。

どくだみの葉をちぎって煎《せん》じたいとのことで、夕方、庭まで連れて行ってもらい、庭のどくだみの葉を、しゃがみこんで千切っていた。歩行器か手すりがないと歩けないけど、意欲はまんまんで、「後遺症がなくてよかったわ」と、人には言っているが、歩けないんだから、立派に後遺症はあるじゃないかと思う。視界も半分だし。

せっせに、しげちゃんのお世話をしてくれていつもありがとうと言ったら、「遺産をねらってるから」と、答えた。人に言われたらそう答えることにしたらしい。が、しげちゃんまで、電話で人に、「息子は、遺産をねらってるらしいのよ」と、言っていた。「冗談なんだけど」と、せっせも困惑顔。しげちゃんも冗談のつもりで言ってるのだけど、しげちゃんが言うと、どうも冗談に聞こえない。

退院から5日たって、せっせも、だいぶ落ち着いてきたと言う。帰り、
私「まあ、77歳。いいじゃん。ずいぶん、いいよ。生きたよ。ねえ。男だったら、平均寿命ぐらいだよ」
セッセ「うん」
私「あとは、毎日を、すこしでもたのしくすごせればいいよね」

『5月25日（木）「ばらとおむつ」第19号
先日、しげちゃんが、髪を染めに美容院に行きました。階段をよいしょよいしょと上る大変な旅でした。髪はきれいに染まり、うしろで結んでくれました。なかなか良い感じになったでしょう？　なんと昨日はしげちゃんの誕生日で、デイケアで誕生祝をしてくれたそうです。写真たてを作ってくれました。枠だけ黒く塗れば葬式にも使えそうです（不謹慎）。美容院は良いタイミングでした。
誕生日を私は忘れていました。しまったと思ったのですが、私の誕生日をしげちゃんが8

月だと言っていたので、おあいこです。みきの持ってきたお菓子のセットと、私の買ってきたケーキでお祝いです。しげちゃんは今日で77歳となりました。めでたいです。問題ははたして**78回目**の誕生日があるか？　ということでしょう。』

『5月26日（金）「ばらとおむつ」第20号

いつものように、朝テンパッて歯を磨いてました。急がないと。茶碗《ちゃわん》を洗って、しげちゃんのリハビリのお迎えがくるまでに靴をそろえないと、と思って必死でした。気づかないうちに、歯を磨きながら「ひ――」と声を出していたらしいです。そんなに大きな声ではなかったと思うのですが。すると、とつぜんしげちゃんが大きな声で叫びました。

お兄ちゃん、どうしたの ー？

歯磨きしながらの声なので、大きな声では絶対無いはずなのに、遠くのしげちゃんに聞こえていたようです。普段はあまり耳のよくないしげちゃんが、こんなときばかりはとてもすごい聴音の感度を示します。自分に都合の悪いことはのがさない、地獄耳というやつでしょうか？

もし今、私が倒れたら、しげちゃんもちょっと困ったことになるという危機感が大声をだせたのかもしれません。しげちゃんも私も、けっこう微妙なバランスで過ごしているのでしょうか。ほんの少しの事で崩壊するかもしれないバランスかもしれません。まあ、そんなのごく普通で、みんなけっこうストレスを溜めながら過ごしてるといわれれば、そうかもしれませんが。』

5月26日（金）

カンチ、修学旅行から帰る。

手紙どうだった？　と聞くと、ふっ……と、口のはしをへし曲げてる。最後の夜は、一人部屋だったから、みんなそれぞれの部屋で読んだらしい。友だちに見せたら、爆笑してたそう。

「だってさあ、笑えるのがいいと思って。あんな、学校のお膳立《ぜんだ》てで、真面目な手紙は書きたくないじゃん。でも、あの主旨はいいと思ったよ。おもしろいって。だから」と言うと、納得の様子。

ある男の子の話。その子のおかあさんは、すっごくパワフルで元気のいい人。その男の子、手紙を渡すの忘れてて、修学旅行の当日の朝に、見せたそうだ。すると、おかあさん、激怒。なんでこんな大事なこと、忘れるの！

でも、すご〜く長い手紙を書いたらしい。おかあさんの顔を知ってるだけに、笑える。

きっと、いい手紙を書いたんだろうな〜。必死になって、大急ぎで！

（後日談……実は、しばらくたってから教えてくれたのだが、カンチ、あの手紙を学校に届けた日の朝に、手紙の中身を見たのだそうだ。というのも、渡す時の私の表情が変だったし、のりで閉じてあったので、これは大変なことかもと不安になって。友だちと一緒に。なんだ。それじゃあ、期待した効果なしか。）


パソコンの調子が悪いので、買い換えることにする。それでパソコンの中身を整理していたら、昔の、忘れていた、子どもたちの写真を発見した。

よく見ると、「ばらとおむつ」だ！　ばらの壁紙の前に、おむつをかぶった子どもたち。

もし、この記録を本にするとしたら、表紙のカバーはこれに決まりだ。

あんまり明るい話じゃないし、あまりにも個人的な内容なので、この記録を本にすることを、どうしようかと迷っていたが、これで、なんか、「やれよ！」って神様に背中をドンと押されたような気がした。

カンチの修学旅行みやげ、カステラをしげちゃんに持って行く。

セッセに、新しいパソコンを買う相談をする。今のが、あまりにもエラーが多く、文字化けもしてるし、処理時間も妙にかかるし、なんか危ないので、と。


『5月27日（土）「ばらとおむつ」第21号

来月のケアプランを持ってきたケアマネージャーが、いろいろ生活の事を質問した後で、さかんにしげちゃんに、お菓子を食べさせることを主張し始めました。

「あまりたくさんじゃなければ、お菓子も良いのでは。」

「人生の楽しみじゃないですか。」

「しげこさんは太ってもいないし、糖尿病でもないし、お菓子は食べてもいいんですよ。」

「あまり、ぎちぎちに縛ってしまうと、かわいそうですよ。」

私は意地悪で、しげちゃんにお菓子を食べさせないのではありません。しげちゃんはお菓子を食べると、ご飯を食べなくなり、栄養が足りなくなって、具合が悪くなるから、お菓子を食べさせないのです。病院に入院していた頃も、やはりしげちゃんにはお菓子を食べさせないように、皆注意していました。それに、今の家での食事は、かなり量が多く、最後にフルーツまで食べているので、お菓子の入る余地もあまり無さそうだと思ってました。なのに、しげちゃんはいつも「お菓子、お菓子」とうるさいです。デイケアから帰れば、「お菓子」。食事が終わって、満腹のはずなのに、「お菓子」。私はしげちゃんが具合悪くなるのが怖くて、お菓子はダメだと言い続けていました。それにしてもなぜケアマネージャーまで「お菓子、お菓子」を始めたのか？　仕方ないので、小さなお菓子を食事の後に出すことにしましたよ。小さな水饅頭《みずまんじゆう》が、私の最大限の譲歩です。食事の最後に出しました。しげちゃんが大喜びでも無かったのは、小さかったせいでしょうか？

それにしても、なぜケアマネージャーまでが、私に「お菓子を食べさせろ」といい始めたのか？　おかしいなあ？　と思っていたら、なんと、デイケアの施設でも、職員に「お菓子を食べさせてもらえない」と訴えているらしいのです。、それも、泣きまねまでして、訴えているらしいです。それじゃまるで、私は鬼のような息子で、病気の母親を虐待しているみたいじゃないですか。わたしゃ、年取った姑を虐《いじ》める鬼嫁か？

ひとを貶《おとし》めてまで、お菓子が欲しいのか？

と聞いてみたい気分です。』

今日は、しげちゃんが図書館に行きたいと言うので、せっせがつれていったそうだ。パール・バックの大地、パール・バックの大地、と言っていたらしい。で、パール・バックの「大地」を借りてきた、字がまだよく読めないので、帰りに虫眼鏡も買ったそう。

『5月28日（日）「ばらとおむつ」第22号

私はしげちゃんのために、がんばっているつもりなのですが、しげちゃんは私に感謝してくれることは、あまりありません。しかし、部屋に廻《めぐ》らせた手すりだけは、べた褒めです。ほんとに便利だと絶賛しています。

今のところ、しげちゃんはおむつではないのですが、これも夜トイレに自分でいけるからで、それもトイレまで手すりがあるからです。そこで、さらに手すりを増強してみました。特に玄関脇のはしごは大好評で、しげちゃんが靴を脱いで、部屋に上がろうとすると、どうしても手すりが必要になります。こうして、この家は手すりだらけになっていくわけですが、障害者にやさしい家が、かならずしも健常者にやさしいとは限りません。私は特に壁に張り付いている手すりに腰をぶつけて、痛い思いをすることが多いです。皆さんも、この家にやってきたら、歩くときは注意してください。急ぐと、特に危ないです。みきが狭いと言っていた手すりは、位置を少しずらして間隔を大きくしました。しげちゃんは狭くはないと言っていたのですが、見ていると、やはり広げた方が良さそうだったのです。

それと、ベッドは買ってよかったです。別に電動である必要はなかったですが、ベッドは役に立ってます。ヤフオクで安く入手できたのもラッキーでした。最初の日に、退院したしげちゃんが、ベッドに寝かされて、申し訳無さそうに、「ずっと、このベッドに寝て良いの？　誰かがここを使うから、他の所に動かないといけないとかいうことはないの？」と、聞いていたのが忘れられません。

このベッドも手すりもみんなあなたの為につけたんですよ。

連絡

ミキへ、蕗《ふき》を食べさせました。年寄りなので、硬いと言ってました。でも、蕗の香りがおいしいそうです。最後にカンチンのおみやげのカステラを出しました。おいしそうに食べてましたが、やがて、カステラも忘れて、ＮＨＫの朝の連続ドラマに見入っていました。』


『5月29日（月）「ばらとおむつ」第23号
しげちゃんは生活習慣病です。脳梗塞《のうこうそく》も高血圧も、いままでの生活習慣がよくなかったから、なるべくしてなった病気だと思います。その悪い生活習慣のひとつに酢をとらないというのがありました。とにかく酸っぱいものが嫌いで、お菓子好きなのに酸っぱいからという理由でドロップスまで食べなかったそうです。

私は、酢が血圧を下げる効果があると聞いてから、しげちゃんに酢の物を毎食一皿、食べさせるようにしています。量は少ないのですが、キュウリやわかめを酢であえて食べさせてます。でも、いつも食べるたびに「酸っぱい」と言って顔をしかめます。

「あなたは、酢が嫌いだから、病気になったんだ。今までの生活習慣が悪いから、病気になったんだ。悪い習慣は改めないと」と言いながら、食べさせています。自分からは食べようとしないので、私が口まで運んで食べさせます。

「あなたの生活習慣は良くなかった。醬油《しょうゆ》は浸かるほどかける。黄色いコンコン（漬物）が大好き。目覚めている間はいつも甘いお菓子を口にいれている。酸っぱいものは徹底して食べない。こんな生活習慣では、血圧も上がるし、血管も脆《もろ》くなろう。」

「そんな生活習慣を続けていては、とてもこの先、命は無いだろう。今から良い生活習慣を身につけていこう。それとも何？　今までの生活習慣をみんな止めるぐらいなら、死んだほうがましなの？」

しげちゃんはなんと答えたと思います？

なんと「うんうん」うなずくんですよ。何回か「死んだほうがましなの？」とたずねてみたんですが、どうも間違いなく、

「今までの習慣を否定されるぐらいなら、死んだほうがまし」

と考えているみたいです。でも私があまり何回も聞くもんだから、少し心配になったのか、最後には、「でも、慣れるかもね」と自信なさそうにつぶやいてました。

癌になってもタバコが止められないとか、胃潰瘍《いかいよう》で胃を切除しても酒は止められないとか、そんな感じでしょうか？

今のところは、私がきつく管理しているので、塩分の薄い食事をとり、酢の物を食べ、お菓子はほんの少ししか食べていません。本人はそんな思いまでして長生きしたくないと思ってるかもしれませんが、私はぜひともしげちゃんに長生きしてもらいたいです。せめて、相続税の対策ができるまでは。』

私も酢は、きらい。

5月29日（月）

なぜ、「大地」を借りたのか聞いてみた。

入院していた病院の患者さん用の服がきゅうくつで、なんでみんな黙ってこれを着ているのかしらと、思っていたら、これは、患者さんが着やすいようにと、わざわざ先生がデザインしたものだと、看護師さんが言ったそう。

それで纏足《てんそく》、という言葉を思い出したしげちゃんは、纏足から「大地」を連想し、纏足を研究してみたいと思い、借りたかったのだそうだ。

セッセに調べてもらって、パソコンはダイナブックのワールドカップ仕様に。サッカーに興味ないのに。しかも、変な色〜。ゴールド。でも、スペックなどを見たら、かえってそれがお得かも、ということで。

『6月1日（木）「ばらとおむつ」第24号

リハビリする施設でのお昼ごはんはそんなに豪華ではありません。

ところが、最近ほんもののうなぎが出た日があったらしいです。この施設にしては異例に豪華な昼食でした。あまりに異例すぎてとうとう興奮のあまり退場者（気分がわるくなって、途中で倒れた）人まででたそうです。しげちゃんはよほど、そのことがつぼにはまったのか、そのことを話すたびに笑いで涙が出て、声になりません。

壊れたしげちゃん。

4回も5回も、私にそのおかしさを伝えようとしてくれるのですが、そのたびに、声が笑いでつぶれて、話になりません。

でもね、問題は笑いの少ないしげちゃんの生活に爆笑話があったことではないんですよ。

実はその前日。うちでもうなぎだったんです。それも、大きなうなぎを買ったもんだから、
昼と夜、二食　もうなぎがつづいてしまったんですよ。

しげちゃんも運が悪かったですね。ごめんね、しげちゃん。

これプラスフルーツとお菓子。』

6月1日（木）

しげ&セッセが、うちの前の梅畑の梅をちぎりに来ている。

ホタルがすっごくきれいだよ、と人に聞いて、昨日今日と、夜、さくと川に見に行ったけど、ほとんどいなかった。残念。おとといがすごく多かったらしい。

ワールドカップ仕様のノートパソコンが届いた。来たらきたで、なんかうれしい。

6月3日（土）

今年は梅が豊作で、市場での買い取り価格は、1キロ10円らしい。10キロでも、100円。労働力の方が、高そう。それでも、せっかくちぎった分の梅。洗って、袋づめをしている。

しげ「2度目が大変なんですって。脳梗塞って、2度くるからって。2度目が大変って、みんな脅かすのよ」

私「もうきたじゃん」

しげ「え、その時、私、倒れた？」

私「ううん。倒れなかったけど、ほら、このあいだ、退院してから具合が悪かったとき、2度目のがおこってたんだってよ。ろれつがまわらなくなったでしょ？　歩けなくなったし」

しげ「そうだったの〜」と、驚いている。

『6月5日（月）「ばらとおむつ」第25号

しげちゃんは病気になってもとても積極的で、自分の障害を気にしないというか、無視しているという感じでした。電話では、「私は運が良かった。脳梗塞になっても障害がなにも残らなかった。言葉もはじめは不自由だったけれど、いまではちゃんとしゃべれるようになったし、手も足も麻痺《まひ》がない」とみんなに言ってます。

しかし、現実には自分の足で立って歩くのは、かなり難しい状況です。梅ちぎりに行ったのですが、立てないので座ったままの作業になりました。障害を負った人は、自分の障害を自覚して、受け入れることが大切だそうです。それは難しいことで、しばしば自分の障害を受け入れられず、鬱病《うつびょう》になる人も多いらしいです。さすがにしげちゃんもそろそろ自分の障害を理解しはじめたのでしょうか、昨日びっくりするようなことを言いました。

「いつまでたっても、私の具合がよくならない。しばらく薬を飲むのを止めてみようと思うんだけど」

しげちゃんによると、ちっとも歩けないのは、薬の副作用らしいです。だから、薬を飲まなければ、もとの健康な体が帰ってくるらしいのです。しかし、おそらくそれは間違いです。今、しげちゃんが飲んでいる薬は血圧を下げる薬と、血をサラサラにする薬です。これを止めてしまえばおそらくまた脳梗塞《のうこうそく》が再発します。医者によるとしげちゃんは薬をおそらく一生飲み続けなければならないそうです。

しげちゃんが歩けないのは、薬の副作用ではなくて、小脳に梗塞がおこったからだと思います。医者の説明では小脳に梗塞がおこるとふらついたりするそうです。

でもしげちゃんは、障害を受け入れられずに、薬の副作用にしているみたいです。薬を止めれば、歩けもしないし、梗塞も起こるのに、障害を受け止めることができないのでしょう。今のところ、説得すれば薬を飲んでくれますので良いですが、鬱病なんかになって、意欲をなくさないか心配です。』

あ、私もできるだけ薬は飲まない派。

3日間かけて、せっせにパソコンのセットアップをやってもらった。今までのもまだ使っているけど、ものすごく処理時間がかかる。でも、慣れてる方でやっちゃうので、今はまだ、古い方。

黄色いスイカをひときれ、しげちゃんに持っていった。

「スイカをもってきたよ。テーブルにおいといた」「ありがとう」

廊下に先日の梅をひろげて袋づめしているけど、もうずいぶん色が変わって、黄色く熟れてきてる。いい匂いだけど、売るのはむずかしそう。

梅シロップでも作ろうと、1キロほどもらう。

「薬をのみたくないの？」と聞いたら、

「そう。でも、そう言ったら、おにいちゃんが驚いてたわ」

「まあ、いやかもしれないけど、状況的にしょうがないから、飲んだら？」

「うん」

「……病気になったこと、どう思ってるの？」

「いままで、病気らしい病気なんてしたことなかったのに。急にね」

「でも、こうなったら、リハビリをやって、あとは、できる範囲でやっていくしかないよ」

「うん」

「で、この梅どうするの？」

「袋につめて、市場にだそうかと思って」

「でも、よく選別もできないんでしょ？　見えないから」

「そうなのよ。ハハハ」

「左半分が、見えないの？　こっちの方」

「見えるわよ」見えない感じがわからないらしい。

半分視界がないのではなく、残った視界が全部だと思うのだろう。

「梅、今年は農作だっていうし、やめたら？　もう、このままだと虫がつくよ」

「これだけやるわ」

一度腰をおろしたら、ひとりでは立てないので、手すりとかつかむものがあるところまで、はっていくのだそう。

帰り、氷砂糖を1キロ買う。でも、前も梅シロップ作ったけど、そんなには飲まないよな。ふだん、甘い飲み物、飲まないし。お茶か麦茶だし。これ、作って、無理して全部飲んだら、この1キロの氷砂糖を食べたことになるんだな〜、と考える。でも、帰って、いちおう、仕込む。

6月6日（火）

夕方、買い物帰りによってみる。しげちゃん、また梅の選別をしている。せっせもいた。

「きのう、スイカを持ってきてくれたって言うから、小玉スイカか、大きいのの4分の1カットぐらいかと思ったら、ほんの一切れだったわ」と、しげちゃんが文句を言ってる。

梅の買い取り値段には、ランクがあって、最低ランクのものは、1キロ2円だったそうだ。1キロ、2円とは、また安い～。100キロでも、200円か。

「しげちゃん、太ったたんじゃない？」

「そうなんだよ」とせっせも同意見。


『6月7日（水）「ばらとおむつ」第26号
しげちゃんが太ってきました。あきらかにふっくらしてきました。

特にお腹が出てきたような気がします。これもひとえに私が懸命にしげちゃんに食べさせたからです。しげちゃんは入院中はご飯が食べられず、看護師さんたちもすごく苦労していました。ご飯を食べられないと、体力がどんどんなくなってきて、状態が悪化します。

それが心配で、退院後はたくさん食べさせることを目標にしてきました。

これは朝食です。そのために、みきに、

私より沢山食べてる

と言われるまでになっていました。さすがにこれは食べ過ぎのようです。しげちゃんはどんどん太り、顔色も良くなり、顔もふっくらしてきて、体も丈夫になってきたようです。運動機能も回復して、時々つかまり歩きができるほどになってきました。回復は良いのですが、太りすぎは良くありません。そこで、すこし摂取カロリーを減らそうと言ってみました。減らすなら、まずお菓子です。

「お菓子、ほとんど食べてないのに」としげちゃんは嘆きますが、けずるならまずお菓子、そしてフルーツですよね。

嘆くしげちゃん。「お菓子をけずるのね」

しげちゃんは最近回復してきていると思いますが、その要因の大きな部分が食事だと自負しています。でもこれからは、少し方針を変更して、健康を目指すことにしようかと思います。』

『6月8日（木）「ばらとおむつ」第27号

ついに梅を捨てる日がきました。しげちゃんはここのところ一週間ほど梅を選別するとか言って、廊下に梅を広げて大変な騒ぎだったんですが、袋づめとか言っても、実際なにをやっているのか、わからないような状況でした。そのうちに、だんだんと梅もおかしくなってきて、色も青から黄色に、さらにオレンジ色に変化してきて、とうとう蠅までわいてきました。しげちゃんはそれでもしつこく売るんだと言うのですが、これを売ったら、客から文句がでそうなほど質が劣化していたので、とうとうしげちゃんのいない間に捨てることにしました。

大量の梅を車につみこんで、車内はえもいわれぬ、腐り行く果実の甘い香りに満たされました。いったい私は何のために、こんなに大量の梅を収穫したのでしょう。

結局捨てるはめになってしまいました。売ることさえかなわなかった梅でした。活用されたのは、私が梅酒に少し、しげちゃんがシロップに少し、そしてみきがシロップかジュースかなにかに少し漬けただけです。大半は廃棄となりました。

家に帰ってきて、梅が無いことに茫然《ぼうぜん》自失、そろそろと後を掃除しているしげちゃんです。今年の梅はあきらめればいいわと前向きに考えているようです。しかし、おそらく来年の梅シーズンもまたしげちゃんでは収穫できないだろうし、収穫するなら私ですが、私は今シーズンの結果から、きわめて

消極的

であることは言うまでもありません。』


人生は、人それぞれで、その終焉《しゅうえん》に関しても、人それぞれだ。

病死、急死、事故など。病気でも、長く患う人、寝たきりになる人、ぼける人、あっというまに亡くなる人……。苦しそうな人、そう苦しまなかったような人。

その違いはどこからくるのだろうか。

私は、死んだあとも人生（？）は続くという考えを持っている。なぜそう思うようになったかと尋ねられたら、いろいろな人の考えを見ながら、いろいろと考えた末に、そう考えることが自分にとって最も納得がいった、今のところいちばんつじつまがあう、としかいいようがない。いろいろな考え方の中から、自分がいちばん納得のいく考え方を選んだら、それだった。

死に方の違いも、納得できる見方ができないものだろうかと考える。

その人の死に方は、それがその人にとって、必要だから。そう、思う。その人をお世話する関係者がいる場合、それもまた、その関係者にとって必要だからだと思う。そこに、なにかしら、学ぶべきものがあるはずだ。あるいは、そうなるべき必然性があったのかもしれない。自分の行った行為、生きてきた人生の中に。

自分が行ったことは、すべて自分に返ってくるという、因果応報を私は信じている。今の行動が死後の暮らしにも影響すると思うので、死ぬまで、生きる目的、生きがいがある。

そんなふうに思っているので、自分が病気になっても、身近な人が病気になっても、私はそれを忌み嫌うような気持ちにはならない。最初の衝撃が過ぎればもう、そう長く、驚きも、悲しみもしない。なったらなったで、しょうがないと思うし、それがどうした、と思う。それと、ただ共に、歩むだけだ。

人の不幸を、おおげさに悲しむ人は、自分も明日、そうなるかもしれないということを考えたことがない人なのだろう。死が自分とは関係ないと思って生きてきた人。

私は、人の病気をみても、死を見ても、自分も明日、今日、そうなるかもしれないと思うので、お、先にいったか、ぐらいにしか思わない。

という気持ちで、今日も、買い物帰り、しげちゃんの様子を見に行ってきました。お互い、いつ死ぬかわからないので、後悔のないようにね。

一日一日が、小さな小さな人生の始まりから終わりのようにね。


このあいだあげたスイカがあまりにも小さかったというので、小玉スイカを、今日は半分あげた。今日あったことなどを聞いて、ちょっとしゃべる。

「手すりがないと歩けないって、どれくらい？　ちょっとこっちにあるいてみて」

しげちゃん、ベッドから立ち上がって、一歩、二歩、歩く。ふわふわと、数歩はあるけるようだ。

「急にかくっとなることがあるから」と、せっせが心配する。

「骨を折るのがいちばん怖いっていうしね」と、私。「もういいよ」

「ベッドの上に置くテーブルがほしいんだけど」と、しげちゃんが言う。「起きて、すぐになにかちょこっとやるときに便利なのよ」

「昔から面倒くさがりだもんね」と、私。

「そうなのよ」ばれたかという顔。

「隣にテーブルがあるんだから、そこでやったら？」と、せっせはベッドテーブルには反対の様子。残念そうなしげちゃん。

「ケアセンターって、毎日お風呂《ふろ》にいれてくれるの？」

「そう」

「いいね〜。今は。私たちの時にはそんなことはやってもらえないだろうね。年金もたいしてもらえないだろうし」と、せっせに言う。

『6月10日（土）「ばらとおむつ」第28号
しげちゃんはテレビをたくさん見ます。そして、テレビにすぐ流されてしまいます。最近テレビをつけると、ワールドカップのことばかり映ります。しげちゃんも影響されて、ワールドカップに夢中です。そもそも、しげちゃんがサッカーに興味あることさえ、私は知りませんでしたが。
昨夜もなかなか、寝ようとしません。あまり夜更かしすると次の日が厳しいし、体調をくずす原因にもなるので、早く寝て欲しいというと、なんとサッカーの開会式と最初の試合を見てから寝ると言うのです。開会式は午前1時から始まります。そんなに夜更かししてはいけないと言ったら、なんか文句言ってました。どうせ、そんなに起きていられないだろうと思ったら、やはり寝てしまいました。案の定、次の日はなかなか起きられません。もっと早く寝かせるべきだったと思いながら、ようやく起こしたのですが、第一声が
「昨日の、サッカーの試合。日本は勝ったの？」

ちょっと待って、あなたはあんなにサッカー、サッカーと騒いでいて、昨日の試合も絶対見ると強情はっていたのに、どことどこが戦うかも知らないの？　昨日の試合には日本は出ないよ。しげちゃんはテレビに流されているだけのようです。とりあえずみんなが騒いでいるから、ワールドカップと言ってるだけ。

試合を見るために夜更かしして、目を赤くしながら目覚めるのに、どことどこの試合かもはっきりしていない。とにかく、今日は早めに寝かせることにします。こんな事で体調を崩したら、ほんとにがっかりですから。


数日前から、リハビリセンターにしげちゃんの髪を切ってくれと注文していました。髪を切ってくれる人がいるらしいのです。なにしろ、髪の毛が散って、非常に大変なんです。しげちゃんは髪が自慢で、長い髪をなかなか切らない人でした。しかし介護しているときに、そこらじゅうに散ったり、洗濯物に絡んだりとても大変なので、ぜひ短く切ってくれと私が注文していたのです。リハビリセンターの方では、切ると、縛れなくなるけどいいの？　と聞かれたらしいですが、子供がぜひ切れと言ってるから、切ってもいいわとの決断だったらしいです。

私はその髪を見て、とても若々しくなって良かったと思いました。

ただ、あまり変化が大きかったので、最初は笑いをこらえるのに大変でした。髪が可笑《おか》しいわけではないのです。あまりに大きく変わったので、ついつい口の端がヒクヒクなってしまうのです。とりあえず、髪の毛があまり散らなくなれば、この変化は大歓迎です。』
夕方、行く。6時ごろ。食事の時間かな？　せっせが食事の準備をしていた。
「今日は奮発してサラダ巻きを買ってきた」なんて言ってる。
しげちゃん、髪の毛を切って、すっきりとなって、よかったと思う。
長い髪は、きちんとしているのなら素敵だけど、ぼさぼさだと、見苦しいから。
私「きょうは、おやつはもらったの？」
しげ「ううん」
せっせ「なに言ってるの。あめを1個、あげたじゃない」
私「あめ1個？　今月から3時帰りになって、おやつがなくなったんだから、もっとあげたら？　クッキーとか」
しげ「うんうん」
私「それぐらいだったら、いいんじゃない？　楽しみなんだし。あんなに甘いものが好きだったんだから。クッキー1枚とかチョコひとかけなら、そう悪くないと思うよ～」
しげ「うんうん」
せっせ、しぶしぶ、誕生日にあげたお菓子の箱を私に渡す。ふたをあけて、「このクッキーと、チョコひとかけでいいんじゃない？　食後にね」と、私が選んで出してあげた。
しげ「よく、みんなにあめを配ってる患者さんがいるんだけど、今日もいたから、無意識に隣にすわったら、今日は配らなかったわ」と残念そう。

私「でも、ふとらないように気をつけないとね」

せっせ「そう。まずフルーツをちょっと減らした」

しげ「フルーツは、わりとよく食べるのよ」

私「だからだよ。

まあ、じゃあまたくるわ。しげちゃんが、いつ急死してもいいように、後悔しない程度、ちょこちょこ顔をだそうと思ってんの。毎日が最後のつもりでね！　というか、私が先に死ぬこともありうるし。こればっかりは、わからないよ。じゃあね〜」

手をふる、しげちゃん。

いつも、夕方、この時間に、子どもたちのごはんを用意してから、ちょこっとこようかな。おかずを、分けられるものは持って。

6月11日（日）

昼ごろ。せっせ、昼食の準備をしている。
私「夏の帽子を買ってきたよ」
しげ「ああ、ありがとう」
お昼を食べながら、しゃべる。
私「しげちゃん、何歳まで、生きたい？」

しげ「90歳か、100歳」
私「この体のままで？」
しげ「もうすこしよくなって」
私「まあ、何歳だとしても、それが寿命だよね」
せっせは、今日、田んぼをトラクターでおこしながら、やはりいきなり米作りを全部するのは大変だと思ったそうだ。休耕田も草がはえないように管理しなければいけないのか……と考えたら、いったいなにをどうしたらいいのかもわからない今の状況を思い、暗い気分になったと。
もう、気楽に考えたら？　別に、きちんとできなくてもいいんじゃない？　と言ったら、
「そうだね。完璧《かんぺき》にやろうとすると大変だから、このままできる範囲でやって、もし、なにか言われたら、その時に対応すればいいか〜。そう考えると、気が楽になる」と、ふっきれた様子。
「そうだよ。子育てもいっしょだよ。子どもが勉強しないってキリキリしてるお母さんが、なぜ勉強しなくちゃいけないんだろう、勉強しなくてもいいか〜、と思ったとたん急に気持ちが変わって、すっかり気にならなくなったって。人って、しらずしらず、自分の考えに縛られてるんだよね。先入観とか常識の見えない檻《おり》に。それをとりはらったら気が楽になる。そんな見えない檻がいくつもいくつもあって、それがひとつずつ消えていくたびに、すごく気が楽に、自由に、幸福になるんだよね〜。全部なくなったら、どんななんだろう。

なくしたぃよね〜。
気持ちが変わるためには、もちろんその前の過程も必要だけど。ジャンプするのに助走が必要なように」

『6月12日（月）「ばらとおむつ」第29号
あなたは歳とった、もう77歳じゃないか、としげちゃんに言ったら、私はまだ73歳よ、とすましています。この前、誕生日をお祝いしたのだから、間違いありません。しげちゃんは77歳のはず。
「赤い手帳を見たら、昭和4年生まれの人は73歳って書いてあったわ」と嬉《うれ》しそうなのですが、そりゃ、4年前の手帳には昭和4年生まれの人の年齢は今年73と書いてあるでしょう。そう、4年前の手帳ですよ。
しかし、その歳になっても、まだ4歳若い事は大事なことなんでしょうか？　73歳も77歳も大差ないように感じますが、本人には大事なことなんでしょう。

しげちゃんがリハビリから帰ってきたとき、職員がちょっと話があると言ってきました。しげちゃんがセンターで「ぼんたん飴《あめ》」を買うために外出しようとして、止められて、泣き出したそうです。職員はびっくりしたそうですが、「息子さんと一緒に買うように」とうながして、その場はおさまったそうです。思うに、昨日からしげちゃんの様子がちょっとおかしくて、情緒不安定になっているような気がします。脳梗塞《のうこうそく》に関連あるかもしれません。しげちゃんは「ぼんたん飴」とうるさいし、みきも「好きなものを食べて死ぬなら、それはむしろ幸せな事では？」としげちゃんが「ぼんたん飴」を買うことに賛成ですし、さっき「ぼんたん飴」の小さいのを買ってきて、しげちゃんに与えました。しげちゃんは「ぼんたん飴」の箱をながめて、病院での飴事件を思い出したようで、涙をながしていました。

私は結構甘いものをしげちゃんに与えているつもりなのですが、今のところ私が厳しすぎるという意見が全面から聞こえてくるので、もすこししげちゃんにお菓子を与えることにしようかと思います。

ちなみに、今日はしげちゃんの体調がとても悪いみたいで、ご飯が残りました。今は早めに寝ています。

連絡　みきへ

昨日、みきが連絡帳を白いバッグから取り出し、短いコメントを書いて、古い小さなバッグに入れたみたいです。

そのため今日は連絡帳がセンターに届きませんでした。

今まで、連絡帳を必要としたことなど無かったのですが、今日に限って、センターでしげちゃんの具合が悪くなったらしく、お風呂《ふろ》に入らなかったんです。つまり、連絡帳が一番必要な日だったようです。センターの人に、明日は忘れないようにと釘《くぎ》を刺されてしまいました。連絡帳は、白いバッグに入れるようにしてください。』

＊飴事件とは……入院患者は大体みんな甘いものや飴をほしがっていたが、あまり食べたらいけないと注意されていた。そんな中で、ある患者が、飴をティッシュに包んで大事そうにずっとポケットに入れていたらしい。それを知った若い女性患者たちが、私たちが飴、飴、って言ってたから、くれようとしてたのかしらと、想像してしゃべっていたのを聞いて、しげちゃんは感動して泣き、それ以来、その話をするたびに泣く。どこかが琴線にふれているらしい。

そう。私が夕方、寄ったら、しげちゃんが、「ミルクキャラメルかぼんたん飴を買ってきてって頼もうと思って」と言う。「本当はキャラメルがいいけど、ぼんたん飴の方が、ちょっと甘さがひかえめだから、ぼんたん飴でいいから」と、殊勝なことを。

う〜ん。お菓子との戦いはきりがないような気がしますね。

甘いもの大好きな人なので、たぶん、今はそれが唯一の楽しみなのかも。

以前、肺がんで父を亡くしたという人が、最後に、ああ〜タバコを吸いたいな〜と言いながら亡くなったという父の言葉を思い出して、吸わせてあげればよかった。あんなに吸いたがってたのに……と後悔している文章を読んだのですが、もうこのへんになると、考え方の違いというか、人生観の違いになってきますね。

私だったら、もうここまできたら、ある程度、嗜好《しこう》性重視という意見ですが、体に悪いということを重視する考えの人は、禁止するだろうし。どうすることが、だれのためになるのかというのも、決定権の問題のような気がする。

病人と介護人の、どちらの意見をとるか。

そして、うちの場合、しげちゃんはひとりで買い物に行けないし、決定権は、実際に介護しているせっせにあるので、私には無理にこうしろという権利はないので、いちおう、自分の意見は述べるけど、それ以上は言わないことにします。

これも、子育てと似てる。子どもの育て方って、結局、親に任せるしかない。どんなに他人が、あれって、あんまり…と思っても、親が自分の子どもにやってることは、なにかあるまで、他人は口出せない。

せっせが責任者なので、そして、せっせはしげちゃんの健康のためを思ってやってて、それによってしげちゃんが悲しむのを見なきゃいけないのもせっせなので、ふたりの世界を尊重します。

まあ、せっせが甘いものを結構与えてるつもり、って言う内訳は、あめ2個、なのだから。せっせも厳しいですよね〜。頭が固いというか…。いるよね〜、こういう人。でも、すごくしげちゃんのことを心配してるんだよね。愛情はすごくあるんだよ。

「ふたりとも、半分半分、歩み寄ったら？」と提案しておきました。「ぼんたん飴を買ってきて、なかみの飴を半分だけあげるっていうの」
すると、せっせは、「いや、3個」と言ってました。お菓子がすご～く悪いと思ってる様子。でも、こんなせっせとしげちゃんって、なにか、すごい因縁みたいなものがある気がする。このことだけでなく、ふか～くてふくざつ～な前世からのなにかがあるような気がするので、そこに入り込む気はないのです、私は。だから、私にできることは、たまに顔出して、しげちゃんに庭の花を摘んであげたり、ワールドカップの話をしたり、日々のあれこれをぽつぽつ語り合い、今日一日、という単位で、接していくことです。

6月13日（火）

夕方、おかずを小分けして持っていく。せっせは田んぼで、田植えの準備をしている。
しげちゃんと話す。
私「昨夜《ゆうべ》、ワールドカップ、見た？」
しげ「うん。残念だったわね～。1点入れられてから…」
私「ホント。きのう、きんつば、もらった？」
しげ「ううん」
私「え？　半分、おかずといっしょにもってきたのに」
冷蔵庫を見てみると、半分のきんつばがそのままはいっている。
私「きのうはぼんたん飴があったから、きんつばは今日かもね」

しげ「ケアセンターの人に、ぼんたん飴、買ってもらってよかったわねって言われたわ。……今朝ね、くつしたをぬいじゃって、見当たらなかったから、おにいちゃんに、くつしたどこかしらって言ったら、ヒステリーを起こしてたわ。僕は田んぼもやらなきゃいけないし、大変なんだ〜！　って、畳を手でバンバンたたくのよ。だから、黙っといたわ。そして、僕が結婚できなかった理由は、こんなふうにヒステリーを起こすからだ、って」

私「そうそう。時々、爆発するよね。昔からそういうとこあったよね。そういう時は、もう放っといた方がいいよ」

しげ「そう」

私「せっせもさあ、今まで人と暮らしたり、人の世話したことなかったから、きっと大変なんだよね。だから、これ、いい勉強というか、せっせの修行っぽいね」

しげ「うん。そう」

私「時々、かんしゃく起こすだろうけど、気にしないようにね」

しげ「うん。……ここ2〜3日、考えるんだけど、どうしてこんな病気になったのかしら、って。もしかしたら、おにいちゃんに、田んぼも不動産も、全部まかせて、私はひっこめってという神様の、」

私「采配《さいはい》？」

しげ「そう。配慮。そうじゃないかしら。私はもう、ひっこんで」

私「そうだよ。もう全部まかせたらいいよ」
しげ「そうしたら、結婚もするかも」
私「それはわからないけど」
しげ「いい人がいるのよ」
私「しげちゃんだけが思ってる人ね」
しげちゃんはせっせに結婚してほしくて、無駄な努力をかさねている。けしてあきらめない不屈の闘志。
私「まあ、お菓子に関しては、もうせっせの言うとおりにするしかないから、あきらめた方がいいよ。時々は、くれるらしいし。私はもう言わないわ」
しげ「うん」
私「これも運命だと思うしかないよ」

夜、せっせに頼んでおいたディスカバリーチャンネルのＤＶＤを持ってきてくれた。
せっせ「今日、交通事故を起こした」と、暗い顔。
私「え？　どんな？」
せっせ「田んぼの前の坂になってる道に車を止めたら、イチキ氏が一輪車で横切っていこうとしてたので、早く行ってくれって言おうとして車の外に出たら、車が勝手に動き出して、側溝に落ちてタイヤがパンクした」

私「サイドブレーキはしてなかったの？」
せっせ「うん。ギアもはいってなかった」
私「ニュートラル？　じゃあ、せっせがいけないんじゃない？」
せっせ「そうだけど、イチキ氏に原因があると思うと腹が立って腹が立って」
私「まあね。もとから、そう好きじゃないしね」
せっせ「そう」
私「でも、人身事故じゃなくてよかったじゃない。ちゃんとサイドブレーキを引いとけっていう、注意かもよ」

いろいろとあるな。

私「さっきしげちゃんと話したけど、元気そうだったよ」
せっせ「そう。でも、きょう、ちょっと熱があったらしい」
私「ああ。そう言ってた。でも、見た目はよかったよ。ぼんたん飴《あめ》、買ってもらってよかったですねって、言われたらしいね」
せっせ「連絡帳に書いといたから。でも、どんどん食べるから、あと、やっぱりごはんを食べなくなるから、ちょっとしかあげないようにしようと思う。君は、箱ごと渡せって言うんだよね」

あ、また極端な受け止め方。せっせは時々、前後の文脈を無視して一行だけを抜き出して、君はこう言った、って言い方をすることがある。

私「ううん。違うよ。箱ごと渡せって言ったのは、そんなに欲しがってるんだったら、一度ぐらいは、箱ごとあげても別にいいんじゃない、って思ってそう言ったの。あと、ごはんを食べなくなるっていうのに対しては、ごはんのあとだったら、お菓子をあげてもいいんじゃないかなって思ったの。クッキー2枚ぐらい。そんなに堅苦しく考えないで（おっと、いかん。また、したくもない熱い論争が始まりかけてる）。

まあ、でも、もう……、せっせの思うようにしたらいいと思うよ。あ、そうだ、休耕田って、別にそのままにしててもいいらしいよ。今日、人に聞いたらそう言ってた」

せっせ「うん……。でも、周りの人は嫌がるだろうから。虫とか。ホント、田んぼなんか、やりたくないんだよ」

私「やめていいんじゃない？　べつにだれもやれとは言ってないんだし、やりたくないんなら」

せっせ「やめたい」と、言いながら去っていく。

やめることはできないだろう、すくなくとも今年は。せっせの性格的に。

6月14日（水）

朝、カンチとせっせのことを話す。きのうの、畳たたいてかんしゃく、の話。

私「田んぼ、いやなら、本当にやめればいいのにね。でも、せっせって、苦しい状況を改善しようとは、絶対しないよね。もうどんなに大変でも、それを苦しみながらやり抜こうとするよね。誰がなんと言っても。誰もよろこばない無駄なことでも。自分を追い詰めて、キューキューキューキュー言ってるんだよね。なんだか、ものすごく狭い穴に自分から入り込んで、苦しい苦しいって言ってるみたい」

カンチ「そして、いつか、爆発」

私「ハハハ」

カンチ「行ってきま〜す」

だんだん、せっせのことを思い出してきた。いちばん印象深いのは駐車場の一件。前にも書いたけど、せっせの家の前にはかなり広いスペースがあって、そこに夜、近所の飲み屋に行く人が車をよくとめていたらしい。それがいやでいやで、犯人の家をつきとめたいと思ったせっせは、夜中、すぐに追いかけられるようにわきにバイクをとめて、電信柱のかげにかくれて犯人が車に戻るのをじっと待っていたらしい。フルフェイスのヘルメットをかぶって。そんな姿をみかけた近所の住人が、不審者がいると警察に通報し、警官がやってきて、せっせは職務質問を受けたそうだ。

ひとつのことが気になったら、もうそればかりに集中してしまい、思考が狭くなるみたい。しげちゃんの病気だけじゃなく、せっせのストレスも要注意。

なんか、気持ちが暗くなってきた。いけない。忘れよう。

夕方。今日はそばを小分けして持っていく。あと、肩からさげるバッグと靴下。

私「きのう、きんつば、もらった？」

しげ「うん。きんつばがあるんだって？　って催促したら、だしてくれたわ」

私「ふうん」

しげ「ちいさかったわ」

私「そう。半分だもん。きょうは、ケアセンター、どうだった？」

しげ「おもしろかったわよ。ゲームをして…」

しゃべっているうちに、せっせが帰ってきた。もう田植えが終わったらしい。元気そうだ。

家に帰って、夕食。ひさしぶりに牛肉を焼いたら、みんなおいしいと食べている。牛肉って、ほとんど家では食べない。3ヶ月に1回ぐらいかな。冷蔵庫においしい焼肉のたれがあったのを、昼間、見つけたので、それで思い出して。そのたれって、梨がはいっていて、牛肉を焼いてつけて食べると、もう〜、おいしい。

食後、カンチから借りたマンガ「デスノート」を見る。下手にしゃべると、大事なことを話されるので、「デスノート」のことはもう二度と話さない約束になっている。というのも、きのう私が、「今、7巻まで読んだ」と言ったら、「○○は死んだ？」って言ったので、ケンカ。

カンチは、試験中なのに、ギターをやけに熱心に弾いている。

「勉強、しないの？」

「しない」

「どうして？」

「きらいだから」

今回は、もう完全にしないことに決めたらしく、そのあとも、テレビを見て、絵をかいていた。

掃除機。今までの国産のサイクロン式のが、吸い込みが悪くなったので、買い換えることにした。今度こそ、長く使いたい。ダイソンかミーレで迷って、結局ミーレにした。もうすぐ来る。今までの掃除機のフィルターをきれいに掃除して、しげちゃんちに持っていく。せっせは掃除はしないようなので、毎日、行った時にこれでささっと掃除しよう。あと、あたたかい日本茶をその時に入れてあげよう。あ、自分でできるように、ポットとお茶セットを置いておこうか（結局、掃除、してあげてないや。お茶は、自分で入れられるように、せっせがセットしてくれた）。

6月15日（木）

3時すぎ、夕食のおかずと3時のおやつ（りんごとバナナのカラメルソテー、バニラアイスぞえ。りんご5分の1、アイスも大匙《おおさじ》2杯ぐらいだから、小皿にちょっと）を作って持っていった。しげちゃんはまだ帰ってなくて、せっせが玄関で待っていた。あまりの疲労のせいだろうか、すわったまま寝ていた。

間もなく、しげちゃんが帰ってきたので、おやつをあげた。せっせに承諾を得る。いいよと言ってくれた（しぶしぶ？）。もし、これがなかったら、なにかおやつ、あげる予定だった？　と聞いたら、ううん、という返事。

……そうなんだ。

それから、掃除機で床を掃除した。しげちゃんがすわっているテーブルの下を掃除する時、しげちゃん、掃除機の邪魔にならないように、足を空中にそろ〜っと持ち上げていた。その、黙って足を持ち上げたところ、なんかいい気なもんだな、と感じたので、

「上げ膳《ぜん》、据え膳で、天国だね」と言ったら、

「ええ、そう」なんて、まんざらでもなさそう。嫌いな料理作りもやってもらえて、嫌いな掃除もこうやって（同じくそう好きでもない）私にやってもらえて。

夜、カンチとケンカ。ママー！　ママー！　って大声で遠くからいつも呼ぶので、それ、

やめて、ってことから始まり、次にゴキブリのことで。で、自分の感じ方を正しいと思いこんでいて、私の言うことを自分の都合のいいように決めつけて、私はこういうつもりで言ったんだと何度言っても信じないので、もうなに話してもムダだと思い、あきらめて離れたら、「逃げた！」と言ったから、しばらくしてから、丁寧に説教する。「逃げた」なんて言われるの、すごくいやだ。

6月16日（金）

朝、下の子（さく）に、「パン、作ってあげようか」と言ったら、

「いやだ。うん、って言うと、いつも、ふざけて、パンツ食うの？　っていうから」。

そうだよね。そういえば、こないだカンチが、

「ママに何か食べたいって言うとき、○○食べるよ、いい？　って言うと、ダメで、○○食べちゃだめだよね、って言うと、いいって言うよね」

「そうだよ。いばって、当然のように聞かれると、あげたくなくなるけど、おなかがすいたけど何かないかな〜って、謙虚な感じで訴えられると、なんでもあげたくなる。それ、しらなかったの？　ママ、いつもそうじゃない。ママには、効果的な言い方があるんだよ」

「最近、気づいた」

「ダメだね〜。そういうこと、もっとはやく気づかないと。気づく人は気づくんだよ。カ

ンチは人の気持ちを見なさすぎ。言い方で、変わるんだから。どうにでもできるんだよ。ママを動かすのなんて、簡単に。そういう決まったルートがあるんだからさ。いい？　いばったらダメで、謙虚だと、ＯＫ」

「ばらとおむつ」第30号

お祭りが好きなしげちゃん。ワールドカップには釘《くぎ》付けです。今朝は「T教の神様と、アマテラスオオミカミにお祈りしたら、その直後に点をいれられた、**めちゃくちゃ**だわ」とつぶやいていました。77歳のばあさんに「めちゃくちゃ」なんて言葉を使わせたジーコジャパンの罪は重いと思いましたよ。

しげちゃんの手作りの応援旗です。最初は何を作っているのか、わかりませんでしたが、そこらへんで拾ってきた竹が手作り感が出ていますね。

今までしげちゃんの服をいっぱい買ってきたのですが、どうしてもズボンの丈があいません。しげちゃんの背が低いせいです。

ところが、間違って買った夏用のズボンがぴったり。よく見たら八分丈。これからは八分丈でいこうと思います。もし皆さんがしげちゃんに贈り物なんて思ったら、八分丈ですよ。いいですね。

連絡　てる君へ。
髪は短いほうが良いですか。私もすごく良いと思います。しげちゃんはすごい天パーなので、朝、なにもしなくてもパーマがかかっています。ぜんぜんセットしなくてもきれいになってます。しかも、抜け毛がすごく減りました。唯一の後悔は、なんでもっと早く切らなかったんだろうということぐらいです。」

ミーレの掃除機がきた。慎重に組み立てる。

重くても、下の車がくるくるよく回るので、すいすい動いて軽すぎるほど。

ホースも長い。そして、紙パックがすごい。分厚くて、しっかりしている。

さっそく掃除する。もうサイクロン式の時みたいにゴミをいちいち捨てなくていいと思うとうれしい。サイクロン式は、灰色の砂みたいなのがだんだんフィルターに詰まっていくのがいやだった。

今までの掃除機と違い、吸い込む力が変わらないのがうれしい。ミーレ、これこそ私が求めていた掃除機かもしれない。なにしろ、スイッチが本体の上部にあって、足でそこを押してスイッチオン、というラフさが気に入った。足でガーン！　足でガーン！　でいいんだって。

どんな上品な人も、これでやってるのかな。上品な人は、手で押してるかもな。

ダイソンを最近買った友だちが来たので、ちょっとミーレを使ってもらった。

すると、「こっちの方が、よかったかも〜」

「どういう点が？」

「音が小さいのと、排気が上にあるとこ。ダイソンは、後ろだから、犬の毛が、吹き上がるんだよね。だから、もう一度掃除しなきゃいけないの」

「ふ〜ん。……かえっこしないよ」

「いいよ！」

ほたてのおさしみを持って、しげちゃんちへ行く。

やけに部屋がきれいになっている。

「掃除したの？」

「あさって、おばさんがくることになって」と、せっせ。

しげちゃんの、福岡に住むおねえさん。元気で、働き者で、信心深い。

「いつも説教されるのよ」と、しげちゃん。

「そうそう。あれがいやだった」

私たちにもお説教してたな。大きくなってからは、逃げてるけど。

ちょうどこれからごはんを食べるところ。食べさせている姿を見て、どうしてせっせが食べさせてるの？　と聞くと、だって、自分で食べさせると、大豆をひとつぶひとつぶつまんでて時間がかかるから。そうすると、おなかがいっぱいになって、全部食べないんだよ。前回のことが恐怖で、とのこと。前回の退院後、ほとんど食事を食べなかったから。しげちゃんは、鳥のようにあーんと口をあけて、おいしそうにぱくぱく食べている。

「こうやって、よく食べるから」

「きのう、掃除機をかけていて、黙って足をそーっとあげたのを見た時、気ままなものだなと思ったよ。上げ膳、据え膳で、掃除もしなくて、いいね、って」

「そうなんだよ。僕も思った」

「えっ、いつ思った？」

「もうずっと前からだよ。だって、この人、掃除も、炊事も、洗濯も好きじゃなかったから」

「だよね」

笑いながら、聞いてるしげちゃん。

「嫌いなことなんにもしなくていいなんて、いいね〜」

笑う、しげ。

きのうに引き続き、りんごとバナナのソテー、バニラアイスぞえ、バルサミコ酢がけを作る。おなじものをきのうの夜も作ったけど、今、これに凝ってるので。

バルサミコ酢をたっぷり、煮詰める。すっぱい蒸気がたちあがってくるので、それを吸い込み、むせる、っていうのをカンチと繰り返して、遊ぶ。さくにも吸い込ませようと無理強いしてるので、それはやめさせる。バニラアイスにバルサミコ酢を煮詰めたのをかけると、固まるので、そこがおいしい。食べながら、何かの話の流れで、
私「なんで、イカちん（さくの父親）と結婚したのかなって思う。す〜ごく好きってわけじゃなかったもん」
カンチ「そう思った。だって、なんか汚いし」
私「あ、あれはふつうの範囲だよ。男の人の。
……やっぱり、縁なのかもね。結婚って。不思議だよね。でも、人はいい人だよ。ムーちゃん（カンチの父親）の方が、最初、好きだった気がする。（最初だけだけど）」
カンチ「だよね」
私「お、自分の父親なもんだからヒイキしてるんじゃない？……カンチ、性格、似てるよ」
カンチ「どんな？」
私「根はやさしいんだけど、それをあらわすのが面倒で、けっこうクール。途中で、もういいやって、まあしょうがないんじゃない、なんて、なんに対しても、よく思う感じ。よくも悪くも、執着心がない」
カンチ「ああ、似てるわ」

6月17日（土）

朝、ビデオをみながら、スープを飲みながら、ごろごろ。
私「カンチ、マンガ、買いすぎだよ。あの棚、整理してくれない？」
カンチ「してるよ」
私「あれで？　もういらないのがあるんじゃない？」
カンチ「ない」
私「昔の『なかよし』とか『りぼん』はもういいんじゃない？」
カンチ「ああ、あれはね。うん。あれは、いいよ」
私「ほかのは？　コミックの中にもあるんじゃない？　こないだ棚からどさどさって落っこちてたけど」
カンチ「ダメ」
夜、食事中と思われる時間に、しげちゃんちへ。カンチが作ったクレープを持っていく。部屋がまた、もっときれいに掃除されていた。食事中、またしゃべる。
私「これから、なにかしたいことあるの？」
しげ「七夕に、外を飾ろうかと思うの」
せっせ「そんなこと考えてたの？」

6月18日（日）

小学校の親子奉仕作業の日。草むしりなど。朝7時から9時まで。

6時半に目覚ましをかけて、起きて、行く。いつも私は、剪定鋏《せんていばさみ》をもって、校門のちかくのつつじなどを剪定することにしている。今日は、さかさハート型に丁寧に剪定した。途中、さくのクラスの女の子たちがやってきたので、さかさハートをみせてあげる。みんな、ホ〜って顔して見てた。女の子たちが去って行ったら、さくが、よかったと言う。どうして？　だって、女の子たちってうるさいんだもん。

上級生の男の子も、さかさハートを見ていた。私が一生懸命、黙々とやってると、おもしろそうに思うらしい。枝運びを手伝ってくれた子もいた。

手持ち無沙汰《ぶさた》に子どもたちがぶらぶらしてるのを見て、指導する人の重要性を強く感じる。子どもたちも、ただぶらぶらして時間をすごすより、ちゃんと指示してもらったら、力を発揮できるし、やりがいもあるし、達成感ももてるだろうにな〜。指導者って大事だな。子どもの力を発揮させるとか、能力を目覚めさせる、って、そんな仕事の人って、きっとおもしろいんだろうな。上手な人は。コツを知ってる人は。

昼前に、しげちゃんちに、庭の花を持っていく。玄関の掃除もする。芝が、ドアの下のコンクリートの隙間まで繁殖していた。そこを刈り取っていたら、とかげが逃げて行った。

全部刈り取ったあと、そのとかげが帰ってきて、芝のあった場所で、くるくる回ってる。ねぐらをさがしてるのかな。ごめんね。刈り取らせてもらいました。

『6月19日(月)「ばらとおむつ」第31号
庭でがさがさ音がします。まさか、このへんには猿はいないはず。いったいなんだろうと見てみると、庭あそびをしているしげちゃんが、木の枝から枝へとつかまり歩きをしていました。しげちゃんは直立2本足歩行は困難なので、木の枝から枝へとつかまり歩きをするそうです。そうすると、移動が楽ですと。うちの庭がジャングルみたいに茂っていることもあって、ほんとにお猿さんが出たのかと思ってしまいましたとさ。』

朝、さくが登校。私だけが使っている、さくのあだ名は「ぼんちゃん」。

玄関の戸を開けて出かけようとするぼんに、

「いってらっしゃい、ぼんちゃん！　ママのぼんちゃん」

「ママの？」と、納得いかない様子。

「じゃあ、だれの？」

「みんなの」

「ふふふ」

「いってきます。……ぼんちゃん」と、みずからつぶやいて、出て行った。

テレビを見てると、サッカーの話題一色。

どうしてみんな、勝て勝て、死ぬ気で勝て。勝つ勝つ、死ぬ気で勝つ、っていうんだろう。客観的に実力を見ると、まず勝つのは無理だろうし、それでも万が一勝ったら、その時、すごくよろこべばいいんであって、とにかく、奇跡を起こせとか、死んでも勝てなんて、どう考えても無茶だと思う。やるほうも、応援するほうも、冷静さに欠けているような…。感情的、ロマンチックすぎる。

きのう、夕方、しげちゃんちに行ったら、来てました。福岡のおばが。会うなり、ばーっとしゃべりまくって、そのパワーにたじたじ。数分間、ひとことも言葉をはさめない。せっせとひとまず外へ逃げる。せっせが「あのイチキ氏よりもつわものがいた」と言う。聞けば、イチキ氏は、自説を主張しはじめたら、一歩もひかず、断固として言い張るのだが、さっき、おばの前で、自説を言下に否定され、ぐっとひきさがったまま、今はただひたすら聞き役に徹してるという。

「イチキ氏よりも、すごいのがいた。それがおもしろかった」と、興奮ぎみにしゃべっている。だいたい、あの兄弟はみんな、パワー過剰だ。ハイパーテンション。さわらぬ神にたたりなし。へたに近づくと、へんなものをあびる感じ。私は、そそくさと退散する。会っても、さっきみたいに一方的に話を聞かされるだけだから。
夜、せっせから電話。
私「どう？」
せっせ「おばさんが帰ったよ」
私「え、早かったね。1泊だけ？」
せっせ「長くいる予定で作業着とか持ってきてたらしいけど、しげちゃんの現状がわかったし、もうやることないから、って。おじさんのことも親戚《しんせき》で話し合うって」
私「ふうん。よかったね〜」
せっせ「まあ、楽観はしてないけど。むずかしいだろうし」
私「おばさん、しげちゃんの様子が初めてわかって、ショックだったかもね。今まで、くわしく説明してなかったでしょ？」
せっせ「うん。連絡もしなかったから」
私「電話しても通じないから変だって、むこうからせっせに電話がきて、そこで初めて教えたんだもんね」
せっせ「うん」
私「私たちって、親戚づきあいしてないもんね」
せっせ「うん。夕方、しげちゃんが泣いてた。字も書けないって、メモしながら」

私「おばさんが帰ったからかな？」
せっせ「う〜ん。どうもウツっぽい」
私「そこまでじゃないと思うけど。今までは、どんなことも無理やり自分の都合のいいように解釈して乗り越えてきたような人だから、体が動かないってことは、解釈じゃどうにもできないから、それを受け入れるのが苦しいのかな」
せっせ「うん」
私「それって、ガンになった人がそれを受容するまでの過程で、ひと通り通過しなきゃいけない感情の変化と同じで、本人の人生観の問題だから、見守るしかないよね」
せっせ「うん」
私「でも、3月の頃の、死ぬかもしれないってあの頃から比べたら、ずいぶん元気になったんだけどね。あの頃は、考えるってこともできなかったからね」
せっせ「そうなんだよ」
私「しょうがないよね」

『6月20日（火）「ばらとおむつ」第32号
福岡のおばさんが来ました。しげちゃんの姉に当たる人です。
以前から気になっていたけど、忙しかったので、ようやくしげちゃんに会える時間をとって面会にきたそうです。私はこのおばさんと、イチキ氏の今後について話したかったので、こちらに来てくれるということで、とても期待してました。

もし、しげちゃんになにかあった場合、イチキ氏の今後がとても心配でした。おばさんはおじさんが我が家の問題になっていることに理解を示してくれて、親戚がそろう機会（6月29日）に親戚一同で話し合ってみようと言ってくれました。私が最大の問題と定めているのは、しげちゃんの弟Yさんの奥さんです。このひとは、しげちゃんの実家、F家に嫁にきた人なのですが、とにかくやり手で評判が悪く、F家の人たちからは、F家がだめになった原因みたいに言われている人です。どのような結論が会議で出るかわかりませんが、現状が大きく改善されるものでは無いような気がします。問題のある84歳の老人を引き取ろうという人はそんなに沢山はいないでしょう。

驚いたのはしげちゃんです。おばさんが帰ってから、なにやらメモ帳に書き付けているのです。それも、**泣きながら**ですよ。

なにを書いているのかと、覗《のぞ》いてみると「私はまだ、字も書けません」の文字が飛び込んできました。どうも、おばさんと話をして、昔を思い出して、今の自分を嘆いているみたいです。ついにきたのか。

脳《のう》梗《こう》塞《そく》鬱《うつ》

自分のふがいなさに泣いているのでしょうか？

「おかあちゃん、なんで泣いてるの？」

「なんでもないよ」

「、、、、、、」

それから2時間後、もう一度やんわりと聞いてみたら、

「おばさんが帰った」との返事。おばさんが帰ったのがショックなのでしょうか。私の勘では、ちょっと鬱が入ったような感じです。やはり、脳梗塞で体がいろいろ問題おこしていることを悩んでいるのかもしれません。そこで提案ですが、しげちゃんと面会するときは、なるべく明るい話をする。

しげちゃんが二度と機能を回復しないような予想をしない。

リハビリで回復した実例を示す。将来に向けて、明るい話をする。

「あなたは、足がなえている」みたいな現状を正しく表現したことを言わない。

などはいかがでしょう。嘘でもいいから明るい話、楽しい話ということです。

みなさんよろしくお願いします。しげちゃんは、病気で、おそらく**二度と**回復しないだろうということを考慮して話してください。それでは、またね。』

死んだらどうなると思う？　としげちゃんにきいたら、そんなこと考えたこともないわ、と言っていたな。

死後にも世界があると思うと、死や病気の意味が変わって、恐怖心や悲しみがなくなるんだけどな〜。でも、そういうことって、ちょっとでもそういう問題意識もった人じゃないと、話せない。聞いてくれないしね。普通は、大病とか、大怪我とかで、生死の境をさまよったり、絶体絶命の境地に立たされたり、不思議な体験をした人が、そっち方面に興味をもち始めるらしい。

私の場合は、純粋な興味から。死や病気が怖かったから、どうしたら、怖くなるかと思って。あと、世の中の矛盾について考えてて。

死や病気を、変に忌み嫌うっていうか、怖がりすぎてておかしいな、って思って、それらについていろいろな人の意見を聞いたり本を読んだりして考えて、自分が最も納得のいく結論が、死後の世界があるってことだった。一般的に言われる、スピリチュアリズムに近い。でも、スピリチュアリズムとも、ちょっと違うけど。私の考えみたいなのを入れてるし。

私はなんでも、ひとりでできることが好きで、信仰でも宗教でも、人とやるのが嫌い。私の基本は、ひとりでできるってことだ。だから、宗教団体が嫌なのかも。団体になると、決まりごとができるから。規則でしばるのは変だと思う。尊い何かに向かっていると、人って自然に自分で自分を律するようになるのだと思う。既存の宗教って、その成り立ちの時点ではいいものだったのかもしれないけど、団体を維持する段階になると、維持することが目的になって、ほとんど会社組織の内部事情みたいなものでごちゃごちゃしていくような感じ。

朝、ごはん食べながら、カンチに、しげちゃんが泣きながらメモしてたってことを教える。

私「しげちゃんって、今まで、楽観的に物事をとらえてきてたから、体が動かないってことは、どうしようもなくて、悲しいのかもね。だから、いつも最悪なことも同時に考えてた方がいいよね。そうしたら、何かあったときに、ショックが小さいから。ママなんて、いつも最悪の事態を同時に考えてるよ」

カンチ「カンチも。でも、すごく楽観的にも考えるけど」

私「そうそう。楽観的なときは、ものすごく楽観的すぎること考えちゃうんだよね」

カンチ「うん」

私「すぐに、考え直せるけど。あれ、なんだろうね。バカみたいにいいふうに」

カンチ「うん」

せっせに、家の前の草ぼうぼうの畑をトラクターで耕してと言ったら、さっそくやってくれてる。でも、葛《くず》などが生い茂って、つるがからまってなかなか大変そう。何度かやらないとダメみたいだ。ここで、野菜を、もしかしたら、作るかも(作らなかった)。

私「あのさあ、前向きに考えるのと同時に、また急に脳梗塞がおこって、今日にも亡くなるかもしれないってことを、いつも同時に考えとこうね」

せっせ「うん。つい、よくなってるって思ったりするけど、安心したらいけないね」

夕食後、しげちゃんちに遊びに行く。ちょっとしゃべって、あれ？

私「またろれつがまわらなくなってない？」

せっせ「そうなんだよ」

ろれつがまわらなくなってる。きのうまでは、もっとよかったのに。

また梗塞がおこったのかな。話してる内容は、ちゃんとしてるけど。なんか、ぼーっとしてる。おばさんと会って、疲れたのだろうか。泣いたこと、思い出させると、また涙がでそうになるみたい。涙もろくなって、と自分で笑ってる。

私「小脳の影響で、感情がストレートにでてるのかな」

せっせ「どうなんだろう」

女性誌かなんか、今度、買ってきてくれる？　と頼まれたので、明日、買ってくるね、と言う。

せっせ「君は、最近、ひんぱんにくるね」

私「だって、いつどうなるか」

せっせ「ろれつもまわらないしね」

私「うん」

ごはんをせっせが、鳥のヒナに食べさせるように食べさせてるのをみて、さすがに、おばさんも、「自分で食べさせなさい。リハビリよ！」って言ってたらしい。

それには私も、同意見です。

親戚《しんせき》からきた香典返しの商品カタログを見ながら、どれにしようか、3人で迷う。あまりにもたくさんの種類の品物があって、なかなか決められない。バイオリンとか、卓球台、折りたたみ自転車まである。で、特に欲しいものもない。

6月21日（水）

朝、さくが登校して、カンチとのんびり、朝ごはんを食べる。カンチは、いつも遅刻ぎりぎりに登校する。椅子のところに、赤い小学校の帽子を見つけた。

私「あれ？　これ、さくが忘れていったのかな？……あ、きのうきた友だちが忘れてったんだ」

時計を見る。8時5分。「まだ、だれか通ってるかな」

忘れ物を見つけたら、すぐに塀の上から裏の道を見下ろす。

子どもがいたら、上から声をかけて、忘れ物を託す。

誰も通らない……。

どうしようかな……。庭掃除している男の子たちが見える。あの子たちにたのもうかな…。ちょっと遠いか……。投げても届かず、前の道に落ちたら、まずいな…。

と、思ってたら、ひとり、5〜6年生ぐらいの女の子がやってきた！

「おはよう！　ごめん！　上！　上！」

きょろきょろしている。

「上、見て！」

見てくれた。

「あのね、2年1組のあやちゃんって子が、これ忘れていったんだけど、渡してくれる？」

こくんとうなずく。

「じゃあ、いい？　ここから投げるよ〜」ぽんと落として受け取ってもらう。

「さんきゅ〜」

私「あ〜よかった。6年生ぐらいの女の子が来た。この忘れ物たのむの、好きなんだよね〜。みんな、うん、ってうなずいてくれるんだもん」

カンチ「だろうね」

私「どこから声が聞こえてくるのかわかんないみたいで、みんなきょろきょろするの。で、上、見たら、塀の上から頭がでてて、驚くみたいで。おもしろいんだよ。びっくりしたまま、なに言っても、こくん、って。私も上から呼ばれたいよ」
ふでばこみたいに落とすと壊れそうなものは、袋に入れて、棒につけてするするとさげる。ゆらゆらするそれを、子どもが一生懸命手をのばして取ってくれる。それもまた、おもしろい。
カンチ「せっせ、南の島のこと、あれからは?」
私「そういえば。ぜんぜん。あの時は、最初だったから、パニくってたのかもね。あれ以来、島への移住のこと、言ってないわ。うん。田植えまでしたしね」

『「ばらとおむつ」第33号
しげちゃんの描写が少し悲惨すぎたでしょうか? いきなりてるくんとエミさんからメールが届いてびっくりしました。
今朝しげちゃんに二人からのメールを見せました。

これは相田みつをではありません。
しげちゃんからエミさんへの返事です。病院から帰ってきたときにおばさんがいなかったので、悲しくてなきたい気分だったという意味の事が書いてあるのですが、わかりますかね。この文章を書くときもやはりぼろぼろと涙をこぼしてました。
こちらはしげちゃんからてるくんへの返事です。

おみやげはお菓子でもいいんですよと書いてあるのがわかりますか？　しかし、今うちにはお菓子がたくさんあります。お土産で貰《もら》うことも多く、食べるほうはかなり制限されているからです。このまえお土産にもらった明太子《めんたいこ》は好評でしたが、あれも塩分が高いので、あまりたくさん食べられません。いまある分も、いつごろ食べ終わるか見当もつかない状況です。まあ、日持ちのする食品なら、ゆっくりと食べればいいので、なんでもかまわないかもしれません。お菓子でも、ご飯のおかずになるような物でも、少しずつなら食べられますから。』


夕食時、女性週刊誌を3冊買って持っていく。

今日、せっせが帰ってきたら、しげちゃんが掃除をしていたそうだ。

「お姉さんにハッパかけられたから」

皿洗いとか、掃除とか、しなさいよ。と、強く言われたのだそうだ。

それに、立って、歩いていたらしい。ちょっとだけど。

「え、ちょっと今、歩いてみせてよ」と言ったら、立って、2歩ほど歩いた。

「前みたいにふらつかなくなってるね〜。それに、しゃべりも、治ってるね」

「そうなんだよ。ちょっとよくなったみたいだ」と、せっせもうれしそう。

「ごはん、自分で食べさせるようにしたら？」と言うと、

「そろそろ、そうしようかと思っていた」とのこと。

私「イチキおじさんのこと、おばさんたちが考えてくれるかもね。おじさん、生ゴミを捨てられないし、腐らせてるし、やっぱり一人暮らしは無理だよ」
しげ「こんなことになるなんてぜんぜん考えもしてなくて、ひきとったのよね～。私が病気になるなんて思わなかったから……。でも、ここに連れてきた時は、こんなところには住めないって、言ってたのよ」
私「おじさんって、気位が高そうだよね」
しげ「そうなのよ。こんなぼろ家って、いやがって」
私「だったら、病院に入るの、いやがらないかもよ。病院ってきれいだし、立派だし。すくなくともこの家よりは」
せっせ「そうだね」
私「おじさんが引っ越して来る時、おじさん用の部屋をわざわざ改装したんだもんね」
せっせ「そうそう」
私「うれしいかもよ。こんな古い家は自分には似合わないって、思ってるなら」
しげ「白内障の手術も、こんな田舎の病院じゃ受けられんって言って、わざわざ県立病院まで連れて行ったのよ」
「また、庭の花を摘んでくるね」と言って、花瓶代わりのコーヒーカップを持って帰る。

梅のよく熟れたのを使って、梅ジャムを作る。

先日、ランチをしたお店で買った手作り梅ジャムがすごくおいしかったので、それに触発されたのだ。色は、ちょっと劣るけど。買ってきた方は、透明感のある山吹色。私のは、透明感のない黄土色。すっぱさがおいしい。もうすこししたら、庭の赤紫蘇《あかじそ》で紫蘇ジュースを作る予定。梅シロップはもうすぐ飲める。

今年の夏は、ジュースが豊富だ。普段は、ジュースって、飲まないんだけど。

6月22日（木）

くちなしが咲いたので、それをカップにさして持っていく。
私もパソコンの脇に置いているけど、いい匂い。
夜、カンチがギタークラブに行くので友だちも一緒に送っていく。迎えに行く約束の時間に遅れてしまった。その友だちにあやまる。
私「ごめんね。カンチがぐずぐずしてておそくなって。私は駐車場で先に待ってたんだけど、カンチ、時間にルーズだからさ。学校にも、いつも遅刻してるでしょ」
カンチ「あした、7時20分に家をでるから。遅刻が3回続いたから、学校か、家か、友だちに頼みなさいって言われて、友だちを選んだの。カンチとあとひとり、いつも遅刻する人がいて」
私「カンチは、遅刻がいけないって思ってないからね。だから、しちゃうんだよ」

友だち「この時間までには出るって、決めれば？」
カンチ「う〜ん」
私「それができないんだよね。……そういう人には、なにか罰を与えるとか、そういう低レベルの対応しかなくなっちゃうんだよね〜。もし罰を与えられるとして、これだけはされたくないってこと何かある？　それさせられるんだったら、もう絶対遅刻しない、っていうの」
カンチ「先生とおなじこと、聞くね。
その反対だったら、いいけど。遅刻しなかったら、ごほうびくれるとか」
私「そうしたら、生徒全員にあげなきゃいけなくなるじゃん」
カンチ「ああ、学校中のことか。ママとカンチのことじゃないのね」
私「カンチは、遅刻してもいいって思ってるし、推薦入学ができなくなるっていうのも、別にいいと思ってるし、そういう人は、罰に……どうしてもイヤなこと、たとえば、人前でおしりだすとか……」
友だち「でも、カンチだったらできそう」
私「そうだね」
カンチ「先生、罰を与えるのはいやなんだって」
友だち「そう言ってたね」
私「カンチ、早く社会人になったらいいよね。そしたら全部自分に返ってきて、自分が責任とるだけだから。今はクビにもならないし、給料もひかれないしね。担任の先生は甘いし。学生って、家や学校に守られるんだよね。カンチは学生が、合わないんだよ。甘える余地のあるところでは、かぎりなくルーズになるから。高校なんか、行かなくていいんじゃない？　学校が合わないんだから、どこか遠くで働き始めたら？」

6月23日（金）

「ようかん事件」

夜、めずらしく、せっせから電話。

せっせ「君は、ようかんを半分、持っていった？」と、早口で、あわてたような声。

私「ううん。いったいなにごと？」

せっせ「いや。だったらいい」と、電話が切れる。

ヒマだったし、気になったので、しげちゃんちに行ってみた。

私「どうしたの？」

せっせ「実は、冷蔵庫にはいっていたようかんが、半分になってたんだ」

私「どれ？　みせて」

半分になって、紐《ひも》でとじてある。

私「このぴっちりした締め方は、しげちゃんにはできないね。しかも、包丁で半分に切ってある。これもしげちゃんにはできない」

しげ「私は食べてないわよ」

私「抹茶味だ。私は、抹茶味は嫌いだし。……せっせ、知らないうちに、夢遊病になって、自分で食べたってことはない？」

せっせ「僕は、こんなふうに、包み紙をびりびり切り裂かない」

私「たしかに、この引き裂いた様子は、几帳面《きちようめん》なせっせらしくないね。他に、だれか来た？」

せっせ「きのう、教会の先生が」

しげ「教会の先生はシロよ。ずっと私がいたから。おまんじゅうを持ってきてくださって、冷蔵庫に入れましょうか、って、2回きかれたけど、いいです、ってことわったし」

せっせ「その冷蔵庫って言葉が2回でた、ってところがあやしいと思う」

しげ「でも、結局、ことわったんだし、冷蔵庫の近くにはいかなかったわ」

私「しかも、わざわざ包丁で切って包みなおしたりしたら、しげちゃんが気づくよ。イチキおじさんは？」

しげ「おじさんは、こないわよ。こっちには」

私「気になるから、聞いてこようよ」

せっせとふたりで家の反対側に位置するイチキ氏の部屋へ聞きに行く。知りません、とのこと。知らなそうだ……。

私「やっぱり違った。これをおみやげにもってきてくれたおばさんが、食べたってことはないよね？」
しげ「まさかね。それはないわよ」
私「うん、黙って食べるってことないよね。自分が持ってきたおみやげをね」
しげ「うん」
私「じゃあ、外から？　鍵《かぎ》、かけてないしね。昼間だったら、だれもいないから、入れるよ。でも、どろぼうが半分切って、持ってくかな？」
せっせ「そこなんだよ」
私「食べ物どろぼうだったら、1本、もっていくよね。半分、ってところに、妙な臨場感を感じるね」
せっせ「う～ん」
しばらく、話し込むわたしたち。まあ、なにかわかったら教えてと言って、帰る。
くちなし、あまりにも匂いが強すぎて、テーブルから、廊下に移動させられていた。
そこでもまだ強い、って不評。で、もって帰ってきた。

6月25日（日）

雨模様の日曜日。一日中、家にいると、カンチは必ず、さくを泣かす。
背中をずっと足で、ポポポポポって、蹴《け》ってた、と言う。
カンチ「やめて、って言わなかったから」

さく「痛くていえなかったんだよー！ うわ～ん」
家にいると、エネルギーがね。たまって。

『6月27日（火）「ばらとおむつ」第34号
梅雨らしい天気になり、こちらでは雨の多い日が続いています。

しげちゃんはだんだんしっかりと立てるようになってきましたが、まだ歩くには不安があります。短い距離なら歩けるまでになったのですが、油断すると倒れてしまいます。

しげちゃんにご飯を食べさせると、時間をかけてゆっくり食べます。するとだんだんお腹がいっぱいになるのか、食べなくなります。食べているものを、噛《か》んでから出してしまうのです。量が多いといわれたので、量を減らしているのですが、それでも時間をかけて食事をすると、出してしまいます。やはり時間をかけるのはきびしいなと思い、私が食べさせると全部食べられます。なるべくしげちゃんが自分で食べたほうがいいのですが、自分で食べさせて、ほうっておくと無限に時間がかかってしまいます。

なにしろ米粒を一粒ずつ箸《はし》でつまんで食べるような動作をします。

その上、テレビを見始めると10分以上もじっとテレビを見つめて何も動かなかったりします。今のところ、完全にしげちゃんが自分で全部食事をするのはきびしいと思い、私が最後に介助するようにしています。本人は一日に一ミリずつ良くなっているそうですから、食事もだんだん自分でできるようになるかもしれません。

昨日は薔薇《ばら》の移植をしたのですが、本人は移植ゴテやカマを使うことがうまくできず、あまり機能しない自分の体に悲しくなったのか、涙を少し流してました。いままで、簡単にできていたことができなくなって、無力感があるのかもしれないと思ったところです。少しずつ自分の体が判ってきて、だんだんそれに慣れていくだろうと思います。ここは気長に見守るしかありません。それでも普段は積極的で、庭仕事など自分でやろうという意志が強いので、気持ちの状態は前向きで良いと思います。』

へえ〜。ほんとかなあ？　無力感に涙するなんてキャラじゃないのに。もしそうなら、病気で性格が変わったのかなと思い、夕方、おかずを持っていった時、しげちゃんが庭で球根を植えていたので、聞いてみた。

「せっせがね、きのう、しげちゃんが、ばらを移植しながら、動かない自分の体を悲観して泣いてた、って言ってたけどほんと？」

「ああ〜。あれはね」と、また、涙ぐみながら、「おにいちゃんが、私を見て、かわいそうと思って悲しんでるみたいだったから、泣いてるみたいに声が変だったから、その気持ちを思って、涙がでてきたのよ」とのこと。

「自分の病気が悲しくてじゃないの？」

「ううん」

「泣くのはさあ、涙もろくなったからだよね？　性格は変わんないんでしょ？　考えてることは」

「そう」

「ただ、感情が直結してかなんか、ただ、涙がでやすくなったんだよね」

「うん」

「自分でも、不思議って言ってたよね」

「うん」

やっぱり。病気のせいで脳が変化して、考え方が変わったのなら、悲観して泣く、ということもあるだろうけど、性格があのままだとしたら、悲観してるわけじゃないと思う。常に、前向きだし。歩行器を使いながら、5センチぐらいずつ移動しながら、球根を植えている。あぶなっかしいけど、心配してもしょうがない。ベッドで寝てた方がいいとも思わないし。したいことを、するしかない。

「おにいちゃんね、すぐめそめそするのよ。私のことをかわいそう、って」と言ってる。

そこへ、せっせが帰ってきたので、

「泣いたのは、せっせが悲しんでたからららしいよ。逆に、せっせ、めそめそしてたの？」

「いや」

ここらへんの事実は、ぜんぜんわかんない。ふたりの意見が食い違ってる。とにかくお互いに、相手をかわいそうと思っているようだ。

「泣くのは、病気のせいで、涙もろくなってるだけだから、心配しなくていいと思うよ」

「でも、急に泣きだすと、驚くよ。びっくりしない？」

「ううん。だって、ただ、病気で涙腺《るいせん》がゆるくなっただけだもん。ぜんぜん。カゼひいて鼻水がでるようなもんだよ」

せっせは、そういう見方をしてなくて、悲しんでるって思うみたいだ。このあいだも、

「きょうは、なんか、おかしいんだよ。感情の起伏があって、さっきも、手紙かきながら泣いてたし。ウツになったのかも」と、心配そうに眉《まゆ》をひそめていた。とにかくウツになるかもしれないと、やたら恐がってる。それ、私だったら、なんとも思わないところ。たぶん、しげちゃんより、せっせの方が、悲しいんだね、あれ。

家に帰って、カンチに、「しげちゃんが病気が悲しくて泣いてた、ってせっせが言ったけど、どう思う？　ママは、ただ、病気のせいで涙が出やすくなってるだけだって思うんだけど」って言ったら、

「うん。しげちゃんは、そんなふうには、考えないと思う」

「せっせだよね」

「うん」

「しげちゃんも、自分で不思議だって言ってたもん。どうしてすぐ涙がでるのかしらって」

もしかして、息子、というものの感受性なのかもな。男の子どもの方が、気がやさしいっていうか、弱いもんね。まあ、三者三様、それぞれってことで。

さくのこと。

きのう、2時50分ごろに帰ってくるはずなのに、しばらくしてもまだ帰ってこない。友だちの方が、先に遊びにきたので、家の中に入れて、待っててねと言う。3人、ゲームとかしている。3時半になってもまだ帰らない。

「どうしたんだろう?」と聞いたら、友だちが、

「きょう、ケンカしたから、先生と話してた。のこって」

へえ〜。なにがあったんだろう……。

「どんなことでケンカしたのかわかる?」

「わかんない」

ふ〜ん。心配……。

4時、4時半、まだ帰らない。5時になったので、友だちを帰す。

男の子をふたり育てた友だちが立ち寄ったので、そのことを、話す。

友だち「私、昔、失敗したことがあって、長男が小さい頃、お金を、近所の子に、取ったって言われて、でも、違ったの。だから、どうして信じてあげなかったんだろうって、今でも後悔してる……」

そこへ学校から電話。担任の先生が、ちょっと今、話を聞いていますので、あとで私が

いっしょに連れて帰ります、とのこと。ええ～、なんだろう。とても心配で、気が気じゃない。ケガしたとか、させたとかではなさそう。話を聞いてるっていうことは、結構、心理的な事件かな？

6時近くになって、先生と、一緒に帰ってきた。

話を聞くと、今日、給食費を持ってきた友だちがいたので、さくが見せて、って言って、袋からお金をだして、かぞえて、また袋にかえしたら、千円なくなっていたらしい。だれがとったかということになって、被害者の子が、さくが見てたから、とったのかもって言って、さくは知らないって言って、それで、ずっと放課後のこされて、しらないしらないって言ってたけど、最後に、とった、って言って、そのお金はどうしたのか聞いたら、わからない、って。そして、最後、だれかにあげたけど、だれにあげたのかわからない、って言ったらしい。さくのカバンの中もさがしたけど、なかったらしい。

この3ヶ月見てて、ふだんなら、そういう時、してなかったらしてないって主張するはずなのに、今回、聞いたときの様子が変だったから、そう判断したと先生は言う。

「きょうは、とった、というところまでは言ってくれましたけど、その先を言わないんですよね」とのこと。

さくは、なみだが落ちないようにずっと目を上にむけてる。

「そうですか…。こういうことは、今までなかったので、きっと、悪いって知らなかったのかもしれません。……きょう、ゆっくりと、聞いてみます」

「あまりおこらないように」

「はい」

先生が帰って、さくに「だれにわたしたの?」って聞いたけど、「わからない」とか、「風でとんだのかも」という返事。

カンチが帰ってきたので、部屋に呼んで、そのことを話す。

私「でも、さくがそんなことするなんて。だったら、それが悪いことだ、って知らなかったからだとしか思えないよね。さく、お金にあんまり興味ないしね」

カンチ「うん」

私「なんでわからなかったんだろう。ちょっと信じられないなあ? どうする? どうしたらいい? ふたりで、交代に、聞き出そうか」

カンチ「うん」

私「じゃあ、10分ずつね」

カンチ「15分」

聞き耳を立ててると、

「〇〇〇全部あげるから、教えて」、なんて言ってる。

しばらくして、

私「どうだった?」

カンチ「いわないわ。いわなそう」

私「ふーん……」

　さくを部屋に呼んだ。くるっとふとんにうつぶせになるのを、おこして、すわらせて、まわりにだれがいたのかとか、どうしてとったの？　悪いと思わなかったの？　どうして？　とか、けっこういろいろ言う。責める口調にもなった。けっこう、しつこく。

「本当にさくがとったの？」

「それか、もしかしたら、風が吹いて飛んだのかもしれない……」

「だって、あの袋、チャックがついてるから、飛ばないもん。どっちなの？」

「2番目のほう（風）…」

「どっち？」

「2番目の…」

「飛ぶはずないって。………とったの？」

「……うん」

「どうして？」

「……手が勝手に動いたの」

「手が勝手に？　だったら、いつかまた、手が勝手に動くの？」

「……」

「いけないことなんだよ。しらなかったの？　またする？」

「ううん」

「もうしたらだめだよ。絶対に、絶対に」

「うん」

「そして、どうしたの？」

「ポケットにいれたら、だれかがちょうだいって言って……」

「だれが？」

「わかんない」

「とにかく、明日の朝、ママが千円もって、返しに行くから。千円、さくの貯金からひくからね」

「うん」

だれにわたしたかは、けっきょく、「わからない」、って言わなかったけど、寝る時に、「さく、さくがお金をとっても、ママは、さくのこと、すきだからね」と言う。

「うん」

いつもだったら、こっちに来て、一緒に寝て、って言うのに、寝るねって言って、ひとりでベッドにはいって、静かに寝た。わざと明るくふるまっているみたいだった。

私は、それがわかってて、でもムカムカするので、冷たくしてた。

次の日、朝、学校へ行き、担任の先生に、

「すみませんでした。だれにわたしたかは、言わなかったのですが、とったことは事実なので、千円返します。自分の貯金から返す、と言ってますので」と、千円、わたした。

「もしかしたら、なくなった千円はでてこないかもしれませんけど、あまり、無理に追及しないほうがいいかもしれないですね……。もしかして、だれかが、拾ったって言って、届けてくれるかもしれないし…、もし見つけたら、先生に教えて、っていうぐらいでいいんじゃないでしょうか……。あまり強く言うとかえって萎縮《いしゅく》してしまうかも……。とるのと、もらうのとでは、違うから、もらった人をあんまり追及しなくてもいいです……」と、頭をさげる。

先生も、「じゃあ、これ、預かっておきます。まだ、みんなには聞いていないので、今日、クラスでちょっと話してみます」とのこと。

帰り、校門のところで、教頭先生も、心配して、声をかけてくださった。きのう、放課後、やはり一緒に教室にのこって相手してくださってたらしい。

「どうですか？」

「はい……。だれにわたしたかは、言いませんでした……」

「きのうも、とった、ってところまでは言ってくれたんですが、その先を言わないんですよね……」

「あとは先生にお任せして、急がずに、様子を見ようと……」

などと話して、帰る。

暗い気分でビデオなんか見て、昼ごはんを食べて、ごろんとねころんでうたたねしてたら、電話。小学校からだ。ドキ！　またなにか！

「あれからまた、いろいろわかったので、これから校長と教頭とお伺いしていいですか？」とのこと。

「はい」

……ドッキーン！　なんだろう……。校長先生まで！　3人も？

ドキドキドキドキしながら、お湯をわかして待つ。なにかまた、意外な事実とか？　複雑なことじゃなきゃいいけど……。ドキドキドキ……。

ピンポーン。来た！


お茶をだして、話を聞く。

「実は、さくくんがとったのじゃなかったんです」

えっ！

「今日、みんなに聞いてみましたら、実は、その被害者だった子の方が、千円をポケットに入れたところを見てた子どもがいて、本人に確認したら、とりました、って。

本当に、すみませんでした」

「ああ〜。そうだったんですか……。ああ……、よかったです……」

「さくくんに、非常に悪いことをしてしまったと……」

ああ〜……。やばい……。

「あ！　どうしよう！　私、きのう、どんな聞き方をしたっけ！」と、思わず、言う。

「大丈夫かなあ～、私、子どもの信頼を、取り戻せるでしょうか……」

担任の先生も、肩をがっくりと落とされてる。そうだよね……、自白するまで、3時間ぐらい、閉じ込めてたんだし……。最初、とってない、って言ってたのに、とった、って言うまで、追い込んだわけだから。

教頭先生がまた、涙腺《るいせん》を刺激するようなことを言うタイプらしく、

「自分のせいにすればいいからって……、そんなふうに、あんなに小さいのに、よく考えたと思います。ゆうべ一晩、さくくんがどんな気持ちでいたかと思うと…、どんなに傷つけてしまったか……。彼の気持ちを思うと……」

ダメだ！　教頭先生の言葉を聞いてると、涙がでてくる！　切りかえなくては！

泣きそうになるところを、ぐっと我慢して、他の視点に切りかえるようつとめる。

「でも、本当のことがわかって、よかったです。このままわからないままだったとしたらと思うと……」

「そうですね」

「今日、帰ってきたら、あやまります。きのう、決めつけてしまっていたので、そのことをあやまって、それから、信頼を、回復できるよう……」

しばらくしゃべって、先生方がお帰りになる。

どうしよう。まず、車に乗って、買い物だ。物で解決というわけではないけど、せめてお菓子を買ってあげよう。さくに土下座したい気持ち。

土下座で、思い出すことがある。

カンチが4年生の夏にこっちに転校してきた時に、担任だったタッキーという愛称で呼ばれてた滝川先生。生徒と、真っ向から向かい合う、厳しくすばらしい若い女の先生だった。ずっと先生になりたくて、でも、採用試験に落ち続けて、今度落ちたら、死のう！と思って受けたら、通ったんだって、と子どもが教えてくれた。運動会のときに、ソーラン節をやろうってみんなに声をかけて、とても大変だったらしいけど、みんなを励まして、子どもたちの力をすごくのばしてくれた。タッキー先生に、半年だけでも習えて、すごくよかったと思う。

そう。カンチの同級生の女の子のエピソードなのだけど、カンチが転校してくる前、ある女の子が、ちょっとしたことで一時、いじめられたことがあったらしい。

そのお母さんが、どうも変だな〜と思って、タッキー先生に、なんか最近、変なんですよね〜って聞いてみたら、タッキー先生は、そのときは、そのいじめのことを知らなくて、じゃあ、様子を見てみますね、と言って、それから昼休み、ずーっと観察していたらしい。そうしたら、やっぱりいじめがあるみたいで、いじめられてる生徒をベランダによんで、話をきいたら、最初はなにもない、って黙ってたけど、ずーっと追求してたら、突然わーっと泣き出して、全部話してくれたって、いじめにあってたこと。

そして、タッキー先生は、そのことに気づかなかったことをとても悔やんで、まず、放課後の体育館にいたそのお母さんのところにすっとんで行って、ここではなんですからって、お家に行っていいですか、って、家に行って、すぐその場で土下座して謝ったって。今まで、ぜんぜん気がつかず、本当にすみませんでした！って。

いじめた方の子とも、ちゃんと話して、とにかく、子どもと向き合ってくれる熱い先生だった。

その、タッキー先生の土下座の話を、思い出すと、私はいつも感動して泣けてくるのだが、それを私も、したい気分。

ちいさなお菓子をいっぱい買って、帰る。

3時半。いまかいまかと帰りを待つ。ガラッ。帰ってきた！

「さく〜」

「ママー。あのねー。犯人がわかったんだよー。それが、びっくりだったー」と、のんきな声。

「知ってる。さく！　これ、見て」

私の部屋の床に、お菓子で書かれたゴメンのメッセージ。ゴメンネ、と書こうとしたけど、ネまではお菓子が足りなかったのだ。

「おかし、いっぱいすぎ！　カンチにもあげよう。ママも食べようよ。3人で食べようよ」

「ゴメンネー。ゆるしてくれる？」

「もう、ゆるしてるのに」

「うたがって、ごめんね。もう一生、さくのこと、うたがわないからね。ママのこと、きらいになってない？」

「大丈夫だよ、まだ」

「まだ？　ハハハ」

それから、お菓子をたべて、友だちが4人もきて、遊んでた。

夕方、カンチが帰ってきたので、

「カンチ、さくじゃなかったんだよ〜！」

「やっぱり。カンチもおかしいと思ったんだよね。だって、とる必要がないじゃん」

「うん。だよね。さくって、お金に興味ないもんね」

「うん」

「お年玉もらっても、いつもそのへんにほっぽってあるし。だから、お金がほしかったのではないとは、思ってたけど。だったら、悪いってしらなかったのかな？　でも、不思議〜、って思った。人のものなんて、とるはずないから、不思議〜って」

「その子のお母さん、あやまりにくるかもね」

「そうかなあ。……あれ言っといてよかった。きのうね、寝る前に、『もしさくがお金とっても、さくが好きだからね』って言ったのよ。つまり、どんなさくでも、さくが好き、ってこと。よかった、それひとつ、言っといて。実はそうでもなかったんだけどね。なんか、言っといた方がいいかな、って思って。ちょっと無理して言ったの」

「うん」

「……カンチー、……もしかして、さくって、すごくいい子なのかも。ぬれぎぬ着せられてた時も、屈折した感じもなく、ひねくれてもいなかったし、わかったあとも、うらみも文句も言わなかったしね。ただ、おどろいたあ〜って感じで」

「うん」

「もしママだったら、すご〜く、くら〜く屈折しそう。

実はママが小学校のとき、ネックレスを拾ったんだけど、お父さんに、信じてもらえなかったことがあって、それをすごく根にもったもん。すごくショックで、絶対に将来、自分の子どもの言うことは信じようって、思ったのに！

なんか、このこと、忘れないようにしよう。性質って、変わんないでしょ？　さくって、自分のせいになってもいい、ってとこがあるんだね。自分が我慢すればいいやってとこが。それ、ママ、そういう子なんだってこと、覚えとこう。

これからは、こういう性格だってわかったから、ママたちが守ろうよ、ね」

「うん」

夕食のとき、カンチの隣に、A4の紙に3行、何かを書いた紙があったので、見ようとしたら、さっと引っ込められた。

「なに？　見せて。さくって字が、書いてあったけど」

「なんでもない。関係ないよ」

「だって、見えたもん」

「ちがうよ」

「ちょっとだけ見せて」

「ダメ」

「いいじゃない。ちょっとだけ。ね、ね、ね」

しつこくお願いしても、「ダメ」と言って、むこうへ持っていってしまった。

なんだろう。さくのことについてみたいだった。大きな字で、3行。気になる〜。

夕食後、しばらくして、ピンポーン。

「はい」

あ、ホントだ、来た！

もう、そのおかあさん、最初から号泣。子どもも、泣いてる。そして、ふたりで、何度も何度も、あやまってる。よかった。いい人だ〜。

「もう、いいですよ、いいですよ」っていいながら、私もぐっと、思わずもらい泣き。

なんか、貯金箱にコインしかなくて、お札を入れたくて、それと両替したかったらしい。そんなもんなんだよね、たわいもない動機なんだよね。こんな重大事件になるって知らなくて、やって、初めてわかって、それで、知るんだよね、いろんなこと。

「どんどん本当のことを、いえなくなったみたいで……」

「こうやって、みんな、いろいろ覚えていくんだから。大丈夫です。大丈夫です。もう、気にしないでください。これからも、仲良くしてね」って、言って、さくと一緒に、号泣のふたりを見送る。

風呂《ふろ》。

「着衣浴、してもいいよ」

「ホント？」

うん。おわび。パンツをはいたまま、お風呂にはいらせる。

「うーん。きもちいいー。おもしろいよー」と、うれしそう。

夕食後、爆睡していたカンチが起きてきた。

「カンチ、さっき、聞いてた？」

「ううん、なに？」

「あやまりにきてくれたんだよ。おかあさんと」

「ね、来たでしょ。来ると思ったんだ」

「すっごく泣いてたよ、おかあさん。若いのに、ちゃんとそういうとこ、わかってる、いい人だった。……でも、気が重いだろうなあ～」

夜、寝る時、

さく「でもね、びっくりした」

私「そうだねー。被害者が犯人だったなんてね。でも、さく、きのう、大変だったね。とってないのに、とったって言わされて。苦しかったでしょう。しょうがないから、もう、自分のせいにすればいいやって、思ったの？　被害者の子にごめんなさいって、あやまらせられたんだって？」

さく「うん。なんか、話が先に進んでしまって、言うところを、逃がしちゃったの」

私「ふうん。（たぶん、とった、って言わないと帰れないみたいになってたんだろうなあ～……。警察の尋問みたいに……。3時間も……。ひどいよね……。先生に決めつけられて。）……さく」

さく「ん？」

私「あのね、大事なこと、言うね」

さく「うん」

私「いい？　これから先、生きてると、こんなふうに、してないのにしてることにされたり、誤解されたり、間違って悪くとられたりすることって、時々あると思うの」

さく「うん」
私「そんな時は、できるだけ、がんばれるだけ本当のことを言って、言って、言って、それでも、どうしてもだめな時は、きっといつかはちゃんとわかってもらえるって信じて気持ちを切りかえてね。今回みたいに。世の中っていうのは、納得いかないこともあるから。でも希望もあるから。さく、えらかったよ。明るくて。ママの自慢だよ」
さく「うん」

6月28日（水）

外は雨。毎日毎日、かなりの雨だ。

きのうのような事件の悲しみは、あとからじわじわくる。考えちゃ、いけない。悲しくなるから。つい、想像してしまうのだ。あの3時間、どんなに、怖くて、くるしかっただろう、って。先生たちの、だれからも信じてもらえなくて……。タッキー先生だったら、きっと違う対応をしてくれただろうなあ。とってない、って言ったら、その子のことをまず信じるだろうなあ。信じるところから始めるだろうなあ。そこから出来事をたどっていって……、どうしても先に進めないってところにぶつかるまでは、疑わないようにするだろうなあ。

ああ、いけない。考えるの、よそう。あれはあれで、いろいろなことを学ぶ、いい機会だったと思おう。世の中には、タッキー先生みたいな先生の方が、少ない。

いろんなことがあって、誤解されることもある。こうやって、大きくなっていくんだ。苦しさを大きく想像してはいけない。忘れよう。そして、私にできることをしよう。さくを大事にするんだ！（と、強く思っていたのも、短い間だったな）

そんな朝、学校のカンチから電話。

「ママ、水泳着、忘れたから持ってきて」

「うん。何時にどこへいけばいい？　あ、それもまためんどうか。どこかへ置いとこうか」

「じゃあ、正面玄関の、ベンチに置いといて」

「わかった。これから持っていく」

学校に着いて、正面玄関のベンチの上にカバンを置く。なんだか、嫌な気分。悪い予感。こんなこと、したらいけないよね。爆発物を置いてるみたいじゃない？

さっと置いて、車に乗って帰ろうとしたら、人影に呼び止められる。

げっ。校長先生だ。いちばん嫌な人に見つかってしまった。

「なにか、忘れ物ですか？　受け取りましょうか？」

見ていたはずなのに…。

「あ、はい…。これなんですけど」と、ベンチの上のバッグを指さす。

「忘れ物ですか？　さっき、娘さんが電話されてましたね。はい。ここに置いておく約束をしたんですね」と、イヤミな感じにポンポンとバッグをたたく。
「……はい……。あの。教室に持っていった方がいいですか？」
「いや、いいですよ。預かります」ひんやりしたおめめ……。
「すみません。もう、二度と、こういうこと、しませんから……」と頭を下げる。
まずいなあ〜。なんか、あとで言われそう……。怒られそう……。
やっぱり、やめとけばよかった。玄関に置いとくなんて。
反省〜。
はあー……。こういう気のめいるような事が続いたあとって、しばらくしてほとぼりが
冷めた頃、すごく、開放感を感じるんだよなあ〜。
でも今は、だめ。すごいなんか、気が晴れない！

『「ばらとおむつ」第35号
この町をひとつの噂がめぐってます。
しげちゃんが重い病気になって**死んで**しまったという噂です。
私が否定すればするほど、噂とはそんなものと思いますが、どんどん広がっていくみたい
です。町の人がどんな噂をしようとかまわないのですが、以前うちの店で働いていた人ま
でそんな噂を聞いたというに及んで、これはずいぶん広まったなと思いました。

しげちゃんもその噂は知っているみたいで、病院でも「あんたは死んでなかったのね」と言われたらしいです。急に今までの付き合いが無くなって、今までやっていた出店や教会から足が遠のいたので、そんな噂が立つのもしかたないのかもしれません。噂は尾ひれをつけて広まって行きますし、どのように否定しても打ち消すことは難しいです。なかには、生きている姿を見た人まで、噂を広めているぐらいです。

本人も家族もそんな噂を気にする人種では無いのでどうでもいい事ですが、まわりの反応がとても面白いです。』

せっせとしげちゃんに、さくの事件のことを報告したら、ふたりとも、さくちゃんがかわいそうだったね〜、って。

せっせ「でも、あの、給食費、ってどうにかならないものかね〜。大昔から、給食費をめぐるいざこざって、絶えないけど」と苦笑して言う。

私「そうなんだよね〜。小さい子どもにお金を持たすってね、なんかね」

せっせ「一括で、銀行振り込みにするとか」

私「東京では銀行からの引き落としだったけど」

せっせ「それとも、そういうことも、社会勉強の一環なのかね」

私「そうかもね。お金とのかかわりを学ぶという」

6月29日（木）

夜中に目が覚めたので、ついつい考える。

あの日……、2時50分ごろ帰ってくるはずだったのに、帰ってこなかった時、3時半ごろ、学校に迎えにいくべきだったかも。助けられたかもしれない。せめて、力づけることはできたかも、と、猛烈に自責の念に襲われる！

なにもなかったら、たぶん、どうしたんだろうって思って、3時半か4時ごろ、見に行ったと思う。それがたまたま友だちが遊びに来て、ケンカして、いのこりさせられてるって聞いたから、そっか、って逆に安心して、先生に任せればいいか。親がでてくのもなんだしな〜、って思ったんだった。……でも！


朝、起きて、学校に行くまで時間があったので、私の部屋でごろごろしていたら、さくが、「これ見てると、ママのゴメンネって気持ちが伝わってくる」と、お菓子のゴメンを見て言う。ゴメンを構成しているお菓子の数がちょっとずつ減って、字がだんだん小さくなってる。

「ママ。ありがとうね。たらこスパゲティも」

たらこスパゲティが好きだから、きのう、作ってあげたのだった。

実際、どんなことだったのか、知りたかったので、聞いてみたら、ゆっくりと話してく

れた。その友だちが、給食費をもってきてたので、

「いくらはいってるの？　お金、ぴったりあるか、数えてあげる」と言って、

広げて数えて、そのとき、まわりにも何人かいて、

「5600円。ぴったりだったよ」って言って、お金を中に入れて、返した。

そうしたら、千円がなくなってて、

「さくくんが見てたから、さくくんがとったのかもしれない」って言われて、

先生に「とったの？」って聞かれて、「とってません。しりません」ってずっと言ってたけど、先生に「じゃあ、どうして、ないの？」って言われ続けたので、しょうがなく、

「とったいわないといけなくなった」、って。「ぼくが犯人にさせられちゃったの」。

せんせ～い！　信じてないじゃ～ん！　最初から、決めつけて、聞いてる～！

「とってから、どうしたの？」って聞かれて、実際にとってないから、お金はないので、

「わからない。しらない」って言うしかなくて、カバンとかも調べられて、なくて、

「だれかにあげた」って、またウソつくしかなくて、「だれに？」「わかりません」……で、それが延々……。ああー！　行けばよかった。やっぱり。

その時、私は、その取調べしてる教室って家から見えるので、心配しながら、じっと家から見ていたのです。あそこにいて、なんか、ケンカのこと、聞かれてるんだなあ。でも、やけに長いなあ～、って。5時になって、その友だちの方が傘ふりまわしながら帰っていくのも見えて、ケガしてるふうじゃなくてよかった～、じゃあさくも出てくるだろうと見

そう。先生たちの姿も、3～4人見えたっけ。
ててこなくて、それからはひとりで、尋問されてたんだ……。うう……、かわい

私「あのさあ、先生、さくにあやまった？」
さく「うん。手をにぎって、ごめんね、って言って、握手して、教頭先生も握手して、その友だちとも、握手した」
私「そっか。……その友だちがお金をポケットにいれたとこ、だれかが見てて、よかったね。ホント、助かったね。もし、だれも見てなかったら、さく、犯人にされたままだったよ。よかったー！」
冤罪《えんざい》って、こわいな～。そうなったら、一生、さくは誤解されたままだし、私もそう思ったかもしれないし。でもでも、こういう誤解、多かれ少なかれ、聞けば、みんな経験してるみたい。できるだけ気をつけるしか、ないよね。冤罪って、悲しいけど、あるんだろうな～。どうやって、それ、乗り越えるんだろう。時間をかけて、忘れるしかないのかな。
そして、自分を疑った人を気にせず、強く生きるしかないよね……。
私「みんながちょとずつ悪かったね。その友だちはとったのが悪いし、さくは、人のお金を触ったのが悪かった。なくなったら疑われるんだよ。だから絶対触ったらダメ！　お金って、特別なんだよ。そして、先生は、さくの言葉を信じなくて、決めつけたのが悪かった。ママは、お迎えに行かなかったのがいけなかった。行けばよかった」
さく「それか、電話してみるとか」

私「うん。これからは、絶対にそうする。そしてさくのこと、もっと信じる。先生だから、任せればいいって、安心してたけど、信用してたけど、先生だって、まだまだいろんなことわかってるわけじゃないんだね。うのみにしちゃいけないね。先生も、知らなかったんだね。先生も、初めてだったのかもしれないね」

さく「うん」

私「先生も、先生の勉強をしてるんだよ。先生も、反省してると思うよ。だから、ママ、これからは、できることはするね。いい勉強だったと思おうよ。きっと、みんなが反省してるよ。それぞれ」

さく「……もう忘れよう。あの事件。パーッ、って。でも……、また、思い出しちゃた……、びっくりしたよ。○○くんが犯人だったなんて。……いちにち、いちにちがたっていくと、だんだんに忘れるよね。きょう、プールだ、って思うと楽しいし……」

ああ……、やっぱり……、元気にふるまってたけど、傷ついてたんだな……。

私「うん。あとさ、もっと悪いことが起きると忘れるけど、それはイヤでしょ？　ママが死ぬとか」

さく「それはイヤだよ」

私「フフフ」

さく「○○くんね、きのう、元気だったよ。で、僕、『きのうさ、』って言いかけたけど、『あ、いいや、いいや』って、言ったの。なんか、○○くんがしゅんとなりそうだったから」
私「うん。きょう、くだもの、買ってくるね。なにがいい?」
さく「ぶどう」
私「小粒のね。……いってらっしゃーい」
さく「いってきまーす」
私「今日、晴れるみたいで、よかったね。プール」
さく「うん」
燃えるゴミを捨てる日なので、家のゴミ箱のゴミを集めてたら、ピアノの近くに紙が落ちてる。ん?
拾い上げて見たら、このあいだカンチが見せてくれなかった紙だ。こう書いてある。

> ○○くん『さくくんがお金を見てたから、さくくんがとったのかも』
> 先生『じゃあ、とってないのに、なんでなくなったんですか?』
> ○○くんのカバン→調べない

おおっ、カンチ、この事件をこの3つのポイントで、把握したのか！

さくが犯人にされた、経緯。

いちばん右のは、なぜさくが疑われたのか、真ん中は、なぜとったとウソをつくことになったのか。最後のは、先生が、○○くんだけを信じて、さくだけを疑ったという証拠。

コナンみたいだよ、カンチ！

でもなんで、見せてくれなかったんだろう……。ま、私のこと、あんまり認めてないもんね。うーむ。でも、被害者が加害者だったってこと、結構あるよね！　テレビなんかじゃ。先生も、もっとテレビ、見て！　コナン、見てよ！

だいたい、とったのかも、なんて証拠にならない、ただの想像みたいな言葉だけを信じて、確たる証拠もなく、7歳の子を疑って追い詰めるのって、いけないですよ。

みんなの前でお金を広げて見てた子が、そのままそのお金とったとしたら、そんなアホな子だったら、疑われたら、すぐ自白すると思うよ。そんなにかたくなに、とってないって主張してたんだから、違うかも、って思わなかったのかな。しかも何人もの先生がいて。別の視点から見てくれる先生はいなかったのか……。

もう考えてもしょうがない。

これは、勉強だった。みんなの。全員の。勉強。先生たちも、これで子どもに対する考えが変わったと、信じたい。そうなれば、この事件にも意味があるから。

私も、もっと、さくを信じればよかった。

とったかどうかって判断するところに関与してなかったから、さくがとったって先生に報告されて、公平な判断、確たる証拠に基づいたものだろうと、そこは先生を信用しすぎた。先生といっても、頭から信用しすぎないようにしなきゃなぁ〜。

まあ、さくを、大切にしよう！　これに尽きる。私まで、疑って、ちょっと叱ったのだから。

今回、信頼は、一歩一歩、築くもの。日々の積み重ねだ。

これから、私はちょっと、ダメな親だった。さくに、かなわなかったなぁ〜。

これから、もっとさくに愛されるような人になりたい。

彼のためにできること……。

あの時、どうしてあんな行動、とったんだろう……、ああすればよかった、こうすればよかった、ってあとでいろいろ悔やんでしまうことがある。けど、きっと、そのとき、そういう行動をとったことにはちゃんと理由があったはず。だから、いまさら後悔してもしょうがないから、やったことは変えられないから、それから学んだことを肝に銘じて、今からを、変えよう。

大きなしくみをすぐに変えることはできないけど、先生の心を変えることはできないけど、人を変えることはできないけど、

自分だったら、今すぐ、変えられる。それがいちばん早い。

まずは…、朝、6時半に目覚ましが鳴ったら、すぐ起きてあげよう。たまに、ぐずぐず

して、さくに「先に行ってて」って言ってしまうから。それ、いやがるから。

あと、先に寝ない。「ママが先にねちゃうと、ひとりぼっちになったような気になるんだよ」って言ってたから。


夕食。

カンチ「テストの順位がよかったら、金八先生のDVD買ってくれるんだよね」

私「うん。でもなんで、賞品がないと、勉強しないの？」

カンチ「だって、なんで勉強しなきゃいけないんだろうって思うんだよ」

私「大人になったら勉強なんてする時間がないから、今のうちに仕事と関係ない、いろんな知識を覚えた方がいいよ。だって、人としゃべってて、ぜんぜん意味がわかんなくなるよ。ギャグもわかんないよ」

カンチ「勉強しなきゃいけない仕事なんて、しないからいいよ」

食後に仕事部屋にいたら、さくが「宿題、ここでしていい？」とやってきた。

なにか、話してたら、「それも勉強だよね。あのことで」と言う。

「あ、勉強っていう考え、覚えたね」

「うん」

「そう。ママね。勉強になって、反省して、これからさくのこと、もっと愛することにする。今までは、なにか聞かれても、うるさい、あっち行ってって、言うことあったけど、ちゃんと話を聞いて、顔を見て、話すことにするね。それから、たまには、いっしょに遊んだり。本読んで、って言われても、今までは面倒で、いやだって言ってたけど、これからは、できるだけ読んであげるね。

……あのさあ。あの日、先生が帰ってから、どうして、ママに、本当はとってないよ、って言わなかったの？　ママが、先生の言ったこと信じて、さくに、すぐ、だれにわたしたの？　って聞いたから？」

「うん」

「そうか……。ごめんね。ママ、先生よりもさくのこと、知ってるのに、先生の方、信じちゃったね。へんだな、って思ったのに。先生は知らない人なのに（いや、先生にも、いい先生はいるけど、いい先生かどうかが、わかるまでは）。

でも、これからは、ママに、話してくれる？　本当のこと。ママも、信じるから。それで間違っても、いいや。ママはさくのこと、信じることに決めたからね」

「うん」

こういうこと、子どもの性格によると思う。

私にも、本当のことを、言わないような性格だとわかったので、それはまずいなと。今後、なにかあった時は、せめて私だけでも、味方になって、それがもしウソなら、いっしょに罪をかぶろう。

親の立場って、身内である子どもと他人である世間との間をつなぐ橋みたいなもので、どっちも見ながら、うまく子どもに社会というものを教えなきゃいけない。教えるときはまず、身近な集団からだんだんにだから、小学校のクラスでの出来事は、それを学ぶためのモデルケースのようなものだろう。そこで起こる出来事を通して、いろいろと学び、社会に対する適応力をつけていくのだから、身近な環境の中のトラブルは、大らかな気持ちで受け止めるべきだ。クラスメートみんなが学びの雛形《ひながた》だから、みんなが親戚《しんせき》みたいな気持ちで、子どもの持つ可能性を信じて、愛情を持って、急がずに、つきあってあげたいと思う。


『6月30日（金）「ばらとおむつ」第36号
今日はしげちゃんがリハビリでどんなことをやっているのか紹介します。リハビリに行く人たちはみな介護が必要な人たちなので、ほんとに子供のあつまりみたいだそうです。その人たちがやることですから、あまり難しいことはしません。折り紙とか、簡単な体を動かすゲームとかをやるらしいです。

しげちゃんは懸命に折り紙をやるのですが、なかなかうまくできません。

何ヶ月も花の折り方がうまくいかないと嘆いているのですが、今日もできませんでした。

リハビリセンターの仲間もほんとに子供のようだそうです。ひとりが帰る時間になって帰ろうとすると、まだ帰る時間でない人たちまで「私も帰る」と騒ぎ出すとしげちゃんが言ってました。

カラオケも時々やるみたいで、しげちゃんは家でも歌を歌うようになりました。「リンゴの唄」なんかをよく歌っています。

以前は4時に帰宅していました。そのころはお昼寝の時間もあったらしく、お昼寝の後にはおやつが出たそうです。そのため、今でも帰宅するとおやつを出せと言います。

家の裏に幼稚園があるのですが、しげちゃんの行ってる所も内容は同じようなもののようです。以前のしげちゃんからは考えられないような事を、楽しげにやってるようです。他の人たちも楽しんでいる様子なので、脳梗塞《のうこうそく》とかアルツハイマーとかになると子供のようになってしまうというのは、どうも本当らしいですよ。』

そうそう。私の友だちの旦那《だんな》さんも、脳梗塞になって、子どもみたいにおだやかでかわいくなってます。出かけようとすると、「もう行くの～?」って、ちょっと寂しそうにするそうです。すっごく、頑強で男らしかった方ですが。友だち、「こうなってよかったかも」なんて、たまに冗談で言いますが、……冗談じゃなかったりして(笑)!

夕方、おかずを持って行ったら、しげちゃんが玄関で着替えをさせてもらっていた。庭の、雨で濡《ぬ》れてる草の上に座って草とりをしていたので、おしりまで濡れたらしい。「ビニールか椅子にすわるようにしたら?」

せっせ「用意したんだけど、だめなんだよね」
そこにすわらないらしい。

『7月1日（日）「ばらとおむつ」第37号
こちらも暑くなってきました。しげちゃんを夏服に衣替えしようか迷ってます。年寄りは体温の調節がうまくいかないので、暑いからといって薄着にするとすぐ風邪をひきます。むかしから、年寄りは夏でも厚着でしょ。特に寝るときの温度の調節には、かなり気を使います。

しげちゃんはすごく回復してきたように見えます。特にふらつきは改善したみたいで、短時間なら2本足で立つこともできるようになりました。歩くときはまだふらついて、何かにつかまらないと倒れてしまいますが、以前と比べるとずいぶんしっかりしてきました。顔色も良くなりましたし、食事が多いせいか、体重も増加しました。

顔が丸くなったので、以前より健康になったような印象がするぐらいです。

でも、やはりまだだめな所はだめです。本が読めないとか、折り紙が折れないとか、日付や時間がはっきりしないとか、いろいろあるんですが、特に幻滅するのは、パンツにうんこが付いていたりすることです。

年寄りで、病気だから仕方ないのですが、それでもしばしばそんな事があると介護者の元気が蒸発するような感じがします。

ほんのちょっと注意すればよいことなので、もっと頻繁に注意すべきかどうか迷うところです。病気だからあまり注意せずに、寛大に対応すべきか。でもそれではますますしげちゃんのボケが悪化するような気もするし。なるべく人間性を保つためにも、厳しくお尻《しり》を洗って（ウォシュレット）拭《ふ》くように注意すべきか。でもそれは77歳の脳梗塞の老人にあまりに厳し過ぎないか？　なかなか難しいです。』

朝、テレビのCMで、野生のさるがピョーンピョーンと飛び跳ねているのを見た。
カンチ「かわいい…」
私「カンチも、こういうさるに生まれればよかったね。ただ自然に体、動かして、ただ自然に生きてるだけっていう」
カンチ「うん……」

午前中、遊びにいってたカンチが昼、帰ってきた。
カンチ「あー、おもしろかったー。M先輩がいたー。しってるよねー」
M先輩とは、運動部に在籍していた時の先輩。2学年上なので、今、高1か。
私「うん。前、やさしくしてもらったから、忘れない。きっと一生、忘れないかも」
カンチ「うん」

私がやさしくしてもらった思い出とは、去年の夏休み、用事があって、部の練習中にアイスクリームの差し入れをもって行った時のこと。M先輩が、わたり廊下の水場にいたので、あいさつして、

「アイス、持ってきたけど、休憩って、いつかな？」

「あ、行ったら、休憩に入ると思います」

M先輩は、ちょっと前に部活をやめていたので、今は練習していない。私が練習してるグラウンドに近づいたら、差し入れを持ってきたということがわかるので、休憩に入るだろうとのこと。近づいたけど、差し入れがあるということを、恥ずかしくて言えずに、ぼーっと遠巻きにして立ってたら、M先輩が水場から気にして見ていてくれたらしく、走って来て、キャプテンに、差し入れあるから休憩して、と言ってくれた。

遠くから、気にして見ててくれたこと、キャプテンにさっと声をかけてくれたこと。それがうれしかった。やさしいな～と思ったので、帰って、カンチに話して、M先輩がしてくれたことがうれしかった、と話していたのだ。

私「ああいうやさしさって、いいよね」

カンチ「得にもならないのに、やさしくしてくれてね」

私「その反対の人、多いよね。得しないのにやさしくすると損するみたいに思ってる人」

カンチ「そうそう」

私「本当は、そっちの方が得なのにね。その人の得にもならないのにやさしくされたら、もう一生、忘れないかも。

カンチも、そういう、得しないやさしさをいっぱいした方がいいよ」

夕方、おかずを持っていく。

七夕の飾りを作っているしげちゃん。三角に切った折り紙を、貼っていくのだが、どうしても、まっすぐに貼れない。くるっと曲がっていく。

せっせもいて、3人で、おしゃべり。親戚のおばさんがお見舞いに来たという話。もうすぐ、別のおばさんも来るという話。イチキ氏をみてくれるいい病院を探してくれているらしいが、どうなるだろうか。いろいろと、親戚の人々のこと、病院の患者さんのことなど、語り合う。わたしたち3人のおしゃべりは、シニカルで、歯に衣《きぬ》着せぬ内容。かなりブラックなので、おもしろい。

先日、せっせが、何かを、「ちょっと壊しに行ってくる」と言ったら、しげちゃんは、「(イチキ氏を)ちょっと殺しに行ってくる」と言ったと勘違いして、「やめときなさいよ」と言ったらしい。

しげ「だって、この人、たまに驚くようなことやるから」

せっせ「いくら僕でも、そんなことで人生を棒に振りませんよ」

7月2日（日）

ワールドカップの試合を夜中、見ていたので、朝はだらだら。

夜からずっと、ものすごい雨。

バケツをひっくり返したような雨。まさに。窓の外は薄暗くて、ザーザー。

「ねえねえ。まるで、船に乗ってるみたいだねえ。そして、嵐の中を進んでるみたいだね」と、ゲーム中のさくに言う。

窓を開けると、雨の音がばちばちと、鉄砲玉みたいに聞こえるので、それに撃たれてる真似して、蜂の巣になってる様子を雨の強さにあわせて演じると、さくがお腹をかかえて笑ってた。

「もう一回やって～」

「もうヤダ。外、ちょっと見に行こうか」と、外の道にでて、周りを見渡す。

まだ道路に水はあがってないけど、かなりやばそう。

田んぼが見晴らせるとこに住んでいる近所の友だちにメールしてみる。

『すごい雨ー！　木が折れそう。水も庭にたまってるー』

返事がきた。

『スッゲェ～ね！　田んぼが雨につかってるよ。軽トラが走り回ってる！　危ないから川を見に行ったらイカンよ！』

昼前になったら、だいぶおさまってきた。
さくが生まれてから2歳ぐらいまでのビデオを子どもたちが見ていたので、一緒に見る。
カンチが小学1年生。すごいキンキン声で、見るからにむかつく子だ。
「ヤな子だね」と、自分で言ってる。
赤ちゃんだった頃のかわいいさくとカンチを見てると、今とは別の人のようだ。ちがうものを見るような気持ちで、懐かしく、おもしろく、観賞する。
ちがうものだと、思うよ。ホントに。そのあと、ベッドで本を読んでる私のところに来て、
さく「もう、ぎゅう（だっこしてもらうこと）は卒業だ」
私「どうして?」
さく「あのビデオ見て、なんか情けなくなった」
私「ママ、ママ、って言ってたから?」
さく「うん。カンチがかわいそうだった。ぼくをだっこしたかったのに、させてもらえなくて。泣いてばかりで。ぼくをだっこさせてあげればよかったのに」
私「ふうん。でも、ちょっとは、(ぎゅうも) いいんじゃない?」
さく「ううん」
なんだ、成長したか、あーあ。

『7月3日（月）「ばらとおむつ」第38号
しげちゃんが死んでしまったという噂ですが、そんな噂が広まるのはいろいろな原因があります。いきなり知り合いに会わなくなったり、今までの仕事をやめてしまったり。そして昨日、新たな噂の震源地を見つけました。いっしょに住んでいるイチキおじさんです。まあ、あの人は普通ではないので、仕方ない所もあるのですが、
「私の妹は、とうとう**だめだった**んですよ」みたいな言い方をすると、信じる人も出てくるかもです。言ってる事はまったくのでたらめなのですが、外見や言い方はまともなので、噂が広まるのでしょう。ほんとに困ったことです。
しげちゃんは左の視野がありません。そこで、なるべく右から近づくようにしています。食事も右から与えるようにしています。しかし、薬を与えているときにびっくりしました。左手の左側においた薬が見えなかったようなのです。テレビを見ていたので、視線が固定されていたという要因はあるかもしれませんが、自分の左手の左側が視野の外というのもすごい話です。なにかを与える時は、かならず右側からせまる必要があります。家具の置き方なんかも注意しないといけないかもしれません。』

夕方、また行って、また親戚《しんせき》の人々のことなどをブラックに話す。

5/2
こぼれた
お菓子

5/14 冷凍野菜

5/16
寸志

5/22
朝食

6/1
うなぎ

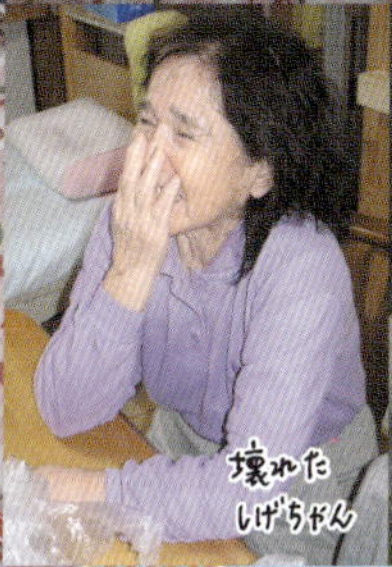
壊れた
しげちゃん

6/16
八分丈

6/1 梅ちぎり

6/5 梅

6/7 朝食

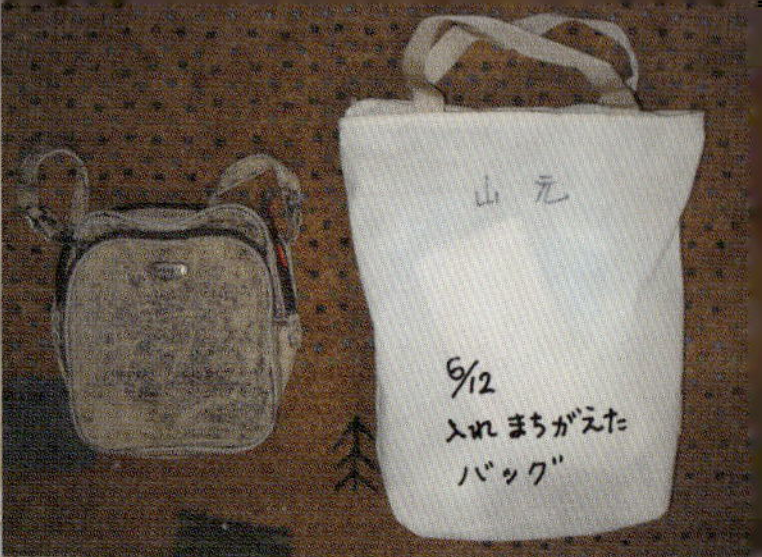

6/12 入れまちがえたバッグ

6/16 手作り応援旗

6/19 庭でがさがさ

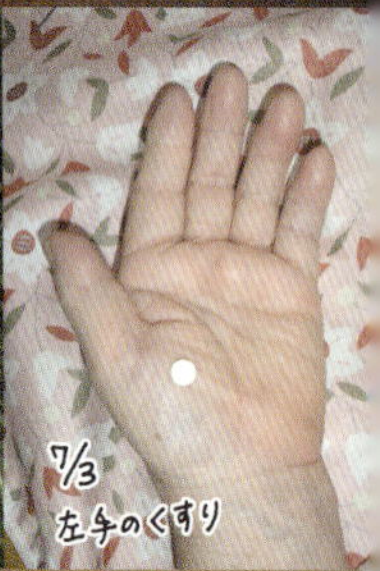

7/3 左手のくすり

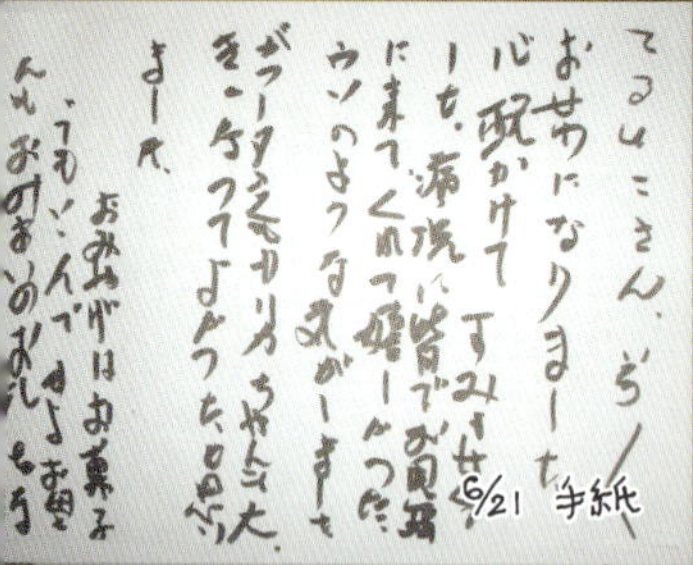

てるみこさん、
お世話になりました
心配かけてすみませ
した。病院に皆でお見舞
に来てくれて嬉しかった
ウソのような気がします
おみやげはお菓子

6/21 手紙

6/30 おりがみ

7/4 七夕の飾り

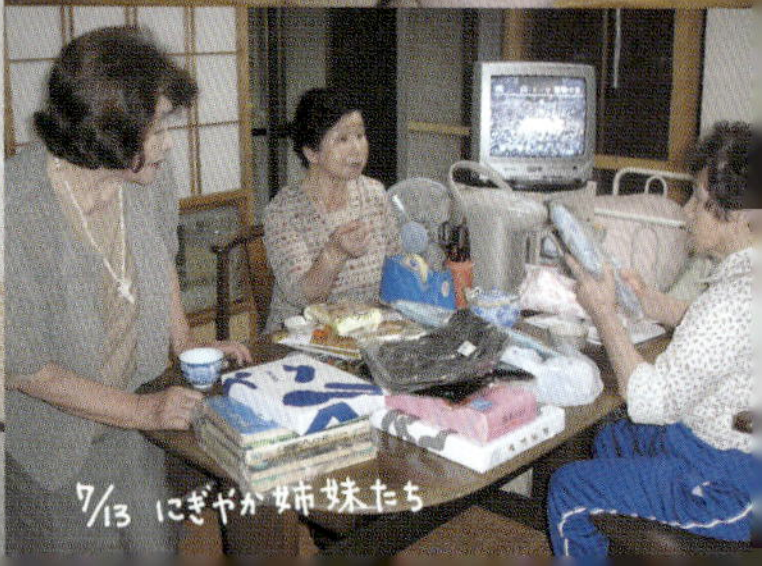

7/13 にぎやか姉妹たち

7/18 病院ピクニック

8/20 歩く練習

8/22 軍かん横倒し

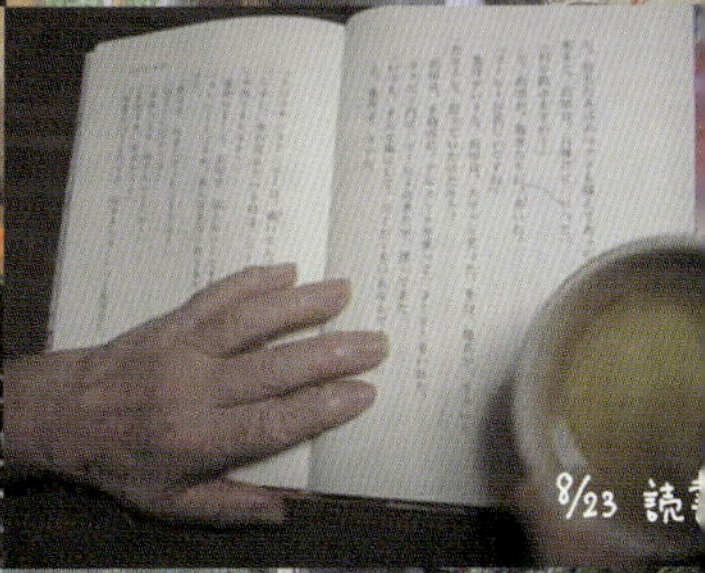
8/23 読

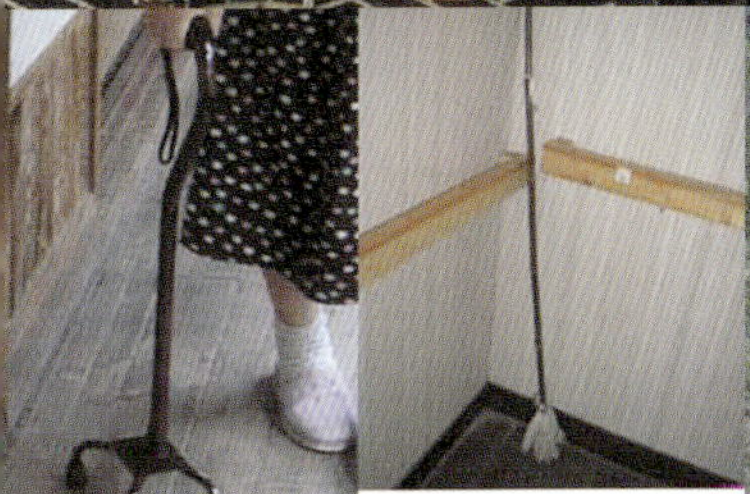
↑ 8/29 自作の杖

10/5 草をあつめる

10/7 こぼれ米の田んぼ

10/8 満月をながめる

10/9 せっせが作ったお米

稲を刈るしげちゃん
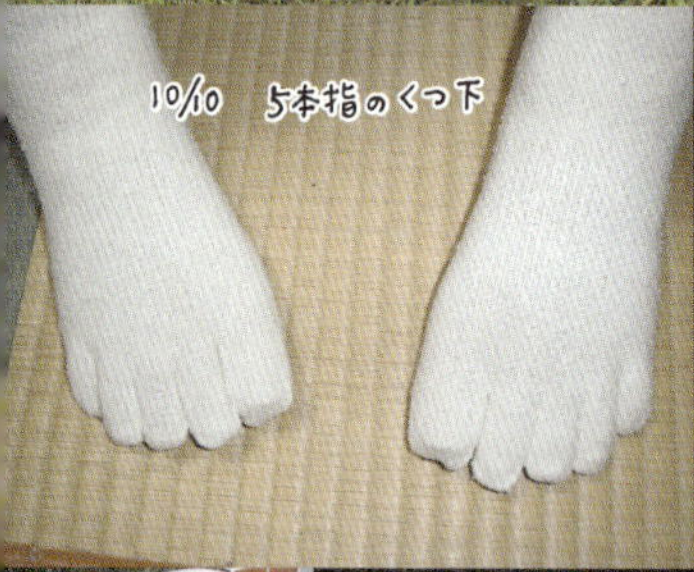
10/10 5本指のくつ下
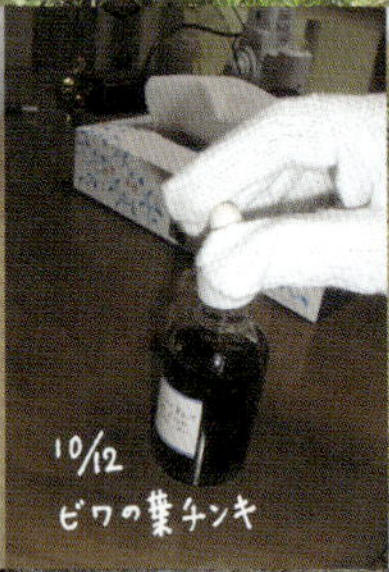
10/12
ビワの葉チンキ
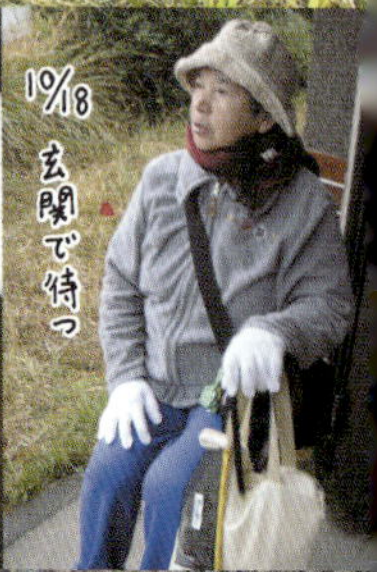
10/18
玄関で待つ

10/14
よせうえ作り

これが

1月下旬
こんなに

10/13
スピーカー

10/17
お菓子を見る
う～ん
これは…

11/1 またまた 元気な おばさま

11/2 ぬり絵

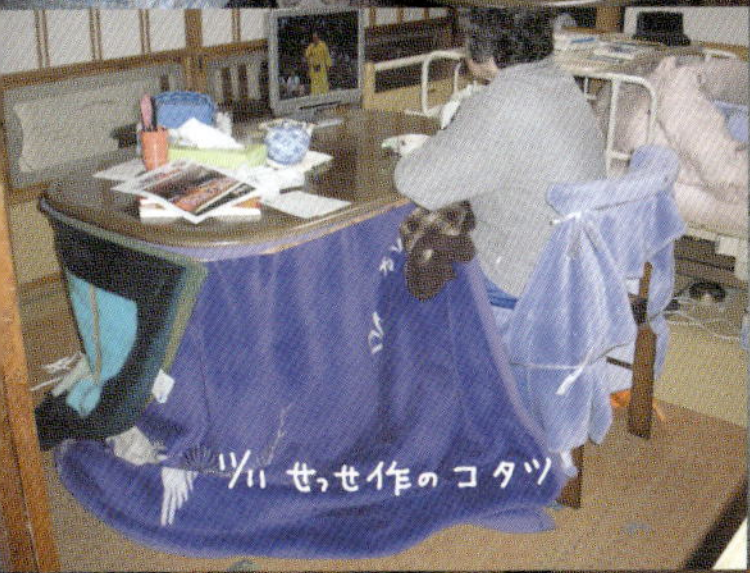
11/11 せっせ作のコタツ

11/25 すもうの予想表

12/31 ケーキから目がはなれない

1/3 お正月

おせちを注文

1/3 神社まいり

2007年 1月下旬 庭にて 私としげちゃん

2006年、夏、お盆の墓参り

7/15 おっぱいチャーハン

7/12 パソコンでゲーム中

6/27

やがて、ラーメンに

8/2 むしむし

7/14 しそジュース

7/9 水ぞくかん

7/16　御池で魚つり

7/16 木のぼり

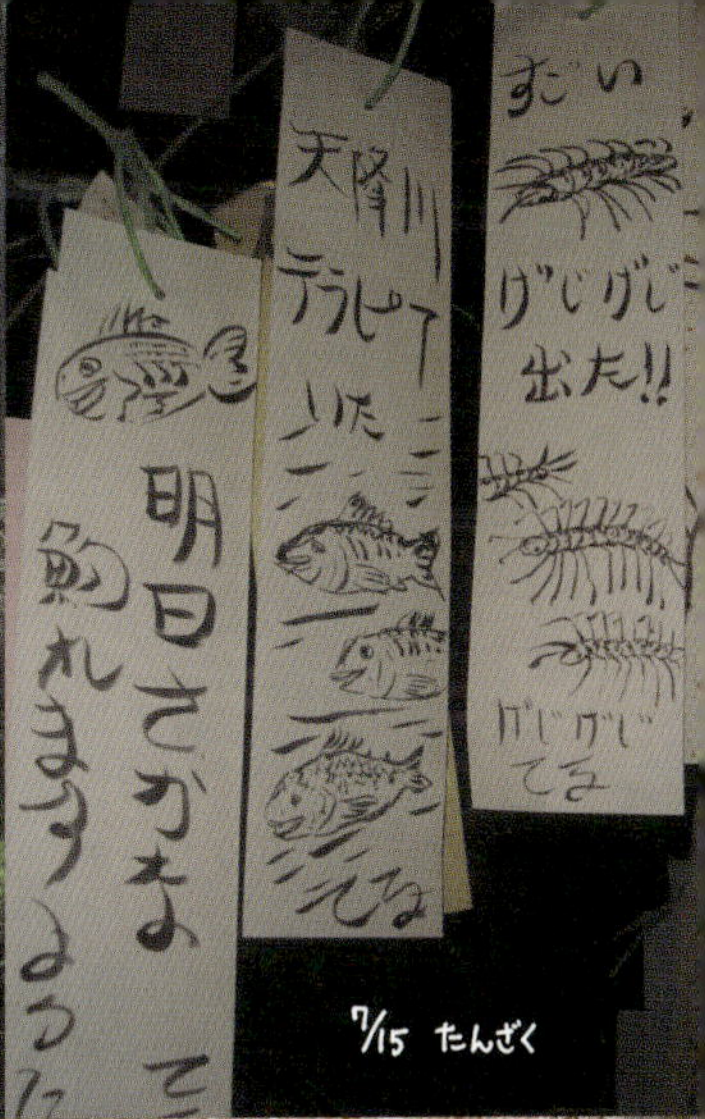

7/15 たんざく

7/9
動物園

鹿児島の平川動物公園は、
けっこう人気です。
プレーリードッグたち。

洪水前 → 洪水中

→ 小学校は床上浸水

家の前の道路 7/22

自衛隊出動

ボートも

7/31 そうめん流し.

つめたいわき水

ソーメンと、ますの塩焼き

くつろぎタイム

カンチのマンガ本

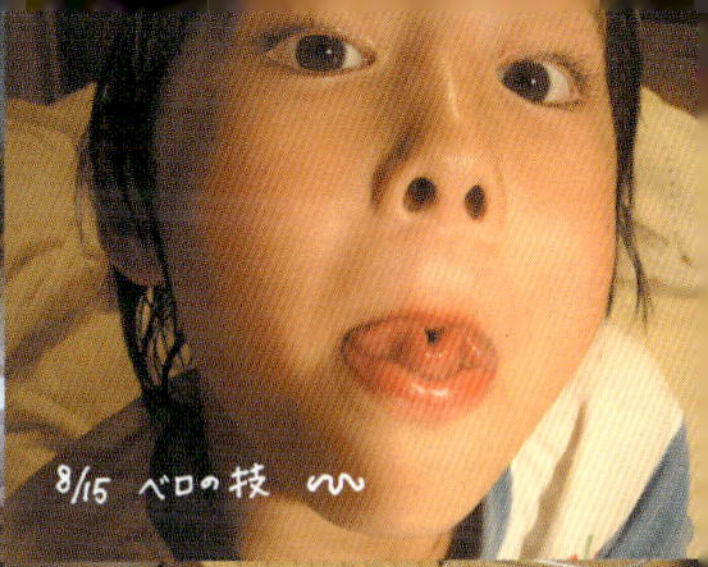
8/15 ベロの技

私のねぐせ

ドミノ

8/8 エビ入りカルボナーラ

9/9
つなひき

すもうで負けたとこ

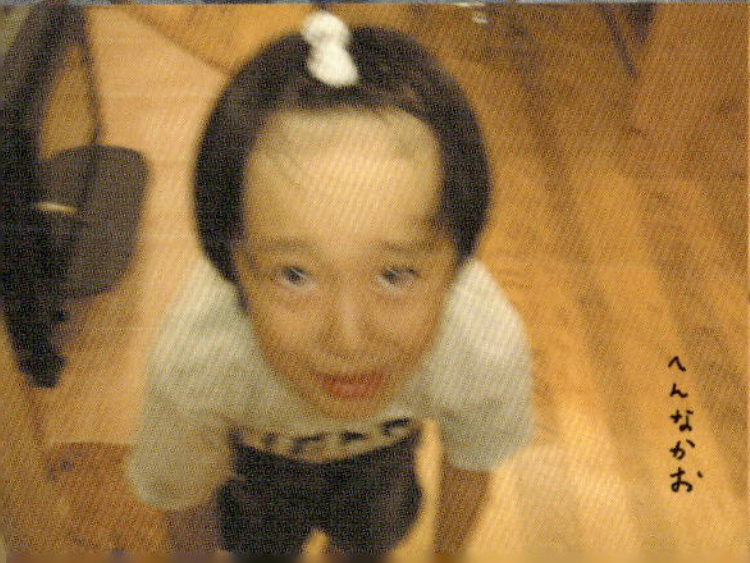
へんなかお

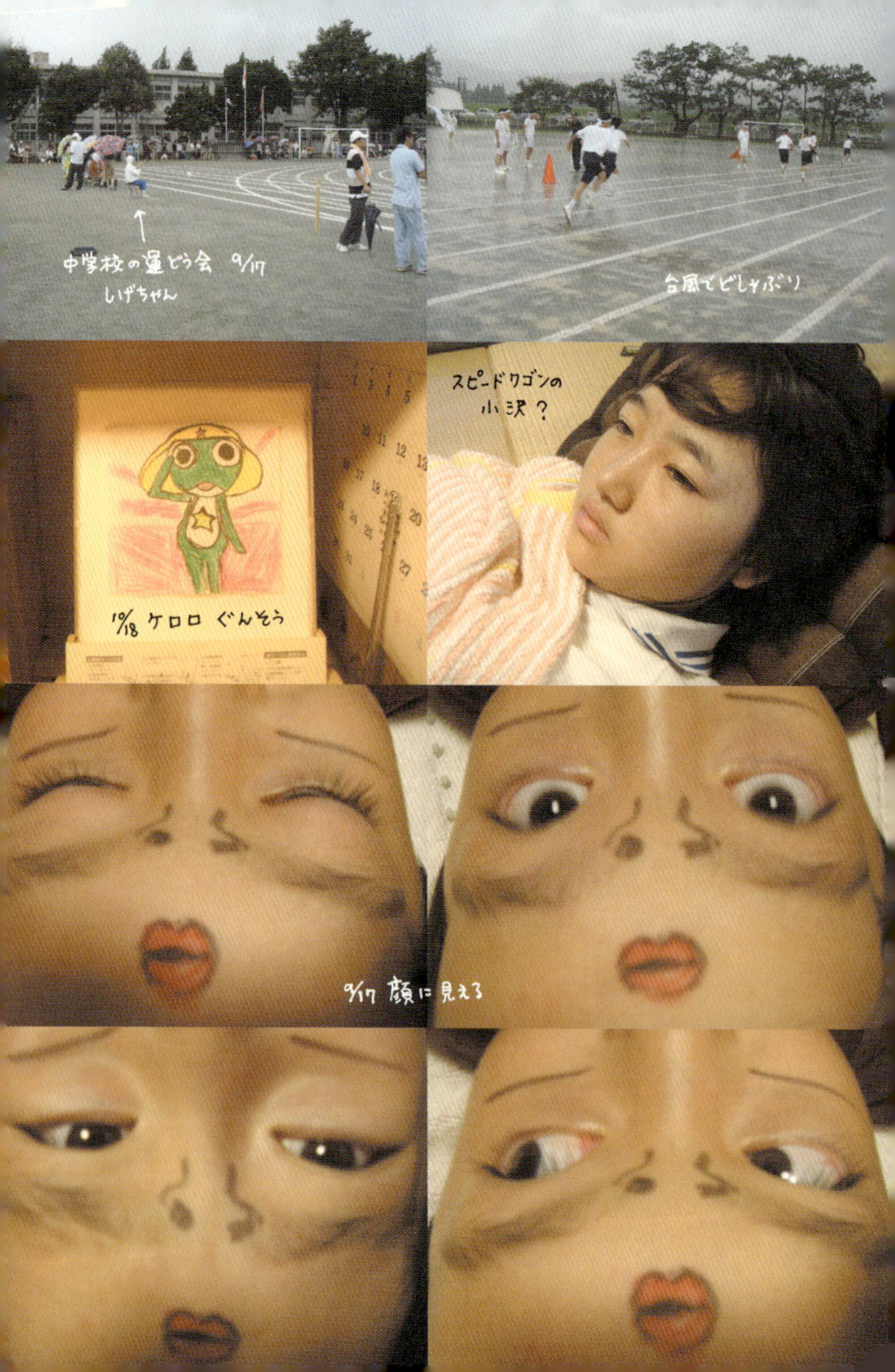
中学校の運どう会 9/17
しげちゃん
台風でびしゃぶり
10/18 ケロロ ぐんそう
スピードワゴンの
小沢？
9/17 顔に見える

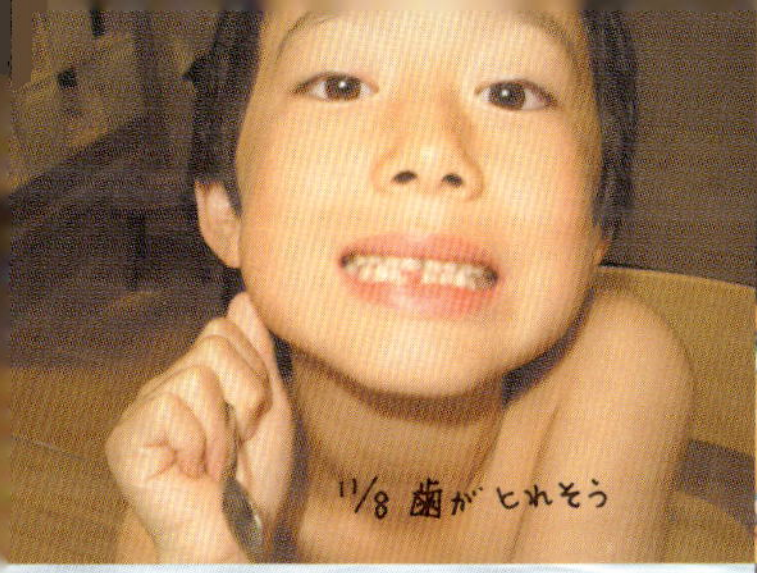
11/8 歯が とれそう

やきりんご

11/5 カヌー

マスのつかみどり

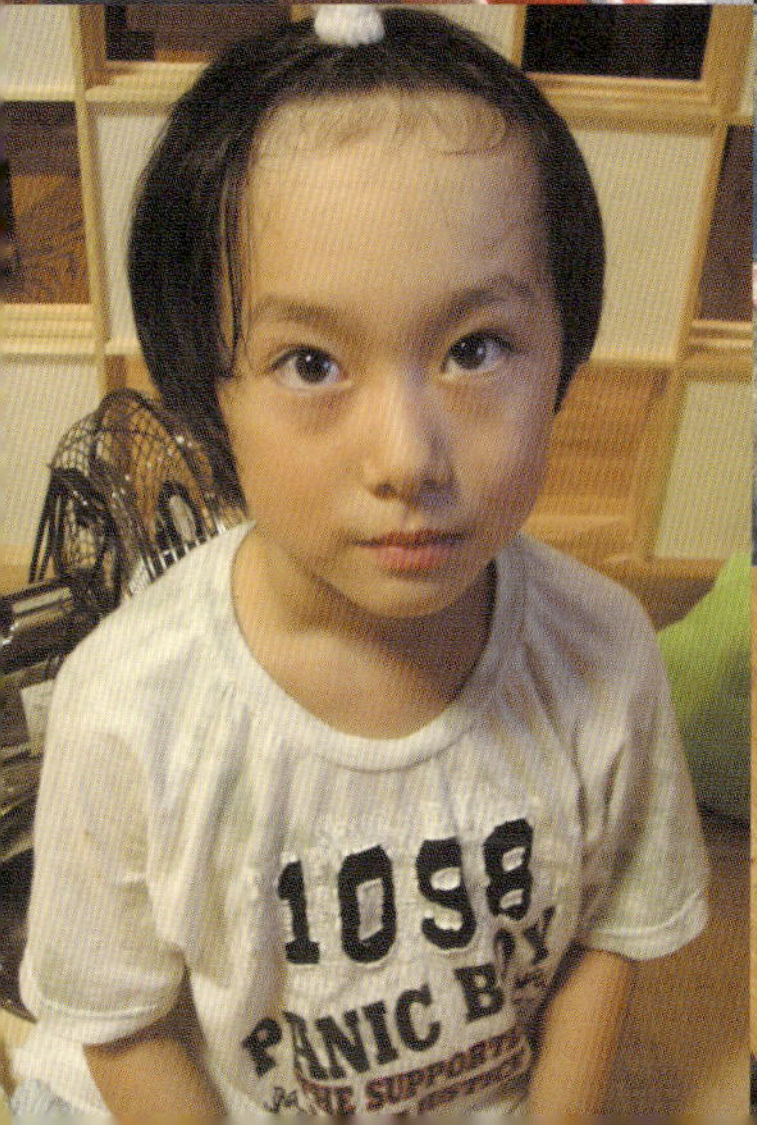
1098

マロン(上)
夫のサンちゃん(下)

好きなぶどうの和菓子

7/21 にくき、うるしの木

空手、ならってます

Woody
National
タオルキャップとジョーバ

なにしろ、しげちゃんが脳梗塞《のうこうそく》になったことを、だれにも知らせなかったので、今、しげちゃんのお姉さんたちが、事の重大さに気づいたのだ。

主な話の内容は、イチキ氏のこと。だれが彼を世話するか。

なにしろ、去年、その60年間入院していた精神病院がなくなる時（正確には縮小）、入院患者70数名を、どうするかで、それぞれの身内が相談しあったが、家にひきとったのは、なんとしげちゃんひとりだったらしい。そのほかの70数人は、どこかほかの病院や施設をさがして、どうにか転院させたのだそうだ。

なかなか、精神病患者の引き取り手は、家族でもむずかしいのだろう。

しげちゃんは、私がみればいいわ、という軽い気持ちで引き取ったのだ。

私「自分の身になにかあったら、というのは考えなかったの？」

せっせ「この人は昔からそうだったよ。先のことなんて、なんにも考えてないし、誰がなにを言っても、聞く耳はもたないし」

私「物だったらいいけど、人間だからさあ〜。人だよ、人。自分が病気になったらとか、ああなったら、こうなったら、って、あらゆることを想定してやんないと、無責任じゃん」

せっせ「この人は昔から、そうだった」

しげ「まさか自分が病気になるなんて、考えてもみなかったわ。本当は、面倒を見る責任は、実家を継いだ弟夫婦にあるのよね〜。おにいさん（イチキ氏）のためにって、両親が十分に残していたお金も使い込んで、倒産して夜逃げしちゃったから。弟夫婦が、今、住んでるところにひきとってくれればいいんだけど」
私「ああ〜。あの、変わった人と、嫌われ者のおばさん」
せっせ「そう。なに話しても、自分の子どものことばかりで。親バカもあそこまでいくかっていう」
私「……親戚、変な人ばっかり」
せっせ「だから、だれにも連絡しなかったんだよ」
私「でも、しげちゃんのあのパワフルな美人姉ふたり、あのふたりに期待しようよ！　なにしろ昔から信心深くて、なんとかっていう宗教にはいりこんで、説教ばっかりしてたじゃん。あんなに信心深いんだから、病気のおにいさんの件では、信仰心のみせどころだよね。まあ、私は楽天的だから、どうにかなるだろうと思うし、ならなかったら、その時に考える。だって、できないことは、本当にできないもん」
しげ「家を建ててあげるから、弟夫婦におにいさんを引き取れって言おうかしら」
私「また！　そういう、できもしない甘いことを言うからいつも、話が複雑になるんだよ。人に家を建ててあげるような甲斐性《かいしょう》もないくせに」
せっせ「そう。おとうちゃんが、どんなに離婚したがってたか。この人がとっぴょうしもないことを言い出して、まぜっかえすから」
私「親戚とのトラブルで、重大な話し合い中、いつも虚をつくような、とんでもなく変な提案をして、場をめちゃくちゃにしてたよね」
せっせ「必ず、敵側に味方するようなことを言い出して」
私「そうそう。おとうちゃんによく、おまえはどっちの味方なんだ、って言われてたよね」
せっせ「もちろん、敵だよね」
しげ「ホッホッホ」
私「私だったら、早めに離婚したと思う。でも、昔って、離婚、できなかったのかもね。でも、夫からみたら、あまりにも腹立つ妻だよ」
しげ「ホホホホホ〜」
私「理不尽な思いにさいなまされるって、ああいうことなんだろうなあ〜。しかも、おとうちゃんっていう人が、また、人一倍、誠実で生真面目な人だったから、地獄のような相性だったろうな。ま、あっちも、変なとこがあったけど。意外なとこで、人の気持ちを気遣うことができないっていうか。大事に育てられた長男気質で」
しげ「ホホホ〜」
せっせ「でも、この人の家系って、おかしい人が多いよね。兄弟の中でも、5人中、2人がおかしいし。他の3人も、どこか変だし」
私「そう。なにか、過剰だよね。あのパワーというか、テンション。姉ふたりは、ドーパミンが出まくってる感じだし、弟は、強い妻をもらったせいか、死んだようにおとなしいし」
せっせ「そう」
私「現実逃避してる」
せっせ「うん」
私「父方の親戚も、個性的な人ばかりだし」
せっせ「たしかに」
私「だからいいイメージがないんだよね、昔から、親戚って」

『7月4日(火)「ばらとおむつ」第39号
最近のしげちゃんは七夕の飾り作りでいそがしいです。
笹竹を切ってきて、七夕の飾り付けをやるつもりだそうです。七夕の飾りというと短冊なんかじゃないかと思うのですが、なぜか紙の花なんか作ってます。それは七夕の飾りじゃないと言うと、これも賑《にぎ》わいだから竹に飾る、そのあとの夏祭りの飾りにも使えるだろうとのことです。
できた花を手すりに飾ってるのですが、このために手すりが使いづらくなってしまいました。でもしげちゃんの中では花の方が手すりなんかより大事なようです。どうして手すりに付けたのかと聞いたら、ここが邪魔にならないだろうと思ったとのこと。でも実際は不便でたまりません。

明日、また福岡のおばさんがやってくるそうです。こんどは大阪のおばさんもいっしょだそうです。どうも、今うちにいるおじさんの今後の身のふりかたについてはむずかしいらしく、引き取ってくれるような施設はないみたいです。でもしげちゃんもいつまで命があるか判りませんし、なんとかしないといけないのですが。あの2人はうるさいので苦手です。まあ、自然災害だと思って相手が通り過ぎるまで目を見合さないように過ごします。しげちゃんはよろこんでいるみたいですが、また泣いたりするのでしょうか？』

ちょっと、東京へ。
私「さく、おりこうにしててね」
さく「うん」
私「ぎゅうは？」
さく「ぎゅうは卒業したから」
私「でも、留守ぎゅう、はいいんじゃない？」
さく「るすぎゅう？」
私「ママ、ふたつの夜、留守するでしょ？　だから、そのあいだ、しっかりとお家をみててね、っていう、留守番ぎゅう、だよ」
この、甘い誘いに、どう対応するのか！
さく「うん」

やけに簡単。
それだったらいいか、と思ったのか、ぎゅうされにくる。・・・るすぎゅう。

『7月7日（金）「ばらとおむつ」第40号
こちら、えらく厳しい雨が続いております。熊本や鹿児島あたりでは雨で被害もでたようです。あまりに雨がひどいので、この前おばさんたちが来る日に、一週間ぐらいおばさんたちの訪問を延ばすように提案したところ、むこうも来るのをためらっていたらしく、すぐに賛成してくれました。そのため、おばさんたちはまだ来ていません。それどころか、台風も近づいてきたため、あと一週間は先延ばしできそうだと思っています。台風が近づくのがこれほど嬉《うれ》しいのは初めてです。
あの人たちはとても押しつけがましい所があるので、実は私はあまり会いたくないんです。でも、おじさんのこともあるので会わない訳にはいかないし、悩ましいところです。』

夕方、カンチが帰ってきた。
カンチ「今日ね、事件が」
私「どんな？　悪いことしたの？　ママがあやまらなきゃいけない？」
カンチ「先生から電話がくる」
私「え？　なにがあったの？」

カンチ「話すの面倒くさいんだけどね。小学校4年生の時の水泳の着替えの時、バスタオルの間からBくんのオチンチンが見えたって、A子ちゃんが言ったのね」

私「ああ～」アホくさい、悪い予感。

カンチ「それを、カンチが聞いて、他の子に教えたら、その子がそれを黒板に書こうとして、いろいろ複雑なことになって、昼休み時間、Bくんが怒ってやってきて、女子全員が女子トイレに逃げたんだけど、そこまで追いかけてきて、そこで、入り口のところにいた数人が、叩《たた》かれたの。そして、Bくんはそのまま家に帰っちゃったの。で、悪かったから、掃除時間に、カンチたち4人が、Bくんの家まで呼びに行ったけど、いなくて。でも、あとでBくんも学校に戻ってきて」

私「学校の外に出たのがいけなかったよね」

カンチ「うん。でも、絶対みつからないはずだったんだけど、掃除時間だったし。でも、ちょうど、先生が、偶然通りかかったんだよ。なぜか」

私「そういうものだよね、ホント。そういうときに限って、偶然って起こるんだよ」

カンチ「そうそう。だから、その、外に出た4人には、先生から電話がくると思う。でも、担任の先生は今日、いないから、他の先生から」

私「ふうん。あのさ、そういう本人にとって恥ずかしいことを、言ったらダメだよ」

カンチ「うん。でも、4年生の頃のことだからいいかなって思って」

私「でも、今は中2でさ、いちばん恥ずかしい時じゃない？　もうちょっと大きくなったら、まだいいけど。今頃の時期って、男の子には、ちょうどひっこみのつかない時期だからさ。女の子は集団でかたまってギャーギャー言えるけど、男の子って、ひとりひとりでしょ。カンチは恥ずかしくなくても、人によったら、自殺するぐらい傷つく人もいるんだから」

カンチ「あ、先生と同じこと、言ってる」

私「ダメだよ。ふざけすぎたら」

カンチ「カンチだったら、平気だけどな」

私「人と自分は違うんだって。自分は平気でも、人は違うかもしれないんだから。ふざけすぎたらダメだよ」

カンチ「うん」

ま、私にも、その話を聞いた時の、カンチのウキウキッとした気持ちはわかるけどね。

私「だからね、うまくやんなきゃダメだよ。集団の中で生きていくには、やりすぎたらダメなんだよ」と、言っとく。

7月9日（日）

午前9時30分。天気もよく、暑い。湿度が高い。

今日は、さくとふたりで遊びに行く。まず、かごしま水族館「いおワールド」へ。

カンチは明日からテストなので、静かな環境で、勉強できるだろう。

その前に、朝食用に、コンビニでパンと飲み物を買ってくる。

私は、ハムカツサンドと、コーヒー牛乳。水族館で飲む用には、それぞれ保冷できる水筒を持った。水と、氷をいれる。「いってきま〜す」

途中、まだ？　まだ？　あと何分？　を何度か聞きながら、1時間余りで到着。

駐車場はすごい暑さだ。

冷房の効いた館内に入ると、ホッとする。順路にそって、ゆっくり回る。

ひと通り見てから、「いるかの時間」というショーを見るために、席に着く。

私たちは、いるかのショーとは呼びません、同じ地球の仲間だから、とのこと。いるかの声を聞いたり、おへそを見たり、ジャンプや回転を楽しく見る。

汗をかいてるので、「帽子とったら？」と言ったら、「女に間違われるから、いやだ」と言う。女の子によく間違われていたこと、いやだったんだ。

今回、私にもひとつ目的があった。

それは、見ることに100パーセント集中する、ということ。子どもにつき合って、水族館とかに行くと、いつも、私は、なんだか退屈になって、いらいらして、早く早く、やだな〜、なんて思いがちだった。でも、今日は、そう思わずに、ただぼんやりと目の前のことに集中しようと思う。いるかもゆっくりと見ることができて、今までのところ、うまくいってる。魚の見方も、さくは私と同じで、さっさと見る方らしく、ずっと一箇所で待たされることもなかった。

1時ごろ、駐車場に帰り、次の動物園へと向かうことにする。車の中は、ものすごい高温の蒸し風呂《ぶろ》状態。水筒を開けて飲んださくが、「外はこんなに熱くなってるのに、中のお水は冷たいよ〜。すごいね〜」と驚いている。

カーナビに目的地を設定して、出発。もう、あと数分で着くという時、ナビの画面を見ると、もっと近い道がありそうな感じ。

「さく、こっちの道の方が、早そうじゃない？」

「うん。そうだね。そっち、行く？」

「うん」

最近、ナビの指示もあてにできないことを知って、ここはひとつ、挑戦する気持ちで、ナビに逆らって、別の道を行く。

しばらく進んでから、やっぱり、ナビの言う通りに進んだ方がいいかも、と思い、「やっぱり、Uターンするわ」と言って、右のレーンに進路変更したら、さくが、「どうして？　行こうよ」と言う。そこで、ちょっと言い合いになったけど、じゃあ、と言って、まっすぐ進んだ。そしたら、行けども行けども、右折できず、結局、動物園のあるところをずいぶん通り過ぎてしまった。

「やっぱり、あっちで行った方がよかったじゃん」と、ぶつぶつ言いながら、わき道に入って、Uターンして、戻る。それから、ぶつぶつ、「さくが行けって言ったから、こんなに時間がかかっちゃった」と、ぐちぐち言い続けて、動物園に着く。なんか反応がないなと思ってふりむいたら、寝てた。遅れたと言っても、数分だしね。

「着いたよ」と言って、起こして、歩いて入園。入園料は、200円だった。安い。きりんや、さい、ライオンなど、順路にそって、全部、見て回る。

ものすごい、暑さと湿度。

心を無にして、集中、集中、と思っても、さすがに動物園まではそれが続かなかった。へたり気味に、ぼーっと、ついていく。動物たちも、ほとんどみんな、ぐったりしている。こんなのが、おもしろいのかな〜と思うけど、さくは楽しそう。ぞうの前で氷メロンを食べたり、岩みたいなカメの甲羅《こうら》をさわったりしていた。

最後、観覧車に乗りたいと言うので、ええ〜っ、と言いながらも、乗る。遠くの山や海も見えて、見晴らしがよかった。そして、満足して、高速で一気に帰る。


家に帰ると、カンチがいた。ゲームしてたみたい。

それから夕食後まで、さくがカンチに、何度もいじめられて泣かされてる。気の毒なほどだ。鬼になってる。お風呂に入っても、泣いてた。そして、

「ぎゅうして」と言う。

「おいで、最近、ぎゅうをやめたから、ぎゅうの貯金がたまってたよ」

「じゃあ、50パーセントして」

「いいよ」

「いち（ぎゅうっ）、にい（ぎゅうっ）、さーん（ぎゅうっ）……」

「ふふふ。まだ？　20まででいいよ」

「……20（ぎゅうっ）、まだまだあるよ、21（ぎゅうっ）、22（ぎゅうっ）……」

「ハハハ」

50回やった。

「100もたまってたからね。最初に何回たまってるの？　って聞いたらよかったのに」

「50パーセントって、5回かと思った」

「あと、50回あるからね」

もうすっかり、ご機嫌が直ってる。

『「ばらとおむつ」第41号
しげちゃんはかなり回復してきました。まだ、歩くことは難しいですが、顔色も良く、動きもずいぶんしっかりしてきました。夜も自分でトイレに行けますし、食事も自分で食べられます。
そこで、そろそろ私は自分の家に帰ろうかと思います。食事の時と出迎えの時と、あとは寝るときあたりに世話するために帰ってくれれば、今と同じようにしげちゃんを生活させることができると思います。

私としては、しげちゃんが回復して、ある程度手を離してもなんとかなりそうになったことはとても嬉《うれ》しいです。今年の3、4月の頃には、とても想像もできなかったことだからです。まさかあの具合の悪かったしげちゃんがここまで回復してくるとは人間の不思議を感じさせますね。

今までと世話する手間はほとんど変わらないのに、どうしてこの人はこんなに喜んでいるのか不思議に思う方には申し上げたいですが、寝る場所が違うだけでも疲労の度合いがまるで違うものですよ。

しげちゃんも、私の束縛が厳しいので、むしろ良いことだと感じるかもしれません。朝起きるときも、私を起こさないようにと気を遣うそうです（ちなみに、私は朝がものすごく早いので、しげちゃんが気を遣うことはまったく無いのですが）。

でも、夜は心細いので玄関の扉は鍵《かぎ》をかけていってほしいそうです。しげちゃんには多少不安もあるみたいですが、不都合があるところは改善していくとして、すこしずつ自立の方向に努力しようと思います。まあ、すでに少々ぼけみたいな症状があるので、自立といっても限られたものですし、そんなに長くは続かないかもですが。

輝彦くんが来る事を楽しみにしているようです。七夕の飾りつけも一生懸命なので、きっときれいな七夕の笹ができるのではないでしょうか。』

7月10日（月）

さくが帰ってくるなり走ってきて、

「ママ〜、ぎゅう〜」

「あれ？ ぎゅう、やめたんじゃなかった？」

「まだ貯金あるでしょ？」

「50回ね。だから、今、1回使ったら、あと49回だよ」

いっしょに、スーパーに買い物に行く。陳列棚のところで商品を見ていたら、だれかが近づいてくるのを感じた。帽子の下から、そっちの方をそっとうかがう。足が見えた。この感じは！……イチキ氏だ。黙っていると、

「あの、あの、……さん、……さん」と私の名前を読んでいる。「はあ」と、顔をあげると、「これを買ったんですけどね」と、袋の中からお茶を出して、私にあげると言う。こんなのもらいたくないし、もらったらまたせっせに怒られる。

だから、「いいです、いいです」と言いながら、手をぶるんぶるんと激しく振って、ことわる。今回は、ことわれた。どう対処したらいいのか。

夕食後、しげちゃんちに行ってみる。廊下で歩く練習をしてる。せっせも、自分の家に帰ることを思いついたので、うれしそうだ。13日から、しげちゃんの姉ふたりが来るそう。

カンチが、「ママって、心が弱いね〜」と言う。

「……どういうこと？」

「なんか、弱っちい」

「どうしてそう思った？」

「わすれた」

「……そう。だったら、ママ、弱いから、やさしくしてよ。カンチは、どうなの？　強いの？」

「ふつう」

という会話を交わしたことを、せっせたちに教える。

「本当に、腹が立つ。その言い方がすごく、むかむかさせるような言い方なんだよ。ママは心が弱いね～、だって。人を上からみくだしたみたいに！　どう思う？」

「まあ、君のカンチに対する評価は厳しいから」

「せっせも、一緒に暮らすとわかるよ。どんなに、いばってるか。あの傍若無人で、自分が正しくて、人が変だっていう、言い方。

さっきは、ごはん食べながら、『カンチって、頭がいい。本当に』って。なんて答えても、文句言うから、黙ってたら、『やっぱ、悪いわ。もう、死にたい』って。死ねば？　って、さくが言うと、恐ろしい目で睨《にら》みつけて。

とにかく、自分の気に入った返事、対応以外は、すべて、変、のひとこと。あんまりにも腹が立つから黙ってると、無視？　って言うし。そばにいたくないから離れようとすると、逃げるの？　だって。だから、カンチのことが嫌いだから、って言うしかないけど、それでも、いっしょに暮らさなきゃいけなくて、しばらく、その気持ちが過ぎるまで、ホントいやな感じ。で、そのいやな10分ぐらいが過ぎると、本人はけろっとして、何もなかったようなんだよ」

夜、部屋で仕事をしていたら、

「ママ〜。ぎゅうして〜」と、またさくがやってきた。

「さっきも、ぎゅうしたでしょ？　やめたんじゃなかったっけ？　なんか、前よりふえてるみたい」

「だって、いいの。イベントがあった日は」

「きょうはなにもないけど」

「じゃあ、これ」

紙に、「10かいのただけん」と書いてある。

さくと風呂《ふろ》にはいってたら、

「まだ、ときどき、目に浮かぶ、あの、1000円事件」

「ああ〜。そうだよね〜。なにがいちばんいやだった？」

「信じてくれなかったこと」

「うん……。だよね。先生が？」

「うん。知らないから、説明できないのに……。じゃあ、どうしてないの？　って……」

「信じてもらえないって、怖いでしょう？……よく、あるんだよ。だから、もう、ぜったいに人のお金、さわっちゃダメだよ。さわらなかったら、うたがわれないからね」

「うん」

「ママも、今度はむかえに行くから。でも、……あれは絶対、先生が悪いよね～！　冤罪《えんざい》だよね！」

7月11日（火）

朝、ゴミ捨ての時、うちの門のところに、犬のウンチ発見。

2度目だ。半年ほど前に1回。いやだなあ～。朝ごはんを食べながらも、思い出して気が沈む。貼り紙しようかなと思うけど、ひとんちの門にウンチさせてそのままにしてるなんて、その飼い主って、非常識な人だ。そんな非常識な人と、たとえ紙の上だけでも接触したくないな～。

飼い主に気づかれずに、犬だけに気づかせる方法はないかな。犬が、ここにウンチしたくないって、思うような。考えた末、倉庫にあった木酢液をうすめて、問題の場所にまいた。木酢液のにおいをいやがって、犬がよけたらいいけど。

（それ以降、なし。それとも、次はまた半年後？）

カンチとのんびりしゃべる。
私「○○ちゃん（カンチの友だち）ってさ、おかあさんっぽいよね～」
カンチ「ああ～」
私「なんか、感じがさ。わかる？」
カンチ「うん」
私「おかあさんの影響かな。考え方とか、しっかりしてるもんね」
カンチ「うん」
私「やっぱり、子どもって親の影響を受けるよね」
カンチ「うん」
私「カンチはママの子どもだからさ」
カンチ「そうなんだよ～」
私「でも、カンチはいいよ、まだ。ママなんて、しげちゃんの子どもなんだよ！
子どもの時は、親の言うことが本当だと思って聞くからさあ、ぜんぶ本気にしてたら、ある時、あれ？って、なんか違うって」
カンチ「それ、いくつぐらい？」
私「小学校の3～4年ぐらいかなあ。世の中で言われてることと違うってことに気づいて、『それ、本当のこと？　それとも自分の想像？』って聞いたの」

カンチ「そしたら？」
私「ホホホ〜、そう思うのよね〜、って。全部、自分の想像だったんだよ！　それ以来、これ、違うかもって思いながら聞くことにした。
子どもって、親の考え方を刷り込まれるからね。もともと生まれつきの性格ってそれぞれはっきりとあるけど、負けず嫌いとか、やさしいとか、気弱とか、ぐちぐち考えるタイプとか、あっけらかん、とか。でも、生まれてからの物のとらえ方は、親の影響大だよね。何かあっても、親が、ヘイキヘイキ大丈夫、って言えば、気弱な子どもでも、大丈夫か、って思うし、親が心配性で悲観的だったら、本来さっぱりした性格の子どもでも、その考え方の影響をうけると思う。気が晴れないだろうね、その場合。
心配性の子どもでも、親が前向きだったら、いいふうに性格を、明るいほうに導いてあげられるだろうし。いい親っていうのは、そういうことを無意識にやってるんだと思う。
親の影響、大きいよ。人の考え方が作り上げられていくことに関しては。特に幼児期は、すべてを吸収して、それが身につくからね。
テレビ見て言う親の感想ひとつにしても、それ聞いて育つんだもんね〜」
カンチ「ママって、性格、変だよね。他の人と違うよね」
私「どこが？」
カンチ「……間が」
私「おしゃべりの？　答える時の？」

カンチ「……うん……」
私「え？　どういうこと？」
カンチ「わかんない。もういい」
夜、ドラマ「結婚できない男」を見る。これが今、おもしろい。夏川結衣《ゆい》と阿部寛の皮肉たっぷりのかけあいが、なんともいえず。みんなで見ている。

7月12日（水）

さくが学校から帰ってきた。私は庭で、コニファーの剪定《せんてい》をしていた。

「おかえり〜」

「ママー。ジュース、作ってー」

「うん」

最近はいつも、帰ると、カルピスをソーダで割るカルピスソーダを一杯飲むのが日課。

夕方、しげちゃんちへ行く。あしたからおばちゃんたちが来るそうだから、しばらく来ないよと言っとく。せっせとしては、とにかく、イチキ氏のことを頼んでみると言う。

「しげちゃんは、昔から、突発的に信じられない行動をおこして、さんざんまわりに迷惑をかけてきたけど、最後の最後に、よりによって一番大きい難問題をね〜」と、せっせが困り顔で言う。

「生きてるからね。人間だからね。捨てるわけにもいかないし。ふふふ」と、私。

それ聞きながら、しれっとしているしげちゃん。
しげ「まさか、自分が病気になるとは思わなかったのよ〜」
私「こうなったら、こうする、ああいう場合はこうする、って、普通、あらゆる可能性を考えてから、行動を起こすものなんだよ」
しげ「全然、考えなかったわ」
せっせ「この人は昔からそうだった」と、またまたいつもの会話。

カンチが、「これ食べてみて、ポテチ」

「ねぎ塩レモン？……………焼肉屋の味だね」

「でしょ」

ふたりが、パソコンでゲームをしたいと言うので、させてあげる。

「なに？　それ」

「スペアロイド、神殿への道」楽しそうにやってる。

さて、お風呂の時間。さくが、「きょう、何食べる？　マンゴー？」風呂でくだものを食べる習慣がついてしまった。

「マンゴーと、さくらんぼもあるよ。はい、持っていって」

「うん」

トコトコトコトコ……。

「あー！　テレビの前の、ぶどうの皮とコップと水差し、だれー？　ああいうの、だれがしまうわけ？　だれが？　だれが？　だれが？　だれが？」と言い続けたら、さくがあわてではだかで走ってきて、台所までさげに行った。

カンチは、まだパソコンのゲーム。

「ちょっと許したら、永遠にするからイヤだ」と言ったら、

「フッ……永遠？」と言いながら、ゲームをやめて部屋を出て行った。永遠という言葉に、気をよくしたのだと思う。

風呂から出たら、9時。さくのねる時間。大好きな、「ぶた（ユリア・ヴォリ作）」という絵本を数ページ読んであげると、コトリと眠った。

『7月13日（木）「ばらとおむつ」第42号

しげちゃんの姉2人がやってきました。

ものすごくうるさいです。しげちゃんもほんとによくしゃべります。

おばさんたちも、すごく良くしゃべります。話題が次から次へと移っていって、うるさいです。机の上には山のようなお土産。

しげちゃんがとても懸命にしゃべるので、今日は遅くまでしゃべらせておこうと思います。

明日はイチキ氏とおばさんたちとU市の精神病院まで行ってきます。おばさんたちが着いたとき、しげちゃんが「みきにも電話しなさい」と言ってうるさかったです。みきが、お

ばさんたちが着いたら電話をするように言っていたとうるさく主張するのですが、まさかそれは嘘だろうと思ってみきには伝えませんでした。おばさんたちはとても精力的なので、こちらが先に負けてしまいそうです。それではまた。』

そう。私が言ったのは、「あしたからおばちゃんたちが来るそうだから、しばらく来ないよ」でした。

そういえば、退院した当初は、せっせはしげちゃんの食事について、塩分がどうのとか、かなり神経質にいろいろ言ってたけど、今はもう、あんなに言ってない。しげちゃんも私も嫌いな「酢の物」だけは、食べさせてるようだけど、あんまり酢のきついのは、ものすごくすっぱそうな顔をするので、それはやめたと言ってたような。それはよかった。せっせは、酢が大好きなのだそうで、それで、嫌いな人の気持ちがわからないのかも。私も、強い酢の、酢の物は苦手。お菓子に関しても、最近はわりと寛大だそう。体調もいいので。ただ、それはいいけど、逆に太ってきたので、今度は、食べ過ぎないようにしないと、と心配してた。

心配性の人っているが、心配しすぎとか、取り越し苦労って、やめたほうがいい。

心配性の人が、心配するという思考の癖を直しただけで、かなり人生は変わるだろう。心配、って心を蝕《むしば》むから。心配して、なにかいいことあるのかな。

7月14日（金）

さくに、自転車の補助輪をはずしてほしいと言われていたのを思い出して、車の後ろの席の足元に自転車を載せて、自転車屋までもっていく。スタンドに付け替えてもらった。1200円だった。ついでに、「最近、私の自転車のタイヤの空気の抜けが早いような気がするんですけど……」と言ってみたら、空気を入れるところのゴムが老朽化しているのかもしれませんね、持ってきたら見ますよとのこと。じゃあ、ついでの時、寄りますと、言う。

家に帰って、いま、一挙にやっつけようと思い、自転車に乗り換えて、自転車屋へもう一度行く。見てもらったら、やはり、そうだったようで、「虫（ゴム）、ですね」と言う。「それ、虫っていうんですか？　どうして、虫っていうんでしょうか」と尋ねたら、わからないとのこと。前後輪とも、あたらしい虫に換えてもらう。

「ありがとうございます。いくらですか？」

「100円です」。安……。

世の中にはさまざまな人がいるから、ちょっとのんきに気をゆるめてると、いきなり攻撃をくらったり、また、すごく気を張って神経質になってると、意外とやさしくされて、感激したり、いろいろだ。でも、次に会う人が、どんな人なのかわからないので、前もって身構えることができないから、どんなもんでしょうね。ずっとヨロイつけてるわけにもいかないし、かといって浴衣《ゆかた》みたいなの着てふらふらしてたら、弾にやられるかもしれないし……。

あした、てるくんたち家族がくるので、あしたの夜は、みんなで温泉旅館に泊まろうと、ずいぶん前から予約を入れていたのだが、その日は、この小さな町の夏祭りの日だった。ギタークラブで演奏をするカンチは舞台にでるので、行けない。で、さくと私だけ行こうと思っていたら、ゆうべ、夏祭りのことをさくに知られてしまった。そして、夏祭りに行きたいと、しくしく泣いている。泣きながら、眠った。

うーん。……どうしよう。で、いろいろ考えた。考えたすえ、こうすることにした。最初、温泉旅館に行って、早めに夕食を食べて、7時ごろそこを私たちだけがでて、1時間かけて帰ってきて、8時からお祭りを見る。

朝、その計画を話したら、そんなにムリしなくてもいいのに…と言いながらも、うれしそうだった。今度から、子ども関係の行事をちゃんと把握して、予定をたてよう。

8月の中旬の韓国旅行は大丈夫だろうか。ドキドキ。

予定変更のための手配を、する。旅館、てるくんにメール、その日、うちに泊まりにくるカンチの友だちのおかあさんに、やっぱり私たちは帰ってくるというメール。

きょう、友だちと話してて、その人の娘が、ダンスが好きで、ダンスを教える人になりたいと言ってる、という。
私「ふ〜ん。人ってさ、小さい頃に好きだったことが、やっぱりその人のやりたいことなんだって。子どもの頃から、踊るの好きだった？」
友だち「大好き。幼稚園の時も、発表会とか、すっごくはりきってぶんぶん踊ってたし、歌うのも好きだった」
私「ふ〜ん」
カンチは、いいとして、さくって、いったい何がすきなんだろう。普段の様子を見てても、魚釣りや虫取りやゲームは、ふつうに好きだけど、特にこれ！　というものはない感じ。帰ってきたら聞いてみよう。
私「さくは、何してるときがいちばんたのしい？」
さく「ママといるとき」
私「え？　なんで？」
さく「だって、ママ、好きだもん。みんなそうじゃないの？」
私「そうだけどさ。じゃあ、遊びの中では？」
さく「おならごっこ。時々、ぷす〜、ってでるでしょ。そしたら、おならごっこはじめるよ！　っていって、みんなでだすの。でも、でない人もいるから、そしたら、腕を口につけて、ブーって音をならすんだよ」

カンチとさくが、くだらないことでケンカ。仲直りしたらごはんねと言って、私だけ先に食べてたけど、仲直りする気配がないし、もうどうでもよくなったので、ケンカしたままでも食べていいよと、言う。

カンチが食べながら、

「もう、これからママにあわせないからね」と言う。

「え？　どういうこと？」

「笑ったり」

「きょう？　それとも、ずっと？」

「ずっと」

「カンチ、おもしろくない人になるから」→自分のこと、おもしろいと思ってたんだ？

「ふ〜ん。今まで、人にあわせてたんだ」

「うん」

庭の赤紫蘇《あかじそ》で、紫蘇ジュースを作る。紫蘇の葉を洗って、煮て、砂糖とお酢を入れる。酢を入れたとたんに、きれいなルビー色に変わった。それを濾《こ》して、ビンに入れる。冷たい水や、ソーダで割ると、さっぱりとして、おいしい。

7月15日（土）

朝、子どもら、ごろごろしてる。

たかなチャーハンを作り、おっぱいにみたてる。

「みんなー、ごはんできたよー。おっぱいチャーハン」

その言葉に、すぐ反応したのが、さく。さっそくやってきた。

「なにこれー。ぶどうー」

カンチは、嫌がってる。「もう、そういうこと言うの、やめてくれない？」

仕事してたら、さくがきた。となりの椅子にのって、くるくるまわりながら、

「ぼくたち、いっぱんの、ふつうのくらしだね」と言う。

「……うん。ふつうじゃないのって、どういうの？」

「おかあさんが仕事にでかけるとか……」……くるくる……。

「ふつうでよかったって、思うの？」

「うん」……くるくる……。

「ママが家にいるから？」

「うん。もし、裁判の人だったら、帰るの夜遅くでしょ？」

「裁判官ってこと？」

「うん。とか、テレビの人」……くるくる……。

おかあさんが家にいるからよかったっていうことらしい。でも、ふつうというか……、あの〜、おとうさんは？　そこは問わないわけね。

午後、ついに私の弟のてるくん、その妻、なごさん（勘がよくて、思慮深く、おもしろいなごさん。私は、なごさんを見ると、袴《はかま》をはいて、剣をもち、ヤッヤッ！　とたたかう少年剣士をいつも思うのです。今回も、おもわずじっと顔を見て、剣士ぶりを再確認した次第。すごくさっぱりしてる）、小学1年のたいくん、なごさんのおかあさん（聡明《そうめい》でやさしくいつも細やかに配慮してくださる、素敵な人）が家にやってきた。

わいわいにぎやかに、おみやげをもらったり、庭をみたりしているうちに、せっせから電話がきて、しげちゃんがデイケアから帰って来たとのこと。

しげちゃんちに移動。私だけは、きょう泊まる旅館へ先に行って、温泉に入ってることにする。なにしろ、夕食後すぐに帰らなくてはいけないので。しげちゃんちによって、すぐ、わたしひとり、高速をとばす。

……風呂《ふろ》にはいって、夕食、帰る、夏祭り。風呂には、なんとしても、はいりたい〜。とっととことっとこ、行かなくては。4時半について温泉、5時半から夕食、7時に旅館をでる、というのが私の計画。

なのに、道の選択を、また、間違えた〜！　前もって地図で調べて、あれこれあれこれシミュレーションして考えたのに、ひとつまえのインターで降りたせいで、それが早いかと思ったら、山道で、時間がかかって、やきもきする。

ああ〜、失敗！

それでも、どうにか、旅館に着いて、黒糖カキ氷をだされ、急いで食べて、温泉にザブン！　いや〜、なめらかで、いいですね〜。ゆっくりと入って、5時20分にでて、部屋にいく途中で、てるくんたちと会う。てるくんたちは、ちゃんといちばん近いインターで降りてきて、わりと近かったのだそう……。

みんなと一緒にきたさくが、なんと、「夏祭り、いかなくてもいいよ」と言う。

ええ〜っ！　急きょ、すべてを変更して、いろんなことやりくりしたのに〜！　どうしよう。とにかく、みんなが温泉に入ってるあいだに考えると言って、部屋に行く。まず、泊まるとなると、カンチに連絡がつかないと、困る。やっぱり夜、帰ってくるからと言ってたので。まさかいないだろうと思って家に電話したら、いた！

「きょう、やっぱり泊まっていい？」

「いいよいいよ！　そのほうがいい！」

「ほんと？」

「今、いそがしいから！　これから浴衣《ゆかた》着て、いくところ！　じゃあね！」

ふうん、よかった。友だちのおかあさんにもメールで事情を伝える。そうとなると……これからゆっくりできるな。さっそく浴衣に着替える。

みんなも風呂からあがってきた。私たちも泊まれることを聞いて、うれしそう。てるくんは子どもと遊ぶのが大好きで、いつも力いっぱい遊んでくれる。もうすでに、3人、一丸となっている。

落ち着いた気分で、食事もいただく。ここは、お料理も定評のあるおいしい宿。どれもこれもおいしかった。たいくんはひょうきんなので、おしりを披露したくてたまらず、いつまでもやり続けるので、最後、さくにひっぱられて襖《ふすま》の奥に消えていった……。食後、また温泉に入る。渡り廊下のところに七夕の短冊があったので、みんなで思い思いの言葉を書く。てるくんは、部屋から見えた、川の中で泳ぐテラピアの絵を描いていたが、上手だった。それと、部屋にでたものすごく大きなゲジゲジ。

しげちゃんの様子を見て、元気そうでよかったと、みんな言っていた。

最初、せっせはしげちゃんにラフなポロシャツを着せていたのだが、お姉さんたちが、あれこれ考えて、お姉さんが持ってきた女性らしい服に着替えさせた。それがよく似合っていた。その前は、パジャマでもいいかという案もでていたそうなので、よかった。やはり、着るものの印象は大だと思った。

7月16日（日）

きょうは、魚釣りをするという。さくは、魚釣りをしたがっていたので、大喜び。てるくんの心のふるさと、御池《みいけ》という池へ。あとで合流することにして、私はいったん家に帰る。家に帰ったら、玄関の鍵《かぎ》が閉まっていた。

「カンチーン、カンチーン」と叫んで、戸をドンドンたたいても、気づかない。大きな音で音楽を聴いているのが聞こえる。私の仕事部屋があいていたので、そこからはいる。

「ただいま〜。きのうのお祭り、どうだった？」ときいたら、

「うん。よかったよ。あっち行って」と邪険にされる。

それからすぐまた外に遊びに行ったので、私も、1時間ほど昼寝して、さくの着替えをもって、御池へむかう。


池のまわりの遊歩道を歩く。木の陰が本当にきれいな緑色だ。

3人がいた。若い竹を切ってきて、竿《さお》にしたらしい。ぐーんとよくしなってる。

池の傍におりて、かわりばんこに竿をもっている。

てるくんが、「いいか。あの浮きがぴくぴく動いたら、ぐっと我慢して、水に沈んだら、ひきあげるんだぞ」と言ってる。さくが魚をつった。

私「これ、なに？」

てる「ブルーギル」

たい「うらーぎる！　うらぎるだって！」


さくは今夜も一緒に泊まりたいと言うので、じゃあ、明日の朝、迎えに来るからと言っ

て、夕方、私は家に帰る。カンチも帰ってきた。「夕食後、行ってみる？」と言うと、行きたいと言う。行くことにする。

そこへ、せっせから電話で、これからしげちゃんの姉2人が、カンチとさくちゃんにお小遣いをあげたいからちょっと行っていいかと言う。カンチに聞くと、最初はいやがったけど、お小遣いと聞いて、うんと首をたてにふった。おばちゃんたちが来た。あいかわらず、お元気そうで、お若く、お顔がつやつや。カンチの絵、居間に飾ってあったというカンチの絵を見て、

「おばちゃん、心をつかれたわ」と言う。ふたりして、ひとしきり異様にべた褒め。

「どんな絵？」とこっそり聞くと、「しょうもない絵だよ」

いつも、おばちゃんたち、なんか観点が違うのだ……。気を許すと、犬がキャンキャン吠《ほ》えるみたいに、とりとめもなくしゃべり続けるので、質問はしないように気をつける。

庭を見てる。白く咲いてる百合《ゆり》を見て、

「これ、あれよね、あの、ほら、なんていったっけ、……モンブラン！」

「カサブランカ」と、遠くからひとこと言わせてもらう。

「ああ。そうそう」

おじさんのこと。

「宮崎の知り合いの病院に行ってきたんだけど、ここはどう？　って聞いたら、うん、うん、ここならいい、って。ベンチに座って、うん、うん、前に来たことがある、ってうな

ずいてたわ」と、おばさん。でも、入れるかどうかは、わからないらしい。やはり、一度、退院すると、ふたたび入院するのは難しいのだ。

おじさんは、きれいで近代的な病院が気に入ったのだろう。

ゆうべは、おじさんのお金も使いこんで夜逃げした弟夫婦が話し合いにやってきたけど、この姉たちとケンカになってすぐに帰ったそうだ。

おばちゃんたちと話してる私を見て、

「カンチって、人づきあいいいんだよね」と、カンチ。

「ママも」

「ママはちがうよ。だって、笑わないもん。無表情だし」

「ああ〜。そうかもね。おかしくないと、笑わないから。人づきあいよくないかも」

「カンチは、気をつかって笑ってあげるんだよね。だから、疲れる」

「ママも、知らない人には笑うよ。知ってる人は、そういう人だってわかってるだろうから、無理には笑わないけど」


それから、てるくんたちが泊まってる温泉にむかう。ここから30分ぐらいのところ。カンチも泊まるかもしれないので、着替えは？　と聞いたら、風呂にははいらないので、特にいらないと言う。

「きのう、2回もはいったし、もうすこしで3回入るとこだった」

着いたら、みんなカンチを見てよろこんでる。

温泉の蒸気でゆで卵を作って、それを食べながら外で冷たいビールを飲んでたそうで、おかあさんがすごく楽しかったって。それから食事。カンチは、なごさんとも気があうので、みんなのごはんをぱくぱく食べながら、しゃべってる。そして、たいくんとさくは大騒ぎ。私は、温泉に入りに行く。食後は、なごさんに、カンチのデスノート12巻を貸すために、私が最後の一冊を読み終わるべく、ひとりで部屋で読む。

カンチはやはり泊まるというので、わたしひとり、9時半ごろ、そこを出る。

すると、外のアスファルトのところに、てるくんとカンチと子どもたちが大の字にねころんで星を見ていた。流れ星を待っているのだそう。北斗七星と北極星を見ながら、ひしゃくの下のふたつの星の間を、5倍して……、なんて言ってる。

家に帰って、テレビで映画「運命の人」をみながら眠くなり、眠る。疲れている。

7月17日（月）祭日

8時すぎ、旅館へ迎えに行く。

だれもいない。散歩かな。裏の、温泉の蒸気のあがってる山を見に行く。いない。けど、遠くから子どもの声が聞こえるような……。下におりると、みんながいて、子どもたちが木に登っていた。

声が聞こえたと思ったら、裏の散歩道を発見して、そこを探検していたのだそう。

部屋でごろごろして、今度はなごさんの実家の金沢に遊びに来てくださいと言われ、

「行きます」と答える。

てるくんが、金沢って、遊ぶところもいろいろあって、山も海も川もあるし、魚はおいしいし、すごくいいよと、にやりと笑う。ホント、そうだろうと思う。

そんなやりとりを聞いてて、またカンチが、「ママって、かわいそう」

「なんで？」

「あとで言うわ」

あとで聞いたら、「なんか話がかみ合ってなくて」

それは、そっちの聞きとり方が間違ってるんじゃないかと思うけど、つっこむとまたわけわかんなくなるので、このことについては、もう聞かないことにする。

「同情してるの？」

「うん」

「ふ〜ん」私たちの話しているニュアンスがわかんないみたい。

宿を早めにでて、途中のくぬぎの木のところでかぶとむしをさがしたけど、みつからなかった。でも、かまきりがたくさんいて、その下に野いちごがあったので食べたら、赤かったけどすっぱかった。そこで、お別れ。

たいくんがちょっと泣きそうな顔をして、さくに抱きつき、ほっぺにチュッとしたら、さくがぎょっとした顔をして後ずさったのがおかしかった。あとで、びっくりしてたね、と言ったら、「あそこまでするとは」と言っていた。
家に帰って、それぞれが好きなことをした。私は、寝た。さくはテレビゲーム。カンチは、なんだろう。私はそれから、午後3時ごろまでほとんど寝てすごす。さくは、3時から7時ごろまで爆睡していた。

夕食後、しげちゃんちに行く。しげちゃんは食事中だった。せっせが食べさせてる。
せっせ「この数日、本当に大変だった。もう疲れて疲れて」
私「どうだったの？　話し合い」
せっせ「しげちゃんたちの弟夫婦がきたけど、弟は小心者だから、さいしょから一杯引っ掛けてきてて、花火の音にあわせて踊りまくっているし、しげちゃんは、花火花火って言いながらうろうろしてるし、その嫌われ者の奥さんは、おばさんとケンカになって、怒って、帰ってしまって」
私「しげちゃんの弟って、変わってるよね。昔から、現実逃避してるというか、浮世離れしたことに逃げ込んでない？」
せっせ「うん」
私「イチキ氏もそう？」

せっせ「あの人は、すごく真面目だよ。病院の先生も言ってたけど、精神分裂病って、あ、今は、統合失調症って言うのか、その病気になる人は、真面目で几帳面《きちょうめん》で、頑固な人に多いんだって」

私「頑固なの？」

せっせ「すっごい頑固。玄関の前の草むしりで、いつも土ごとはがすから、どんどん地面が深くけずれてきて、雨が降ると池みたいになるから、やめてくれって言ったら、こうしないと草がきれいにとれないんですよ、って。ずっと、土をはいでる。出かけるっていうのに、ハンカチーフは、ってさがしてるし、髪の毛のいっぽんいっぽんをポマードで固めてるんだよ。今どき、84歳で、あんなにきちんとしてる人も珍しいよ」

私「そうだね。背なんか、しゃきーんとしてるもんね〜」

せっせ「いつも帽子をかぶってて」

私「かくかく歩いてるよね。病院に行く途中の車の中、どうだった？」

せっせ「もう、うるさいうるさい。おばさんたちがしゃべり通し」

私「どんなことを？」

せっせ「もう、ありとあらゆることを」

食後に、バナナを食べさせようとしてるので、

私「まだ、食べさせるの？　もういいんじゃない？」

せっせ「半分にするよ。こうやって食べさせてるのを見て、おばさんが、口をあけて、どんどんいれてくるのを黙ってぱくぱく食べてるしげちゃんがかわいいわ〜、って言ってた」

私「ふふふ。確かに、小鳥みたいだよね。

……ちょっとふっくらして、人相がよくなったよね。前はボサボサ髪で、みけんに深いしわが刻まれてて、いつも不満げに口をとがらせてて、しわが口の周りに放射線状にあったもんね〜」

せっせ「そうなんだよ。おばさんたちも、とっても若々しくなったって」

私「性格はあんまり変わらないけど、きむずかしさがなくなったよね」

それからまたひとしきり、おばさんたちのことをしゃべって、いつになく話がはずむ私たちだった。

夜、風呂《ふろ》にはいってる時、さくが、「たのしかった」と言う。「思い出を、忘れたくないな。みんなで住めばいいのに。てるくんとなごさんとたいくんとママとパパとさくと」

「でも、みんなお仕事があるし、しょうがないよ。この日本がひとつのおおきな家だと思えばいいんじゃない？　あちこち、いろんなところにみんなが住んでて、それぞれのところに遊びに行けて、いいじゃない」

『7月18日（火）「ばらとおむつ」第43号

やっと、お客様が帰りました。あまりにいろいろあってしばらく寝ていたいほど疲労しています。まずおばさんたちからはじめましょうか。おばさんAとおばさんBはしげちゃんのおねえさんですが、しげちゃんより若く見えます。今のところ健康で、よく動き、しゃべります。2人でいるときはとてもうるさいです。2人は今回、しげちゃんのお見舞いと、おじさんの身の振り方を相談しに来てくれました。はじめは3人分の食事を私が用意していたのですが、おばさんBがご飯を食べなかったので、やはり彼女たちの好みに任せたほうが良かろうと思い、おばさんBに食事を作ってもらうことにしました。

しげちゃんもおばさんたちと食べてもらうことにして、3人でやかましく食事していたようです。おばさんたちが来ると、しげちゃんがとても楽しそうなので、それだけでも良かったと思います。

特に良かったと思ったのは、おばさんたちが家を掃除してくれて、そこにてる君たちがやってきた時です。あの人たちがいなかったら、家のおじさん側の部屋は乱雑に散らかった状態でした。てる君たちが帰ってから、おばさんたちは仏壇も掃除してくれたので、いまでは仏壇もきれいです。なごみさんとお母さんにお礼を言っておいてください。いろいろお土産をもらって、みんなはしゃいでいました。お菓子がおいしかったのですが、しげちゃんは、近くにあるとなんでも、いくらでもボリボリ食べるので、あまり近くに置かないことになりました。

おじさんの今後を考えるために、宮崎の病院まで行ってきました。おべんとうを持って、ピクニックがわりに病院で食事しました。しげちゃんもさそったのですが、車の定員がオーバーしていたのと、しげちゃん自身、あまり行きたくなさそうだったので、おるすばんです。この日はとても暑かったので、行かずに正解でした。おじさんに関しては、やはりどこかの施設に預けるのは難しそうです。今では、長期の入院はどこの病院でも嫌われているようです。いまのところ元気なので、問題になるとすればおじさんが病気で倒れたりした時でしょう。すこし気を長くして解決を図ろうという気持ちになってます。それでは、また。』

南の島移住のこと、実現したいらしい。

私「でも、しげちゃんが、今の暮らしで安定してるから、南の島に行きたいと思うような、なにか動機がないと難しいよね」

しげ「そう。私はここでいいわ。慣れてるし」

せっせ「でも、今までのまわりの人とのつながりはほとんど切れたよね。木の移植にさきがけて、根切りするみたいに」

私「そうだね〜。確かに、切れたね。あとは、しばらくそのままにして、ひげ根がはえるのを待って、移植だよね。木だったら」

せっせ「そう」
私「しげちゃん、行くんなら、協力するからね」

7月19日（水）

カンチの学校からのプリントを読むと、おもしろい。

最近、悪口を言う人が多いので、悪口をいった人の名前とその言葉を書いて、帰りに出すことにしたそうだ。

すると、「12日、8名→13日、4名→14日、2名。悪口が飛び交う2組から、『悪口をなくそう！』の取り組みを始めて、2週目に入ります。ようやく悪口を言うことがはばかられる雰囲気ができてきました」とのこと。

中2の世界。私の世界とも、また違う。

7月20日（木）

きのうの夜だったかな。寝る時間、さくが機嫌悪く、ベッドでぐずぐずしていた。何かに腹を立てている。そばに行くと、「ぎゅうして」と言う。

私は意地悪なので、「にっこりしたら、ぎゅうしてあげる」と言う。

すると、ちょっと迷ったあと、怒った顔の途中に、一瞬だけ、ニカッて感じの笑い顔を作って、またもとに戻した。

ま、いいかと、ぎゅうをしてあげる。しばらくすると落ち着いてきた。そのままゆりかごみたいに、ゆ～らゆ～らしてあげたら、眠くなったみたいで、すぐに眠った。

「リンカーン」をみた。今回は、芸人たちを泣かせるリンカーンラジオという企画。この番組を見始めてから、好きになった芸人と、嫌いになった芸人がいる。意外と好きになったのが、「さまぁ～ず」。おもしろいというのではなく、今日のをみて、ますます、ふたりともいい人なんだな～と思った。最後に誰かに電話して、ありがとうと告げる、というので、ほとんどの人が奥さんか母親に電話した中、大竹は、なんと、つぶやきへ。そして、「おまえ、辞めるなよ。……いつもありがとう」と言っていた。へ～。三村も、感じがよかった。

夕食の時、さくが、「まだあの顔、思い出す」と言う。

「ああ～。欽ちゃん？」

「うん。悲しい顔」

今朝のニュースで、極楽とんぼの山本の不祥事で、欽ちゃんの野球チームを解散するというインタビューを見て、欽ちゃん、かわいそうだね～と話していたのだ。

さくは、「その悪い人、どこにいるの？」と聞くので、「東京じゃない？」

「東京って、どっち？」

「こっちかな」

そっちをずっとにらみつけていた。

「欽ちゃんは悪くないのに、チーム内の人の不祥事で解散しなきゃいけないなんてね」と言ったら、カンチが、「そんなのいやだね」と言う。

私「だよね〜。実際には関係ないのに、人の過ちの責任をとるなんて、いやだよね。解散しなくてもいいのにね。団体責任っていうのがちょっと。」


しげちゃんちに、いつもの「夕方の語らい」に行ったら、せっせが、「大ニュース」と言う。

「え？　なに？」

なんと、イチキおじが、先日の病院に入院できることになったのだそう。

30分ほど前に、しげちゃんの弟夫婦がきて、そう報告したのだ。しかも、おじさんが去年までいたところから30人もの患者が転院するし、医者もひとりくるらしい。知っている人たちがいて、おじさんにとっても、安心だろう。清潔で近代的な建物だし。「まだ、信じられない…」と、せっせは、ぼーっとしている。

「だから、楽観的に考えればいいよって言ってたでしょ。なんだか、あんなに重くのしかかってたから、急にその問題がなくなると、さみしいぐらいだね」

「そう。僕は、まだ、うれしさが実感として感じられないんだよ」

「ハハハ。最後に、おじさんになにかあげようか。服かな」

「子どもが渡すとよろこぶんだよ。頬をぽっと赤らめるんだよ」

「じゃあ、子どもに持たせようか。……最近、流れが変わってきてない？」

「変わってきてる。でも、まだ、安心できないけど」

「これがうまくいったら、次は、こっちの、これからの楽しい計画でも考えようよ」

「うん。そうだね。なにか、考えようか」いつになく、明るく力強い、語らいだった。

7月21日（金）

数日前から、腕の掻《か》き傷が化膿《かのう》して、ふくらんで水がたまっている。それを掻いたせいか、他のところにも水ぶくれができて、今では6〜7箇所にも広がっている。

「これ、よく子どもがかかる、飛び火、っていうのかな？」と、人に聞いたら、飛び火だったら、もっとただれると思うよ、とのこと。

なんだろう。足にもポッンと赤くてかゆいのができた。

考えてみた。

ひとつ考えついたのは、数日前、虫除けスプレーをシューッとかけてる人がいて、かける？と聞かれ、私は前に虫除けスプレーでかぶれたことがあるからいい、と断った件。あの時、ちょっとだけ、スプレーがかかったような気がする。それで、またかぶれたのかな。消毒液で消毒したり、ティートリーオイルをすり込んだり、カットバンで保護してるけど、いっこうに治らない。きのうの夜中、思いついて、庭のよもぎを揉《も》んでくっつけて寝たら、今朝、ちょっとだけ沈静化した気がするが、まだまだ水ぶくれと、そのまわりが赤くなっている。

朝、ぼんやり庭を眺めていた。きのうから、すごい雨だ。

先日、移植した木が、よく根付いたようで、しっかりと葉がはっている。

その木は、裏のほうの、コニファーの隣に自然に生えてきた木。たぶん、鳥が種をはこんできたのだろう。いつのまにか育って、1メートルほどになっていた。葉の先がきれいなオレンジ色で、なんという木なのかわからないが、コニファーから5センチほどしか離れてないので、幹もS字に曲がり、窮屈そう。で、移植してあげようと、水鉢の隣の空いた場所に、移植した。かなり根がはっていたので、切り取って、スコップで土を掘り起こし、根を押し込んで、上から土で押し固めた。根付くかどうか心配だったけど、丈夫な木なのか、どうやら大丈夫そう。

よかったよかったと、安心してその木を眺める。

その木を眺める。

その木を………、ん?

この木って、もしや。うるしの木じゃないか? 漆《うるし》。かぶれる人は、かぶれて大変なことになるという。すぐに、パソコンで検索。写真がでてる。

あ〜、似てる〜。うるしかぶれ？

友だちが来たので、説明してから、見てもらうと、大笑い。

「ハハハ……、漆だよ〜、これ。そんなもんですんで、よかったよ」

すぐに、また調べた。スギナを塩もみして貼るといい。雨の中、庭でスギナを摘んでくる。塩もみして、貼った。引き続き調べる。

うるしにかぶれて、顔がぱんぱんに腫《は》れたという例。手がかぶれて、皮膚が裂けたという例。両手にぶつぶつがひろがってる写真……。

ワラビの根を煎《せん》じるといい。ホウ酸がいい。杉の葉、栗の葉を煎じて、塗る。などなど。

でも、皮膚科にいくのがいちばんいいとも書いてある。皮膚科に行こう！　病院は嫌いだけど、うるしかぶれとか、あぶに刺されて、という理由ならいい。電話帳で調べて、病院を決める。今日は、プリウスがリコール修理のため車がないので、友だちに電話して、連れて行ってもらうことにした。ついでに病院の近くの店でパンを買ってこよう。午後の診察は2時からで、それから往診に行くので、3時ごろ来てくださいとのこと。行くよ〜。

きのう、ずっと眠かったのも、目がかゆいのも、このせいだったんだ。

欽ちゃんがやめるって言ったことについて、その後、みのもんたの番組で、電話で話してた。

「ごめんなさい、って言うつもりが、うっかり、やめます、って言っちゃった」なんて言ってる。その後、波紋がひろがって、やめないでっていうメールや電話が殺到したり、メンバーが涙で訴えたり……。でも、欽ちゃん、たしかに、やめる、って言うの、早計だったよね。まずは、あやまって、それから今後の進退を決めます、ぐらいにすればよかったのに、いきなりやめますって泣きながら言うもんだから、みんな同情しちゃって（私も！）、なんか、子どもがダダこねてるみたいな感じになっちゃったね。

子ども「ぼく、責任とって、もう、やめる～！　わ～ん、わ～ん」

おとな「いいよいいよ、君がわるいんじゃないんだから。そんなことまでしなくても。楽しみにしてる人が大勢いるんだから、これから頑張ることで、その気持ちをみせたらいいさ」

子ども「そうかな？（ケロッ）てへへ、いいのかな？　そこまでみんなが言ってくれるんだったら、ぼく、だったら、やめない。ぼく、いっしょうけんめい、がんばるよ。ありがとう。みんな、とってもやさしいね。欽ちゃん、うれしい。わ～ん（涙）」

てなことになったりして。

もしこれ、うすうすわかってやってるなら、欽ちゃん、かなりの知能犯とみた。ずるいね。つまり、責任とってやめる、ぐらいのこと言えば、逆に世論の同情を集めて、結果的にやめずにすむことになる、とか？　どうなるのか、見てよう。本当にやめたら立派。

いや、やめる必要は全然ないと思うけど、「やめるって言った」方の責任をとって。

3時。豪雨の中、出発。すごい雨。道の脇の水路から噴水のように水があふれている。激しい雨に、こういうのを見た時のいつもの癖で、笑いがこみあげてくる。

「ワハハハ……」と笑う。

うるしかぶれとわかっていたので、薬をもらうだけだろうから、人のいなそうな病院を選んだ。すると、案の定、だれもいなくて、まあ、豪雨ってこともあるかもしれないけど、すぐに診てもらえた。うるしを移植したにしては、かぶれ方が少ないですね、長袖《ながそで》だったんですか？　と聞かれたが、覚えてない。薬をもらって、パンを買って、帰る。帰ったら、子どもたちも帰っていて、さくは怒っていた。

「迎えにきてよ。あんな雨なんだから」

「なに甘えてんの。近いんだから、自分で帰ってきなさい。濡《ぬ》れたら着替えればいいでしょ」まだ、ぶーぶー言ってるので、パンをあげたら大人しくなった。

7月22日（土）

ゆうべから引き続き、すごい雨。

台風のような、どしゃ降り。でも台風は数時間で去るけど、梅雨前線は停滞するから、今後の雨量もすごそう。家からみえる範囲では、小学校の前の道は冠水。もう一方の道路も冠水で通行止め。通れなくなった車が道路わきに停車している。川の水かさは増して、あふれそう。有線放送で、非難場所の指示がでている。そんな様子をさくとふたりで2階の窓から眺めてたら、電話がなった。なんだろう、なにか緊急かもと、カンチを呼んだら、電話の近くにいた。

「カンチー！　電話とって！」

「知らない人だもん」

「とって！」

「だって、知らない人だもん」

「とって！　とって！」

……切れた。

「どうしてとってくれなかったの？」

「だって、知らない人からの電話はとらなくていいって言ったから」

「でも、今は、状況がこうだし、緊急の連絡かもしれないじゃない」

「だって、知らない人だったから」

「でも、今は、とって、って目の前でたのんだでしょ。その方が、重要でしょ」

「だったら、そう言ってくれないと」

………。なんなんだろう、この、臨機応変じゃない感じ。助け合うとか、手助けするとか、そういう感覚が一切ないみたい。とくとくと、説明する。目の前で言ったことを、一番、重視するということ。

するど、「卵焼き、作って」と言いだした。

「もう、気分悪くなったから作らない」と言うと、ずっとねころんでゲームをしている。

「あのね、世の中っていうのは、自分がやったことの反応が返ってきて、それに反応して、それがまた返ってきて、って繰り返しでできてるんだよ。さっきみたいに、とって、ってたのまれても、とらなかったから、卵焼きを作ってもらえなくなったでしょ？　それから、家の中の雰囲気も悪くなるし、だんだんに楽しくなくなるんだよ。

人に親切にすれば、その人からもやさしくされるし、それがまた広がって重なって、いい感じのウズになっていって、どんどん楽しい環境で暮らせるけど、嫌なことすれば、嫌な反応が返ってきて、嫌なことのウズにずんずん巻き込まれて沈んでいくんだよ。ものごとって、それ1個で成り立ってるんじゃないんだから。必ず、それの反応がついてくるんだからね。それを考えて行動しなさい」

聞いてんのか、聞いてないのか、ゲームしながら、うん、うん、言ってるけど。

自分で作ってる。玉子4個分のでっかい卵焼き。

そして、食べたら、機嫌よくなって、私の部屋にきて、ひとしきり、きのう見た怖い夢のことなんかしゃべってる。そうこうしていると、また有線放送でなんか言ってる。見ると、隣の家のあたりまで、道路に水がきている。子どもたちを呼んで、外へでてみた。反対側の、水がたまってる道にじゃぶじゃぶ入りこんで行ってる。川を見ると、水面が堤防にかなり近づいてる。あとで、写真撮ろうかな。雲は重く低く分厚そうにたれこめ、雨のやむ気配はない。どうなるのだろう。

また2階から外を見てみた。ますます水が、この町中にたまっていってる。

ヤフーニュース『萩本さんは試合前のあいさつで観客を前に「(チームを) やめると言ったのは悪い夢だったのかもしれない。これだけたくさんの人から応援されたら、大好きな野球をやめちゃったらいけない。わかった。やるよ」と話した。』

なにー! やっぱりー! ムカーッ!


どんどん家の前の道路の水位はあがって、ついに車を出せないぐらいになってる。

子どもたちと傘をさして、見に行く。

そこに、働き盛りの男の人が2〜3人いたので、いろいろと情報を収集する。堤防の決壊の恐れはそれほどないけど、雨が降りつづいてるので、この道路の水位はもうすこしあがるだろうと。車は、今のうちにもっと高度の高いところに移したほうがいいということなので、水の中を突っ切って、坂の上のほうに移す。そこも、大丈夫だろうか。夜中も、ときどき見にこよう。小学校、中学校とも、床上浸水。

午後5時15分。駐車場にもシャッターを乗り越えて、水が入り込んできた。

雨の流れるところがないってことは、これから雨が降ればそれだけ、この水位があがるということ。とにかく、もう家の中でじっとしてることにした。

しばらくして見に行ったら、駐車場の床全面に水が来ている。長靴をはいて外に出たら、自衛隊の人たちがいて、ボートもあった。そのボートに乗る人はいなかったみたいだけど。さっきだったら、人がふとももまで水につかって歩いてたけどね。貴重品らしきものをビニールにいれて、両手を高くあげて。

車を、もっと高いところへ移動する。自衛隊の人々を見て、カンチが、自衛隊ってカッコイイね、なんて言ってる。

カンチが2階で音楽を聴き始めた。

「ちょっとー、小さくしてー。今、ビデオ見てるから」

「ええー！　これ以上小さくするのー」と言いながら、小さくしてくれたと思ったら、今度はギターを弾き始めた。そっちの方が、最初より、音が大きい。

しばらくしてからカンチが降りてきたので、

「あのね。さっき、音が大きいから小さくしてって言って、小さくしてから、そのあと、どうしてギターを弾き始めたの？　そっちの方がうるさいのに」

「ギターならいいかと思って。それに、だめって言わなかったから」

「……音がうるさいから小さくしてもらったっていうことは、ギターもだめでしょ。それは考えなかったの？」

「うん」

いちおう、そういう時に、人にどう思われるか教えてあげたけど。あきれる。なぜ、こういうところがわかんないんだろう。人の気持ちになって考える、ということが本当にできないんだなあ。

夜、見に行ったら、駐車場の水が引いていた。外に出ると、家の前の水も引いている。雨は変わらず降っているけど。早々と、10時ごろ寝る。

7月23日（日）

ゆうべも一晩中、雨が降り続き、朝になった今も変わらず。ニュースで、総雨量は１０００ミリを超えたと言っている。遅い朝食を作り、みんなで食べて、ごろごろして過ごす。イタリアの生ハム、プロシュートを、カンチに食べさせたら、すっごくおいしい、あの味が忘れられないと、あとになっても言ってる。

「あれね、また買ってこようか？」

「うん」

「でも、高いんだよね～」

さくは、チーズみたいな味～と言って、あわてて水で飲み下していた。

まだ避難指示を受けている地区もあるし、道路が冠水しているので、今日の小学校の行事は中止だろう。ガス屋さんがガスの点検に来た。衛生公社の人が浄化槽のモーターが回っているかの確認に来た。大雨の話をする。汲《く》み取りタイプのところは、早く汲み出さないと使えないから、これから忙しいのだそう。

せっせが、しげちゃんを車に乗せて、大雨のあとを見て回っているという。私も便乗してちょっと見て回る。もう水は引いていたけど、小学校では、床を掃除しているようだった。午後になると、雨はあがり、気温も上昇してきた。

にっくき漆《うるし》の木を、剪定鋏《せんていばさみ》で切ってビニール袋に入れる。やってる作業中も、かゆい気がした。

しげちゃんち。あしたから入院するというイチキおじへ、お見舞い？　お祝い？　のお金を少し持って挨拶《あいさつ》をしに行く。最後ぐらい、挨拶しないと。

「おじさん。気をつけて」

「ああ。はい、はい」

取り越し苦労や心配しすぎはやめよう、といつも言ってる私ですが、こういうのはいかがでしょう。

キラリと光る「取り越し苦労」。

トンチのきいた「心配」。

目からウロコの落ちるような「愚痴」。

これだったら、聞いてみたいです。夜中に思いつきました。

7月25日（火）

カンチが、朝食のとき。
カンチ「『つれづれノートスペシャル』作ってよ。カーカたちの写真、見たいんだって」
私「また、どっからそんな情報を。インターネット？　いちいちママに教えなくていいよ。スペシャルっていうか、これからは、いろんな本をたくさん作るから、今までよりももっと詳しくなると思うよ」
カンチ「早く早く。9月ごろ」
私「それは無理だよ。カンチン、なんか、マネージャーみたい」
カンチ「すごいね。つれづれノートって、カンチが生まれてからずっとのことが書いてあるなんて」
私「うん。だから、自分の昔のことを知りたかったら、あれを読めばいいよ。ただし、ママの視点で書いてあるから、正確ではないけどね。つまり、本当のことを書いてるけど、それが起こったことのすべてじゃないから、それ以外のことも無数にあったんだから」
カンチ「ああ。そういうことね」
カンチ、またしばらくして、ハナクソほじりながら、
カンチ「ママって、時間がすぎるの、早くていいな〜。カンチ、遅いんだよね〜」
私「ママだって、遅かったよ。子どもの時は。発散するものがなかった頃は。

今はエネルギーをためてる時期なんじゃない？」
きのう、都井岬《といみさき》に泊まったので、お土産をもってしげちゃんちに行く。
飛び魚をとりに行ったのだけど、台風の影響で舟が出ず、お魚は、なし。
私「おじさん、どうだった？　行ったの？」
せっせ「うん。おばさんたちもみんな病院について行ってくれたらしい」
私「よかったね。おじさんも、そこ、気に入ってるんでしょ？　きれいで、清潔で、近代的だしね。病院だから、安心だよ。これで、おじさんの心配はしなくていいね。最悪のことを想像してたでしょ？」
せっせ「うん。……まだ信じられないよ」
ものすごい蒸し暑さ。町にはまだ、大水の名残あり。

7月26日（水）

さく「きのうの夜ね、ママが死んだらどうしよう、って考えて、眠れなくなったよ。こんなこと考えてる時間はないって思うんだけど、眠くなくて」
私「だって、さく、きのう、午後の3時から夜の10時まで寝てたんだもん、眠くないはずだよ。他には何を考えたの？」
さく「ママがいなくなったらどうしよう」

私「どうしようと思った？」
さく「だって、ママがいなかったら、なにもできないよ」
私「そ〜っとママのお顔、さわってなかった？」
さく「うん。ママ、大丈夫かな？って思って」
私「そ〜っと、っていう手が気持ち悪かったよ。なんか、そ〜っとさわってるなぁ〜っていうのはわかった」
さく「ふふふ」
最近の、さくの寝言で、印象的なやつ。「この流れが旅に入る。すごいなあ〜」

7月27日（木）

大雨で中止になっていたラジオ体操が開始された。今日は、私がハンコを押す係り。6時10分に起きて、さくと、中学校のグラウンドへ行く。最初に、週末に行われるソフトボール大会と、カレー作りの打ち合わせ。
こういう子どもの行事も、だんだんとなくなっていく傾向にある。おとなが一箇所に集まって話し合いの時間を持つということも、けっこうむずかしいこのごろ。ただの慣習で、テンション低いまま、無理して続かせるより、早くなった方がいいと私は思う。だれかがやってくれるんならでは、ダメだし。最初は自然発生的に、行事って、生まれたのだろうけど、その後の変化で、それを維持できなくなった時、どうするか。どう、決着をつけるか。それぞれの地域住民の考え方によるんだろうなあ。こういうのって、みんなをひっぱってくれる、やる気のある中心人物が必要だけど、役員って変わるから、いる年はいいけど、いない年が大変。ぶわんとゆるんだその手綱《たづな》をどうするか。どうなるか。それも、やがては、そこに住む人々に合った形に、次第に変化していくんだろうなあ。それも、

『「ばらとおむつ」第44号
おひさしぶりです。しばらく通信がお休みになってしまいました。

大雨があったり、お客が来たりして忙しかったからです。大雨で洪水になってしまい、いまにも家が浸水しそうでした。増水していた時はとても不安で、被害が出なければいいなと思ってました。ほんとにあんな大雨はめったにないことです。うちは幸い被害は出なかったのですが、被害のひどい所は畳がだめになったり家電がだめになったりしたようです。

市役所も避難指示を出したり、通行止めを指定したりで大忙しなようでした。しげちゃんの家の前の道路も通行止めになりました。

しかし、洪水で、今にも堤防が切れるかもしれないという緊迫した状況で、うさぎさんの絵柄の看板ですよ。市の職員もユーモアを忘れないようにと思ったのか、テンパってあわてたのかは判りませんが思わず脱力してしまいそうな看板でした。場所は銭湯の前の三叉《さ》路《ろ》です。

おじさんの部屋も、すごい雨漏りがして、その日は他の部屋で寝てもらいました。仏間の

となりの部屋も雨漏りです。古い家なので、あちらこちらがぼろぼろと崩れていく感じです。いまさらお金をかけて修理する意味もあまり感じないし、どうしたものでしょうか。そのうちどこか南の島あたりの気候のよさげな場所に小さい家でもたてたいと思っているのですが。

今回の洪水は平成18年7月大洪水と名前がついたらしいです。

ずいぶんと仰々しいことになりましたが、被害の中心は長野や鹿児島（川内《せんだい》川下流）のようです。しげちゃん周辺ではとくに被害はなかったので安心してください。それではまた。』


夕方の語らいへ。

すっかり暑い夏。一歩、外へでるとぐったり〜。

おすそわけのぶどうを持って行く。しげちゃんは食事中だった。相変わらず、せっせが、あーんと、食べさせてる。太ってきたから気をつけないとと言いながら、やはり同じぐらいの量だった。

しげちゃんは、おだやかになってる。冗談は言うけど、全体的に、子どもっぽく。

その冗談。このあいだ、せっせに、「そのへんに帽子、落ちてない？」と聞いてきたそうだ。せっせが、床を右、左と、見たけど、ない。すると、

「なにもできないから、シャッポを脱ぐ、って言うでしょ？　だから、シャッポ（帽子）

が、そのへんに落ちてないかなって」……どうだろう、これ。


『7月28日（金）「ばらとおむつ」第45号
雨が降らなくなったと思ったら、急に暑くなりました。しげちゃんは庭で草むしりをやりたがるのですが、なるべく控えるように説得しています。しげちゃんが35度の気温の中、日向で作業したらまっすぐ熱中症いきでしょう。

大きなニュースがあります。いままで家の反対側にいたおじさんが24日に入院しました。宮崎にある精神科の病院です。親戚《しんせき》が探してきて、入院まで決めてきました。詳しい条件などは来週の月曜に話があるそうです。とにかくおじさんは入院して、うちから出て行きました。そしておそらく二度と帰ってこないと思います。

ときどき一時的に帰宅したいとの話でしたが、それもあまり気がすすまないところです。とりあえず良かったです。おじさんはこのままでは解決の難しい問題として残るところでした。でもこの家から出て行けば、もう文句の付けようはありません。しげちゃんは、退院した頃に比べると、ずいぶん元気になりました。

2本足で歩こうとするとふらつきますが、足取りはかなりしっかりしてきました。まだ本は読めないようです。家ではおもにテレビを見ています。今日は玄関から外をながめて、風景は見えるけど道行く人の顔はわかりにくいと言ってました。かなり近づかないと誰だかわからないそうです。そしてその原因は毎日飲む薬のせいだろうかと言ってます。自分の体に問題があると思わずに薬のせいにするところが、やはり病人のわがままでしょうか。なんとなくだるまに体形が似てきたしげちゃん。』


苦しい……。それというのも、きのう、風呂《ふろ》で、さくと、パッションフルーツを食べたから。その前の日も食べて、2度目だった。道の駅で袋にいっぱい入っていたのを買ってきたもの。でも、きのうは食べるとき、なんか、おいしくない、食べたくないなあと、思った。それでも、食べてしまった。堅い種がたくさんあるのを、ばりばり嚙《か》みながら。

そうしたら……、夜中、頭が痛くなって、胃がむかむかして……。

それから、ずっと気持ち悪い。ピークは過ぎたけど、昼の今もまだ。ずっと寝ている。

カンチの友だちが遊びに来たので、壁伝いにヨロヨロと歩いて行って、苦しいんだと、訴える。

「だ、大丈夫ですか？」

「うん。だいぶ、よくなった…。みんな心配してくれないから（さくは時々見にきたけど）、だれかに言いたくて……」

寝てたら、カンチがやってきた。

「ママ！　お金ちょうだい！　お昼買ってくるから」

「……うん……」

「いくら？　千円？　多い？」

「……うん……」

「じゃあ、8百円？」

「……うん……」

「全部、うん、って言ってるんじゃないよね？　じゃあ、もらうね」

「……うん……」

さくもやってきた。

「ママ。ひとりでカップラーメン、作れたよ。カンチの友だちに言ったらね、すごいね、って」と、うれしそう。

3時まで、寝ていた。もう起きなければ。なぜなら、これから家庭訪問。さくの先生が来る。ふら〜っとしながら起きて、よろよろとお茶の準備をする。

先生がいらして、学校での様子などを聞く。特に注意することもないので、楽な家庭訪問ですとおっしゃる。千円事件のことに、ちらっとなって、「たまに、思い出すらしく、時々言ってます。トラウマになってるかも」と言ったら、「自分が悪かったのじゃないんだから、気にしなくていいんだよ」と、先生、けろっとおっしゃる。先生をちょっと非難する気持ちを込めたのに、ひょうしぬけ。もしかして、私も考えすぎ？　ま、もう考えてもしょうがないか。

先生も帰り、そのまま、起きる。すこし動くと、元気になった気がする。仕事部屋にいたら、さくがやってきたので、おばあちゃんたちへ出す手紙を書かせる。洪水のことを書いてる。

「あぶなかったですよ〜」と最後にわざと書いて、「おもしろくしたよ」と言ってる。

椅子にすわって、くるくるまわりながらさくが、

「このあいだの参観日の時ね、ママ、さくに手を振ったでしょ？」……くるくる……

「ああ、うん。そうだったかも」

「あの時ね、前に座ってた○○くんが、さくくんのおばあちゃん？って」…くるくる…

「ああ〜。○○くんのおかあさんって、若いもんね」

「そしたら、隣の○○ちゃんが、静かな声で、おかあさんだよ、って」……くるくる…

「……若いおかあさんがよかった？」

「うん」……くるくる……

「でも、しょうがないじゃん。兄弟の多いところって、最初の子の時は若いけど、最後の子の時は若くなかったりするんだから、いろいろなんだよ。年とったおかあさんのよさもあるかもよ。ママだって、若いときは忙しかったから、今こうやって家にいられるのも、年とったからかもよ」

「それでもいい」……くるくる……

「忙しくても若い方が？」

「うん」……くるくる……「死ぬ心配もしなくていいし……」

カンチにこのこと話したら、さっそくさくに聞きに行ってた。

「ママー。くやしいんだって」

まあ、小学生の頃は、特に、若いおかあさんがいいよね〜。わかるわ。


夕方の語らい。

ゆうべのパッションフルーツの種の消化不良のことを話す。

気分が悪くないことが、苦しくないことが、健康が、なにより大事だとつくづく思ったと、しみじみ話す。そうそう、とふたりともうなずいていた。

7月29日（土）

朝、6時にすっきりと目覚める。どこも苦しくない。頭も痛くない。いい気持ち。

苦しくないって、素晴らしい。庭にでると、朝のさわやかな空気。すずしい。でも、朝日があたると、暑い。日陰になってるところの草をとる。

ガラッと戸があいた。さくだ。「おはよー！」

こういう挨拶《あいさつ》は新鮮だ。カンチは、こんなふうに「おはよう」って、言ったことがない。

さくといっしょに、きゅうり、なす、ピーマンなどの野菜に水をまく。

夏休みの日中は、またたくまに過ぎ去る。夕食時。

さく「ママのことで、苦手なことがある」

私「なに？」
さく「いるのに、わからないこと。さく、いないって思って、ママー！って呼ぶんだよ。そしたら、すぐそこにいたり」
私「ああ〜。気配がないことね。カンチも言ってたね」
カンチ「そう。いつのまにかブランコに乗ってて、キーコキーコいってて、怖いんだよ。夜、テレビ見てるときも、4回も5回もふりむくんだよ」
私「なんでだろうね。静かだからかな。昔からそうなんだよ。よくびっくりされる」
さく「ベッドで本を読んでるときも」
私「でも、気配がすごくある人っているよね。むんむん。とか、いつも動いてるような人。体から音がでてるような人」
カンチ「うん。いるね。空気を押すのかな」

『7月30日（日）「ばらとおむつ」第46号
今日は暑い日になりました。朝から天気が良くて、気温が高くなりそうだったのですが、夜になっても暑いままです。しげちゃんは暑くて寝苦しそうなので、扇風機をつけて寝てもらいました。扇風機を長時間使用し続けると体に悪いので、タイマーをつけて一時間程度で止まるようにしてあります。風量も最低のところにしておきました。年寄りは暑さに弱いので、ちょっと心配です。

なんと、しげちゃんが郵便局の簡易保険からお金を借りているということが判明しました。借金癖はしげちゃんの病気みたいなもので、昔から借金が膨らんでは、誰かに処理してもらう事を繰り返しています。しかも、ばれて怒られるまで絶対に話しません。借金の原因は、しげちゃんの里のF家の倒産と、おじさんの事らしいですが、今回も定期預金を崩したり、いろいろな預金をかき集めて返済したいと思います。借金のような重要なことを隠していたことと、お金に関していいかげんな性格を怒りました。これ以上へんな借金をしないように注意しなくてはと思います。借金の額は78万円程度でした。』

猛暑。

今日は、地域の小中学生たちのソフトボール大会と、カレーの日。

今年、私は、お世話をする係りの年なので、朝から、暑い中、飲み物を運んだり、おしぼりを持って、選手たちのそばで待機。小学4年からなので、さくは出場しないし、カンチも、出ないといって、家にいた。すごい暑さだ。みんな、長袖《ながそで》の服や、長い手袋で完全防備している。半袖の私は、途中、家に帰って、長袖を着てきた。フーフー言いながら、夕方4時までいて、それから、カレー用の玉ねぎを切って持って行ったり、ごはんを各家庭で炊いたものを、炊飯器ごと持っていく。

カレーを作る係りの人たちにそれを渡して、夜、皿やコップを持参して行った。たくさんの子どもたちが集まっている。カレーを食べて、すいか割り。すいかを食べて、花火。その時に、近くの橋に、かぶとむしが夜、電灯の明かりにたくさん集まるというのを聞いた。で、帰りに車で、さっそく行ってみた。時間は、夜の9時半。でも、橋の上に、轢《ひ》かれた虫がいっぱいいたいた。かぶとのメス2匹と、カナブンが多数。持って帰った。帰り、言葉少なになったさくが、「轢かれた虫がいっぱいいて、あそこ、いやだ」と言う。同感。

「そうだね。なんか、自然じゃないよね。もう、あそこ行くの、やめようか」

「うん」

昼間、紫外線をあびて、とても疲れてしまった。

7月31日（月）

きのうの疲れが残っていて、午前中はぐったり、寝てすごす。

昼、ソーメン流しに行こうと、さく、カンチ、カンチの友だちと私の、4人で出発。冷たい湧き水がどんどん湧き出ている竹中池という池のほとりでのソーメン流し。湧き水に手をひたすと、本当に冷たい。ひんやりして、まわりは猛暑だけど、そこだけすずしい。先日の大水で、この辺も数十センチ水がでたらしい。隣にあるプールは、泥がたまってて、まだ使用禁止だった。

ソーメンやマスの塩焼き、鯉こく、鯉のあらいなどを食べる。そのあと、フルーツカキ氷「白熊」を食べようと、遠くの喫茶店へ移動。ふたりにひとつずつ食べる。さくは、「北極が…」と、「白熊」を「北極」と言い間違えていた。気持ちはわかるね。

夕方の語らい。おみやげのゆでソーメンとつゆを持っていく。

しげちゃんは、テレビだけがついてるうす暗い部屋で、椅子にすわってぼんやりしていた様子。眠そうだ。せっせが来たので、3人でしゃべる。今日のしげちゃんは、眠そうで、ぼんやりしてて、まるで死にかけてるよう。せっせと、見て、苦笑しあう。

私「まあ。もう棺おけに片足を一歩踏み入れてるようなもんだもんね。でも、表情は、おだやかになって、ずいぶんいいよね」

せっせ「そう。このあいだ掃除機をかけてたから、驚いた。かなり、よくなってると思うよ」

私「自作の杖《つえ》も作ろうとしてたしね。これ」

竹の先に軍手を巻いて、滑り止めにしている。

せっせ「外はまだ杖だけでは無理だけど、家の中で、補助的に使うのに、インターネットで注文しようかと思ってるんだけど」

私「うん。立ち上がる時とか、あるといいよね」

これからソーメンを食べるというので、ぼんやりしてるしげちゃんに、じゃあねと言って帰る。

さくが夕方からずっと寝てるので、カンチとふたりで夕食。

カンチ「世の中って、不公平だよね」

私「そうだよ。生きてるあいだはね。でも、そのあとまで行ったら、いろんなことがわかって、不公平ではなくなると思うけど」

カンチ「そのあとって……。ママ、どうして、死んだあとも世界があるって、思うの？根拠はあるの？」

私「ないよ。そう思いたいだけ。前、病気とか死が怖かったから、それをどう考えたら納得できるかって考えて、いろんな人の意見を聞いて、いちばん納得したのが、その考え方だったから。それだと、つじつまが合うんだよね。自分的には。

肝を言うと、地上での行為の結果が、死後の自分を決める、ってことなんだけど。そう考えると、今の自分の行動のとり方が、ちょっと変わるんだよね。そこが好きなんだよ。ものの見方が変わるところが。

まあ、だれのどの考え方も、それぞれの人が、思いたいのを思ってるんだよね。宗教でも、哲学でも科学でも、どれも。ただの考え方だからさ。

でも、ママがそんなこと考え始めたのは、40歳も過ぎて、経験もいろいろしてきて、人生の山の頂あたりに立って、もう下りるふもとが見え始めた頃だから、カンチぐらいの頃は、そんなこと何にも考えてなかったから、今はそれでいいんじゃない？」

カンチ「うん。……ママの本の中で、何がいちばん売れたの？」

私「最初の頃にだした詩の本だと思うよ。『君のそばで会おう』っていうのとか…。最近の詩だったら、『すみわたる夜空のような』っていうのが、わりと増刷されてるみたい。増刷って、ごはんのおかわりみたいに、また本を刷り足すことね」

カンチ「ふうん。それ、いいね」

私「うん。最初、十年ぐらいは、詩が中心で、それからは、つれづれノートで、これからまたちょっと広がる感じかな。なんかさあ、詩人って言うと、感受性が強くて、ナイーブで、いい人みたいに思う人がいるらしくって。全然違うのに」

カンチ「そうなんだよ」

私「でも、そういう人は、古い世代の人に多いよね。詩って聞いて、読んだこともない知らない世界だから、はあ〜、なんか、高尚な趣味ですね〜、みたいな。でも、若い人たちは、読んでないなら、ただコメントできない、って感じで、別に古い世代の人たちが持つ固い先入観はないみたいだよ。でも、いいよね。詩人、って職業。なんか、それ何？って、こう……わけわかんなさが。知ってる人しか知らない、っていうところがいいよね。小説家とかっていうのとまた違ってさ。ちょっと、仕事なのか仕事じゃないのかわからない……、頼りにされずにすむ感じがあるよね」

『8月1日（火）「ばらとおむつ」第47号

今日もとても暑かったです。みなさんはお元気でしょうか？

しげちゃんの弟夫婦がたずねてきました。いままで家にいたおじさんの入院の費用について詳細を聞こうと思っていたのですが、それについてはなんの話も聞けませんでした。思うに詳細を話してしまうと、自分たちがどれぐらいおじさんのお金をつまんでいるかわかるから、費用の詳細は話したくないのでしょう。

あの夫婦については、私はまったく信頼していません。昔商売をしているときに、たくさんの人に借金しまくって逃げたからです。その夫婦がわざわざ家にたずねてきたのですから、なにかあるんだろうと思っていたのですが、案の定おじさんの入院に際して保証人を立てなければいけないので、お前がなれとの話でした。自分の子供に頼まずに私に保証人になれと言ってきたのに腹が立って、断ろうと思いました。

ただ、入院に際しての保証人というのは、アパートなんかに入る時にも要求されるし、こんどはおじさんの年金を使い込んで迷惑をかけたりしないと言うので（信用できませんが）しかたないと思って保証人になりました。もし、入院費が滞ったら家がはらうということを保証した形です。私の名前でもよかったのですが、むこうが自分の子供を守るためにこちらに持ってきた以上、こちらも私の名前を書く事はなかろうと思い、しげちゃんの名前をかきました。しげちゃんならこれから先はあまり長くなかろうから保証人の責任も時間が短かろうという判断です。

気になるのは入院の費用をあの夫婦が黙っていることです。しばらくしたら、費用の事を調べようと思ってます。あの夫婦が信用できないなら、病院に聞けばいいだけですから。

しげちゃんに借金があることを強調して、これ以上こちらに金銭で迷惑をかけるなと言っておきました。むこうは厚顔ですから、なにも感じないかもしれませんが、とりあえずこれからはきびしくいくと言ったつもりです。』

小、中とも登校日。カンチは、ぐったりして、なかなか起きない。

さくは、起きてトイレに行って、「ママー、おしっこがピンク色〜」

見ると、ピンク色だ。血尿？　きのう、疲れたのかな。午後、家の風呂《ふろ》に水をためて、長いこと行水をしてたから、冷えたのかな？……心配。

「次のおしっこの色を見といて。透明だったらいいけど」

「はあい」

様子は変わらず、元気そうだけど。「いってきま〜す」と言って、登校した。カンチも、やっと起きて、行った。見ると、さくの「夏休みの宿題」が居間にぽつんとある。きょう持って行かなきゃいけないのに。また忘れ物。もういいや。

さくが学校から帰ってきた。やはり気になるので、近くの小児科に行ってみた。

血尿ではなかった。が、詳しく検査するので、結果をあさって聞きに来てくださいとのこと。外は、相変わらず暑い。家にいても、なにもする気にならない。

夏休みって、家に子どもたちがいるし、お昼ごはんも作らなきゃいけないしで、どうも仕事にならない。人がいると、やっぱりダメだな。夏は、そういう時期だな。

『「ばらとおむつ」第48号

みんなに謝らなければならないと思っていました。それはしげちゃんのお腹です。こんなに太ったのもすべて私のせいです。私はしげちゃんがまったくご飯を食べず、なんでもかんでも吐いて、とうとう点滴を打つまでになった時期を知っているものですから、またあんなことになったらどうしようという思いが強く、どうしても食べさせすぎるきらいがあるようです。お菓子を制限するのも、病院でしげちゃんが栄養のある食事をとらず、お菓子ばかり食べていて、いつも看護師さんたちと死闘をくりひろげていたので、もうあんなことは二度と繰り返してはいけないという強い思いがあるからです。とにかくしげちゃんにはお菓子のような栄養の無い食品ではなくて、体に良い食品をとらせなければとがんばってきました。しげちゃんの健康は食事のおかげもあって、かなり良くなったと自負しているのですが、同時にしげちゃんがどんどん膨らんできました。

おばさんたちは「しげちゃんの顔がこんなに太ったのは見たことが無い。皺《しわ》が伸びて若返って見える」と言ってました。たしかに太って若返って見えるのですが、顔が太って若返る速度を2とすると、お腹が太る速度は16ぐらいあります。若返る速度の数倍の速度でお腹が出てきました。

いままでしげちゃんの「命をつなぐ」と思って走ってきた私もちょっと困ったなと立ち止

まっているところです。これからは少しやせることも考えよう。まずはお菓子からけずるからと言ったら、しげちゃんはけずるほどお菓子は食べていないと猛烈に反発してきました。このままでは脳梗塞にはならないかもしれないけど、違う病気でしげちゃんが倒れそうです。なかなかうまくいきません。』

夕方の語らい。

私「きのう、しげちゃんが、猛スピードで走ってる夢を見たよ」

8月2日（水）

きのう、薬を飲んだせいか、その後はおしっこの色はふつうにもどってた。しかも、おしっこの時に、痛みはありますか？ってお医者さんに聞かれて、「ううん」って首をふってたのに、実は、おととといから、ちょっとピリッとした痛みがあったらしい。その痛みもなくなったそうだが、「痛かったら、教えてよ。さくが言わないとわかんないんだからね。ピリッってしたら、教えるんだよ」と注意する。

きのうの夕方、友だちにその話をしたら、男の子は、ちゃんと洗わなきゃダメだよ～、と言ってて、それでふと思い出したのだが、おとといだっけ、おちんちんが汗でぴったり、とれないぐらいに体に貼りついてて、「見て見て」なんて言って見せてくれたが、汗と暑さて、雑菌が繁殖したのかも……。あるいは、もしや、ドラゴンフルーツを食べたから？
すごい色だった。ドラゴンフルーツ。

夏休み。私の仕事部屋で、子どもらがうろうろぐだぐだしている。
カンチがパソコンで何か調べ物をしながら、「ティッシュ」とさくに言う。さくが渡すと、鼻をかんでる。
「風邪？　鼻が弱いよね」
しばらくして、口からなにかを出して、ゴミ箱にすててる。白くて……みの虫みたいなもの。それ、最近、時々、家のあちこちで見かけるあれだ……。
私「鼻かんだティッシュを嚙《か》んでるの？」
カンチ「おいしいんだもん」
私「鼻水が？」
カンチ「ティッシュが」
私「そこ、下に落ちてるのも、ゴミ箱にすててよ」
カンチ「ああ、うん。……無意識にやってるんだよね〜。こわいわ」

来週、東京のさくのパパのところに遊びに行くふたり。さくがプールに行きたいと言うので、メールで、そのことを伝えてあげた。プールの排水口に吸い込まれた女の子の話に

なり、

私「こわいね〜。本当に。さく、吸い込まれないようにね」

さく「うん」

私「あの事故って、本当にやるせないっていうか、お母さんも、どうしようもなく腹立つっていうか、悔しいだろうね。泣いても、泣ききれない」

カンチ「うん。だよね！　人の目の前で吸い込まれたんだって」

私「人災だよ。想像したら、苦しいね。海で死ぬ人って多いけど、それはまだ自然の中だから、しょうがないってあきらめもつくけど、これはね。

……でも、これも……ふふ………、ママ的な考え方で言ったら、納得いく解釈ができるんだけどね。どう考えても不幸な出来事というものが、不幸じゃなくなる、別の観点からみた見解」と、私なりのスピリチュアル風解釈を述べたら、

カンチ「それって、やだね」だって。確かに。そう思うだろうな〜。説明も下手だったけど、簡単には説明できないようなことだし。

夕方の語らい。

せっせ「今日、すごい手紙が来たよ」

しげちゃんへ、イチキおじからのハガキ。読むと、わけわからない内容。

最初の挨拶《あいさつ》は、まあわかったけど、インフルエンザのX光線スモークがなんたらかんた

ら……と、超ぶっとんでる。

私「おじさんの頭の中って、こんななんだね」

せっせ「やっぱり、あの人は相当、おかしかったんだよ。外に出したらいけない人だったんだよ」と、その手紙を見て、しきりに感心している。

夜。亀田興毅《こうき》の試合。
7時半から特番が始まったのに、結局、試合は9時から。余計なもの見させられた感じ。
あんまりにもみんな応援してるし、本人も強気の発言ばっかしてるから、負けたらおもし
ろいのに、と思う。
始まった。
川島なお美の青く細い顔が画面の奥にちらちら写ってて、目障り。でも、前に座ってる
顔のでかい白髪のおじさんの頭が邪魔らしく、その頭の右に左に顔を動かしていたのがお
もしろかった。試合の内容的には、亀田興毅の負けだと思ったけど、判定で勝ってた。へ
〜。カンチがやってきた。
カンチ「勝ったね」
私「負けたと思ったけどね」
カンチ「うん。……よかったワ」
私「そお？　ママは、なんか、すっきりしない。だって、へろへろ、よろよろしてたの

に」

カンチ「感動した～」

私「まあ、カンチぐらいの年だったら、そうかもね」

『8月3日（木）「ばらとおむつ」第49号

しげちゃんのお腹がどうもほんとうに大変な事になっているみたいです。しげちゃんのはいていたズボンがずるずると下がってきました。おかしいと思ってよく見るとウエストのゴムが切れて、歩いている時に下がってしまったようです。ほんとにコントみたいな事がおきました。

今朝はさらに、しげちゃんが昔のシャツを出してきて、これを着たいと言ったのです。ところがこのシャツのウエストのボタンがうまくかかりません。無理に留めると、いまにもはちきれそうです。こんなの着てるとコントにしかならないので、他の服を着せました。しげちゃんは不思議な顔で「去年の冬まで着ていたのに」とつぶやきます。

病気する前の服は、ほぼ全滅に近いです。ほとんどがウエストで入りません。病院にいる頃はまだ痩《や》せていたので、退院してからのわずか2ヶ月あまりでこんなになったみたいです。さすがにこれでは健康に悪そうです。もすこし痩せるとなれば、まずはお菓子を削らなければならないのですが、それにはしげちゃんがすごく抵抗します。でも削るならお菓子、その次はフルーツという順序は譲れません。とにかく無理はせずに、少しずつしげちゃんの体重を落とそうと思います。』

いや、だから、食事の量が多すぎるんだってば。私よりも多いもん。何度、言っても、そこは変えないせっせ。食事の量を減らせば、おやつなんて、ほとんどあげてないんだから（キャラメル3個とかだよ）。あの年齢にあの量は多すぎると、私は思うけど。今日、また言ってみよう。

さくを病院に連れて行く。やはり、異常なしだった。おしっこの色も、おととい2回、赤かっただけで、それからは普通になってるし。まあ、様子をみましょうとのこと。よかった。ドラゴンフルーツは関係ないでしょう、とのこと。

録画しておいた「オーラの泉」を、お昼を食べながらみる。松岡修造。これは楽しみだった。なんか、おもしろそうで。そしたら、案の定、おもしろかった。そろそろ大人になりなさいと、ふたりにそろって注意されてた。わははは～、って笑いながらみてたら、笑ってたね、ってさくに言われる。やっぱりこんなふうに、タレントとしての芸をみせてくれる人が好きだな。芸がない人には、才能もないのにテレビに出るな、と言いたい。カンチが、とうもろこしを食べながら、後ろから、「まだそれ見てんの？　よく飽きないね～」と。

夕方の語らい。

しげちゃんに今年の初めに買ったブラウスを着てみてもらう。やはり、ぴちぴち。

ごはんの量を、全体的に減らした方がいいと思う、と言ってみた。せっせも、少しずつ減らそうとしてるんだけど、減らすと便秘になるし……なんて言ってる。それは関係ないと思うよ。そんな極端に減らせって言ってるんじゃなく、すこしずつ、0・5割、1割、ってゆっくりすこしずつ、慣れたらそれで大丈夫になるんだから、と。

先日、しげちゃんのお姉さま方が来たときも、その食べる量の少なさと、あっさりさに驚いていたせっせ。80歳前後といったら、そういうものだろうし、しかもほとんど動けないんだから。

8月4日(金)

きのうの夜、テレビの番組で羽生《はぶ》棋士を見た。

実際にしゃべってる言葉よりも、対局している絵がおもしろかった。おとな同士が、小さな盤をはさんで向かい合い、じーっと考えに考えてる。ふるえる指。真剣勝負。見守る人も、とりまく空気も、その様子は、現実世界とは隔たっている。

町の中にいる様子も、浮世離れした感じだった。コートを着て、マフラーを巻き、歩道をあるいていた、あどけなく神経質そうな顔が印象的だった。

今日は、曇りでちょっと風があるので、今までよりも過ごしやすい。子どもたちは、午前中はゲーム、午後はずっとマンガを読んでる。時々、さくの笑い声が聞こえる。
私はといえば、なぜか、今日はずっと、いやなことを考え続けている、考えると憂鬱《ゆううつ》になることが、頭から離れない。ず〜っとず〜っと、そればっかり思い出す。いいかげんに、離れて欲しい。考えてもしょうがないのに。で、近所の温泉に入って、熱さで強制的に追い出そうと思ったら、大雨の影響で、まだ営業してなかった。がっくり。

『8月5日（土）「ばらとおむつ」第50号
追い詰められたので、ついに私も決意しました。しげちゃんのダイエット作戦を発動します。まずは、食後のフルーツと3時のお菓子を止めようと思います。
食事の方は減らしません。食後のフルーツとお菓子を止めるだけでも、かなりのカロリー減少になるはずです。それに、いまより少ししげちゃんが運動するようにすれば、ウエストはしまってくると思います。昨日から食後のフルーツは止めてしまったので、しげちゃんは不満そうです。でも、残念な顔はしますが、怒り出すとかまではいかないので我慢できる範囲なのではないでしょうか。食事の内容は今までと同じなので、栄養が不足するとかは無いはずです。あまり食事の量を減らすと便秘になるので困りますが、量もあまり減らさないつもりなので、大丈夫でしょう。フルーツ、お菓子を断ってしばらく様子を見たいと思います。

昔の服はほぼ全滅なので、新しい服を買ってこなくてはいけません。夏用の涼しい服を買ってこなくてはと思ってます。地元の安い服屋でいつもそろえています。今まではあまり具合も良くなかったのか、私の着せるものを文句も言わず着てくれました。最近は時々自分で服を出してきて着ようとします。だんだん回復してきた証拠だと思います。でも昔の服はほとんどサイズが合わなくて着れません。』

8月6日（日）

朝、さくと一緒に録画しておいた「マイボス・マイヒーロー」第5話を見る。最後のほう、泣いてしまった。最後に流れるTOKIOの「宙船」も好き。長瀬智也が番宣で、「バカ役なら負けない」と言っていたが、本当に、上手いです。あんな変な顔ができるのも、美形ならでは。

さくと、家のハンモックに乗ってて、「さく、耳をすましてごらん。ほら。鳥の声、せみの声、虫の声、すごい、声がいっぱい聞こえるよ」

「うん。……ほんとだ。こっちから、鳥の声」

「ホーホーホッホホー、ってなんだろう。あと、ジージージーは」

「だまって」

「せみの声。チィチィって、いうのは、庭から。よく聞いてると、かなりの数だね」

『8月7日（月）「ばらとおむつ」第51号

とうとうSおじさんから借金の申し込みがきてしまいました。

どうしようか悩みましたが、すぐ返すというので、いやいやながら80万円貸しました。30万円は私の定期、50万円はしげちゃんの定期を崩して作ったお金です。

はじめは400万円貸してくれとの話だったのですが、とてもそんなには貸せないと言って、これぐらいにしてもらったのです。おじさんはこのお金と、ほかの人から借りたお金を高利貸しに返すそうです。そうすると、どういうわけか金融機関がおじさんにそれ以上のお金を貸してくれるのだそうです。そのお金が入ったら、私が貸したお金は全部返してくれるそうです。

あやしげな話です。

しげちゃんに相談したら、あの人のことですから当然ですが、相手が困っているなら貸してやれと言われました。金融機関が借金まみれのおじさんに貸すのは、災害からの復興資金なのだそうです。とても込み入っていて、にわかには信じがたい話なのですが、どうせ貸さないと言ってもいろいろ工作されて貸すことになりそうなので今回は貸すことにしてしまいました。あの人はあまり信じられる人では無いのですが、今回は大丈夫なのではないかと思ってしまったのです。おじさんが貸したお金を返してくれたら、しげちゃんの郵便局に対する借金の一部を返済するつもりです。貸したお金も心配ですが、おじさんの経済状態もとても不安です。かなりの額の借金があるみたいですし、今回だって返すかわりに、また借りるのですから、金利は違うとしても、借入金の総額は増えるわけです。返済も大変になるわけだし、はたしておじさんはやっていけるのか疑問になります。とにかくあの人が破産するのに巻き込まれてはたまりません。今回のお金はしょうがないとして、これ以上あの人へのかかわりは防がねばと思います。

私がしげちゃんに、「このままここにいてもあの家の没落に巻き込まれるのは防げない。もうこの町を捨てて逃げよう」と言ってみたのですが、笑って「それでも、あんたの言う南の島への移住は、私はまだ考える気にならないわ」と言われてしまいました。ま、今回はお金が返ってくるのではないでしょうか。これから先はどうなるか判りませんが。』


もしこのSおじさんから私に借金の申し込みがきても、私は、貸しません。

今日から、さくとカンチが東京に遊びに行くので、空港まで見送る。

いつも、旅行まぎわになると必ず、行きたくない、みたいなことを言い出すカンチが、今回もまた、ちょっとぐずぐず言ってる。でも、いつものことなので、

「いつも、行く前は、行きたくなくなるよね」とつめたく言い返す。

見送ってから、スーパーで買い物。お腹すいてるときに買い物したら、いかんね〜！あれもこれもと、ふだんなら買わないようなものまで買ってた。おはぎ。あんぱん。

家に帰って、買ってきたものを食べながら、ゆっくり静かに録画しておいたものを見る。ひとりって、いいな〜。家に人がいると、ゆっくりできないし、時間に縛られてしまう。

ごはんの時間とかあって。今は、子育ての時期だからしょうがないと思うけど、たまにひとりになると、やはりうれしい。

あっという間に夕方になった。夕方の語らいに行く。借金の話になり、
私「私に来ても、貸さないよ。あのおじさん、昔からイメージが悪いんだもん。
せっせたちって、とても親切だね」
せっせ「今回は、返ってくると思うんだよ」
私「でも、どう考えても、自転車操業っぽいよ。たぶん、またすぐ、来ると思うよ」
せっせ「でも、これ以上は貸さないから」
私「ふうん。それ、せっせの意志次第だよね」
せっせ「うん」
私「しげちゃんも、お金、すぐ貸すけど、それ、貸すときちょっと偉そうな気分になれるからじゃないの？」
せっせ「そうかもね。
介護してると、これがずっと続くのかと思ってしまうんだよ。退院して3ヶ月たったけど、……そうとう疲れてるのかもしれない。早く南の島に行きたいんだけど」
私「うん。そうだね。でも、南の島に行ったからって、いいことばかりとは限らないよ。短所も考えないとね。1回、見に行ったら？」

せっせ「今年の冬、みんなで行ってみない?」
私「しげちゃんも?」
せっせ「置いてはいけない」
私「いやだよ。飛行機に乗るのだって、大変だよ。一日ぐらいなら、私がみてるから」
しげ「私は、南の島には全然、行く気、しないわ」
私「そうだろうね。ここに慣れてるしね。そういう人を、その気にさせるのは、そうとう難しいと思うよ」
せっせ「そうかな。僕は、可能性があると思ってる。いつまでも元気なわけではないし」
私「元気じゃなくなったら、もっと行きたくないよ。まあ、しげちゃんの気持ち次第じゃない? 反対する人もいないしね」
せっせ「そう。ここでやらなきゃいけないこともないし。根切りもすんだし」
私「イチキおじさんもいなくなったしね。行こうとおもえば、すぐにでも、行けるよ」
しげ「ケアンズ、よかったじゃない? オーストラリア。よかったら、お兄ちゃん、新婚旅行にいったらいいと思うのよ」
またせっせの結婚ばなし。まだまだ、あきらめてない。それが最後の大きな希望らしいから、言わせとく。
せっせ「それよりも、あなたは、車の運転はもうダメだからね」

私「ダメもなにも、アクセル踏めるの？」
しげ「運転はダメですか？　って先生に聞いたら、ダメだって」
私「だって、視界が半分なんでしょ？」
せっせ「物も二重に見えるらしい」
しげ「人の顔もよくわからないのよね」
せっせ「パースペクティブがおかしいんだよ」
私「だったら、無理じゃん」
しげ「もうすこしよくなったら、教習所に行こうかと思うのよ。そこで、相談してみようと思ってるの」
私「ふうん。まあ……」
するとせっせが、妙にうれしそうに、話題を変えてしげちゃんに、
せっせ「今日ね、カンちゃんとさくちゃんが東京に行ったんだけどね、カンちゃんが、ビデオを返しといてって、僕にたのんできたから、いいよ、って受け取ったんだけどね、みきはね、そんなに甘やかしたらダメだ、私だったら返さない、せっせも、返さなくていいよ、なんて言うんだよ」
しげ「ああ〜。そう。返してあげたらいいわ」
私「返した？」
せっせ「うん」

私「なに？　今の。私が、ひどく冷たいっていう実例を、しげちゃんに報告したの？」
せっせ「いや～、別に～。今日のたのしい出来事っていう話だよ」と、にこにこ。
私「カンチン、きのう、返しに行くって言ってたのに、行かなかったんだよ。だれかにたのめばいいやっていうその甘えた考えがいやだから、自分で延滞料を払って、4日後に返させればいいんだよ」
せっせ「いや、それぐらいは、たのまれたら。ねぇ～」
しげ「そうよ。まだ子どもなんだから」
私「せっせはいつも一緒にいないから、わかんないんだよ」
せっせ「たしかに。僕も、たまにしげちゃんに厳しい言い方をする時があってね」
私「ね。一緒にいると違うでしょ。子どもたちが今日からいないから、本当にほっとする。人とずっと一緒にいるって、どうも、ダメ。だれもいなくなって初めて、深呼吸ができる感じ。人とずっと一緒にいるって、私には、無理だな」

8月8日（火）

雑誌の写真がとてもおいしそうだったので、どうしてもエビ入りカルボナーラを作りたくなって、材料を買いに行った。ベーコンを買い忘れたけど。

にんにくをオリーブオイルでいためて、エビを殻ごとぶつ切りにして、バターと生クリーム、月桂樹も香りづけにいれて、黄身、塩、胡椒《こしょう》、庭のシソも摘んできて、完成。

写真に似ている、とってもこってりとしたおいしいカルボナーラができて、満足。

庭のオリーブの木に蜂が巣を作った。足長蜂。

地面から1メートルぐらいの低い位置なので、「どうかな、退治したほうがいいかな。なんにもしなかったら刺されることはないと思うけど」と聞いてみたら、気になるから退治してと、さくが言ってたっけ。で、夜、日が沈んでから、退治することにした。

暗くなったら蜂は巣に帰って休むので、その時を狙って殺虫剤をかければいいと聞いていたので、長袖《ながそで》の服を着て、透明なゴミ袋を頭からすっぽりとかぶって、フマキラー片手に近づくと、いました、蜂が寝てるみたいにぶらさがってる。

シューッと撒いた。怖いので、シューッシューッシューッと、けっこうしつこく。ぜんぜん抵抗しないで、ポトポトと蜂が落ちていく。簡単だった。

8月9日（水）

朝。さわやかな空気。庭の水撒《ま》きをする。

すると、蜂が一匹、ぶ〜んと、飛んでいる。手持ち無沙汰《ぶさた》な様子に、なんだか見える。

もしかして、あの蜂の巣の蜂かも！

『「ばらとおむつ」第52号

あてにならない希望をいだかせてもいけないと思い、しげちゃんの病状の良くなった部分は報告しないようにしてきました。メールで、良くなった事を報告すると、実態以上に良く聞こえてしまい、現実を見たとき落胆するかもしれないからです。そこでしげちゃんの病状は良いほうを控えめに、悪いほうを大げさに報告するようにしてきました。

しかし、さすがに今回は報告しないわけにはいきますまい。

しげちゃんのいつもの廊下での朝の歩行訓練なのですが、今朝はしげちゃんは手すりにつかまらずに歩いていました。そのうえ、なんと方向転換の時も手すりにつかまらずに向きを変えているのです。ずいぶんと歩きがしっかりしてきました。しげちゃんのような病状では、とても歩けるようにはなるまいと思っていたのですが、わずか2～3ヶ月でここまで回復するとは驚きです。やはり人間の脳は偉大なものですね。特に小脳あたりは回復が早いそうですが。

それにしても急に手すりなしで歩けるようになった印象です。ただし、ちゃんと言っておきますが、この自立歩行もよたよたです。ふらふらしながらなんとか2本足で歩いているという印象です。昨日、病院に行ったのですが、そのときはぼろぼろで、私が両手を持って支えても、ちょっとした道の段差や傾きで転びかけていました。まだ外で道を歩くまでにはなっていません。あくまでも室内の廊下で手すりの近くなら歩けるということです。

以前の病院でしげちゃんに白内障の予防薬が出ていたので、眼科に連れて行ってまた白内障予防目薬をもらおうと思っていたのですが、昨日病院でそのことを話したら白内障予防目薬を出してくれました。30年前の印象で病院の先生を悪く言いましたが、ほんとうは面倒見の良い医者でした。つつしんで訂正しておきます。』

夕方の語らい。

「ちょっと、見せてよ。歩くとこ。せっせ、なんで教えてくれなかったの?」

「いや、僕も、今朝、知ったんだよ。驚いたよ」

「練習したのよ」

そう言うと、しげちゃんは、廊下まで手すりにつかまりながら移動して、廊下を、両手を離して歩き出した。

「一歩、二歩……」と数えながら。

「いつから歩けるようになったの?」

「きのうから。きのう、歩いてみようかと思って、練習したら、歩けたの。内緒にしといたのよ」

「前みたいにふらふらしないの?」

「そう。ちょっとふらっとしたら、両足に力を入れて、両手を脇におくといいのよ」

「だんだん、もっとよくなるかもね。そうやってコツを覚えて。うまいじゃん。よかったね」

廊下を行ったり来たりして、50~60歩は歩いてた。

私「家の中ぐらい、自由に歩けるようになったらいいよね」
せっせ「そう。道路はまだ、ぜんぜん危ないから」
私「歩けるようになって、あっちこっち行くようになっても、また心配じゃない？　せっせは。銀行とか、郵便局に行ったらさ」
せっせ「そうなんだよ」
私「ちょうどいいぐらいの程度でいいよね。ほどほどの」
せっせ「そう」
私「歩けるようになったから、お祝いしようか、今度」
しげ「いいわね〜」
せっせ「ええーっ。お祝い？」
私「いいじゃん。そういうの、張り合いがでるんだよ」
しげ「そうよ」
私「なにか、好きなもの作るよ。なにがいい？」
しげ「お寿司でもいいわね。『小僧ずし』でも」
私「ああ。しげちゃん、好きだもんね。いいよ。そして、そのあと、ケーキ食べようか、みんなで」
しげ「そうね！」と、うれしそう。
イチキおじから、ハガキがまたきたと、見せてくれた。なにがなんだか、わからない。

3人で、一生懸命解読を試みたが、ダメだった。字も、なんて書いてあるのかよくわからないし、意味もわからない。しげちゃんも、虫メガネでじーっと見てたけど。

そういえば、今日の話題は、Pちゃんのこと。

Pちゃんとは、しげちゃんがよく手伝いにきてもらっていた女性。40歳ぐらいの、愛嬌《あいきょう》のある人。しげちゃんが退院してから、2〜3度、様子を見に来てくれたらしい。

私「庭の草がすごいね。だれかに草刈り、たのんだら？」

しげ「シルバー人材センターか、Pちゃんね。Pちゃんの方が安いのよ」

私「Pちゃんにたのむ？」

しげ「Pちゃんね、どうも評判が悪いのよ」

私「どうして？」

しげ「手癖が悪いらしいの」

私、せっせ「へえーっ！」

しげ「いつも、Pちゃんが手伝いに来るときだけ、お金が3〜4千円、合わないんだって、あるお店の人が言ってた。それで、手紙を書いたから渡してほしいと頼まれたけど、かわいそうで、まだ渡してないの」

私「じゃあ、それ、返した方がいいんじゃない？　お店の人、渡してもらったと思ってるんじゃない？」

しげ「いろんなところで、そうみたいで、出入り禁止になったところがあちこちあるのよね。このへんはまだみんな知らないから、このへんで最近は働いてるのよ。私もね、ある時、Pちゃんとコタツにはいってて、5百円そこに置いてたら、ふと見ると、なかったの」
私「フフフ。今度さ、お金に仕掛けしといて、Pちゃんがとったら、電流ながすとか」
せっせ「5百円玉の裏にペンキを塗って、とったら指にペンキがつく」
しげ「Pちゃんの友だちが、警察にしょっぴかれたんだって」
せっせ「なんで?」
しげ「万引きで」
私「わあー」
しげ「やっぱり、悪い仲間に出会って、朱に交われば赤くなる、かしら」
私「Pちゃんが、朱だったりして」
せっせ「ハハハ」
私「ああっ、もしかして、あのようかん泥棒、Pちゃんだったりして。あの、丁寧な、つましい盗み方!」
せっせ「うーん」
夕食を食べ始めたので、しばらく見とく。
私「まだ、せっせが食べさせてるんだね」
せっせ「そうしないと、時間がかかるし、途中で食べるのをやめるんだよ。でも、やめたところが実はちょうどいい量なのかもしれない」
私「そうだよ」
せっせ「でも、ほら、不安でね」
私「フッ。心配性」
せっせ「病院に診察にいったら、先生が言ってたけど、一人暮らしの老人は、自分の好きなものを食べてるから、わりと昔ながらの食事をしてて、そういう人は、検査の数値がいいんだって」
私「ごはんと、みそ汁と、漬物となんか……ぐらいで、粗食だもんね。私も普段はそういうのでいいけど」
せっせ「で、家族と同居してる老人は、それに比べると数値がよくないんだって」
私「やっぱり、子ども世代の食事に影響されるのかな。食べ物も多そうだしね」
もぐもぐ、完食。イチキ氏のハガキをふたりでふたたび熱心に解読し始めたので、
私「じゃあ、帰るわ」
しげ「子どもたちがいないんだから、もうちょっと遊んで行きなさいよ」
私「もう十分遊んだ」

8月10日（木）

今日、子どもたちが帰ってきた。楽しかったって。カンチは、ゲーム4つぐらいとゲー

って買ってもらってる。さくは1個だっていうのに。あんまりパパに、買って買って言うから、気をもんで、僕のお金あげるよ、ってカンチに言ったらしい。たぶん、カンチ、しつこくねだったんじゃないかな。
「パパにいつも迷惑かけてるんじゃないかな～って思うんだよ」と、さくも心配性。
部屋にあるはにわを見て、
さく「はにわ、作ったの？」
私「うん。ああ、これは買ってきた方のやつ」
さく「こわい～」
私「ええ～っ。かわいいのに」
ベッドに入りながら、
さく「ママがいるとホッとするんだよね」
私「部屋にいると？」
さく「ううん。どこか近くにいると」
私「東京では、ホッとしなかった？」
さく「ううん。パパがいたから。パパもホッとする」
私「カンチは？」
さく「……ガクッ」
私「ちょっと乱暴なんだよね」

さく「でも、東京で2回しか泣かされなかった」
私「いつもはもっと泣くの？」
さく「8回か9回」
私「じゃあ、よかったね。カンチも大人になっていってるんだよ」
さく「うん」

8月11日（金）

今日は、ひさしぶりの雨模様。庭の木が枯れそうだったから、よかった。
去年、虫に葉っぱを食べられて、すごく弱ってる柚子《ゆず》の木があって、それを今年は食べられないようにとよく注意して見てるけど、なんだかちょこちょこ食べられてる。花も咲かなかったし、今年も実はならない。たまに、葉っぱの裏に蝶々《ちょうちょう》の卵をみつけるので、あわててとる。

『「ばらとおむつ」第53号
Sおじさんがすぐお金を返すというので、わざわざお金を用意したのに、なかなかお金を返すという連絡がありません。やはりだまされたのかと不安になっていた昨日のことです。おじさんがお金を全額返済しました。その上、1000円の利息までつけて。ちょっと不安に思い始めていた頃だったので、ほんとにほっとしました。

さっそく郵便局に行ってしげちゃんの借金を返済しようとしたら、利子が2万円だそうです。借金の好きなしげちゃんは、ほんとに病気になる前から金銭感覚に問題があったと思い出しました。
しげちゃんはだんだん回復してきているので、あの人がまた自分でお金を借りたりし始めたら大変だと思うのですが、いくら回復が早いとはいえ、まだお金を借りるところまでは至っていないでしょう。』

カンチの、生まれてから3歳までのビデオテープがでてきたので、3人で見る。
おもしろいし、可愛かったけど、子どもの昔のビデオを見ると、どうしてそのあと、妙に疲れるのだろう。虚脱感とか、虚無感みたいな感じ。いいんだけど、見なくてもいいものなのかもと、いつも思う。懐かしむことへの、けだるさかなあ。子どもの写真やビデオって、その子どものためのものかもね。カンチのパパの映像も出てきて、
さく「これ、カーカのパパ？　よかった〜！　さくのパパじゃなくて」
カンチ「なんか、ヘンだね」
私「うん。薄汚れたような……、ふふふ、気持ち悪い人にみえるね。撮られるのが嫌いだからだよ」
カンチ「なんで、結婚したの？」
私「わかんない。そこが不思議。なんでだろう。

ほら、足の匂い、かがせようとしてる。カーカと似てるね」
カンチ「カンチのパパと、さくのパパ、どっちが不潔？」
私「う〜ん……どっちだろう？　不潔っていうほどではないけど。ハハハ、まあ、……どっちかって言ったら、カンチのパパかな。だらだらしてたよ、なにしろ。ものぐさで」

8月12日（土）

家で、仕事。といっても、子どももいるし、あまり集中はできない。

「すべらない話6」を見ようよと言われ、一緒に見たりして。

さくが退屈だと言うので、夏休みの宿題のポスターでもかけば？　といったら、参加賞がでるという「お米」に関するポスターをかいていた。ごはんを食べてる自分の絵。作文は苦手なのだ。絵も下手だけど。「女の子って、絵が上手だよね」といつも言ってる。

「今回、あんまりうまくいかなかった〜」と持ってきたので見たら、ホント。

「ぼく、女の子に生まれてたら、絵がうまかったのにね〜」なんて言う。

8月13日（日）

墓参りに行く。10時に墓に集合と、せっせたちと約束していたら、ずいぶん遅れてやってきた。しかも、遅れたのであわててたらしく、ろうそくも線香ももって来てない。やっぱりこれからは現地集合はやめよう、ということになる。手を合わせて、帰る。

さくは、風呂《ふろ》で、シュノーケルをつけて、両手で水面をたたいて泡立てて、水中で泡を見ている。「きれいだよ〜」

寝るとき、「またママが死んだらどうしようって考えて、眠れなくなった」と言うので、そばに行って背中をトントンとしてあげる。昼寝したので、眠くないようだ。

「トントンってしてくれたら、近くにいるってわかるから安心する」

「あのね、ママが死んだらどうしようって、また考えたら、目をつぶって、きれいな景色でも想像してみたら？　気持ちいいところとか」

「うん」

しばらくして振り向くと、まだ寝ないで、じっとこっちを見ている。

「ママのことが心配で」

「どんな気持ちなの？」

「うーん。自分でもわからないの」

「フフフ。大丈夫だよ」

「自分のことも心配しようと思うんだけど」

「自分のことも心配しなくていいよ。心配って、してもしょうがないじゃん。なにか起こったとき、考えればいいから」

「うん。じゃあ、明日のこと、考えよう」と言って、明日の計画をぶつぶつつぶやいている。それでも眠れなかったらしく、私が寝てからも、ずっとテレビを見ながら、12時すぎまで起きていたらしい。眠くないと、心配なことを考えるようだ。

8月14日（月）

朝、ごはんを食べながら、いろいろしゃべる。のんびりとした、いい、夏休みの一日だ。ふと見ると、丸テーブルの上にまた、あの、カンチがティッシュを嚙《か》んで作った、みの虫のような、いも虫のような物体が！

「あれ！　あのいも虫、捨てて！」

「ああ〜。ハハハ。しらないあいだにやってるんだよ」


「不信のとき」を見る。

いつ見ても、なぜこの肝心かなめの役が石黒賢なのだろうと、カンチと首をひねる。もっとリアリティのある役者さんだったら、もっとはらはらしていいのに。石黒賢だと、マンガっぽくて、ガクッとくる。

米倉涼子がきんつばを義母にだすシーンを見てて、
私「きんつばって、なんか、いやな名前じゃない？　きたないものがふたつ」

カンチ「だよね」

私「きん、と、つば」。きたないっていうか……。

私たちって、みんな時々、おたけびをあげたり、急に歌を歌い始めたりするが、それって、私の影響かもしれない。私はよく、自分の部屋から、みんなのいる部屋へ行く時、即興の歌を歌いながら行く。さっきは、「ぼんちゃんの～生きてる世界はどこだろう～」と繰り返し歌いながら行ったら、そういう時は、すかさずタオルケットに隠れるさく。案の定、隠れている。すると、それに気づかないふりをして、「あれ？　さく？　さく？　どこ？」

「ぷふふ」「さく？　さく？」「くくく」……というのが、いつものパターン。

カンチも、急に「ウォーッ」と叫んだり、よくするなあ～。

『「ばらとおむつ」第54号

みなさんは市役所の近くにあるN衣料品店をご存じでしょうか？　Nは安さで有名な田舎の小さなお店です。とにかく安いので、しげちゃんの服はほぼすべてそこで調達していいます。この前はそこで夏向きのワンピースを買いました。たしか950円だったと思います。安いので3枚買いました。

ところが、この服がリハビリセンターで大人気だそうです。とても生地がいいとか、なかなか似合っているとか。しげちゃんが、これは息子が買ってくるというと、さすが、服屋の息子だとか、すごく褒められるそうです。むしろ生地が丈夫そうで夏向きでいいとかいう褒め言葉は皮肉じゃないのかとかんぐりたくなるほどです。なかにはNの事を知っている人もいるはずなので、しげちゃんが褒められたと言うたびにこちらは冷や汗がでる気分です。

しげちゃんはいろいろな所からお見舞いをいただきました。なにかお礼しなくてはいけないのですが、なかなか難しいです。もうお盆なので、どうしてもなにかしなくてはということで、お米を精米して送ることにしました。

お米なんて近くで買ったほうが安いぐらいだと思いますが、しげちゃんはとにかくお米を送りたいというので、とりあえず10軒ばかりお礼に送ることになりました。お見舞いを数万円も包んでくれたところは、お礼に妙な米が6キロほど届いて詐欺だと思うかもしれません。精米は無洗米でやりましたが、はたしてどんなもんでしょうか。』

カンチがテレビを見ていたので、ちらっと見たら、ベタドラマだった。

私「ああ〜。これがベタドラマ」

カンチ「なんで知ってるの？」

私「テレビガイドを見てたらこのことが載ってて、ちょっとおもしろそうって思ったけど、くりぃむしちゅーだったから、見る気がしなかったの」

カンチ「ふうん。カンチは、友だちがおもしろいよって言ってたから」

私「あっ、次回、船越英一郎の2時間ドラマのベタドラマだって！　おもしろそ〜う。これ、見ようよ」

カンチ「うん。もう録画に登録してある」
私「船越英一郎って、いいよね！　ぎらぎらしてなくって」
夜、11時ごろ、お腹がすいたと言って、カンチがインスタントのカレーとナンをあたためていた。おいしそうだったので、一緒に食べさせてもらう。
カンチ「不信のとき、あの女の人、またいつもの演技になってきたね」
私「ああ〜。松下由樹。怖く早口で言うみたいなね。でもさあ、それも相手があの男(石黒)だと、どうしてもコミカルに見えちゃって」
カンチ「そうなんだよ」
私「それに、だれもかれも、相手をそうたいして好きそうに思えない。米倉涼子も旦那《だんな》を好きそうじゃないし、小泉なんとかも、そんなに好きそうじゃないし。真剣に好きそうな人がいないよね」
カンチ「うん」
私「だから、どうも、マンガっぽい。おもしろいけど、マンガっぽいから飽きそうになると、展開が早いから、それでまた引きつけられる。すぐ、一ヶ月後、半年後、ってねえ。いいよね。ダイジェスト版みてるみたいな」
カンチ「そうそう」
私「今、好きなドラマはみっつ」

カンチ「マイボス・マイヒーローもはいってる？」
私「うん。ママ、あれ、最後でいつも泣くんだよ」
カンチ「泣く!?」
私「うん。クライマックスの時、いい音楽が流れるでしょ？　ジーンとくるような。その時」
カンチ「へえ〜。変わってんね！」
私「泣いてるとこ、さくに見られないように、隠して泣いてる」
カンチ「……さく、寝たの？」
私「うん。『とんがり山とこんもり森』の話を聞かせてたらね」
カンチ「なに、それ」
私「最近……って言っても、3回目だけど、寝る時、お話を話して聞かせてるの。とんがり山にはさく一家が住んでいて、こんもり森にはパン屋のきつねくん一家で。今日は、一緒に遊んでたら夕立が降ってきたので木の中に隠れたら、そこはくまのプー太郎のお家で、ちょうどはちみつホットケーキを作ってるところだったので、それとレモネードをごちそうになって、友だちにもなったっていう話。次回は、となりのげんこつ山ので、そこにもだれかいるの。そういうこと話してたら、寝てた」
カンチ「やっぱり昼寝がいけなかったんだね」
私「朝も遅いしね。カンチもさくみたいに、ママが死んだらどうしようって心配したことある？」
カンチ「死んだらどうしようかって、ずっと追いかけて考えたことはある。せっせに電話して、救急車をよんで……」
私「ああ、倒れた時ね。そのあとはないの？　ママは？　生活は、って」
カンチ「あるよ。不思議な気持ちだった。ママは？　考えたことある？」
私「あるよ。だいたい小学校の時って、みんな、親が死んだらどうしようとか、自分が死んだらどうしようとか、お化けのこととか、宇宙のこととか考えて恐くなるんだよ」
カンチ「ああ！　宇宙のことは考えたことがある」
私「宇宙に果てがないってことを、考えてると、グオォー！ってなるよね。想像できなくて」
カンチ「そう」
私「人間の脳って、無限っていうのを考える能力がないんだって。だから」
カンチ「ムカムカしてくるよね。なんかすごく」
私「気が狂いそうになるよね」
カンチ「うん。フフフ」

8月15日（火）

しげちゃんが歩けたお祝いに、家で、お寿司とケーキでお祝いした。

ケーキ屋さんの近くのスーパーの魚売り場の寿司にした。

しげちゃんはブランコに乗って、気持ちよさそうにしている。紐《ひも》でひっぱるようにしたらどうかしらと言うので、紐をもってきて窓の鍵《かぎ》にひっかけて持たせたら、それをひっぱって自分でぶらぶらさせている。

カンチは、家にかかってきた電話もとってくれないような子だ。電話はもう、あきらめた。私もカンチへの電話は気が向いた時しかとらないことにする。

が、さっき、借りてるDVDを今日中に見終えたいのでテレビを見るねと言ったら、今、録画したドラマを見てる、と言う。じゃあ、9時ごろ終わるよね、それが終わったら呼んで、と言ったら、なんで呼ばなきゃいけないの？　9時にくればいいじゃん、と言う。終わった～のひとことも、言いたくないらしい。9時5分に来てよ、だって。そっち、早く終わったら、できるだけ早く見たいから、と言うと、じゃあ、呼んであげるね、だって。呼ぶのさえ、いやか。ひとこと、呼ぶのさえも、いやなのか。ひとこと、呼ぶことにさえ、恩を着せるのか。なんて、なにもしてくれない子なのだろう。

本当に、人のためになにかすることが、いやなんだな。ひとこと、呼ぶのも、いやか。こういうところが、すごく嫌い。心がケチすぎる。

「リンカーン」のワンフレーズカラオケを見ながら、

私「お風呂《ふろ》に入って、出たら、次の人に出たよー、って言うでしょ？　テレビを見てて、見終わったら、次の人に、終わったよー、って言ってくれるの、普通じゃない？」
カンチ「だって、ママの言い方がヘンだったんだもん」
私「情けないよ」
カンチ「ぜんぜん」
私「あ、またむしむし（ティッシュのいも虫）！　早く、捨てて〜」
さく「カーカね、むしむしを体にくっつけるんだよ。背中に入れたりするんだよ〜」
私「ホント？」
さく「うん」
カンチ「してないよ」
私「この虫、ホント、やめてよ。あっちこっち置くの」
家のあちらこちらに、あるんだもん。子どもらがうるさいので、自分の部屋で続きを見ていたら、ケンカして泣きながらさくが走ってきた。カンチも後に続いてる。
さく「ママー！　カーカが、むしむしをくっつけようとして、行かせないように通せんぼして、これはわざとじゃないと思うけど、ひざのところをかくっ、てしたの」
カンチ「さくの言い方が笑える〜。かくっ、だって〜」
私「カンチ、あっちへ行ってー！」
明日から、韓国旅行です。3人で。どうなることやら……。

さくの特技は、舌の先を3つ波うたせて、花びらみたいにできること。舌を裏返すのもできて、それはカンチもできる。

私の歌の聞き方って、短期集中型。ガラスのビンにぽとんぽとんと水がたまっていくように、聞きながら何かがだんだんたまっていって、全部たまったら、お終《しま》い。で、ふたをとじて、倉庫にしまう、って感じ。

今年の春は、バンプ・オブ・チキンをずうっと聞いていた。なにこの、才能！　天才だ～！　と感動して、涙しながら。私がもし10代とかの若さだったら、すごくファンになっただろう。

それが終了して、そのあとカンチがゆずを聞いてて、それを一緒に聞いてたけど、ある時、上までたまったので、「カンチーン、今後はヘッドホンで聞いて～」とお願いした。そういうふうにして私が聞き終えたスピッツも貸したけど、それが聞こえてきたら、私の中では終わってた。それは私の2度目のブームだった。3度目が来るかもしれない。来ないかもしれない。最近、カンチは、「不信のとき」の挿入歌の「グッド・バイ・マイ・ラブ」を聞いてる。私は今は、「宙船」だったら、聞きたい。

8月16日（水）

朝食中。また、左手を遊ばせて、ひじをついてる。
私「カンチ、ひじ」
カンチ「……」ちょっと体勢を変えた。
私「カンチン！」
カンチ「やってないよ」
私「それも、だめ。よりかかってるじゃん」
カンチ「これはいいんだよ」
私「ダメだよ。ちゃんと持たないと」
カンチ「ああ〜。そういうのって、苦しいなあ〜」
私「だって、それぐらいは。こういうこともいいってことになっちゃうと、どんどんだらしなくなっちゃうよ。ちょっと苦しいこともしなきゃ。苦しいことをなんにもしないと、だんだんダメな人になっていって、そうなると、似た人が集まるから、そういう人しかまわりにいなくなって、そうしたら、おもしろいことがなくなるよ。おもしろい人って、どっか頑張ってる人だよね。頑張ったり努力できる人じゃないと、おもしろい人になれないんだよ。らくなことしかしない、だらけた人って、ぜんぜん一緒にいてもつまんないよ」
言ってるうちに、だんだんむなしくなってきた。ぶすっとしてるし。

『8月20日（日）「ばらとおむつ」第55号

前号で紹介した衣料品店はMだったようです。たとえ名前はうろ覚えでも店は私の一番のお気に入りです。今日も今日とて新しい（安い）服を買ってきました。色が明るくて良いと思ったのですが、もしかしてこれパジャマ？どうもパジャマっぽいのですが、他の服の帯を拝借してワンピースにしてみました。考えてみればたとえパジャマでも77歳の老婆がリハビリセンターに行くのであれば、何の違和感もありません。むしろふさわしいぐらいでは？　胸の「どこでもいっしょ」とそっくりのキャラクターのアップリケがちょっと歳に合わない気もしますが、とりあえずこれでいいかと思います。本人は別に疑問も持たず、私がパジャマかもと言っても、いや普通の服でしょと言ってくれました。でもさすがに胸のキャラクターは気になったみたいで、「これ、なに？」と胸を指して聞いてます。

さすがに歳に合わないと気づいたのかと思ったら、どうも、アップリケを値札かタグのシールだと思ったらしく、取らなくていいのか心配になったようです。たしかに婆さんの服で胸にキャラクターのついたものはすくなかろうから、違和感があるのでしょう。アップリケであることを説明したら安心していました。

しげちゃんの快気祝いをみきが開いてくれました。しげちゃんはお寿司とケーキで楽しそうでした。今日はケーキのおかわりまでできて幸せだったようです。普通は甘いものはほとんど食べられませんから。』

韓国から帰ってきました、帰る途中、車の中でカンチと私がケンカ。

ずっと一緒にいたので、ストレスもたまってます。

洗濯をして、買ってきたキムチでごはんを食べる。おいしいです。

夕方の語らい。

今日、しげちゃんは図書館に行ったそう。大きい活字の本があったので、それを借りてきてる。大きな字なら、すこしは読めるらしい。なにしろ、人の顔がわからないのだそう。物の形、位置がわからないのか。

脳の病気の本も借りてきてたので、小脳のところを見てみると、バランス・運動感覚、方向感覚、絵や字を書く能力、など、たしかに症状がドンピシャ。

8月21日（月）

登校日。さくが帰ってきて、「お腹すいた〜」と言うので、「なにがいい？」と聞いたら、「めだまやき」と言うので、ハムエッグを作ってあげる。

「こういう日は、ママと仲がいいってこと、わかってるんだ〜」

「え？　どういうこと？」

「天気がよくてね〜」


『8月22日（火）「ばらとおむつ」第56号

おひさしぶりです。ちょっとした間違いで、パソコンが壊れてしまいました。そのため、しばらく通信ができなかった次第です。今日はリハビリがお休みなので、お昼はお寿司です。しげちゃんに選ばせるといつも寿司になります。しげちゃんは寿司が大好きです。しげちゃんはおぼつかない箸《はし》遣いでお寿司を食べ始めました。

いくらの粒を一粒一粒つまんでいます。なんて時間のかかる食べ方でしょう。ところがよく見るといくらを食べていません。「なにしてるの？」と聞くと、いくらを食べようとしたら、いくらが載っていない。よく見ると全部こぼした、とのことです。

そこで、いくらをもう一度軍艦の上に載せているのだそうです。わざわざ載せなくてもいいんじゃないかな。

Σ(￣□￣;)ハッ！

ち、違う、しげちゃん、それいくらの軍艦巻きになってない。

しげちゃん。なんで軍艦巻きの腹のところにいくらを載せてるの？

それじゃ軍艦が横倒しだよ。海苔《のり》の上に一生懸命いくらを積み上げるしげちゃん。これはしげちゃんの冗談じゃないと思います。おそらくしげちゃんは本気でいくらを元の状態に積み上げようとしている。ただ、目からの信号を処理する脳の機能が損なわれて、横倒しのお寿司にいくらを積み上げていると見ました。しげちゃんがほんとに回復するまでは、まだ時間がかかりそうです。』

家の掃除をする。1階は終わった。

2階はカンチにやってもらおうと、掃除して、と言ったら。またケンカになった。

「ここはママの家でしょ」だって。ママの家だから、ママがやって、って。

「じゃあ、掃除しないんだったら、この家から出て行って」と言ったら、することにしたらしい。今日、寝るまでに掃除するとのこと。どうして、掃除させるのにも、大ゲンカしなきゃいけないのだろう。本当に、早く出て行って欲しいと、ひたすらその日が来るのを、待つ。長くて、あと、4年半か。田舎でよかった。都会だったら、高校卒業後も、同居してなきゃいけなそうだから。近かったら、すぐ帰ってきて、いろいろせびられそうだし。お互いのしゃべり方が、相手をムカッとさせる、っていうのが原因なんだけどね。

さくが、「ママー。いいこと聞いたよー」と走ってきた。紙にメモ書き。

『いちご　300g　さとう　200g　レモン　火は中に　5分ほど』

テレビか。

「いちごジャムの作り方。あと、その季節に、って」

「じゃあ、いちごの季節になったら、このジャム作ろうね」

「うん」

8月23日（水）

朝、カンチが掃除をしたと言うので見に行ったら、ある一角に髪の毛が数本、落ちてる。

「ここ、掃除機、かけた？」

「かけたよ」

「でも、ゴミが落ちてるよ。かけて。和室はかけたの？」

「ううん」

「あと、拭《ふ》いた？」

「ううん。だって、それ聞いてない。掃除機かけろってだけ」

「掃除機かけて、拭いてねって言ったでしょ、何度も」

「ううん」

「言った」

「聞いてない」

ということで、また、ケンカしながら、掃除の続きをさせる。

しばらくしたら、機嫌もなおったようで、急に仕事部屋の窓の外に、裸にシャボンを体中につけてあらわれた。さくを呼んで見せる。

「さくー、みてごらん、雪男だよ！」

「きゃー」

「さくも、はだかで外を走り回ったら？」

「うん」

しばらくふたりで、はだかで遊んでいた。

『ばらとおむつ』第57号
こちらは毎日暑い日が続いています。さすがに朝晩は少し気温が下がるようになりましたが、最高気温は30度を超えています。
最近、しげちゃんは本が読めるようになりました。しげちゃんはいつも、本が読めるようになったら、いよいよ回復だと言っていたので、奇跡の回復が始まったのかもしれません。この前の日曜日に図書館に行ったのです。しげちゃんは活字の大きな本が借りたいというので、児童書を探していたのですが、なんと図書館には大活字本というジャンルがあるのですね。やはり目の不自由な人のための本だと思うのですが、大人むけの本なのに活字が大きいのです。これをしげちゃんがいたく気に入ってしまい、「これなら読める」とご満悦なんです。しげちゃんは昔から赤川次郎とかのミステリーが大好きだったので、ミステリー中心に借りてきました。歴史ものなんかも興味あるそうです。中身はほんとに活字が大きくて、とても読みやすいそうです。
いままでは拡大鏡を使ってもなかなか本が読めなかったのに、急に読める本が見つかってとても嬉《うれ》しいのか、リハビリセンターまで持っていくと言ってききません。読む時間はないだろうと言ったのですが、わずかな空き時間に読むそうです。
今まで、あまり出来ることがなくて、娯楽といえばテレビぐらいだったので、しげちゃんが読める本が見つかったのはとても良い事だと思います。さっそく西村京太郎は読んでしまったので、次に読む本を用意しようかと思ってます。』

『8月24日（木）「ばらとおむつ」第58号
急におばさんがやってきました。以前から来るようなことは言っていたのですが、まったく連絡が無かったので、ちょっと油断していました。突然宮崎から電話してきて、いつ頃着くかわからないが迎えに来いといわれて、ちょっとむかついたですよ。結局行き違いなんかがあったのですが、あまり固く考えてはいけない。向こうは80過ぎのばあさん2人なんだから、自由に行きたい所に旅しているのだから、仕事も社会的責任みたいなやつもない人たちなんだからと考えることにしたら心が軽くなりました。
前回は世話をしなくてはという思いが強かったのですが、今回はもうあの人たちを自由にさせておこうという思いが強いです。そしたら気が楽になりました。もっとも、あの人たちは今回は長居をしないそうですから、それで楽なのかもしれません。とにかくしげちゃんはいろいろ話してたのしそうです。けっこうお姉さんたちに怒られています。
おばさんたちは宮崎の病院に入院している、イチキおじさんのお見舞いの帰りです。おじさんの様子を聞いたらとても元気で、待遇も個室ですばらしく、嬉しくて、涙が止まらなかったそうです。いまはうちにあるおじさんの荷物を整理しながら、病院に持っていく物を選んでいるようです。おばさんが料理などはやってくれるので、しげちゃんの食事もお願いすることにしました。今日はご飯と味噌汁《みそしる》のみのシンプルなご飯です。』

柿の木を剪定《せんてい》していたら、またあの毛虫に刺されました。足の指を。どうやら落ちてきて当たったらしい。毛の先に毒をもつ、チャドクガだっけ。このへんの子どもたちは、電気虫って呼んでいる。びりびり痛いから。これにさされると、ガッカリする。

『8月25日（金）「ばらとおむつ」第59号
まだおばさんたちがいます。今日帰る予定だったのに、まだおじさんの部屋が片づかないので帰るのを延期するそうです。台所やしげちゃんのベッドの周りなんかをきれいに掃除してくれました。やはり、慣れているせいか、片づきかたが違います。非常に整頓《せいとん》された感じになりました。食事もおばさんが作ってくれます。3人でしゃべりながら楽しく食べています。おばさんたちは高齢なので、あっさりとしたおかずが多いです。ご飯と味噌汁とあと少し何かという感じです。すこし塩分が多そうなのが気がかりですが、しげちゃんはやせたほうが良いのでこれでもいいかと思ってます。
おばさんが、草を刈れとか、家がシロアリに食われているから建て直せだとかうるさいので、思わず喧嘩《けんか》してしまいました。草刈りや修理の必要は分かっているのですが、やることがたくさんあるので、とりあえず後回しです。そこを責められるので、喧嘩になってしまいます。私も、おばあさんの愚痴みたいなものだとして、小言を聞き流せばいいのですが。明日帰る予定なので、まあ、それが救いといえば救いです。いろいろやってくれてありがたいとは思うのですが、やはり家にお客様がいると落ち着きません。今日はおじさんの荷物を整理して、明日宮崎まで持っていきすぐに福岡まで帰るそうです。ごくろうさまです。』

8月26日（土）

ふぅー……ふぅー……ふぅー……。

まだ、緊張が、とけません……。

実は、きのう、以前から知ってる女性編集者が2名、打ち合わせにいらして、温泉旅館に一緒に泊まり、今日、飛行機の時間まで、私が近くをドライブしてまわることになっていました。私にまかせてね、って感じで。

ロビーでのんびりコーヒーを飲んで、11時半ごろチェック・アウトしてドライブに出発。車中で、「飛行機の出発時間が、午後4時15分だから、何時ごろ空港に着くようにする?」と聞くと、ひとりの編集者が、「15分前には」と言う。

するともうひとりが、それを聞いてちょっと驚いた感じになって、私も15分前っていうのはぎりぎりすぎるかなと思って、「30分前には着いた方がいいかも」と言う。

もうひとりも、ちょっとうなずいて、「おみやげも買いたいし」と。

さっきの編集者が、「私、いつもぎりぎりになっても、なぜか間に合うんです」と言う。

「ああ～、私もけっこう、ぎりぎりになっても間に合うタイプ。血液型何型？」

「O型です」

「私も」

「ほんとに、よくあるんですけど、必ず、間に合うんです」

「来るときも、あと15分しかないのに、ゆうゆうとスパゲティ食べてましたよね」と、もうひとり。彼女の血液型は、A型とのこと。そのA型に、「慎重？」と聞くと、

「私は、仕事のときはわりと時間をとりますね」

私「おみやげ買うんだったら、3時半には着いた方がいいかもね」

A型「そうですね」

O型「いつも、ぎりぎりになっても、なぜか、間に合うんですよね」

ここで、ぎりぎりでも間に合うという言葉が、印象的すぎたのかもしれない。

車で50分ほどかかる高原までドライブして、いつもは歩かないのに、岩の山をしばらく、30分も歩き、そこから20分ぐらいのところにあるおそば屋に行って、ゆっくりとそばとそばがきとそば葛《くず》きりを食べ、次に神社に行きました。そこで、樹齢800年とかいう木を

ながめて写真を撮ったり、手を洗ったりして、ぶらぶら歩いて、駐車場に帰りました。

「そろそろ急がないといけないかもぉ〜」と言いながら、車のナビの目的地設定に、空港を登録して、到着予定時間を見ると、……なんと、午後4時13分。

え？　現在時間は、……午後3時23分。空港に着きたいって言ってた時間だ。

ガーン！

ま、まずい。なんだってこんなにたらたらゆっくりしてたんだろう。それから、真っ青になって、おおあわてでとばしました。車の中から、一応、空港に電話も入れて、遅れそうですが、急いで向かっていますとO型が告げ、びゅんびゅん走った。

なんてこと、なんてこと。私ったら、なんで時間を考えなかったのか。

A型は、今日中に静岡に行かなくてはいけないという状況。

走りながらいろいろと話し合う。O型は、楽観的なので、きっと間に合う、最後まであきらめないで行きましょう、と言う。飛行機も、整備とかで、出発時間がちょっと遅れるかもしれないし、と。

私は、もし間に合わなかったら、飛行機代をだすから、できるだけ早い次の飛行機に乗ってくださいと言い、いいえ、そんな、結構ですと、ふたりは遠慮し、私は高速を、いつもはゆっくり走るのに、だしたこともない130キロでとばし、駐車禁止の区域に斜めに車を止め、O型がチケットだけ持って走り、A型がそのあとを荷物をもって追いかけ、私もおりて、受付カウンターに着いたのが、4時10分。で、4時5分まではお待ちしましたけど、キャンセル待ちの方がいて、そちらにまわしましたので満席ですと言われた。がっくりしていたら、1時間後のJAL便に、空席があるので、そちらに変更しましょうかと言われ、それは無料でできるということだったので、そうしてもらった。1時間遅れ。どうにか、許せる範囲か？　静岡にもいけそうだということだし、おみやげを買う時間も持てる。エスカレーターのところで、じゃあ、と挨拶《あいさつ》して、私はまた高速で帰る。今度は、80キロぐらいで。

家に帰り、あれから5時間ほどたったが、いまだに興奮さめやらず、というか、食欲もなく、ぐったりと疲れ、ドキドキして、なにも手につかない。

反省は、これからゆっくりとやろう。

でもひとつ、なんとなく思ったことは、私は、人を案内するのがむいてないみたい。たしか以前にも、客を案内してて、道に迷ったり、ケンカになったことがあった。どうやら、案内するのが下手なようだ。その能力がないのかもしれない。このことを、忘れずにいよう。

ホント、時間のことを不思議なほど考えなかった。いや、時計は時々、見ていたのに、まったく危機感がなかったのだから、どうしてなのか。ず〜っと、ぼーっとしてて。山なんか歩いて、そばのあとにおやつまで食べて、神社に行く時間なんかないはずなのに、のんびりと見てまわって……。う〜ん。キツネにつままれたみたい。

しかも今、地図をじっくりと見たら、ナビの示す道じゃなく、こっちの方が早いんじゃないかと、高速を使うルートを自分で選択したのだけど、それ、すごく遠回りだったことが判明。ナビの指示通り走ってたら、間に合ったと思う。距離感がわかってなかった。ごめんなさい……。とっても反省。

8月27日（日）

注文していたTOKIOの「宙船」が届いたので、さくと、聴きながら一緒に歌う。長瀬くんみたいに、でっかい口をあけて、顔をぐしゃぐしゃにさせて、おおげさに踊りながら口ぱくであてフリしたら、さくにウケて、大爆笑。

さく「ああ〜。人生って、長いね」と、ベッドに飛び込む。
私「そう？」
さく「だって、にひゃくごじゅうろくにちもあるんだよ」
1年、365日のことかな。
私「ふうん」
さく「でも、ゆっくりもしてられないんだよね」
テレビを見始めたので、返事、なし。
カンチが、24時間テレビを見終わって、「おもしろい〜。感動しまくりんこ！」と言いながらやってきた。
さく「泣いた？」
カンチ「泣いたよ。普通に。さくは？」
さく「ちょっと、泣きそうになった」
私「ママは、あれは全然。マイボス・マイヒーローでは泣くけど」
さく「えっ？　マイボス・マイヒーローで泣くの？」
私「さくから、かくれて」
さく「あんなおもしろいので？」
私「最後、けっこう感動するじゃん」
そのあと、夜遅くまで、ふたりでうどん作って食べたり、たまにケンカもしながら、仲よく夜更かししてる。

『8月28日（月）「ばらとおむつ」第60号
おばさんたちが帰りました。帰りにはおじさんの病院に行って、もいちどお見舞いしてから福岡まで帰るそうです。
とにかくよくしゃべる人たちで、しげちゃんも2人の会話に、回らない舌で必死に加わっていました。3人で楽しそうにご飯とか食べていて、楽しそうです。でもおばさん2人はすぐに喧嘩《けんか》になるんですよ。おたがい遠慮なく言い合える仲なのか、2人ですぐに口喧嘩が始まります。傍から見ていると、とてもひどい喧嘩のようですが、すぐに忘れてしまう所を見ると、ただの口の体操かもしれません。

2人でおじさんの部屋をかたづけて行きました。といっても荷物もごみの山もそのままなので、ゴミは捨てなくてはいけないし、荷物の山は鹿児島にいる他の親戚《しんせき》に引き取らせるそうです。おじさんの服がたくさんあるので、私にどれか着ないか？　というのですが、どうも84歳の老人の服となると、ちょっと躊躇《ちゅうちょ》してしまうのですが。その後、おばさんたちが病院に行って、部屋をかたづけた事をおじさんに告げると、おじさんはとても不満だったそうです。

またここに戻ってくるつもりだったようです。それも、こんなぼろ家じゃなくて、この隣に新しい家を建てて住むつもりだったそうです。だから、荷物はそのままにしておいて欲しかったそうです。おばさんたちは、そんなに過去の事にこだわってもしかたないので、将来に向けて生きていけばいいと言ったそうです。つまりもうこれから先ずっとこの病院で生きていけということです。おばさんたちが部屋をかたづけてくれてほんとに良かったです。おじさんがもう帰ってきませんように。』


夏休みもあと、4日。みんな家でごろごろしている。ベッドで本を読んでいたら、バタバタバタッとさくが走ってきた。ポーンとベッドにダイブ。

「ママー。本当に、38歳で結婚して、子どもを産んで、今、子どもが7歳の人、いるの?」

「うん。いるよ。どうして?　ママが年なのが嫌なの?」

「だって、カーカがいつもいうんだもん」

「なんて?」

「……」

「……ママが死んじゃうって?」

「うん。それとか、ママって、年寄りだよね〜って」

「さくを強くしようと思って言ってるんだよ」

「なんで?　そう言われて、さく、いつも泣いてるよ」

「慣れさせようと思ってるんだよ」

しばらくしたらカンチがやってきて、宿題の絵の空の描き方をきいてきた。

「空って、上に行くほどどうなる?　うすくなる?　濃くなる?」

「うーん。どうだろう。濃くなるような気がするけど。

ママが死ぬ、死ぬ、ってさくに言うのやめたら?　なんで言うの?　いじわるで?」

「うん」

「もういいんじゃない?　あんまり言ってると、本当に死んじゃったら、いやでしょ?」

「……ここ、空と海と、どっちがいいかな」

「どっちでも」

「どっちかというと」

「海」

「うーん」と言いながら、去る。

夜食。たらこスパ。食べながら見ると、さくのほっぺたに青い絵の具がついてる。
私「ここに、青いの、ついてるよ」
さく「カーカがつけたの」
私「ふうん」
さく「ごはん中に悪いんだけど、言っていい？」
私「ウッ……」
さく「ダメだよね」
私「うん。よかった、そうやって聞いてくれるようになって」
食後、「さっきの、あれ、なに？」
さく「あのね、カーカ、さくのおちんちんにも、絵の具、つけたんだよ」
私「まだついてる？」
さく「うん」
私「みせて」
見せてくれた。うっすらとついてる。

私「でも、さくも笑ったんじゃない？　おもしろかったんでしょ？」
さく「うん。えへへ」
夜、さく、テレビを見ながら宿題の貯金箱を作っている。カンチは外出。
さく「ふたりの夜っていいね」
私「静かだよね」
さく「でも、カーカ、いじわるだけど、最近、ちょっとよくなったんだよ」
私「どういうふうに？」
さく「ちょっと、やさしくなってきたの」

8月29日（火）

この夏、映画「ブレイブストーリー」を観たさくは、毎日ハードディスクに録画したテーマ曲の「決意の朝に」を聞きまくり中。今朝もまず、それを聞いて一日が始まった。

『「ばらとおむつ」第61号
今日はしげちゃんにプレゼントを買ってあげました。4本足の安定がいい杖《つえ》です。この杖でもしげちゃんが使うのはあぶないです。杖につかまって歩くのを見ると、ふらふらしています。そこで、使用するのは家の中に限定し、なるべく他の物につかまりながら短い距離を移動する時に使用すると限りました。このタイプの杖でもあぶないと思っていたのですが、しげちゃんはすでに手作りのみょうちきりんな杖を使って部屋の中を移動しているので、それよりは安全だろうと判断しました。しげちゃんの杖は箒《ほうき》の柄に軍手をつけて、畳を傷めないようにしたものです。止めてもどうせ危険なふらふらの歩き方で部屋を歩くので、それならば少しでも安全度が増すように、安定した杖を買った次第です。新しい杖については、しげちゃんは気に入ったみたいで、さっそくふらふら歩いていました。歩く様子は、倒れそうで怖いのですが、それでも今までの軍手の杖に比べれば、まだましなようです。家の中に限定して使用する事にして、なるべく手すりや壁につかまるということでこの杖を利用していこうと思います。』

さっき、台所へと向かって行ったら、肉を焼いていたカンチに、

「うおおぉ〜っ！」って驚かれた。

「びっくりした〜！　音がしないから」

「したでしょ？　足音が。サッサッサッ、って」

「この音（肉を焼く）で、聞こえないよ」

「人の気配とか、しなかった？　ふつう、あるよね？　正面から来たんだから」

「しなかった」

「やっぱりそうなんだ……。さくも、そこが苦手なんだって。……ママって、もう、死んでるんだったりして。ハハハ。死んでることに、全員が気づいてない……家族だったりし

て」

さくが、バタバタバタッと走ってきて、紙になにかを一生懸命、すごい勢いで書きだした。「見ないで」と言いながら、書いてる。「できたよ。はい」

そこには、「12じまでおきたでしょう。おめでとうございます。あなたは12じまでおきられました」と、金メダルの絵。

先日、みんなで夜更かしした時、私が12時まで起きてたからだそうだ。

『8月30日（水）「ばらとおむつ」第62号

毎日暑い日が続いています。こちらはようやく朝晩すこし涼しくなってきました。しげちゃんは太りぎみと嘆いていましたが、この前の診察の血液検査でコレステロールが高めと言われてしまいました。なんと今までのたくさんの薬に追加で新しい薬が処方されてしまいました。

コレステロールが増えそうな食材は使っていないつもりなのですが、運動不足がいけないそうです。あまり運動しないのに、食事の量が多すぎるのでしょうか。最近は少し控えめにしているつもりなのですが。お医者さんからは動脈硬化が進んでいるので、この薬ぐらいではあまり変化ないかもしれない。この薬があまり効かないようなら薬を変えてみましょうと言われています。最近しげちゃんの顔色が良いので私はすっかり安心して、むしろものすごく長生きしたらどうしようなどと取り越し苦労してましたが、やはりあの人の状態は急には良くならないようです。外見ではかなり回復してきたように見えるのですが、脳の中は以前と変わらないわけですし、あまり楽観も禁物かと思いました。寿命は誰にも予想できません。しげちゃんもこれから長生きするかもしれないし、すぐ死んでしまうかもしれません。とりあえず今の所はあと30年はいけそうですが、、、』

夜、カンチとさくが、ゲームのことでまたケンカしてる。さくのゲームをしたくてしたくて、カンチがあの手この手でなんか言い寄ってる。そして、口で言ってもダメだったので、ついに強行策というか、わざと意地悪をして、泣かしたみたいだ。思い通りにならないと意地悪したり、泣かしたりして、こんなにわがまま放題にふるまってると、社会にでてからどうなるんだろうって思うが、だいたいわがままな子どもって、社会にでたらでたで、どうにかやってくか、だんだん痛い目にあって学んでいくんだろう。

家の中では超わがままな子どもっている。わがままな父親ってのもいるな。わがままっていうか、いばってる。わがままな母もいるのかな。先にわがまま権をとった方が勝ちなのかもしれない。もしくは、わがままな人は、それを見守る人とセットになってるとか。

8月31日（木）

夏休み最後の日。雨。カンチは、「タイヨウのうた」のCDを買って、ネットの掲示板でコードを調べて、連日、ギターを弾きまくっている。

「すごいなあ〜、この人、なんでコードがわかるんだろう。あんなちょっと映ってるだけなのに」って、掲示板を見て感動していた。

あちこち遊びまわってるカンチに対して、さくは、一歩も家から出ない。

家が好き、というか、ママが好きらしい。さっきも、

「ひとり立ちって、どうなんだろう……」と、ちょっと暗く、言い出した。

「なに？　子どもが家からでること？」

「うん。離れなきゃいけないんでしょ？」

「でも、また帰って来れるじゃん」

「うん……」

「たのしいんじゃない？　大きくなって、したいことがいっぱいあって。カンチが、家にいるよりも、外に遊びに行くの、たのしそうでしょ？」

「ああ〜」

「家に、ママたちといるよりも、たのしいんじゃない？」

「さくは、そっち」

「え？　家にママといたいの？」

「うん」

「……さくってさあ、どうして外に遊びに行かないの？」

「疲れるし……」と、なんだか追求されたくない様子。

「お腹すいたから、ごはん！」だって。家で友だちと遊ぶのは好きだけどね。

ゲームがうまく進んでるらしく、約束の1時間を終えて、うれしそうに走ってきた。

「ママのおかげでね、宝をひとつ、見つけたの」

「ママのおかげじゃないでしょ。自分の力でしょ」

「うん。そしてね、ママのおかげでね、ずいぶん進んだんだよ」

「ママのおかげじゃないでしょ」

「うん。で、ママのおかげでね、武器が……」

わざとか。

夕方の語らい。ひさしぶりだ。もう夕食はすんで、ベッドでテレビを見てる。
私「さいきん、なにか事件はないの？」
セッセ「ないね〜」
私「おばさんたち、どうだった？」
セッセ「元気に行ったよ。来るとき、今から、行くから迎えに来てって言って、時間も言わないで電話を切るから、まいったよ」
私「で、どうしたの？」

セッセ「適当な時間に迎えに行ったら、ずいぶん待ったらしい」
私「おばさんも、時間を言わないとね〜」
セッセ「あのふたり、いっつもケンカ。車に乗ったとたん、ケンカ」
しげ「仲がいいのよ」
セッセ「そう」
夜、カンチがバタバタ走ってきて、ウォーウォー叫びながら、転げまわっている。「不信のとき」を見終えて、興奮しているらしい。「来週が楽しみだ〜」「ウォーウォー言われると、嫌な気持ちになるから、あっちへ行って」と追い出す。

9月1日（金）

やったー！　バンザーイ！　今日から、学校だ。ふたりともいない。ワーイ、ワーイ。なんて、静か。ホッと息がつける〜。カンチは、気ままに、うるさい音で音楽聴いたり、ギター弾いたり、どたどた降りてきて、言いたいこと言ったり、機嫌が悪いときは、文句ばっか言うし、さくはさくで、なにかというと、
「ママ……。38歳で子どもをうんで、今、7歳の人、いるの？　ママ、さくが大きくなったら、しげちゃんみたいな、おばあちゃんなの？　ママ、さく、すぐ結婚して、すぐ子どもを産むね。ママ、ママ、ママ、死なないでね」って、年のことばっか言うし。

きのうも、また、「ママ〜…」って年のこと言い始めたから、「あのね、もっと年上で産む人もいるんだから。それにね、もし、ママがさくを産まなかったら、今、さくはこの世に存在してないんだよ？　それでもいいの？　生まれない方がよかった？　さく、いないんだよ、どこにも」って言ったら、それ以上聞きたくないようで、「もう、いい」と、寝返りをうってた。

ホント、言ってもしょうがないことは、あきらめてほしい。事実なんだから、そういうものなんだって、受けとめるしかないじゃん。カンチなんて、こんなこと、一回も言ったことないのに。さくが夏休みの宿題の1行日記のある日の欄に、「ママがお仕事でお泊まりで、さびしかったです」。次の日のに、「ぶじにかえってきて安心しました」なんて書いてたけど、こういうところ、カンチには皆無だったな。

夕方の語らい。

セッセ「南の島も、結構大変だな〜って思ってきたよ」

私「うん。そう思うけど。どうしたの？　急に。テンション、さがったの？　あんなに勢いづいてたのに」

セッセ「考えたら、下見にいくにしても、この人をおいては行けないし、連れて行くしかないし、そうなるともっと先になるだろうし」

私「1日ぐらいだったら、私でもみられると思うけど。連れて行くのは、やめた方がいいんじゃない？　何が起きるかわかんないんだから。無理することになるかもよ」
セッセ「もうすこしたったら、旅行のつもりで行こうかとは思ってるけど」
私「とにかく、しげちゃん自身が、南の島に行きたいって思ってないってとこが、いちばんむずかしいよ。すこしでも本人が行きたいと思ってるなら別だけどさ」
セッセ「ちょっと落ち着いたのかもしれない」
私「うん。もう自分のこと、考えたら？」
しげ「今日から新学期ね」
私「そう。本当にほっとした。昼寝したよ。ゆっくりと。ず〜っと一緒だったから。セッセも、ここから自分の家に移った時は、ほっとしたんじゃない？」
セッセ「うん。暑かったしね、昼間」
しげ「夜中に、電気をつけても起きるから気をつかうわよね。おにいちゃんも、そうだったみたいだし」
セッセ「そう。音をたてないようにして」
私「人と一緒にいるってストレスだよね〜。病気が悪い時は、そばにいた方がいいけど、ある程度なおったら、離れたほうがいいよね」
しげ「そうね」
私「気疲れするよね。よかったね〜。ここまでよくなったってことじゃん」

家に帰って、カンチに、「セッセが、南の島に行くの、むずかしいな〜って言ってた」
カンチ「思うの、遅すぎ」
私「ねえ〜。にやにやしながら聞いちゃった。僕も、バカじゃないからわかるよ、だって、ふふふ」
カンチ「遅すぎ」
私「セッセって、ホント変わってるよね。自分の考えしか頭にないよね。自分の考えが変わらない限り、変えないの、考え」
カンチ「うん」

『9月2日(土)「ばらとおむつ」第63号
まだまだ暑い日が続いています。しげちゃんは運動しやすいようにズボンをはいてくるように言われてしまったそうです。ワンピースはスカートなので運動には向かないそうです。しかし、涼しげなズボンがありません。まだ日中は暑いのでなるべく涼しいズボンじゃなきゃいけないだろうと思って、今日の服は温泉ランド風になりました。
涼しいズボンというとなんかそんな感じではないでしょうか？
ちなみにしげちゃんは私が着せるものは文句もいわずに着てくれるのでとても楽です。むろん、自分が昔着ていた服を持ち出して、今日はこれを着たいという事があるのですが、たいがいの昔の服はえらくくたびれていたり、破れていたりするので、着れない事が多いです。自然とわたしがMで買ってきた服を着ることになるのですが、どのような服でも特に文句は出ません。ほんとはどう思っているのかちょっと気になりますが、もしかしたら病気のせいであまり服の事は注意が薄くなっているのかもしれません。そのうえリハビリセンターでは私の選んだ服がわりと好評だったりします。』

カンチが録画していた歌をみてたので、ついでにちらっと見る。

「だれ、これ」

「新人」

「若くないね。この男、すごいファンデーション、厚ぬりしてる。左のギター、芋虫みたい。見て、このボーカル、下の歯、ガタガタ」って言ってたら、

「あっち行ってよ」

わかるわ。

で、あっち行って、つまり、ここに来た。仕事部屋。

すると、さくがやってきた。そして、うしろの椅子にすわって、

「もしここに、怪獣がきたらどうする？」

「さくを食べさせる」

「ええっ？　なに？　どうして？」

「そしたら、あっちに行ってくれるかもしれないでしょ」

反応がないので、振り返ると、泣きそうになってる。

「なによ。冗談でしょ」

「だって、そんな、さくがいなくなってもいいみたいなことを言うから」

「さくのこと好きなの知ってるでしょ。だから、冗談に決まってるじゃん」

でも、しばらくぐちぐち言ってる。で、

「ママのお皿にのる？」と言ってみた。

「お皿なんかないでしょ」

「これだよ」椅子の上であぐらをかいて、お皿にみたてる。

さくが来て、お皿に乗った。「あとで、ぎゅう、1分ね」だって。

午後、ベッドで読み物をしていたら、そのまま寝てしまった。
しばらくしてカンチが、友だちからもらったという韓国のりを持ってきた。それ、食べながら、最近、さくって、なんか話し方が女っぽいよね〜と話してて、
カンチ「どうして、ママ、むーちゃんと結婚したの？」
私「今思うけど、ママ、男の人って、そう好きじゃないんだよね〜。最初は好きって思ってたと思うんだけど、だんだん知れば知るほど嫌いになっちゃうんだよね」
カンチ「ふふっ」
私「普通の夫婦は、お互いに必要としてるじゃない？　男が働いて、女が世話するとか、

子育てとか、精神的な支えとか。でも、ママの場合、そういうプラス面が感じられなくて、逆にマイナス面だけたくさんあったとしたら、そういう暮らし、いいと思う？　続けたい？　だいたい、何かするにも意見を聞かなきゃいけないとか、相談しあうのも好きじゃないし、面倒は多いし。たぶん、結婚とか出産を経験してみたかったんだと思うよ。ふたりともいい人だと思うけど。……まあ、悪かったわ。ママみたいなのと結婚させて」

カンチ「そうだね」

私「でも、どっちも、いいこともあったんだから、いいんじゃない？　ムーちゃんは、カンチが生まれたし、いろいろ旅行行ったり、おいしい店に行ったり、いろいろ経験できただろうし、イカちんは、結婚を自分の長年の夢を実現するきっかけにできたし。さくも生まれたしね。ママと結婚しなかったら、どっちも、子ども、いなかったかもしれないんだから。現に今でもいないし。

さくのいいところだと思うやさしいところ、と、ダメなところのいじけるところは、イカちんゆずりだな〜って、思うし、カンチだと、冷静なところはいいと思うし、身近な人に不親切なところはよくないと思う。父親ゆずりの、いいところ、悪いところ、それぞれにあるよね〜」

9月3日（日）

中学校の奉仕活動。校庭の清掃。7時から9時。さくも行くというので、ふたりで出発。

カンチは、ひとりで行った。草むしり。ジュースをもらって帰る。朝昼兼用の、キムチチャーハンを作る。秋休みに、またさくのパパのところに遊びに行きたいという。

私「じゃあ、聞いてみるね。都合を。前、もう行きたくないって言ってたけど、いいの？」

カンチ「こないだは、楽しかったんだよ。春休み行った時は、いやだった。ちゅんちん（さくのパパ）が。なんか、さくのこと、いいふうに」

私「ひいきするの？」

カンチ「そうじゃなくて」

さく「だって、さくのパパだからだよねえ」

カンチ「とにかく腹が立つんだよ。涙が出るほど」

私「わかる。子どもっぽいんだよね。時々」

カンチ「そうそう」

私「だから離婚したんじゃん」

カンチ「ああ」

私「でも、いいじゃん。あんなに大人なのに、一緒になって遊んでくれる人、そういないよ〜。一緒に映画みたり、ゲームセンターに行ったり。アニメ映画なんてふん、っていう大人もいるんだから。ママだって、カンチたちと遊ばないでしょ？　ありがたいよ」

カンチ「うん」

私「ねえ」
さく「うん」

9月4日（月）

すっかりすずしくなりました。季節の変化って、速い。はや〜く出て行くさくと違って、カンチはだらだら、制服着て、床に寝転がってるので、

「カンチ、制服のままそんなふうにごろごろするの、やめてくれない？　スカートのひだが全然なくなってるじゃん」

「ああ〜、うん」

なかなか行こうとしない。

「急いだら？　試験、頑張ってね」

今日は、夏休みの勉強の成果をみるテストがある。

「試験？……ああ〜そうか。試験って言わないでよ」

「でっかいもののようだから？」

「うん」

今回の試験は、全然ダメだからって、こないだ言ってたな。とにかく、試験の順位にむらがある。すごくいい時と悪い時の差がはげしい。今回は、悪い方らしい。勉強するモチベーションがない時は、本当にしない。というか、勉強自体に、意味を感じてないみたい。

もっと実生活に反映できる、生きてる生活と関係するものでやりがいのあるものがあったら頑張るだろうに。試験って言わないでよって言われたから、わざと、「大事な試験、頑張ってね。カーカの人生を左右する大切な試験、頑張ってね。カーカの人生の節目となる重大な試験、頑張ってね」と言ってみたが、聞こえてなかったか。

「早く早く、遅刻するよ」

「まあ、いいから」と、のん気な声。もう絶対、遅刻する時間じゃん。

いやあ〜。きのうの「ウルルン」はおもしろかった〜。18歳、熊本から上京して数ヶ月の、痩《や》せた美形の新人俳優、なんとかケンゴくんが、インドのアーユルベーダを体験に行く、というのだった。アーユルベーダに興味があるので、インドまで行ってやる気はしないけど、実際の飾らないところを見てみたいと思ってたから、お、こりゃ丁度いいやと思って見てたら、ケンゴくん、本当にまだ心は素人なんだよね。

痛々しいほど新鮮なVTRだった。ゲストたちも、唖然《あぜん》とするようなたどたどしさ。VTRからスタジオの映像に切り替わった時のあの空気。し〜んとして、なんて言ったらいいかって。み〜んな気ぃつかってんの。初めてひとりで学校に行く小学生を見守ってるみたいだった。手に汗にぎった。

キム兄は、まあ、ふつうに真面目に話してたけど、泉谷しげるは、「こんなボキャブラリーの少ないヤツはいないない」なんてはっきり言っちゃって、YOUが、ちょっとちょっと、ってあわててた。

インドでケンゴくん、途中、よく泣いてたわ。井戸の水をくんで、その木製のバケツに顔をつっこんで、なにしてるのかと思ったら、泣いてた。

最後の感想でも、ケンゴくんが、「素をみせるのがいやだったんですけど……」って言ったら、山瀬まみが「新鮮でよかったよ」なんてフォローしたのに、そのあとまたケンゴくんが、「いろいろありましたけど、最後にはすごい成長できました」ってまとめたら、徳光がつめたく、「それは言葉に出さない方がいいと思うよ」なんて言うし。ええっ！　徳まで、チクチク言うわけ？　司会なんだから、いじめるなよー。それ聞いて、YOUもひどいと思ったらしく、「言わせときゃいいじゃん」って（笑）。

ケンゴくん、どっちにころんでも、いじられて、かわいそうだった。おもしろかったけど。徳も、ひとこと、言いたかったのかな〜。俺も一枚かみたい、みたいな？　いじる方の仲間に、いれてくれよ〜って？　最後に我慢できなかったのかも。うずうずして。

でもホント、あんな素人っぽい人、ひさしぶりに見たな〜。そこらへんの、人に慣れてない、恥ずかしがり屋の高校生をポンと連れてきたって感じだった。

あと、おもしろかったのが、そのアーユルベーダって、ふんどし一丁になって、薬草入りのごま油を体中にすりこまれるのだけど、女の人が3人がかりで毎日やるわけ。で、1日目は、いろいろ触られて、正直、気持ち悪かったです〜って告白してたのに、次の日は、慣れたようで、今度は気持ちよくなっちゃって、まずい状態に。「今、あおむけになれって言われたらどうしようかと思いましたね。多感な時期ですからね」なんて自分で言ってんの。素をみせたくないなんて言うような人が、素どころか、そんな恥ずかしいことまでテレビで言っちゃって。本人、かなり落ち込んだんじゃないかな〜。あんなに素だけをとらえようとする番組ってないのにね。よく出演したと思うよ。次週の予告がでたけど、今度はいつものように明るく元気で、どっか慣れて、汚れたまではいかないけど、なにかをもう腹くくったなっていう、新人だけど新鮮味のないような男の子だった。これは安心してみんなも見れそう。ハラハラしないで。

夕方の語らい。

しげちゃんに、ちょっと体重を量ろうかといって量ってみた。すると……、今年の5月は45キロ、8月3日は47キロ、9月4日の今日は49・8キロだった。先月も今日も洋服を着たままだけど、それにしても1ヶ月で2・8キロ増というのは、ふとりすぎじゃないのか？　身長は、142センチ。せっせが来たので、そのことを言うと、

「うーん。そんなにカロリーの高いものは食べさせてないんだけどね」

「量が多いから。太るっていうことは、摂取するカロリーが多いってことだよ」

「でも第一にこの人は、運動不足なんだよ」

「そんなのあたりまえじゃん。歩けないんだから。運動できないんだから。運動できないなら、その分、食事の量を減らさないと。このままだと、どんどん太り続けるよ。私より

も量、多いもん。こないだきたおばちゃんたちみたいな、ごはんとみそ汁とちょっとのおかずでいいんだよ」

と言っても、う〜ん…と言って、なかなか同意しない。太ったしげちゃんが好きなのかもしれないと思う。しげちゃんが、気をつかって、「明日から、畑仕事をするわ」なんて言ってる。

夜、カンチが、

カンチ「今日ね、コウモリが死んでた」

私「へえ〜。ねずみみたいなんでしょ？　体は」

カンチ「うん。小さかったよ。7センチぐらい」

私「小さいね〜。子どもだね」

カンチ「毛がはえてた。で、おちんちんからなんかでてた」

私「へえ〜。おちんちんなんかあるの？」

カンチ「そうなんだよ」

私「でも、ちがうかもよ、それ」

カンチ「それでね、羽を広げたら、すごかった。レースみたいな……、ビニールみたい

だった。絵に描くわ」

描いてる。

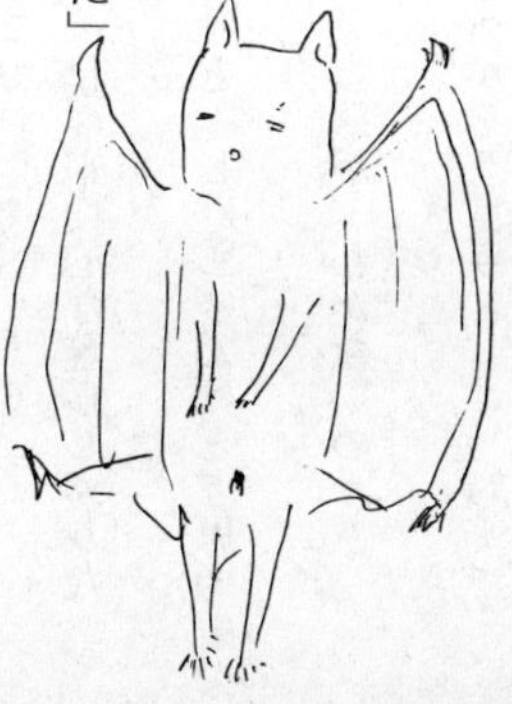

私「あれ？　手があるの、ヘンじゃない？」
カンチ「間違えた。足がね、かわいかったんだよ。ちゃんと指が5本あって。おなかは、ぷくぷくしてたよ」

9月5日（火）

さくが近所で髪を切ってもらってるあいだ、しげちゃんとこでおしゃべりする。

先日、私が借りていた、大きな活字のミステリーを返し、一日の平均的な暮らしぶりなどを聞く。

「ところでさあ、ごはんの量、減らした方がいいと思うんだけど、しげちゃんはどう思ってるの？」

「そうね〜。減らしてもいいわ。食べたいと思わないのよね。食欲が、わかないの」

「ふうん。味覚があんまりなくなってるのかもね」

「お昼、隣の人がおいしいおいしいって食べてるから、あなたがそう言うと、こっちまでおいしく感じるわって言ったんだけど」

「私が言っても、せっせは聞かないから、しげちゃんも、ちょっと言ってみたら？」

「言ってみようかしらね。でも、2〜3日っていうんじゃなくて、毎日、作ってくれるんだから、それは大変よね」

「そうそう。だから、自負があるんじゃない？　せっせって、言っても聞かないよね。かたくなっていうか……。こうしようかな！　もし、53キロまで体重が増えたら、私が口だしてもいい？　って言ってみようかな。53キロって、私と同じ体重なんだけどね。それとも、こういうこと、言う方が間違ってるのかな？　まかせればいいのかな……」

散髪を終えたさくが来て、帰る帰ると言うので、じゃあねと言って帰る。

夕方、もう一度、おかずを持っていった。しげちゃんのおかずはししゃもだったので、まあいいかと思い、さっきの話はしなかった。今月末にある、小学校と中学校の運動会の日程を伝える。小学校のは、一緒にごはんを食べる約束をする。

9月6日（水）

夕方、カンチが学校から帰ってきたらしく、さくに怒鳴ってる声が聞こえたので、うたたねしていた私も目が覚めた。行ってみると、ごはんを食べながら、

「ダメだわ。先生から、怒られてばかりで」と、浮かない顔。

「ママも怒られるようなこと？」

「ううん。でも、このままだと怒られるかも」

「なにをしたの？」

「夏休みの宿題を一回もだしてないの、カーカだけだったわ」

「どうしてしなかったの？」

「わかんない」

「しないとね」

「うん」

「ちょっと、まずいんじゃない？」

「うん」

「どれくらいあるの？」

「たくさん。今週いっぱい待つって。それが、いやな先生なんだよ」

「そんないやな先生だったら、直接怒られるようなことしなきゃいいのに。適当にやっとけばよかったのに、もう、今からじゃ、適当にもできないしね」

「うん。………どうして宿題しなきゃいけないの？」

「中学校までは義務教育だから、宿題や、先生の言うことをきかなくちゃいけないんだよね。それがきまり、法律みたいなものだから。法律をやぶるとつかまるでしょ？　学校とか警察とか、役所みたいな、国の法律を守らせる側の職業の人って、みんな厳しいよね。態度が。そういうものなんだね。

高校は、自分の意思で入るんだから、いやな人はやめていくんだろうけど」

『9月7日（木）「ばらとおむつ」第64号
しげちゃんは今でも天からの声が聞こえるそうです。
今朝も天皇家のおめでたについて、赤ちゃんは女の子だろうといってたのですが、夕方になると、「私は今朝天の声を聞いた。男の子だとお告げがあった」などとさかんに言ってました。そりゃ、発表の後で男の子だと思うのは誰でもできる。発表の前に判らなければ、天の声じゃない、と反論したのですが、さかんに発表の前に判っていた、男の子かもしれないとほのめかしただろう、などと未練たらしく主張します。

食事中なのに、盛んに天の声についてしゃべったり、テレビに話しかけたり、忙しそうです。神様と話したり、ニュースを見たり、桃を食べたりでいそがしいしげちゃん。しげちゃんは天皇家のニュースになると、とても興味がわくみたいで、ちょっと呂律《ろれつ》の回らない言葉で、興味の薄い私に盛んに今度の慶事の解説や、彼女の思いを伝えてくれます。熱心のあまり食事が遅くなるのが困ります。ニュースに興味を持つのは良い事だと思ってます。』


さくが学校から帰ってきて、いつものように、私の仕事部屋にバタバタバタと走ってきた。

「ママー！　今日ね、運動会のダンスの練習があってね、終わったあと、先生がさくの頭に手をのばしてきたから、あれっ、なんだろう、注意されるのかな？　って思ったら、ポンポンってやって、いちばん上手でした、って言ったんだよ」

「へえー。よかったね。ちょっとママにもみせてよ」

で、やってもらいました。

「ほえろ、りゅうじん！　ほえろ、りゅうじん！」と言いながら、踊ってる。

終わって、「ぼくたちね、オレのゆうじん！　オレのゆうじん！　オレのがいじん！

オレのがいじん！　って言ってるんだよ」

「ふふふ。いいね、それ。じゃあさ……、これもあるんじゃない？　えーっと、……じん
……じん、………たべろ、にんじん！　たべろ、にんじん！」

9月8日（金）

さくは、きのう、宿題をせずに寝てしまったので、朝、必死になってやってる。字をまちがえて、いらいらしながら消したり、あんまりにもムカムカしてるので、その声がうるさく、私は自室にひきこもり、ベッドで本を読み始めた。すると、ついてきて、私の部屋の床で書き始めた。

「ああ〜、もう。と、が、ライオンが吠《ほ》えてるみたいになっちゃった〜」

「そう？　（見てみる）ああ〜、ほんとだね」

「（ムカッ）消せばいいんでしょ！　ライオンが吠えてるみたいなんて言うから」

「自分で言ったんじゃん」

「ほんとだね、って言ったでしょ！　うう〜」

へんなの。勝手にヘソ曲げてる。うーうー言いながら、やっとの思いで書き終えて、準備して、「いってきまーす」と出て行った。

ふー。私は、今日はなんだか、このままベッドで本を読んでいたい気分。そしてそのまま眠くなって寝た。

いい気持ち。夢もいろいろみたし。たまにこうやって午前中だらだら寝てると、生まれ変わったような、脱皮したような気分になる。

庭を見てから、居間に行ったら、テレビの前に宿題のファイルが置いてある。持っていくの忘れたんだ。あんなに必死になって書いたのに。なんで、忘れるかなあ。

9月9日（土）

子どもの十五夜まつり。つなひきとすもうがあった。さくは同級生の女の子とすもうをとって、……負けていた。

9月11日（月）

ぐっさんは四角フェチで、ベスト10を発表するという番組があったので、録画して見た。私も四角が好き。丸も好きだけど。四角だったら、真四角が。

ぐっさんのベスト10には、固形石鹼《せっけん》、木箱入りカステラ、花札、田口さんの表札などがあり、1位はところてんを押し出す道具だった。

秋からの新ドラマ、なにかいいのある？　とカンチと話す。この夏は、3つも見てるのがあったけど、秋からのは、好きなのはあまりなさそう。亀梨は私たちには人気薄。カッコっけてて、演技が下手だから。このドラマ、亀梨と綾瀬はるかだって、リアリティないね、とふたりでうなずきあう。

9月12日（火）

夜、私の部屋。
カンチ「ママー、今朝のハムエッグ、なんで焼き豚にしたの？　ハムがあったのに」
私「ああ〜。焼き豚の賞味期限が切れそうだったから」
カンチ「でも、焼き豚のハムエッグなんて食べたい？」
私「ぜんぜん」
カンチ「気持ち悪かったー」
私「やっぱり？」
カンチ「きょう、運動会の全体練習の日だったのにー。気持ち悪くなった」
私「でも、食べてなかったでしょ」
カンチ「匂いが移ってたよ。もう。今度、新しいおかずを作る時は、聞いてね」
私「うん」

『9月14日（木）「ばらとおむつ」第65号
九月の初め、6日頃に田んぼに薬をまきました。それ以来どうも体の調子が悪いです。やはり田んぼを作るのは大変です。暑い日にやらないといけないので、汗がたくさん出て疲労も随分なものでした。はたして今年の米のできがどうなるかわからないですが、今までのところの計算では米つくりは赤字になりそうです。赤字になるならもう来年からは米を作るのは止めようかと思ってます。田んぼを耕して荒らさないように維持することはやるとして、米の植付けは止めようという考えです。苦労して赤字になるなら、もう米つくりは止めたほうがいいかなと感じます。しげちゃんが倒れてから、あの人がいままでやってきた事を、私なりにちょっとやってみたのですが、あの人がやってきたように続けて行くのは難しいみたいです。しげちゃんは米つくりを続けていきたいのでしょうが、米を作るにもお金がかかる事がわかりました。梅も結局、収穫したのに一円にもならずに腐っていきました。収穫どころか、経費の方がたくさんかかる状態です。』

夕方の語らい。

今日、体重をはかったら、洋服なしで50キロを超えてたらしい。セッセに、食べさせすぎじゃないかと言うと、「なにしろ運動不足なんだよ」と言う。

「だからそんなのあたりまえだって言ってるでしょ。動けないんだから。運動不足っていうのはわかってるから、それは言ってもしょうがないって」と私。

「お菓子の食べすぎなんだよ。ごはんの量は、かなり少なくしてるんだけどね」

「お菓子もくだものも、ひかえるって言ってたけど、こないだ、梨、いっぱいあげてたよね？」

「半分ね」

「半分も」

「すぐ、お菓子お菓子って、欲しがるから」

「53キロを超えたら、口出すからね。量に関して」

「でも、もしこれ以上へらして、カロリー不足になったら……」

「そしたら今ついてる皮下脂肪から使うよ。皮下脂肪じゃなくて、腹水だったりして」

「赤ちゃんがいたりして」

「ハハハ」

『9月15日（金）「ばらとおむつ」第66号
しげちゃんの介護保険が10月に切り替えになります。介護保険の適用が始まってから6ヶ月後に介護度の再調査がおこなわれるそうです。しげちゃんの回復度合いから見て、介護度が下げられる可能性が大きいです。もう今のような介護サービスは受けられないかもしれません。とりあえず、しげちゃんには調査がきたらあまり回復したように見えないようにふるまうようにと言ったのですが、とうぜんそんなものは効果ないと思います。現実に退院当時から見ると良くなっているので、介護度が下げられるのはしかたないかもしれませんが、今の介護サービスを削られるのは、初めはちょっと大変かもしれません。まだしげちゃんは自分で生活できるところまできてませんし、以前と大差ない介護が必要なように思えます。とりあえず新しい介護度がどの程度になるかを見て、それから対策を考えようと思います。』

9月16日（土）

明日は中学校の運動会。でも、予報では、非常に強い台風が明日、ちょうどここを通過するらしい。近隣の学校は中止を決定した中、カンチの学校は、午前中に競技をまとめて早めにすますという形で実行することになった。

テントを立てる手伝いに行く。みんな、心配そうだ。どうなるだろう。

9月17日（日）

朝、早く目が覚めた。耳をすませば、ときどき雨の音が聞こえる。

6時。花火の合図があった。これがあれば実施なので、やはりやるらしい。

20分繰り上げて始めるという電話連絡がきた。

朝食を食べながら、ある嫌われ者の大人についてカンチと話す。

私「あの人のこと、みんな嫌ってるよね。人相も悪くて、顔を見て、すぐ嫌な人ってわかるよね。でも、そういう人って、ワルと言っても小粒のワルだよね。もっと本当にすごいワルって、社長とかで、見た目もいい感じで、慈善事業とかもしてて、それでいて、ワル。そういう頭のいいワルと、頭の悪いワルっているよね。頭の悪いワルって、顔ですぐわかるワルだよね。意外と人情味があったりして。でも、頭の悪いワルって、いじめとかしそうだからいやだね」

カンチ「うん」

私「頭のいいワルは、ホント、裏ですっごい悪いことしてそう。ひとにぎりの人にしか知られずに。……ワルの話はいいか、こんな台風の日に」

カンチ「うん」

私「今日、大丈夫かね〜」

カンチ「うん」

7時半ごろ行ってみる。テントの下にブルーシートを敷いたり、テントが飛ばされないように杭《くい》を打ったりした。けれど、だんだん風が強くなってきた。空を見ると、ものすごい速さで雲が移動している。それを見て、さくがおもしろがっている。

雨はどうにかやんでるけど、風が。どんどん風が強くなってきて、テントが飛ばされそうになったので、テントは撤収することになった。具合が悪くなって嘔吐《おうと》している幼児もいる。気圧の変化でか？

8時半、入場行進から、始まる。10時ごろから、雨が降りだした。カッパを着る。プログラムはまだ5番。帰り始めた人々がいる。そこへしげちゃんがセッセに手をひかれてやってきた。カッパを着込んで、椅子にすわって応援をしてる。そして、それからどんどん雨は強くなり、ほぼどしゃぶりの中、それでもしばらく頑張った。そして、3年生が練習を重ねた応援合戦を最後に、中止。半分ぐらいまで、進んでた。水浸しの運動場で、後片付けを、できるだけやって、帰る。

ずぶ濡《ぬ》れの運動会だったけど、濡《ぬ》れたまま帰ってきたカンチは、「楽しかった」と言っていた。家に帰ったら、強風が吹き荒れてきたので、あわてて木の枝をいくつか切る。ものすごくのびてて、ぶるんぶるんゆれていて危なかったので。

『「ばらとおむつ」第67号

九州に台風が接近しているという時に、中学校は運動会を強行しました。しげちゃんはかんちゃんの応援に運動会を観戦しに行きました。だんだん雲行きが怪しくなってきて、とうとう本格的に風や雨が強くなって、最後には途中で中止になってしまいました。しげちゃんはずぶ濡れになりました。家に帰って、服を着替えてお茶なんか飲んで、ようやく人心地ついたところです。しげちゃんはたとえ雨で中止になっても、おもしろかった、おなかすいたからなんか食べさせろと元気いっぱいです。来週は小学校の運動会です。それにもしげちゃんはぜひ行きたいとの事でした。ひさびさに人の集まる所に出て、しげちゃんも刺激を受けたみたいでした。しかし、雨で少し寒くなったのか、歩くのは辛《つら》そうでした。連れていくのは大変ですが、しげちゃんもあと何回、孫の運動会に行けるかわからないし、なるべく連れていかねばなるまいと思ったところです。』

フロのテレビでシンクロを見てたら、カンチが来て、「見て見て」と言う。
「ええ〜、見なきゃいけないの？」と、振り返って見ると、さくの顔になにか描いてる。
そして、上から見るとおもしろいんだよ、と言うから見たけど、見えなかった。
「あとで、見るわ」

で、あとで、見に行ったら、見えた。顔が。

9月18日（月）敬老の日

各地に大きな被害の爪あとをのこした台風が去り、今日は天気も回復している。
朝ごはんのとき、昔知ってたある親子の話題になった。
カンチ「な〜んか、嫌いなんだよね〜、あのおかあさんって」
私「ママも。あ、カーカもそう思った？　どういうとこが？」
カンチ「あいそが悪いっていうか……」
私「なんかね、ひとことで言ったら、必死、なんだよね。必死。もっと肩の力をぬいて気らくに生きればいいのにさ。ママやカーカって、嫌いだよね、あのタイプ。必死な人。負けん気むきだしで、がむしゃら。そんな、どんなことも、そうたいしたことじゃないのにさあ〜。息苦しいよね」

なにかしながら、うなずくカンチ。

きのう切った木の枝、晴れたら、前の畑に移動しよう。


『9月19日（火）「ばらとおむつ」第68号
台風は足早に過ぎていきました。うちには多少被害がありましたが、まずはたいしたことも無くて良かったです。むしろ、雨戸をたてたり、仕舞ったりするのが大変でした。倉庫の扉なんかは、風で飛ぶといけないので外してしまいました。いままで台風にはいろいろ被害を受けているので、ついつい心配になってしまいます。台風が多い所は大変です。みきが仕出しのお弁当をくれたので、しばらくそれをばらしていけば、食事に困ることはなさそうです。本来なら運動会でいっしょに食べる予定でしたが、運動会が昼ご飯の前に中止になってしまいました。

今日はYおじさんが夫婦できました。しげちゃんの弟です。

今入院中のおじさんの服を取りに来ました。秋物を選んで、病院に持っていくそうです。

残りの服はうちで預かっておいて欲しいそうです。

2人ともずいぶん歳とって、話が要領を得なかったり、まわりくどかったりして、良くわからなかったのですが、とりあえず入院中のおじさんにかかる費用はなんとかぎりぎり足りるという話でした。このあと山のようになっているイチキ氏の服のなかから適当に選び出して持っていきました。イチキ氏はしばらく着た服はしまってしまい、二度と着ないという癖があるので、服はたまっていくばかりです。病院では自分の荷物の量にも制限があるはずなのに、長い入院の間にびっくりするほどの服をためこんでいました。これも病気の症状のひとつだと思います。』

台風一過で、すごい天気。暑い。きょうは、庭の木の剪定《せんてい》をしよう。ものすごく、空に向かってのびているのが、トウカエデ、グミ、トキワガキだ。
夜、寝る時、さくが、
「さく、ママと、おじいさんになってもいっしょに暮らしたいの。あさも、ひるも、よるも」なんて言ってる。いったいいつまで、そういうことを言ってるだろう。

『9月20日（水）「ばらとおむつ」第69号
いまだに昼間は暑くなりますが、皆さんお元気でしょうか。
しげちゃんも少しずつ回復してきて、風邪も引かず、元気に暮らしています。
しげちゃんは相撲が大好きです。まるで魂を吸い取られたように相撲に見入ってます。呼吸をしてないから、もしかしたら目を開けたままお亡くなりになったのだろうかと思うと時々右手か左手を挙げます。右側か左側か、どちらの力士が勝つかを予想しているのです。どちらが勝つと力士の名前を声にすると、どちらかを応援することになり不公平だから、公平を期すためにに手を挙げることにより予想を明らかにするのだそうです。ご飯を食べている時も不意に手を挙げるので、時々とても邪魔です。しげちゃんは相撲になると、ほとんど表情を動かさずに数時間みつづけます。目を大きく見開いて、まばたきもしません。最近、移動が歩行器から杖《つえ》になり、歩行もずいぶんしっかりしてきて、回復も順調と思っていたのですが、今朝は杖で歩いていたら、畳の上で倒れて、柱にぶつかってしまいました。やはりあまり楽観して油断につながるようではいかんと思い直した次第です。歩行器を使わせようとしたら、最近は歩行器を使わないせいか、今日は歩行器はリハビリセンターに忘れていました。しげちゃんは随分回復したけど、まだまだ普通ではないので、もっと注意しなくてはいけませんでした。転倒はとてもおそろしいです。この前NHKの「今日の健康」でやってました。年寄りが寝たきりになる原因の1割以上は転倒による骨折だそうです。そこで、食後のおやつはヨーグルトにすることにしました。しげちゃんは牛乳が嫌いなので、しかたなく甘いヨーグルトを食べさせています。』

夕方、学校から帰ってきたさくが、飲むヨーグルトを飲みながら、

「ぼくって、まだこどもだね」なんて言ってる。

「なんで？」

「背もちっちゃいし。ゲームも好きだし」

9月22日（金）

きょうは、先日の台風で前半しかできなかった中学校の運動会の後半があった。が、カンチは、朝起きると、気分が悪いから、休むと言う。ええ〜っ、無理しても行けば？　と思ったけど、カンチって、一度、休むと決めたら、無理しない人なので、休むという電話を先生にする。
で、私とさく（あさって運動会なので、今日はおやすみ）で、見に行く。すると、マロンも来ていた。ひさしぶり。ころころとはちきれんばかりに身がつまって、元気そう。前みたいに吠《ほ》えない。おりこうさんだ。旦那《だんな》のサンちゃんは、体調が悪くて休んでるとのこと。サンちゃん、なんか弱々しい。マロンをちょっとさわって、運動会をちょっと見る。
昼に帰ると、カンチが起きてる。
私「元気になってるじゃん」
カンチ「うん」
私「さぼったの？」
カンチ「うん」
私「もう」
カンチ「でも、朝は、本当に気分悪かったんだよ。それでも、行こうと思ったんだけど。今日行くと人生が変わると思ったんだけど……」

私「でも行かなかったんだよね」
カンチ「うん。なんでだろう」
私「知らない。これで人生、変わらないね」
そのあとも、「さぼり〜、さぼり〜」と、言ってやった。
ヒマでヒマで苦しかったので、庭の木の剪定をする。やり始めたら、夢中になった。トウカエデがすごく伸びていたので、思い切ってのこぎりで短く切る。

9月23日（土）

明日の運動会の準備のために登校するさく。きょうはお弁当持参。見ると、そのお弁当を、テーブルの上に忘れてる。なんでいつも忘れるかね〜。教室までもって行く。いなかったので、椅子の上に置いとく。
カンチが起きてきたので、たらたらしゃべる。
私「エイジくんがミラさんにばったり会ったんだって。それでね、……」と、その後の話を嬉々《きき》として話してたら、
カンチ「よかった、次が詩集で」
私「ハハハ。静かな世界も健在ですよって？」
カンチ「うん」
私「今までの読者も安心して、って？」

カンチ「うん」
私「あっちに行っちゃったかって思われるからね。なんか、新しい世界に」
カンチ「ホント、よかったわ」
私「なによ。カーカまで、そんな〜」
カンチ「死んでも生きてるなんて言い始めるし」
私「ぎゃははは」
だって、そのことを言うときは、その立場で言わなきゃいけないから、変わったと思われてもしかたないけど、他のを読んだらわかるでしょ。
たまに、こんなふうに仕事についての感想を言いあう。カンチの感想を、私はなんだか確かなものと思っているので、たまに、聞きたくなる。
やっぱり今は、詩や、つれづれノートが好きな読者の方が多いのだろう。つれづれをだした時、詩のファンが驚いたように。慣れるまでは。でも、その分、たくさんだすから、チョイスしてくださいね。根は同じなので。安心だということを、伝えられたらいいけど。ほのぼのしたのも、かわいいのも、そのうちまた作ります。
庭を森のようにしたいと思ったが、庭が完成して3年、撤回します。
なにしろ、ものすごく枝葉がおいしげって、台風がきても大変だし、のびた枝が雨どいの隙間にも入り込むし。もっと自然の中の一軒家だったら可能かもしれないけど、左右に隣家があるので、今では、庭を、竜安寺の石庭みたいにしたい……と思うほど。ま、そこまでじゃなくても、小さく刈り込んだ、メンテナンスしやすい庭にしたい。なにしろ、剪定しようとしても、手がとどかなくなって、脚立にいちいち上るのも苦労する。つる性の植物も、からまりまくって、切っても切っても、巻きついていく。シダは他の植物を弱らせるし。もう、刈り込むぞ、と決心しました。小さい木はね。もともと大きい木は、もうそのままでしょうがないけど。

9月24日（日）

小学校の運動会。さくは銀のかつらで踊る。しげちゃんも来て、一緒にお昼を食べる。シートに寝ころんで、本を読んだり、うたたねしたりしながら、のんびりと観賞できた。でも天気がよかったので、直射日光をあびてかなり疲れた。

夜、テレビをみていたら、宇宙の映像がでてきた。

さく「1回、宇宙にいってみたいな〜。でも、宇宙船が壊れることもあるの？」

私「うん。前に、バクハツしたことがあるよ」

さく「じゃあ、やめよう。ママとしばらく一緒にいたいもん。天国じゃなくて、この地球で」

さくは、私が死ぬのをすごく怖がるので、怖がらさないよう、死んでも次の世界で会えるからって、いつもさくに言っていた。それで天国ではなく、この地球でと、わざわざことわったのだ。
さく「3年ぐらいは」
私「3年？　じゃあ、5年生まででいいの？」
さく「……あと20年ぐらいは」
私「ああ、それだったらね」
その後、カンチがやってきて、私のベッドでごろごろ。
カンチ「もう3日、お風呂《ふろ》に入ってない」
私「やめて。そこにねころぶの」
カンチ「だから教えてあげたの」
私「だったら、教えなくていいから、乗らないで」
カンチ「あ〜あ。カーカ、どうしようかな〜。大学、行かなくていい？」
私「いいよ。だって、自分の人生じゃん。ママに聞かないでよ。好きにすれば？」
カンチ「じゃあ、商業高校に行って、主婦になる」
私「うん」
カンチ「いいの？」
私「うん。カーカの人生だもん。でも、主婦になれるかどうかはわかんないけどね。相手がいるから」
カンチ「よし！　そうしよう」

私「なにになりたいかなんて、わかんない人も多いよ、まだ。そのうち、ピンとくるかもよ。でも、前から言ってるけど、学生のあいだは面倒見るけど、働き始めたら自活してね」

カンチ「うん」

『9月25日（月）「ばらとおむつ」第70号

昨日は小学校の運動会がありました。この前と違い、お天気も良くて、人もたくさん来ていました。しげちゃんも、もちろん悪い足でふらふらしながら応援に行きました。お昼はみきが用意してくれたので、いっしょに食べました。いちばんたくさん食べたのはしげちゃんでした。

それほど、長く歩いたつもりは無かったのですが、いろいろ探したり、移動したりするうちに運動場一周以上してしまいました。普段歩いていないしげちゃんには、かなり激しい運動だったようで、2時ごろ帰ってきたときは、すごく疲労していました。大好きな相撲も寝たり起きたりして見るありさまで、とにかくずーっと寝てました。

昼頃から布団にもぐりこんで、眠い眠い眠い眠いと繰り返し、ちょっと心配になるほど寝てました。やはり急に動かしすぎたのでしょうか。寝てる事が長かったので、運動場一周程度の運動でも、健常者にしたら富士登山ぐらいの負荷に相当するのかもしれません。これからは動かすにしても、運動量を考えなくてはと反省しました。

きっと次の日の朝は、足が痛いとか言って大変だろうと心配したのですが、朝起きたら、わりと元気で、気分よくリハビリに出発しました。富士山に登るほどの運動では無かったようです。』

庭の木をまた切ろうと、このあいだのところへ行ったら、やけにスズメバチが飛んでる。もしかして、切ったところの近くに巣があったのかも。続きをやろうと思ったけど、避難する。う～ん。怖い。

気にいった数枚の服しか着ないさく。似ていても、肌ざわりが違うらしい。「これでいいじゃん」って、新しく買った服をいちばん上にのせといても、それをよけて、着慣れたものだけを着てる。

そのうちの1枚。ショートパンツの股《また》が、着すぎて破れてきたので、これ、もう捨てるよ、と言ってぞうきんボックスに入れたら、まだ大丈夫だよと言って、着てる。破れてるのに……。しょうがないので、チクチクと針で縫う。

9月26日（火）

カンチが帰ってきて、「きょうね、校庭10週、走らされた」
「なんで？　遅刻？」
「なんでだっけ。怒られたんじゃないんだけどね。10週、走れば？　って」

「それ、怒られたんじゃないの？」
「ううん。先生も、まさか本当に走ると思ってなかったみたいで、終わって、駅伝ロードレース大会でない？　って言ってた」
夕食のとき、
カンチ「ママ、結婚式してほしい？」
私「儀式が嫌いだから、別にしてほしくない。なんで？」
カンチ「一応、聞いといた方がいいと思って。本当の気持ちを言ってね」
私「ぜんぜん、してほしくないよ。それで子どもの成長を感じる人もいると思うけど、ママはぜんぜん」
カンチ「そう言われるのもなんか、寂しいね」
私「あ、別に子どもの成長を喜ばないとか、子ども産んでよかったって思わないんじゃなくて、そういう儀式でそれを感じないっていうだけで、それは日々の中で感じてるから。たぶん。でも、相手によると思うよ。向こうがしたいって言ったら、してあげたほうがいいんじゃない？」
カンチ「そうだね。そしたら、出るの？」
私「うーん。その時によるね。その場に。でも、格式ばった人と結婚するような気はしないけど」
カンチ「うん」

私「……外国人とすれば？」
カンチ「なんで？」
私「すでに違うから、相当変わってても、わかんない」

9月27日（水）

今日も、いい天気。一年でいちばんいい季節かも。ゆうべみた夢もよかったし、気分がいい。そしてまた、庭の木を切った。切っても、切っても、まだ終わらない。長袖《ながそで》を着ても、なぜかちくちく痛いし、蚊に刺されるし、長時間できないので、少しずつ進もう。

『ばらとおむつ』第71号
リハビリセンターから電話がきました。なにか悪いことでも起きたのかと思ってドキドキしながら電話に出ると、すぐに病院に連れて行けないかとの話です。でもよく話を聞くとしげちゃんの水虫がとても悪くて、しげちゃんが掻《か》きむしるものだから血が出る。今日の午前中までならとなり町の病院の皮膚科で診察してもらえるから、そこに連れていったらどうだろうとの話でした。この、電話してきた人はずっと前からしげちゃんの水虫を気にしていて、塗り薬が合わないのではないかと、さかんに皮膚科につれていけと言っていた人です。でもこの職員はしげちゃんの水虫がもう何十年も続いていて、いろいろな治療法を試したことを知りません。いまさら他の病院で違う塗り薬を貰《もら》っても、急に直るもんではないと思っている私とは、あせりが違います。私は次に病院に行くときに、水虫の相談をしようと思っていました。水虫の飲み薬があるらしいので、それを処方してもらおうと思っていたのです。センターの人がしげちゃんの水虫をえらく気にしているので、とりあえず今日の午後、しげちゃんを病院に連れて行く事で納得してもらい、水虫の飲み薬を貰ってきました。

今のところしげちゃんにとっては脳梗塞《のうこうそく》よりも、膝《ひざ》の関節痛と水虫のほうが重大問題のようです。とりあえず貰った飲み薬と塗り薬で水虫の治療を続けていこうと思います。あとは指のある靴下を履かせることでしょうか。しげちゃんの足に水虫の薬を塗るのはとても嫌です。なぜなら水虫は感染する可能性があるからです。あまり感染力は強くないらしいですが、掻きつぶして血がでていたりすると、ひどくばい菌にまみれているような見た目になります。まあ、なるべく注意しながら薬をつけたり靴下を履かせたりしようと思ってます。』

9月28日（木）

ギターに熱中していたカンチも、熱が急に醒《さ》めたようだ。こないだまで、「タイヨウのうた」を一生懸命弾いてたのに。

今の時期は、テレビもスペシャルが多い。子だくさん、貧乏父子家庭のドキュメンタリーも多い。需要が多いのだろうか。男の人で変わり者っているなあ〜。離婚して、最初の1年だけは弱ってたけど、それ以降は、自分勝手に生きられるのがすごく楽しいと言ってた子だくさんの人の言葉が印象的だった。そうかもな〜と共感したので。自分の好きなように生きたい人にとっては、自由がなによりなんだと思う。だれかにお伺いをたてなきゃいけない、しかも、反対される可能性がある、なんて窮屈だろう。わかるわかる。ハハハ、って。

「ぴったんこカン・カン」。

女優の高畑淳子さんと安住アナの京都食べ歩き。

安住アナも、そろそろ微妙。かわいかった顔もトウがたってきて、年上の女性からかわいい年下の男の子扱いされつつ困りながらも率直な意見をぶつけるというキャラも苦しいところ。背中もまるまってきてる。でも、おもしろいけど。

おもしろかったのは、石原良純と高田純次。高田純次がおもしろい。人に好かれようと思ってないような冗談が好きだった。

郷ひろみと安住アナ。トップスター・郷ひろみの知らない世界へ安住が案内するという企画。デパ地下や回転寿司、ラーメンの行列など。私は、郷ひろみがトップスターでもお金持ちでもセレブでもないと思うが、トップスターになりきってふるまうところが郷ひろみの唯一の才能だと思う。あそこまでなりきれないし、サービスできない、普通は。だからそこはすごいと思う。仕事柄、ただの世間知らずってだけで、普通の人だろうに。そのあと、今度は安住の知らない郷の世界へ、ということで、ネイルケアや、高級料亭へ連れて行かれたが、そこでも持ち上げられておつにすましてる郷の姿が、笑えた。そういうところをおもしろがって見てるんだよね、みんな。

私は、ものすごく退屈になると、旅行の計画や引っ越しの計画をたててみる。今日は、引っ越そうかな、いつか。そしたら、どこがいいかな、と思いつつ、インターネットで賃貸マンションの部屋の間取り図など見ながら、あれこれ空想の翼をひろげた。疲れて、現実の世界に帰ってきて、カンチに、もし引っ越すなら……と言ったら、もう、いいよ、もうちょっと前だったら、そういう気持ちにもなったかもしれないけど、もういい、と言う。確かに、部屋代も高い。ここだとタダだし。しばらくはここにいようっと。

9月29日（金）

カンチって、どうしてなにも手伝わないんだろう。自分が食べた分の食器をさっとあらって、食器洗い機にいれて、スイッチを入れといて、って言っただけで、ええええーっ！と大声で嫌がる。ビデオのリモコンの機能を勝手に変更しといて、確認しない方が悪いなんて言う。変更したから、と他の人にひとこと言うべきじゃないかな。とにかく自分勝手で、自分中心で、ものすごく、腹が立つ。

こういう子どもに、手伝いとか、しつけを教え込める人って、ものすごく忍耐力のある人だろうな。ひとつひとつ時間をかけてバトルしながら、気持ちを荒立たせながらやらなきゃいけなくて、疲労困憊《こんぱい》だもの。

私はいつも、腹が立ったら、あと何年……と、残りの年月を数えます。どうにか、乗り切りたい。早く時が過ぎますように。それ以降はゆっくりでもいいです。

9月30日（土）

庭の木がずいぶんすっきりしてきた。さくの友だちたちが遊びに来て、家の中を走り回っている。ふう……。子どもって、うるさい。

夜、風呂《ふろ》にはいりながら、マジシャン、セロのスペシャル番組をみていたら、さくがおちんちんを消すマジックをみせてくれた。すごいね〜と言ったら、ちがうんだよ、これね、押してるの。と言って、皮膚の奥にぐいっと押し込むところ実況してくれた。

セロって最初見たとき、本当に魔法使いかと思ったな〜。初めて見るマジックって、いつも驚く。


最近、夕方の語らいにあんまり行かなくなった。もう安定したからか。

先日、せっせとしゃべった時、「ばらとおむつ通信も、もうそろそろ終わりにしてもいいって感じだよね。終わりっていうか、第一期が、当初の目的は達したというか。緊急じやなく、あとは、日々の報告という感じだよね。しげちゃん、だいぶよくなったしね」

「そう。苦労がないと、書くネタもない」

「山、越えたしね。おじさんも行ったし」

「うん」

10月1日（日）

きょうは、中学校の先生とお母さんたち十数人で、九州国立博物館へ行った。学校のPTAの自由参加の日帰り旅行である。昼食つきで参加費1000円という安さ。

ミニバスの中でおしゃべりしているあいだに、太宰府《だざいふ》に着いた。2時間半ぐらいだったけど、あっというまだった。

常設展しかなくて、うすぐらい館内をてこてこと回る。

なんか……、さびた剣に鏡、土器なんかばっかりで、それらに興味のない私は、同じく興味のないもうひとりと早いペースで一周する。食器に興味のあった人は、皿がどうのと言っていた。

ミュージアムショップで、雪の模様の紋きりキットや、針聞書という東洋医学資料に描かれた想像上の虫の絵葉書とシールを買う。この虫はちょっとかわいかった。よく見ると気持ち悪いが。ぎょうちゅう、ひぞうのむし、かんむし、はいむしなど。

それから、古びた料理屋さんで山菜懐石みたいなお昼を食べて、太宰府天満宮に行って、梅ヶ枝餅《もち》をみんな買う。どこで買うかで、ちょっといろいろ迷う。2箇所で買った。おばあさんたちがあんこを手でまるめて焼いてくれる、池のほとりのお店で一個買って、焼きたてを食べる。そこのはおこげが入っていて、皮が薄くてぱりぱりしておいしかった。

カンチが、テレビで多重人格者のビリー・ミリガンを知って、本「24人のビリー・ミリガン」を買ってと言うので、上下巻と続編を注文してあげた。なんか興味があると言う。

10月2日（月）

さくが学校から帰ってきて、

「きょうね、図工の時間にすごくおなかが痛くなって、先生に言ってトイレに行ったら、すごく大きいおならがでて、なおったの」と言う。

「そうそう。おならを我慢して入院した人がいるんだって。おなら、我慢しすぎるとおなかが痛くなるらしいよ」

「きょう、でっかいおなら、8回ぐらいでたよ」

「ふうん。なんでかなあ？　なんか、食べたっけ」

カンチが、今日は、見たいテレビ番組が4つ重なってるので、せっせにひとつ、DVDに撮ってもらおうと電話した。コナンのやつだけど、せっせも撮ろうと思ってて、もう予約してたらしい。

私「せっせもアニメ、好きだもんね」
カンチ「うん。よかった」
私「せっせね、カンチやさくに用を頼まれることって少ないから、頼まれたら叶《かな》えてあげたいって思うんだって」
カンチ「うん。でも、ゲームとか、してあげてるんだよ。あんまりしたがるから。断ると悲しそうだし、我慢してるんだもん」
私「やりたいのに、断られて我慢してるの？」
カンチ「うん。だから、してあげるの。すごくうれしそうなんだよ。顔が。笑ってて」
私「せっせって、誘うよね。ゲーム、やろうよって。何度断ってもね。本当に好きなんだろうね、みんなとするのが。旅行にも持って行くしね」
カンチ「うん。なんか、へんだよね」
私「いちばん、子どもっぽいかも。年が大人なだけに」
カンチ「うん」

10月3日（火）

朝。
さく「サンタさんに、なにもらおうかなあ〜。サンタさんって、ママじゃないよね」
私「……うん。なににするの？」

さく「言わない」

私「でも、サンタさんにお手紙書かないとね」

さく「書かない。こころで言う」

私「ふうん」

カンチが起きてきたけど、ソファでトドのように寝ている。

「トドみたいにねてる」と言うと、さくが、きゃははと笑う。すると、移動してテレビの前でまたぼーっとねころがっている。

「今度はあざらしみたい」

「きゃははは」

「あ、さく、ちょっと見て！ カーカの顔、ここから見ると、スピードワゴンの『あまぁ〜い』って言わない方（小沢）に似てない？ ほら！」

「あ〜、似てる似てる」

「ね！ 写真、とっとこ」

「きゃははは〜」

10月4日（水）

来月でる写真詩集「やがて今も忘れ去られる」のレイアウトなどチェックする。これは、今年の1月に原稿を渡していて、4月にだす予定だったのだけど、他のを先にだしたかったので11月になったというもの。今回は、選んだ活字が細いので、写真に直接のせるのが難しい。印刷されたのを見るとイメージと違ってたりするので、けっこう変更したい箇所が多くなった。エンヤを聞いて静かな気持ちになりながら、コピーしたり、貼ったりの作業をすすめる。庭では鳥の声。

Ｐ36〜39の卒業に関する3つの詩は、カンチが小学校を卒業する時に書いたもので、卒業式の夜の謝恩会で、全員で大きな声で読んでくれて、グッときました。無心で大きなその声に。「ありがとう」という詩は、おかあさんへむけての詩です。

Ｐ62〜63の写真は、宮古島。前に住もうと思って買った土地のすぐ目の前の海。展望台の屋根の上に黒い牛の像のある公園の遊歩道から撮りました。すごくきれいな海です。Ｐ118の詩は、読みづらいですね。白いフチドリはなくしてもらおう。

10月5日（木）

きのうの夜、録画してたテレビを見ながらカンチが大笑いしてた。なに笑ってるの？と見にいったら、ロンブーの番組で、「山ちゃんがでてくるあたりから、すごくおもしろい〜」、笑いすぎてのどが痛いと言う。

で、今朝、そのせいか、ぜんぜん起きてこなくて、起きてからも、ぐったりしていた。

「ブロークバック・マウンテン」を観た。今まで観たホモの映画って、どちらかが女っぽくて、男女の恋愛っぽかったのでこういうのもあるんだなとヘンに思わなかったけど、これはどちらも男っぽいカウボーイで、本当に男と男だったので、ついついキスシーンとか、会えなくてつらくて言い合いする場面で、ぷふっと笑ってしまった。恋愛は視覚的には男女で、という固定観念があるので、こんなに笑えるのか。男らしい男同士の恋愛には目が慣れてなかった。おかまやニューハーフやドラッグクイーンやホモ夫や少女顔のホモには、慣れたと思う。

さくが帰ってきて、おみやげ、と言って、どんぐりを4つくれた。

よく、いろんなものを拾ってきてくれる。

夕方の語らいに行ったら、しげちゃんが外で鍬《くわ》をもって、草を集めていた。どうしたの？と聞いたら、せっせが、草があまりにものびていたので刈ったら、それを集めるって、と。

しげちゃんが立って、鍬で集めてるのを見て、回復したなあと思ったらしい。

「そうだね。見ただけじゃ病人ってわかんないね」

で、3人で気持ちのいい夕方の風にあたりながら、外でおしゃべりする。

するとせっせが、むずかしい顔をして、

「君がこのあいだ、『ばらとおむつ』通信がもうおもしろくなくなったって言ったから、これからは君には送らずに、他のふたりにだけ送ったほうがいいかなと、悩んでいたんだよ」と、言い出した。

ああ〜。これだから、物事を悪く、悲観的にとる人は困る。めんどうくさいったらありゃしない。

「あのね、おもしろくなくなったなんて、ひとことも言ってないよ。私は、もうだいぶ病状も回復してきて、書くこともあんまりなくなったみたいだし、悩みの種だったおじさんもいなくなったし、せっせもすごく忙しそうだったから、そろそろ終わりっぽいねって、言っただけ。これだから、悲観的な人はこまる。人の言うことを悪く解釈して、言ってもないことを言ったみたいに間違えて記憶して。おもしろくなくなったなんて、言ってないよ」
・
「そうだっけ。君にはもう送るまいかと、真剣に悩んでいたんだ。まだ、こうやって回復してきて、書くことはあるのに」

「送ってよ。べつに。そんな深刻にならなくても。

だから、いやだ。ちょっとのことで、極端に反応するから。そういうのって、かえって人に気をつかわせるんだよ。それに、あの頃、忙しくてなかなか書けないって、自分から言ってたじゃん。だから、負担なのかと、それを思いやって、ああ言ったんだよ」

「そうかもしれないとも、考えた」

ふー。ネガティブな人はこれだから。ちょっとでもマイナスのこと言うと、すご〜く否定されたかのように思い込むから始末が悪い。それを翻すのに、こっちは何十回も違う違うって、訂正しなきゃいけないんだから。むかむかする。

でも、まあ、ここで、せっせも私に言えたから、悩みも解決したみたいだ。こういう人は、吐き出すと、案外自分はすっきりしてしまう。

庭の木が、あまりにも生い茂っているので、それをどうにかしようと、いろいろと話し合う。

せっせとしげちゃんが、「これは草だ」「花よ」「雑草じゃないか」「花よ」「草」「花」と言い合っているのを背中に、帰る。私の意見は、綺麗《きれい》な草の花。

カンチが帰ってきたので、夕食を食べながら、さっきの話をした。
私「どう思う？　ちょっとでも悪くとられるような可能性のある言葉を言っちゃいけないんだよ。いつもいつも褒めてなきゃいけないんだよ〜」
カンチ「むかむかするかもね」
私「ね、兄弟だからいいけど、友だちだったら、すぐ離れるよ。言ってもないことを言ったって言われた時点で。そんな恨みがましい人」
カンチ「よかったね、兄弟で。病気の人と思って接すれば？」
私「うん。ま、兄弟だから、もう、怒る気にはならないけどね。いいところもあるし。そういう性格に慣れたしね。これもなんかの訓練になるかもね」
ということは、こういうことだね。すごく嫌なところのある人でも、その人が兄弟だったら、あきらめられるし、慣れる。どんな人にもいいところもあるということを、そばにずっと（しかたなく）いれば、知ることができる。嫌な人にもいいところがある。嫌いになったり許したり、嫌いになったり許したりを繰り返して、関係は続くんだ。親子も、夫婦もおなじだね。

パクパクと、おいしくごはんを食べて、自分の部屋へ行く。

春にも一度、似たような被害妄想みたいなのがあったなあ。会話の流れが重要なのに、それは忘れて、私が言ったひとことだけを悪い方向にクローズアップしてしばらくそれを自分の心の中で怪物に育て上げてから、「君はこう言ったよね」と、始まった。

あ、思いおこせば、20年ぐらい前にもあった。それより10年ぐらい前のことを、10年間ずっと育てていたらしく、「君は10年前、あの時、こう言ったよね」って。それをずっと恨みに思ってたみたいで、暗く私を責めていた。

性格というよりも、もっと根深い、性質、性癖……。

そういえば、ちょっと気になることがあると、すごく小さいことなのに、必ずあとで電話がかかってきて、丁寧に説明したり、確認してくる。その几帳面《きちょうめん》さ、気にしすぎるところ、隣との境界を異常に気にするところ、確かに、病的。こういうのって、年とるほど、ますます極端になるのかな。今でも、人が自分の領域に入ってくることには異様に神経質だし。

そっかー、せっせに、『ばらとおむつ』通信、私にはもう送らなくていいよと言ってあげよう。そうすると、ほっとするかも。私が、おもしろくないと思ってると思ってて、そんな私にはもう送りたくないと思ってるんだから。

『せっせへ
せっせが気にしてるようなので、もううちには通信送らなくてもいいですよ～。
確かに、いつも会ってるわけだし、その時に話せるわけだから。
もともと、遠くにいる兄弟への病状報告だったわけだし、
私はいつもしげちゃんを見ることができるもんね。では。』

人のこと言えないけど、まわり、変人、多いわ。
私もカンチからは、ヘン、ヘンって言われてるし。次の通信がきてました。

『「ばらとおむつ」第72号
10月4日にケアマネージャーの人が家にやってきて、しげちゃんも交えて話をして行きました。内容は10月に介護保険の介護度が更新され、介護度が変わるかもしれないとのことでした。その時、しげちゃんに自分で動ける範囲で動く方が回復が早いとの話がありました。
それに刺激されたのか、今日はしげちゃんが庭で草を集めると言い出しました。しげちゃ

んの草刈りは、足元がふらつくので、心配していましたが、しげちゃんは意外にも一人で立って草を集めていました。どう見てもしげちゃんは以前よりも安定して立てるようになりました。前は支え無しに立つのは難しかったのに、今回は立ってほうきなんかを振り回しています。

しかも、昨日の一言に刺激されて、たった一日で大きく変化したのが驚きです。脳梗塞《のうこうそく》で倒れた人が初めてあぶなげながら立ってほうきを使った日になるかもしれません。

たしかに立ったり、歩いたりは以前よりもずっと良くなったのですが、まだ一人でなんでもできるという訳ではないです。

むしろ、しげちゃんがいろいろやると洗濯物が出て大変なんですが、喜ぶべき事なんでしょう。はたしてこの人、いくつまで生きるでしょうか？』


他の用事もあったので、せっせに電話してみました。

すると、やはり必要な連絡事項もあるので、通信は引き続きみんなに送るとのこと。私も、負担のない範囲で、これからも続けてもらいたいと伝える。

「君が迷惑かと思って」などと言うので、

「また、それだから。どうしてそうなんだろう。おもしろくなくなったなんて言ってないのに、そう言ったと思わせるようなどんな言い方を私がしたのか知りたい。それに、別におもしろさは関係ないんじゃないの？　病状報告なんだからさ」と言い、あと、今までのせっせの被害妄想の例をもちだして、相手の言うことの前後の文脈というものの重要性を考えてほしいと、とくとくと話す。

最近しげちゃんがまた商売を始めたいと言い出して、無人焼き芋屋をまたやりたいとか、牛糞《ふん》の肥料を売るのをまたやりたいから連れて行けと言うので、ケンカしたとのこと。

10月6日(金)

小中学校とも2学期制なので、今日が1学期の終了日。

さくが、帰ってくるなり、「きょうね、大、大、大事件があったんだよ〜」と目をまんまるにして話し出した。聞くと、友だちがタイヤの遊具から落ちてケガして、それを見ていた友だちが勘違いして言い合いになり、大ゲンカになって、まわりにたくさんの人が集まってきて……、という。

「さくは、なにしてたの?」

「ケンカを止めたり、先生に伝えに言ったり、行ったり来たり、大忙しだった」

「最後はまるくおさまったの?」

「う〜ん。うん……、その友だちは、まだもやもやしてるかも、だから帰りになにか起こさないか心配」と言う。

あるね、日々。

カンチが帰ってくるなり、「人を助ける仕事をしたいから、看護師になる」と言っていたのに、夜みんなでテレビを見て笑ってたら、「テレビをみてると、そういう気持ちも消えていくんだよね。やっぱり普通に楽しく生きようかな〜って」

そうだろうなあ〜。おもしろいテレビを見てると、平和な気持ちになって、何もむずかしく考えなくてもいいかもって思ってくるよね。やる気がそがれるというか。国民がそうだと、政治家もやりやすいだろうな。反逆者が育ちにくそう。みんななんとなく言うことをきくから。ぽわんとなる麻酔みたい。

テレビを見ない子どもって、考え方が違いそう。でも、少ないだろうな。

今の日本で、子どもにテレビを見せないようにするには、親もエネルギーがいる。同じような仲間や集団の力が必要かも。あるいは、世捨て人か。

民放のテレビ番組って、スポンサーがお金をだして作ってるから、実はCMが商品で、主旨は、おもしろい番組をおもしろくみてる人たちにCMの中の商品を印象づけて買わせるということ。買って、売れて、だして、作って、笑って、買ってで、うまくまわってる。おもしろいバラエティも歌もドラマも、スポンサーの存在があってこそ。

『10月7日（土）「ばらとおむつ」第73号

今年はずいぶんとたくさんの減反をしました。お米を作らずになにもしなかった田んぼがたくさんあるということです。

そんな田んぼのひとつにたくさんの稲が出ました。田植えしなくても、去年の刈り取りでこぼれた米粒から、芽が出て稲になるらしいです。無論、これは違法ですから、収穫せずにトラクターでつぶしてしまわないといけません。以前はとてもうるさかったそうで、減反の田んぼに稲が生えていると、無理やりつぶされていたらしいです。でも今はかなり緩んでいて、このような米を収穫しても、あまりうるさく言われないらしいです。本来ならこの田んぼ、稲はまったく生えてはいけないのですが、一面に稲が生えてて、実が成っています。

農薬も肥料もやっていないので、苗は貧弱で、実の付きもよくないのですが、このような米はおいしいらしいです。それで、この米を収穫して、みんなに送ろうかと計画していました。

すると、偶然、Sおじさんに会いました。

「おい、おまえの減反の田んぼに生えてる米を、おれにくれんか」

Σ(゜Д゜)ｴｪｪ━━━━!!

びっくりしましたよ。さすがにおじさんです。うち（しげちゃんと私）が持っているおいしそうな物にはめざといです。それもいきなりーくれーですよ。無償で要求されちゃいました。なんとなくいじめられっ子がおいしそうなお菓子をもっているときに出てくる、体の大きないじめっ子を連想するものがあります。正直、なんでこのおじさんが、こんなにうち（しげちゃんと私）に強気なのかわかりません。とりあえず考えさせてくれと逃げて、どうやって断るか考えることにしました。

しげちゃんもあの米を取り上げられるのは反対だろうと思って相談すると、あっさり「やっていいが」とのことです。しげちゃんは反対するだろうと思ったのですが、意外でした。

ということで、もしかしたら美味《おい》しかったかもしれないお米はおじさんに取られてしまいました。シクシク。でもね、理由もあるのですよ。
1、まばらに生えている米は機械で刈れないので、手で刈らないといけない。これはとても大変。
2、減反の田んぼに何もしないで生えた米は、もともとコストはかけていないし、収量も少しです。おそらくこの田んぼ一枚で40キロかそこいらではないでしょうか。売れば七千円以下です。刈り取り脱穀精米にそれ以上のコストがかかります。
3、しげちゃんがあっさりおじさんに譲ることを認めました。
皆さんには他の田で取れたお米を送ることにしようと思います。しげちゃんが以前送った所にまた送るようにと言ってますから。』
これを読んで、カンチとさくに見せた。
カンチ「せっせって、電車男みたい」
私「ママたちで稲刈りして、このお米もらいたいぐらいだね」

カンチ「うん」
私「せっせたちって、人がいいからむかむかする」
カンチ「そう思うところ、カンチも似てる」
私「こういう強い人におとなしく従うなんてね。でも、ママも強い人に反発はできないけどね。いるじゃん、正義感が強くて、悪い人とかに、それは間違ってるとか言える人、強い人にいじめられてる弱い人を救ったりできる人」
カンチ「うん、いるね」
私「それは、ママはできない」
カンチ「カンチも」
私「でも、強い人に、いじめられたまま我慢しつづけることはない。だって、離れればいいんだもん。あ、ヤダ、この状況って思ったら。でも、いるよね、離れずにずっといじめられつづける人」
カンチ「うん」
私「あれ、あの形で安定してるのかな。逃げればいいのにね。いけないって言える人ってすごいと思う。カッコイイよね。でも、そういう正義感の強い人も、それはそれでけっこう悩んでるよね」
カンチ「ああ〜、うん」
私「どこもいっしょだよね。大人もこどもも、どの社会も。ホントそう思う」

移動する時、キュッと音がして、
カンチ「おならじゃないからね」
私「うん。あるよね。おならみたいな音がするとき。その時、おならじゃないって、言えないような雰囲気の時がイヤだよね」
カンチ「ああ」
私「言えない雰囲気。言うことが恥ずかしいみたいな」
カンチ「あるね」
私「でも、いちばんイヤなのは、本当におならした時」
カンチ「ハハ。それはそうだね」

朝の連ドラ「芋たこなんきん」は、藤山直美がでると知って、楽しみにしていた。演技が上手だから絶対に見ようと思って。さっき一週間分まとめてみて、ところどころ泣いてしまった。泣くところじゃないのに。藤山直美の演技を見てると、ぐっときてしまう。

また気配がないと言われた。カンチが私をさがして、「ママー、ママー」と呼びながら向こうへ行った。

「どこー？」

「だから、ときどき音たてながら歩いたりするんだよ。びっくりさせないように」

「そこ、見たんだよ」

「ずっとここ」

「えぇーっ。また気配がない。さっき見たのに。どこにいた？」

「ここだよ」と台所から答える。


夕方、買い物帰りにしげちゃんちに寄った。玄関のドアを開けたら、ガタッとびっくりしたような音が聞こえた。台所でしげちゃんがなにかをしている。

「どうしたの？　お菓子、食べてたんじゃないの？」

「ううん。お掃除してたのよ」

たしかに、ほうきとチリトリを持っている。

「お菓子、食べようとしてないよね〜」

「ううん。このあいだのこんぺいとう、持ってきてよ」

「ああ〜。うん。今度、持ってくるわ」

さんまのお刺身を小分けする。

このあいだのこんぺいとうとは、うちに来たとき、帰りがけ、しげちゃんがタオルをにぎって離さなかったらしい。危ないので、せっせがタオル離してと言っても、ぎゅっと握って離さない。手すりにつかまりにくくなるからと、無理にタオルをとったら、なんとそこにこんぺいとうを隠し持っていたというのだ。

家に帰ったら、せっせから電話がきて、「お刺身、ありがとう」と言う。

「うん。入ったらしげちゃんが、びくっとしてたから、お菓子、食べてたんじゃないよね、って聞いたんだけど」

「そう。僕が行った時、ちょうど財布からお金をとろうとしてた」

「えっ、そうだったんだ」

うしろで、ハハハハ〜と笑うしげちゃんの声が聞こえる。

「うん。まあ、自分の財布なんだけど」

「それでお菓子を買おうと思ったんだね。ちょっとはあげたら？」

「あげてるんだけどね」

「こんぺいとう、今度もってくよ」

「うん」

「お金、さっき、とろうとしてたんだね」

「うそつくんだよ。とってないって」

ハハハハ〜。

「こんぺいとう、今度、持ってくわ」

「うん」

「どろぼうに気をつけて」

ハハハハ〜。

最近、食べ物がおいしくておいしくて。どんどん食べちゃう。怖いから、体重は量ってない。夜、さくがベッドでテレビを見てて、私は机でパソコンの前にいて、テレビも聞いていた。さくが、ママのためにちょっと大きくしたほうがいいよね、と言いながら、ちょっとボリュームを大きくしたので、

今、なぜ、大きくしたの？　その理由は？　ママのため？　ママはさっきの大きさがちょうどよくて、今のではうるさいの。仕事しながら聞いてるんだから。さっきぐらいに小さくして。大きくするんだったら、ママはもうあっちに行く。ママのためと思っても、それが本当にママのためかどうかはママに聞かないとわからないんだよ。「ママ、音、大きくしようか」って聞いて、「うん」ってママが言ったら、大きくしてもいい。ママのためとさくが思っても、そうじゃないかもしれないんだよ。と、きびしく教える。

相手のためによかれと思ってやるけど、実は相手にとっては迷惑なことって、ものすごく多いから、そういうことがあるということさえ知らない人がいるから、そこはしっこく教えないと。

自分はこう思うけど、相手はどう思うかわからない。これはすべての基本だ。

勝手に思って、それがやさしさだと勘違いしている人もいるから。

さくのパパのイカちんが、結婚前にうちに来てごはんを食べた時、カンチの刺身用の小

皿に、勝手にしょう油を注いだので、カンチが怒った。私だって、勝手にそんなことされたら怒る。イカちんは、親切でやってくれたのだと思うが、それは余計なお世話というものだ。つごうか？　と事前にたずねるか、だいたい注ぐしょう油の量もわかってて、そういうことをしてあげる習慣が二人の間にできているのならいいけど、初めての刺身だったから。

10月8日（日）

朝、こたつぶとんのカタログを見ながら、どれがいいか、真剣に話し合っていたら、カンチが、どうも最近将来の進路について考える時期らしく、また言い出した。
カンチ「あのさあ。夢を追うのと、生活を考えるのと、どっちがいいの？」
私「え？」
カンチ「たとえば、ボランティアみたいなことをしたくても、そしたら死んじゃうでしょ？」
私「……ボランティアみたいなことをしてる人、死んでないじゃん。生きてるじゃん」
カンチ「そうだね」
私「ボランティアみたいなことをしてても、死なない方法があるんじゃないの？　それを調べたら？」
カンチ「どうやるんだろう」

私「調べればいいんだよ。たとえば、海外青年協力隊だったら、給料はでないけど現地での生活は面倒見てくれるらしいよ」

カンチ「じゃあ、これは、どれがいい？　1、夢をかなえる。2、夢をかなえようとして、ダメだったらあきらめる。3、夢をあきらめる」

私「……夢ってさあ、本当にしたいことなんだよ。それをどうしてもしたくてたまらなくて、いてもたってもいられないようなことだよ。最初からあきらめられるようなことだったら、それは夢じゃないと思うよ〜。それ、夢のレベル、ひく〜い」

カンチ「そうだね」

私「そのうち、ピンとくるものが出てくると思うよ〜。中学で、絶対なりたいものがある人もいるけど、わかんない人もまだ多いよ」

カンチ「夢って、かなえたほうがいいのかな？」

私「今、夢っていっても、すぐ変わるしね。なんでもかなえようとすればいいってもんでもないし。たとえば、ママが中2で、アイドルになりたいと思ったとして、それを絶対かなえようって思っても、それがいいかどうか。その夢、ただのあこがれかもしれないし。あるひとつの気持ちがずーっと変わらなかったら、それは本当の夢かもね」

夢っていうのは、見た目を変える。その時々で、見た目が変わる。夢がやぶれたように思えても、そうじゃないことがある。実は、あるひとつのものに向かって進んでいたってことがわかるのは、ずっとたってからだ。

『ばらとおむつ』第74号
みきがしげちゃんを訪ねて家へ来ました。その時、私は家にいませんでした。最近すれ違いが続いています。みきがドアを開けると、しげちゃんが大慌てで、冷蔵庫の前に立っていました。普通しげちゃんは台所には入りません。あわてたしげちゃんはもっていたほうきを倒して、大きな音がしたそうです。どうみても怪しいそぶりです。

「なに、お菓子でも食べてたの？」

「ううん、なんでもないのよ」

しげちゃんは弁明しますが、かなり目が泳いでいます。

その後、みきが帰ってから、入れ替わりに私が帰ってきました。このときもしげちゃんはものすごく不審な顔で冷蔵庫の前に立っていました。

「なんで、あんたは財布をもってるの？」しげちゃんの手にある財布を取り上げて聞きました。「お金を取ってたね？」

「違うよ、私の財布があったから、懐かしくて見てたの」

「お金は取ってないね？」

「お金なんて、持ってないよ」

でも、目が泳ぎまくりです。どう見ても何か隠している。

「しげちゃん、ちょっとジャンプしてみて、ジャンプ、ジャンプ」

（ーー）アヤシイ・・・

しげちゃんのポケットから小銭の音。

「なに、ポケットから響くお金のチャランチャランていう音は？」

ということで、しげちゃんはお金をくすねていたのでした。

どうしてあんなに不審な行動をとっていたのかの訳がわかりました。

「なんでお金なんかくすねるの？」

「病院に、物売りがきたときに買い物したかったの」

「お菓子を買うんでしょう？」

「いろいろよ、まあ、お菓子も買うかもしれないけど、、、そうね、お菓子を買うかもね」

しげちゃんが買い物するのに数百円もたせるのは、問題ではないのですが、お菓子を買うのは大問題です。しげちゃんの体重を減らすために、懸命に減量している時に、しげちゃんはだらだらと飴《あめ》をなめていたいみたいなのです。私はしげちゃんに少しの買い物をさせたいと思うのですが、お菓子を買われて、どんどん食べられる事を許すわけにはいきません。なにしろ、体重が50キロになり、以前に比べると6キロあまりも増えているのですから。

しげちゃんがお金をくすねても怒りはしません。それよりも悲しいです。しげちゃんは私の親で、いつも私の悪い所を矯正する人だったのに（みき注、それはどうかな）、という私にお金をくすねたと言って非難されるようになってしまったんですから。

ちなみにしげちゃんはお菓子を食べていないわけではありません。毎食後、デザートにお菓子を食べていますし、3時にはおやつを要求してくるので、あんぱんや煎餅《せんべい》を出しています。その上、リハビリセンターに行く前には必ず「お菓子を入れてちょうだい」と言うので、ぼんたん飴一個とか、ビスケット一枚とかを持たせているんです。それなのに、あいもかわらずお菓子お菓子とうるさいです。しげちゃんの望みは、キャラメルみたいなお菓子を一箱手元において、四六時中なめつづけていることなんです。それは、体重にも歯にも最悪のことです。まだしばらくはしげちゃんにお金を預けてはおけないなと思います。

十五夜を眺めるしげちゃん。とてもきれいな月が出ていました。』

家にだれも食べないお菓子がたくさんあるので、袋にいっぱいつめて、しげちゃんに持っていく。よろこんでいた。しかし、せっせも厳しすぎるんだよなあ〜。

『10月9日（月）「ばらとおむつ」第75号
だんだん寒くなってきましたが、お元気ですか？
しげちゃんのリハビリに良いんじゃないかと思い、稲刈りをいっしょにやってみることにしました。あまりたくさんは無理ですから、すこしだけしげちゃんと共に刈ってみようと田んぼに行きました。

しげちゃんは最近回復が著しいので、もしかしたらどんどん稲刈りもできるかもしれません。ほうきもうまく使えるようになったのですから、鎌《かま》も普通に使えるかも。

結果は、ぜんぜんだめでした。まだ、稲刈りはカタツムリのように地面を這《は》いながら刈るしかないようです。あまり、無理しないように午前中だけにしたのですが、それでも午後は爆睡して、4時ごろ起こしたら「今日は何日？」と聞くありさまです。やはり稲刈りはまだきつすぎたみたいです。もすこし考えて、無理ない程度にするべきでした。本人はとても楽しんで、久しぶりに天気の良い日に田に出て作業して、気分が良かったらしいですが。私は見慣れているので、しげちゃんが這いながら稲を刈ってもぜんぜんおかしくないのですが、田んぼにやってきたじいさんに、

「しげこさん、あんたも足がダメとね」

などと声をかけられて、あらためて、座り込んで稲なんか刈ってると、足がだめだと看板上げているようなものなんだと気づきました。

しげちゃんは回復してますが、いろいろさせてみると、まだまだ以前のようにはいかない事もたくさんあります。直りかけというのは微妙なところです。がんばりすぎると無理がくるし、本人はいろいろやる気十分だし。仕事させるのは心配だけど、やらせないと回復は望めないし、歩けるんだけれど、歩かせると、時々ふらついて転倒するし。様子を見ながら少しずつというところでしょうか。』

カンチと、せっせのメールの文章を思い出して話してて、

私「せっせのメールって、本当に、電車男みたいだよね、なんか感じが」

カンチ「うん。なんか、普段ともちがうよね。……ふつうのところも見せたいけど」

私「ママの文章のところを読んだら、違いがわかるよ。両方を読んで2で割れば、だいたい客観性があるんじゃないかな」

カンチ「せっせは平気なのかな？　本にでて」

私「社会とのつながりが薄いから平気なんじゃない？　前ね、写真を全部のせられないようなら、ブログを作ってそれにのせようか、なんて言ってたから、ああ〜、いやじゃないんだなって思った」

カンチ「え？　写真をのせるの？　しげちゃんの？」

私「ううん。そんなにはのせないよ。小さくちょっとだけはのせるけど。人に見せるようなものでもないしね」

カンチ「うん」

せっせから電話がきた。明日いないので、子どもたちの面倒をみてほしいと言っといたので、その確認。しげちゃんに、お菓子、あげてくれた？　と聞いたら、いろいろとあげてくれたそうだ。

私「こんぺいとうはもらった？」

しげ「もらったわ」
私「なんつぶぐらい？」
しげ「5〜6つぶ」
私「それは、大盤ぶるまいだったね」

朝晩が涼しくなったので、今日、こたつぶとんを買ってきて、こたつをセッティングした。さくが、いいね〜！　とうれしそう。こたつにくつろぎを感じてるみたい。

カンチが先日、夜中に見ていて大笑いしていた番組というのは、ロンブーのスペシャル、ブラックメールのやつで、南海キャンディーズの山ちゃんの。

それを見た。カンチもまた一緒に見てる。笑った。

でも、好みの感じのすごくかわいい女の子が、ファンなんですって言って、メールアドレスをくれたら、男だったら、若手芸人だったら、ほとんどの人が、いくかもね。よっぽど慎重な人は別だとしても。落とし穴に落っこちた山ちゃんには笑ったけど、気持ちはわかるなあ〜。まだかけだしの若手芸人……、目の前に……自分を好きだという綺麗《きれい》な女が……両手を広げて……誘ってる……。


夜、仕事部屋にいたら、またいつものようにさくがぱたぱた走ってきて、ベッドにのっかった。私はふりむいて、だんだんに近づきながら、さなぎから怪物が脱皮して出て行くような動きを、渾身《こんしん》の演技で、力をこめてやった。

蠕動《ぜんどう》運動、痙攣《けいれん》、とぎれとぎれの奇怪な動き、うなりあげるような奥底からのパワーのわきあがり、力の炸裂《さくれつ》、もりあがり、果てしなく広がる手足と羽根、存在の全宇宙への広がり……。さくは怖がり、逃げて行った。おいかけて行くと、こたつの中に隠れた。カンチにも見せる。

「カーカ、カーカもやってごらんよ。おもしろいよ」

「いい」

しばらくして、仕事部屋にまたさくがやってきて、

「さっきの、もうしないでね」と言う。

「どうして？　怖かったの？」

「うん」

『10月10日（火）「ばらとおむつ」第76号

しげちゃんの水虫がひどくなったみたいです。リハビリセンターから医者に連れて行けと言ってきました。とりあえず、近くの医院に連れて行ってごまかしたのですが、そこの職員に、しげちゃん、「私が親戚《しんせき》ならすぐ皮膚科に連れていくのに」といわれたらしいです。しげちゃんの水虫は長いので、あまり熱心にいろいろな病院につれていく意欲がわかないのですが、さすがに他人にそこまで言われるとまずいなと思い、すこし力を入れて治療す

ることにしました。

いままで、いろいろな病院でいろいろな治療を受けて、それでも治らなかった水虫ですから、そう簡単に治るとは思ってません。かゆみを少しでも和らげて、かきむしるのを防ぐようにするぐらいです。まず、医院から、塗り薬のみならず、飲み薬も貰《もら》うことにしました。靴も風通しのよいものに変えました。

しかし何といっても一番効果的だと思うのは、みきから貰った靴下です。足の指が五本ある靴下は、しげちゃんにはぴったりの水虫治療です。さっそくいくつか五本指の靴下を買ってきました。替えが必要ですから。しばらく指のある靴下を履かせて、足を掻《か》かないように注意して、薬を何回かつけるようにしたら、状態も少し良くなった気がします。治ることは期待していませんが、ガリガリと足をかきむしる事が無くなればずいぶん前進だと思います。気長に付き合っていくしかないところです。』

10月12日（木）

私も、手作りのびわの葉チンキを持っていき、しげちゃんの足に塗ってみた。皮膚が赤くただれて、確かにひどい。せっせは、軍手をはめ、綿棒を使って、薬をぬってあげてた。明日、びわの葉チンキの結果を聞こう。

フロにはいりながらテレビで前世に関する番組を見る。

私「さくは、ママに会うために生まれてきたんでしょ？」
さく「ちがうよ。ママとさくは、性格が合うんだよ」
私「ふうん。じゃあ、前世は、どういう関係だったと思う？」
さく「しらない」

10月13日（金）

朝、ガレージの戸を開けたままにしておいたら、ねこがゴミ袋をやぶって散らかしていたので、もう一度ビニール袋に入れなおしていたら、ガタンと音がしたので振り向くと、犯人のねこがまだ中にいたらしく、あわてて外に飛び出そうとして、何度もガラス戸に頭をぶつけて、そこから出られないと知って、壁を2～3メートルかけのぼって、バタバタしている。すごい跳躍力。

そのまま放っといて車を出したので、車といっしょに外に出たかな。


きのうの水虫の様子がどうだったか、行って、聞いてみた。

どうやら、悪くはなかったようだ。それで、せっせが困った顔をしている。

せっせ「僕は、あんまりそれを使ってほしくないんだよ。そんな得体の知れないもの」

私「じゃあさ、右足と左足で、実験してみない？」で、私が右足をお手製のびわの葉チンキ、左足はせっせが市販の水虫スプレーで、しばらく様子をみることにする。

私「化学物質は体に悪そうな気がするんだよね。副作用もあるし。薬って、もともと、自然の薬草の成分を化学的に合成してるんでしょ？」

せっせ「だから、僕は合理的だと思うんだけど。君は自然派だからね。まあ、思想の違いだね」

私「うん」

でも、化学的には同じでも、まったく同じものではないんじゃないかな……、とぶつぶつ考えながら帰る。

『「ばらとおむつ」第77号

普段の生活ではまったく感じないのですが、しげちゃんは耳が少し遠いのかもしれません。テレビを見る時にいつもスピーカーを耳にあてています。病院から退院した時からずっとテレビを見るときはスピーカーを手放したことがありません。

会話は普通にできるのに、テレビの音などは聞き取りにくいらしいです。案外、会話も唇の動きを読んでいたりするのかもしれません。

スピーカーはごく普通のスピーカーなのですが、コードが長いので、いつもねじれまくっています。寝るときもスピーカーを耳に当てながら眠るので、朝起きる時にはコードがぐるぐるに体に絡まっていたりします。そのうちコードに絡まれて寝てる間に怪我するかもしれません。

話題は、耳が遠いことでも、スピーカーのコードが絡まることでもありません。しげちゃんはこのスピーカーをいつも

マイク

と呼ぶところです。スピーカーを使いたい時は「おにいちゃん、マイク付けてちょうだい」と言ってきます。何回かスピーカーと訂正して、本人もスピーカーと呼んでいたのですが、自然とマイクに戻ってしまいます。まあ、自分の好きに呼びたいように呼べば良いわけで、マイクでも何でもかまわないのですが。
ということで、しげちゃんに話し掛ける時は、なるべく本人の目を見て、ちょっと大きな声で話しましょう。』

昼間、家にいたら、有線放送で、16日に近くの自衛隊の演習場で通常以上に大きな音のする爆破訓練があります、と言っていた。
夕食を食べてるカンチにそのことを教える。
私「いつもよりも大きいんだって。音。……戦争の練習だよ」
カンチ「しょうがないじゃん。練習もしないと」
私「北朝鮮の核実験の影響かな」
カンチ「そうでしょう」

私「どれほどの大きい音なんだろう。楽しみなような」
カンチ「いい人もいるんだよね。敵にも味方にも」
私「うん。みんな、いちばん上の人の命令に従ってるだけだから。上の人次第だよね」
カンチ「上の人でいい人はいないのかな」
私「いい人だと上の人になれないんじゃない？　偉い人って、強いとか、頭がいいとかだよね、なれるの」
カンチ「でも、いつかはいい人もでてくるよね」
私「うん。今までもたまにはいたんじゃない？　いつもいつもはいないかもしれないけど。強くて、正義感があって、いい人で上に立つ人がでてきた時、それ、偉人って言われるんじゃないの？　でもどんな人でも、敵からみたら人殺しだよね」
カンチは、今、自分用のパソコンが欲しくて欲しくて、ダダをこねている。私は、前の携帯電話の件（夢中になると自分をコントロールできなくなり、のめりこんだので、すぐ解約した）があるので、ダメと言っている。そのことで毎日機嫌が悪い。顔を合わせれば、「ううーっ、ううーっ」とうなったりして、しつこい。

『10月14日（土）「ばらとおむつ」第78号

今日はホームセンターに花の苗を買いに行きました。

しげちゃんがテレビを見て花の寄せ植えをやりたいと言い出したからです。いくつか花の苗を買い、ついでに野菜の種まで買って帰ってきました。しげちゃんはきかない体で一生懸命寄せ植えに挑戦です。歩けないので、今回はお膳立《ぜんだ》ても全部私がやりました。鉢を集めたり、移植ごてやじょうろなどけっこう道具が必要です。とりあえず泥だらけになりながら、しげちゃんはひとつ寄せ植えの鉢を作りました。

えらく緑色の勝った寄せ植えですが、とりあえずしげちゃん苦心の作です。せっかくだから水をかけてあげましょう。

ジョーと水をかけたら、苗の一本が倒れて流れ出しました。まだちょっと、しげちゃんの寄せ植えは問題があったみたいです。まあ、しげちゃんの楽しみになれば良い事ですから、寄せ植えや小さな畑づくりを進めようと思います。ちなみに、このような作業をやるときは、地面に座れるように敷物を用意したほうが良いとのことでした。足が不自由だといろんな事が難しくなりますね。』

ねこの復讐《ふくしゅう》？

きのう、車で夕方外に出て帰ってきた時、ガレージの扉を閉め忘れていたのに気づいた。さっき、用事があって、ガレージに行ったら、真ん中に糞《ふん》が落ちている。さては、きのうのねこの復讐か？　としばし考え込んだ。窓は開いてないから、きのう、閉め忘れた時に。でも、ねこって、こんなところにするのかな。砂の中にするんじゃないの？　じゃあ、犬かな。でも、糞の様子をみると、果物の種のようなものが多いし、野生動物のようにも思える……。

10月15日（日）

カンチが相変わらずぐたぐたしている。きのう、英語の検定試験だったこと、すっかり忘れてて、行かなかったそうだ。

きのうの夜、「留学しようかな。いい？」と突然いいだしたので、「いいよ」と言う。

「勉強してからがいいのかな？　高校で行って、帰ってきたら、もう学校には行かないで、どっかへ行こうかな。だって、ママ、中学出たら、家出して、どこまで落ちるか見てみたら？　って言ってたよね」

「また自分の都合のいいように解釈してる。それは、最後の手段だよ。この家を出てからってことだよ。その時はもう面倒はみないんだよ」

「ママ、カンチに勉強、してほしい？」

「なんで？　それはカンチ次第。もしてほしいって言ったら、なにか変わるの？」

「可能性が高くなる」

「勉強する可能性？」

「うん」

ほんとだろうか？　たまに言ってるのに、変わんないじゃん。

「退屈〜」と言いながら、遊びに出かけた。とてもいい天気。ここ4週間ほど、ずっといい天気で、気持ちのいい秋晴れで、さわやかで、怖いほどだ。

夕方、ひとあし遅く、行ったら、びわの葉チンキではなく、せっせの薬を塗られていた。びわの葉の方が、ちょっと悪くなってたようだったからと言う。びわの葉の実験、ここでストップ。

『10月17日（火）「ばらとおむつ」第79号

てる君からお菓子が届きました。しげちゃんは喜んでいます。

これから、リハビリセンターに持っていって食べると言うので、ほんの少しだけ持たせました。この前しげちゃんはセンターに通う患者の一人からぞうきんを貰《もら》いました。そのお礼にクッキーを持って行くといいました。まあ、人にあげるのなら、しげちゃんは食べないのだからと思い3枚渡して「これをお礼にあげなさい」と送り出したのです。帰ってきて「お礼を渡したね？」と聞いたら「今日は、ももちゃんはお休みだった」との事。それじゃ渡したクッキーは？

全部たべたの？

「食べた」

「全部食べた」

それ以来、ももちゃんのお礼にこれを持っていくと言っても渡していません。全部食べてしまうかもしれないから。たとえももちゃんがいても、お礼に半分だけ渡して、残りを食べるかもしれません。

今回も、しげちゃんはてる君からのお菓子を、お礼に持って行くといったのですが、今日ももちゃんがいるかどうかもわからないのに私がそんなこと許すわけがありません。もし、どうしてもお礼をしたいと言うなら、お菓子以外の物をお礼にするか、お菓子を送迎の職員に直接手渡すかです。しげちゃんはどちらもあまり好きではなさそうで、私がそう提案したら、苦い顔をしてました。』

朝のニュースで、いじめなどで自殺した子どもの人数を棒グラフであらわした表がでていた。さくが、「いじめって、あるんだねえ」と言うので、

「さく、もしいじめられても死なないでね。どうしても学校に行きたくなくなったら、一緒に世界一周の旅に出よう！」と言っとく。

ヒマなので、「ママ、どこか、探検旅行にでかけてもいい？」とさくに聞くと、

「お願いだから行かないで」と手をあわせて懇願される。

「どうして？」

「ママがいないといやだし、心配だから」

じゃあ、みんなで行こうと、冬休みの南極ツアーを問い合わせたら、冬休みは人気があって、もう満杯とのこと。「今ごろ言ってくるなんて遅いわよ！　素人さん」と言われてるようなそっけない返答だった。ううっ。

10月18日（水）

あまりにも雨が降らないので、庭の植物（ローズマリー）が枯れていた。植木鉢に植えて地面に置いといたもので、今までは水をあげなくても大丈夫だったのに。あわてて水を撒《ま》く。

朝、しげちゃんちにおかずを届けに行った。

しげちゃんが、でかける時間らしく、玄関前の椅子に腰掛けている。

しげちゃんの水虫がひどいので、ケアセンターの人から、「病院（皮膚科）に連れて行ってください。あなたが娘さんなら、すぐに連れて行けと言うのだけど」と、きのう電話がきたそうだ。だから、今日、連れて行くかもと、せっせが言っていた。先日、ケアセンターの病院で診てもらったのだけど、皮膚科ではないので、やはり専門医に、ということらしい。せっせは、今日から稲刈りで、超いそがしいのに、「そんな日にかぎって」と嘆いていたが、「きまってそんな日にだよね」と、私は笑った。

ケアセンターの人に、びわの葉チンキがいけなかったのじゃないかと、疑われたらしいが、左右同じぐらいひどいので、その疑いは晴れた。

家に帰ると、さくが、今日、絶対に持ってきてくださいとお願いされていた紙を、ちょこんとこたつの上に忘れている。ああ〜……。「忘れ物ない？　ない？」と何度も念をおしたのに。なんで、いつも、いろいろ忘れるのだろう。学校まで、届けに行く。いつもなら放っとくけど、これは大事そうだったので。

『「ばらとおむつ」第80号
しげちゃんの足の水虫の様子が良くありません。皮が剝《む》けて赤くなって、見た目がとても悪いです。リハビリセンターからは病院に連れて行けと文句を言われてます。一応、かかりつけの医院に連れて行ったのですが、医院ではだめだ、皮膚科に連れていけとの指示でした。みきも水虫の具合の悪さはわかっていたので、びわの葉から作った「びわの葉チンキ」を持ってきてくれました。

私は漠然と医者から貰った薬以外の薬品に不信感を抱いていたので、右足にだけ「びわの葉チンキ」をつけて、左足には医者から貰った薬をつけて比較しようということになりました。

びわの葉チンキは液体なので靴下に染みを作ります。そこでみきはそのことを連絡帳に書いて、リハビリセンターの人たちに心配しないようにと言っていました。

リハビリセンターから電話です。

「お母さんの水虫に、今どのような薬をつけているのですか？

水虫の具合がとても悪いように見えるのですが」

やはり「びわの葉チンキ」がいけなかったのでしょうか？

「右足と左足では、どちらが具合悪いですか？」

「ハア？　足の具合はどちらも同じように悪いように見えます。

今つけているお薬が肌に合わないのではないでしょうか？

なるべく早く皮膚科に受診されたほうがよいと思います」

「右も左も同じなら、それは最近はじめたびわの葉チンキのせいでは無いです。右足にしかチンキはつけてませんから」

「とにかく、具合がとても悪く見えるので、病院につれていってください」

というわけで、とうとう病院に連れて行くことになりました。

しげちゃんの水虫は20年以上の歴史があり、いろいろな治療法を試したあとなので、いまさら皮膚科に連れて行っても急に変わるとは思えませんが、水虫には一家言持っている専門家がたくさんいて、ときには非常に頑固に自説を主張するのでしかたないと思います。

皮膚科に電話しました。

「今日は診療してもらえますか？」

「今日は予約でいっぱいです。次は来週月曜日の午後になります」

「わかりました。それではその時に予約します」

今回のポイントは「びわの葉チンキ」は悪くないということです。』

うちの電話のカバーの絵は、犬のマロン→ケーキの絵→ケロロ軍曹になった。

きのう、ケロロ軍曹を子どもたちが見ていて、カンチがケロロの絵を紙にかいて置いてたものに、さくが色をぬったもの。


『10月19日（木）「ばらとおむつ」第81号
ようやくうちの田んぼの稲刈りが終わりました。虫がついてあまり出来は良くなかったですが、とりあえず終わってほっとしました。やはり機械は早いです。半日もかからずあっという間に終わってしまいました。

2月、田植え前にしげちゃんが倒れてから、田んぼをどうするか悩んだのですが、とりあえず今年は米を作るしかあるまいと思い、慣れないながらシーズン終了までがんばりました。来年はどうするか。今年の収益を見て決めようと思ってます。

どうも、全体の収支はマイナスになりそうなので、そうなれば来年は米を作るのを休むかもしれません。

稲刈りが終わったので、またお米を送ります。お米はどこでも手に入るので、わざわざ送るのは無駄な気もしますが、しげちゃんが強く送るように言うので、親戚《しんせき》全般に送ろうと思ってます。金沢に家のお米を送るのは恥ずかしいのですが、お見舞いとか貰《もら》っているので、そのお礼をしろとしげちゃんが主張するので、送っておこうと思います。』

10月20日（金）

さくって、新しい服が嫌いなのだが、靴下が、ほとんど穴があいてるか擦《す》り切れていたので、2週間ほど前に新しい靴下を4足買って、引き出しに入れておいた。が、さっき洗濯物を干していて、新しい靴下を全然はいてないことに気づいた。今日も、穴の開いた靴下を干した。

今日は参観日。前回、同級生の男の子に、「さくくんの、おばあちゃん？」と間違われたので、きょうは工夫する。まず服の色。できるだけ明るい色をと探し、ピンクにする。子どもって単純だから、色とか、こういう見た目なのだろう。

夜、テレビを見てたら、またさくが、「ママ。早く死なないでね。すこしでも長生きしてね」

私「また〜？　今日は、なんで？」

さく「このしわを見て」

ひじの、つまんでも痛くないあの皮のとこ、そういえばさっきから触ってたな。

私「ここはみんなしわになってるんだよ」

10月23日（月）

所用で東京へ。

夜、角川書店の菅原くんとツツミ嬢と食事。

菅原くんって、会社の人からゲイだと思われているらしい。

ツツミ「菅原さんって、ゲイなんですって？　と聞かれたので、あいまいに笑っておきました」と、にっこり。「夢を壊したらいけませんからね」

菅原「ショック……」と、がっくりとうなだれてる。

私「でも、近々結婚するんでしょ？」

菅原「でも、きっと、偽装、とか言われるんですよ。クソー、今日はやけ酒だー」

菅原くんとツツミさんって、編集者でも翻訳とかの部署にいるせいなのか、どちらもなんだか浮世離れしている。「早く隠居して、魚の干物作るのが夢です」と、菅原くんが、夢を語ってくれた。

ツツミさんは、観音様みたいな顔をしているので、会うたびに、心の中でそっと拝む私。

そのツツミさんのボーイフレンドの話を、菅原くんと熱心に聞いていて、
彼って、アーティストタイプで、物事を気にしない、素敵な風来坊だなあと思っていた私たちだが、ツツミさんが、ダイヤモンドってきれい、って言ったら、彼が、デビアスがダイヤモンドの価格をつりあげてるという、デビアスの悪行の話を急にしだしたという話

を聞いて、やけにそこだけきっぱりはっきりしている様子に、菅原くんが、

「そ、そいつ……、もしかして、その元ネタ、ゴルゴ13じゃないか？　オレ、読んだよ、それ。もしそうだったら、がぜん、そいつのこと、気に入ったな。そいつ、オレと同じぐらい薄いヤツだよ。うーん、いい奴だ！」

「ホントホント、私もすっかり、さっきまでのふわっとした彼のイメージよりも、今の急に現実的になった彼に好感もてる。いやあ〜、いいじゃん！　彼」と、ふたりでごきげんに決めつけて、その話だけを何度も何度も繰り返して楽しんだ。

『10月24日（火）「ばらとおむつ」第82号

ようやくしげちゃんを皮膚科に連れて行きました。なんと、しげちゃんの足のひどい状態は水虫では無いことが判明。

びっくりしました。水虫の塗り薬にかぶれて皮が剝けてたらしいです。リハビリセンターの人が言っていたとおりでした。今回は完全に私の失敗でした。やはりセンターの人が言っていたように、早く皮膚科に連れて行くべきでした。

2週間ほど、いま使っている水虫の薬はお休みして、その後ほんとに水虫かどうかテストしてみるとのことでした。貰った薬は皮膚のかぶれを治す薬で、水虫の薬ではないので、水虫は悪化するかもしれないそうです。でも、かぶれは治るそうです。その後、水虫の検査をして、本当に水虫ならしげちゃんに合わせた治療をはじめるとの事でした。

早くつれてくれれば良かったと思ってます。しげちゃんには足の指が5本ある靴下を履かせていたのですが、かぶれた所をかきむしるので、よく出血したり、体液が出たりしていました。ベージュ色の靴下なのですが、不思議な事にその染みが緑色だったんですよ。蛸《たこ》じゃないんだから、まさか血が緑色であるはずは無いのですが、どういうわけか足の指の間がいつも緑色の染みになってました。

もしかして、宇宙人？』

映画「カポーティ」を観る。観始めてしばらくして、どうしてこれを観たいと思ったのだろうと、しばし自分を振り返った。重苦しい気持ちで、映画館を出る。

『10月25日（水）「ばらとおむつ」第83号

しげちゃんは最近、自分の回復に自信を持ってきたみたいで、こちらが心配になるような事でもちょっと無理してやろうとする傾向が強くなりました。たとえば郵便局に歩いて行きたいと強く希望するので、あぶないからと反対すると不機嫌になりぶーたれてしまいます。とうとう私に隠れて歩いて行こうとするので、しかたなく今日はあの人と一緒に郵便局まで歩くことにしました。公道を歩くのは危険なので心配ですが、それ以上に一人で郵便局なんかに行かれると、いったい何をするかわからないので心配です。

しげちゃんの体が回復するにつれて、だんだん元のしげちゃんのかたくなな自我も回復してきたようで私とぶつかる事が増えてきました。

昨日はしげちゃんにご飯を食べさせたのですが、やはり心配したようにご飯を少し残してしまいました。それでも食後のお菓子を欲しがるので、お菓子はだめという事にしました。

すると、どうでしょう、今朝明らかに冷蔵庫が開けられて、ボンタン飴《あめ》の箱が荒らされています。あまりたくさん残っていなかったはずなので、無くなったのは1個か2個ぐらいだと思うのですが、だれかが冷蔵庫からお菓子を盗んでいくなんてことは2度目です。

「しげちゃん、あんた冷蔵庫からボンタン飴とったね」

「いいえ、私は冷蔵庫に近づきもしなかったよ」

「ボンタン飴の箱が開けられてるんだけどね。あんたやろ?」

「ほんとに、私は知らないわよ。台所にも近づかないわよ」

しげちゃんがあまりにまっすぐ否定するので、もしかしたら、また謎の第三者がでたのかと思いましたが、やはりしげちゃんではないかと感じます。

1）ボンタン飴をひとつかふたつだけ取って、後を残している。

2）箱を壊して、それを元に戻していかなかった。もし元に戻していたら、私は盗難に気づかなかったかも。

3）昨日はお菓子を食べられなかった事に、しげちゃんはことのほかご不満だった。

でも、証拠が無いので、この事件も迷宮入りでしょう。これで未解決盗難事件は2件になりました。1件目はようかん半分盗難後きれいに包装事件です。』

『10月26日（木）「ばらとおむつ」第84号
ここ数週間、とても私を悩ましてきた問題があります。
介護保険は6ヶ月後に最初の見直しがあり、症状の改善具合によって介護度が変更になるそうです。介護度が低くなれば、それに伴い使える予算がけずられて今までのサービスは受けられなくなります。しげちゃんはずいぶん症状が回復してきたように見えるので、おそらく介護度は下がるだろうと思ってました。そうなると、いままでの介護サービスは受けられないので、生活が大きく変化するかもしれないと悩んでいたんです。
ところが先ほど電話があって、介護度は以前と変わらないそうです。びっくりです。まず間違いなく介護度は下がる、へたすると介護保険の枠からはずれて要支援という枠になるかもしれないと思っていたので、とても助かりました。これであと一年間は今のようなサービスがうけられます。そしたらまた見直しがありますが、とりあえずあと一年は今のような生活が続くということです。まずは良かった。最近介護認定がとても厳しくなったと言ってましたが、介護度が下がると影響が大きいので認定するほうも苦慮してるのかもしれません。』

4日ぶりに帰る。みんなどうにかやっていたらしい。「せっせと楽しかった」と、さくが言う。カンチに「どうだった？」と聞くと、「うん。まあ、よかったよ」とのこと。明日はさくの遠足なので、買い物に行って、おやつを買って、お弁当の材料も買う。夕方、しげちゃんに電話したら、これから歩いて外に出かけるというので、目的地まで、私も見に行く。歩行器を押しながら、せっせと一緒に歩いている。

国道を横断しなくてはいけなくて、すぐ近くに横断歩道があって、しかもきょうは交通安全の日で、ボランティアの人がふたり、横断歩道のところで黄色い旗をもっているというのに、横断歩道を渡ると時間がかかるからと、せっせは、歩行器をかかえて、しげちゃんの手をとって、横断歩道でないところを車がこないのを見て、急いで渡ったと言う。

それは、ダメだよと、注意する。いくら時間がかかるからと言っても、ボランティアの人が見てるのに、わざわざ道路を横切るなんて、それだけでもなんか反抗的だし、横断歩道だったら歩行者に対して車も注意してくれるけど、ただの道だと、なにかあった時に完全にこっちが悪いことになるんだよと言うのだが、どうも、このへんの感覚がせっせは違うので、腹が立つ。

でも、こんなに遠くまで（距離にして、400メートルぐらい）、歩けるようになったということだ。

10月27日（金）

朝早く起きて、お弁当を作る。さくが楽しみにしていて、お弁当の中身を見ないようにと気をつけている。洗濯をして、掃除機をかける。

さくが遠足から帰ってきて、また遊びに行った。遠足は楽しかったらしい。「先生と一緒に野球したんだよ。そしてね、さくたちは先生と一緒のチームでね、勝ったんだよ」とうれしそうに話してた。

夜は、バザーの品の値札つけに中学校へ。商品の数が去年より少なくなって、さびしい。生徒数が年々減っているので、どんどん少なくなっていく。が、ファンシーコーナーを作って、そこだけかわいくしつらえた。


夜、フロに入ろうかと言って、さくに、すぐ行くから先に行っといてと言ってから、やりかけのことをやり始めたら夢中になってしまい、さくは裸で廊下でずいぶん待ってて、最後、怒って泣いていた。フロの中でもずっと機嫌悪かった。

10月28日（土）

カンチが、これ、出しといてと、ハガキを3枚。TVガイドの懸賞だ。ゲームの「クッキングママ」。3人の名前でそれぞれ書いてる。

秋晴れのいい天気です。カンチが学校へ。明日の文化祭の準備。たしか、小道具製作とか。「ママも昔、劇の小道具のちょうちんを作った覚えがあるよ、紙で」
私が部屋で仕事してたら、さくがテレビを見終わってやってきて、歌をうたって、トイレに行って、どうやらうんちだったらしく、おしりがぴりぴりすると言いながら、さく「この部屋って、いいね」
私「さくは、家が好きだよね」
さく「ぼく、こんな暮らししてていいのかな?」
私「え?」
さく「なんか、らくしてないかな……」
私「どういうこと?」
さく「なんか忘れてるんじゃないかと思って」
私「どんな?」
さく「たとえばしゅくだいとか」
私「宿題すれば?」
さく「それはやったよ」
私「ああ〜、なんかもっと大変なことをしなきゃいけないような気がするの?」
さく「うん」
私「じゃあ、お手伝いとか、すれば?

このうち、怒る人いないもんね。のんびりすごしてるよね」
さく「ママは、怒るけどね」
私「ああ、きのうだっけ。のどが痛かった」
きのう、録画するのがめんどうだからという理由で、カンチがさくにテレビを見せなくて、自分の見たいのを見て、泣かせてたから、何度注意してもダメで、結局私が大声をだしながら走っていったら、逃げて行った。その時、さくも一緒になって大声をだして追いかけたらしい。
さく「あの時、ぼくも大声をだしたんだよ。わーって言って追いかけたの。おもしろかった」
私「……さくは今、しあわせなんだね」
さく「うん」

昼ごはんを食べながら、録画しておいたピーターのマジックを見る。最近、マジックのネタについて、いろいろと見聞きしたので、冷静に観察した。ふむふむ、これはこうかな、でも、これはわかんない……。でも、街の人を集めてやるやつで、あの街の人はさくらだと思う。根拠はひとつ、つぶがそろいすぎてる。どこに行っても、ギャルもいれば老人もいる。けれどマジックの見物人は、みんな若くて、そこそこ見られるし、特にこのピーターのは、女の子のヘアメイクがばっちりすぎる。これは無作為の一般人ではないだろう。

……なんて思いながら、フロ桶《おけ》から火をだしたり、石をだすマジックを見つつ、ドラ焼きを食べていたら、さくが、「このマジックね、この人、今、ぱっと考えたんだって。この場で見て」なんて興奮気味に言うので、「そう」と言っとく。

火の中からバラをだして、それをピーターが長澤まさみに渡した。その時の長澤まさみの表情を見て、

さく「なんかこの人、反応がうすいね」

私「うん。だって、長澤まさみって、こういう、ぼんやりさんだもん。いつも、えへら～ってしてるよね」そういう独特のムードが魅力。昔の小泉今日子をなぜか思い出す。

今日も中学校へバザーの準備に。ぱっとしないものでも、コメントを添えることで購買意欲をかきたてようと頑張った。そういうことが好きなふたりがいて、3人であれこれ工夫する。タオルセットや密封容器は定番なので、変わりばえしないし工夫もできない。だれも手を出さないような変なものは、おたのしみぶくろに入れたり、他のものと抱き合わせにする。けっこう時間がかかった。

10月29日（日）

中学校の文化祭の日。バザーの準備をぎりぎりまであわててやる。いろいろと工夫したかいがあって、売れ残りも少なく、よく売れた。カンチたちの歌などを聞きに行く。指揮

者の存在について、またいろいろと考える。その重要性に胸をつかれる。
家に帰ると、さくがいて、
さく「あのね、シロ（チワワ）たちをもどしてほしいって」
私「誰が？」
さく「みんな言ってるよ。一日だけでいいから」
私「ふうん。かわいかったもんね」
さく「だって、チワワだよ〜。あんなかわいいの」
しばらくして、
さく「……なんかふしぎじゃない？」
私「なにが？」
さく「地面（部屋のこと）ではおならなのに、トイレではうんちがでるの。地面ではうんち、でないんだよね」
そう言って、トイレに走って行った。うんちらしい。

カンチは、ずっと自分用のパソコンが欲しくて、最近はそればっかり言ってた。無料配信の音楽やドラマなどを見たいらしい。でも、私はいやだった。しかし、ついに、私の部屋の中でなら、制限もきくだろうと思い、私の古いパソコンを、せっせに頼んで立ち上げてもらった。で、それをきのうからずっとやってる。沢尻エリカの記事を見たり、えびちやんの壁紙とか。そんな昨夜《ゆうべ》、文化祭の話をした。
カンチ「先輩の踊り、見た？」
私「見た見た。すごかったね〜」
子どものころからプロで踊ってる中3の先輩が最後に踊りを披露してくれたのだ。それが、それまでは、小ぢんまりとした素朴な中学生の発表会らしく拙《つたな》いながらもほのぼのムードだったのが、いきなり体育館から劇場に変わったかのような、あだっぽい着物と踊りで全員ノックアウト！　先生も思わずゴクリとつばを飲む……みたいな感じで、それも、うけた。
カンチ「あれがいちばんよかったわ」
私「うんうん。タダでねえ〜。もっと近くで見たかった。メガネ持っていったからよかったけど。メガネなかったら、ぼやぼやーって」
カンチ「ふふ」
私「やっぱりさあ、ああいう、華やかなものって、大事だね、いいね。隣にいた人が、『おばあさんたちが、冥土《めいど》の土産にってよろこんでるよ』って言ってたけど、ホントそうだね。ぱーっと夢みせてくれるっていうか、華だよね。生きるうえでの。
その前の先輩の民謡も上手だったね」
カンチ「うん」

私「カンチって、なんでそんなにものぐさなの?」
カンチ「う〜ん。なんか、もういいや〜って思っちゃうんだよね」
その後、私の親しい友だちたちとの出会いのパターン(最初、どの人もみんな、すご〜く変な人って思った)について話してたら、爪を切りながら、
カンチ「ママの子どもでよかったかも」
私「なんで?」
カンチ「干渉ってなんだっけ」
私「あれダメこれダメとか、あれしなさいこれしなさいって、いろいろ言われたり、世話やかれるの」
カンチ「それがいやなんだよね」
私「うん」

『10月30日(月)「ばらとおむつ」第85号
とうとうやってきました。あのSおじさんからの2度目の借金の申し込みです。前回お金を貸した時から、また貸してくれといわれるのは覚悟していたのですが、今回はかなり怪しげな話でした。来年には大きな仕事が入りそうだから今年の内に500万ほど貸してくれとのことです。
どうも私は頭が弱いと思われているのか、借りる側は、あいつなら口先でだませる、周り

の人からは、あいつならだまされて貸し倒れになりかねないと心配されているみたいですが、実はそれほどあほじゃないです。

いきなり怪しい人間にだまされてお金を巻き上げられるような事は、自分にはおきないだろうと思ってます。

今回の申し出は、どこからみても返ってこないみたいなのでお断りすることにしました。

ちなみにおじさんは私に断られると、いつも銀色夏生さんはお金を貸してくれないかと聞いてくるのですが、それはたとえ太平洋が干上がってもありえないことだと心の中で思ってます。いつも、貸さないだろうとおじさんに答えているのですが、なかなかあきらめてもらえません。

しげちゃんがリハビリセンターのレクリエーションで水風船釣りをやったそうです。そこで貰《もら》った水風船を持って帰ってきました。リハビリになるから時々これを指にぶらさげてボンボンたたくそうです。

でもね、とても怖いんですよ。しげちゃんは指も手もかなり動くのですが、ちょっと細かい力の制御に欠けるようなところがあるんです。水風船でも、変に力の入った、ぎこちない動きになります。今にも飛んで行ったり、破裂したりしそうな動きです。中には水が入ってるので、もし破裂でもしたら大変だと思うと、しげちゃんがこれ見よがしに水風船をやってるのを笑って見ていられません。リハビリセンターに、も少し安全なおもちゃを、やばげな老人には与えるようにと言おうかどうしようか迷ってます。』

ふうん。確かに、私は、どんなに冷たいと言われても、親戚《しんせき》だからといってお金を貸したりはしないだろう。自分も借りないし。お金の貸し借りは、だれともしないだろうなあ。今まで人から、貸してと言われたこともない。もし、親しい友人が万が一お金に困って貸してと言ってきたら、私は貸さずに、お金をあげるだろう。

お金を貸してと言われるより、お金をくれと言われたい。友だちに。

私は、お金を人から借りるという状況を作らないように、なかったらないなりに慎重に行動している。そうすれば、それほど危ないことをしなければ、ぎゅうぎゅうに困ることなんてない。ない時も、無駄遣いしなければ、やっていけたし。だから、大きなお金を出しながら、借りている人には、そう親しみがわかない。それはまた別のお金の使い方でしょうと思う。お金に困ってると言っても、それはそれだけ使い道が荒いだけだったり。とにかく、お金の貸し借りは、私はしない。

10月31日（火）

朝、カンチが風邪で具合が悪そうだ。一応、行く準備をして外にでたけど、しばらくして私の仕事部屋の窓から顔をのぞかせた。びっくりしてたら、今日は休むと言う。家でごろごろしていたら、ずいぶんよくなった様子。

さくに、1日の中でいつの時間がいちばん好き？　と尋ねたら、

「1番が、学校。2番がママとすごす時間。3番がゲーム」と言う。

夜、せっせがやってきて、今日いつもの元気なおばさん（しげちゃんの姉）がついでに寄って、君におみやげをもってきたからと、お菓子を持ってきた。

「こういうお菓子は、うちではだれも食べないから、いらないと言って返して」と言うと、こまった顔をしている。

「じゃあ、今度は、明太子《めんたいこ》でもたのもうか？　福岡だから」

「ああ。明太子なら食べるよ。それだったら、もらってもいいけど。本当に、欲しくないものをもらうのって、嫌なんだよね。無駄だと思うし」

「明太子か、からすみと言っとく」

「うん」

11月1日（水）

朝から、グーグルアースを熱心に見る。空中写真が大好きなので。きのうも、子どもらに家を見せた。「あ、庭のタイル敷きのとこも見える。ここが仕事部屋。ガレージ」

それから知り合いの家を探す。「あ、これ、○○ちゃんちだよ」

あと、行ったことのある場所とか、遺跡、エジプトのピラミッド、ナスカの地上絵。これは自力では発見できず、悔しかったけど、経度緯度を入力した。けど、あんまりはっきり写ってない。これじゃあみつからないはず。チリのアタカマの巨人は、くっきり写っててびっくり。かわいい〜。

「ばらとおむつ」第86号

今日は福岡のおばさんがやってきました。突然の訪問だったのですが、一泊しただけで帰っていきました。あらためてとてもうるさくて押し付けがましい口をきく人だと思い知らされました。私がしげちゃんの動作を手伝うと、恐ろしい勢いで怒鳴り散らして、「もういいが、しげちゃんにさせなさい。もっとしげちゃんも動かんといかん」と大騒ぎです。しげちゃんの機能を回復させたいために言っているのは判るのですが、あまりに独裁的で押し付けがましいので、反発しなくてもいい所でも反発したくなって困ります。しげちゃんがだらけているから、また来ないといかんねというおばさんに思わず、「おばさん。もう来なくてもいいですから」と本音を言ってしまいました。

おばさんは今日の早朝に宮崎に発って、同窓会に出て、宮崎の病院に入院しているイチキ氏に会ってくるそうです。そう、あの一度入ったらなかなか出られない病院に入院しているおじさんですよ。おばさんに葉書が来て、いろいろ予定があるから25日に迎えに来て欲しいと言っていたそうです。むろんおばさんもあの人を病院から出すつもりはなく、その点では私と意見が一致しています。

しげちゃんは随分回復してきたのに、私が手伝いすぎるのが、おばさんのお気に召さないみたいです。私がしげちゃんを手伝うのはどちらかというと、しげちゃんにやらせると時間がかかるのでそれを素早く済ませようという私の都合もあるのですが、それもこれも一切考慮せずにガーガー言ってくるのでこちらも血圧が上がってしまいました。だんだんとしげちゃんが出来る事をしげちゃんにやらせようと思ってます。でもそれには少し時間が必要だと思うわけですよ。おばさんはせっかちだから、いつまでも寝てるんじゃないとお怒りなんですが、まだ退院してから6ヶ月しかたってないので、長い目で見て欲しいなと思います。おじさんからの借金の話は、あれ以来、進んでいません。今回はこのまま無視して、お金は貸さないつもりです。』

カンチが毎日、パソコンの前に座ってる。音楽や動画配信。

カンチ「家っていいね。落ち着く」

私「さくも言ってた」

カンチ「気分が直る」

私「……家が落ち着かなかったら、嫌だよね」

カンチ「うん」

私「でも、うちってちょっと変わってるから」

カンチ「どんなふうに？」

私「普通はおとうさんがいて、しつけしたり。きちんとさせたり、厳しかったり、どこかぴしっとしたものがありそうだけど、とか、おとうさんとおかあさんが喧嘩《けんか》してたら暗くなったり。世間的な何か。世の中の風みたいな。そんなのがないじゃん」

カンチ「ああ」

私「気ままに、好きな時間に好きなことをそれぞれしてて、だれも怒らないし、いやなことをあまりさせない。隠れ家みたいな世界だよね。行儀悪いともいえる」

カンチ「うん」

『11月2日（木）「ばらとおむつ」第87号

しげちゃんはリハビリセンターでカレンダーの塗り絵を作ります。それを見るとしげちゃんが少しずつ回復してきているのを感じます。

9月です。病状を考えればかなりきれいに塗れていると思いますが、ところどころ色がはずれています。10月です。ずいぶんと良くなってきました。でもなぜか名前が右から左に書いてあります。11月のカレンダーでは、塗りがかなり上手になりました。色の置き方も適切だと思います。

塗り絵を見ると病気はだんだん良くなってきたと思いますが、本人はまだ目がおかしいそうです。物が見えにくかったり、人の顔が見分けつかなかったりするそうです。本は例の大きな活字の推理小説をたくさん読んでいます。リハビリセンターではいつも本を読んでいるしげこさんと呼ばれているらしいです。』

『11月3日（金）「ばらとおむつ」第88号
いくつかの親戚《しんせき》にお米を送りました。しげちゃんが病院にいるときにお見舞いをくれた親戚にはだいたい送りました。

今日、その親戚の一人で、大阪のおばさんの娘さんから明太とふぐが届きました。ふぐは辛い味噌漬《みそづけ》です。しげちゃんはぜひ食べさせろというので、焼いてみました。とても辛いそうです。

どちらかというと酒のあてという感じかもしれません。しげちゃんは明太も好きなので、とても喜んでいました。お酒でも飲もうかしらなんて言うので、仏壇にある未開封のお神《み》酒《き》でも持ってこようかと言ったら、

「やっぱりそんなにお酒が好きではなかった、やめとく」

でもね、私はちょっと困ってしまいました。だって、お米を少し5キロほど送っただけなのに、ふぐがお返しに来たんですよ。

ここにはしげちゃんの病気がひどい時にお見舞いもいただいているし、どうもお礼のつもりが高価なものをいただくことになってしまって悪かったなと思ってます。そのうちまたなにかお礼しなくてはと思うのですが、そうするとまた向こうから送ってきて、無限連鎖なんですよね。いやほんと難しいです。』

11月4日（土）

朝起きて、さくと庭で時間をすごす。草をむしったり、ベランダに上ったり、カラスをみたり、もずが木の枝につきさしたかえるを見たり。かえるは体の真ん中を枝に突き刺されていて、足がカーブしながら長く垂れ下がっている。

私「ほら、かえる」

さく「うわっ」

私「あの足、見て」

さく「のびてるね」

私「びよ〜ん」

さく「きゃはは」

しばらくいて家にあがると、カンチが起きていて、「今日は、目がすごくいい」と言う。「そういうこと、あるよね」天気もいいし、さわやか。

カンチ「沢尻エリカって、性格悪いんだって、ショック」

私「それ、ウワサでしょ？」

カンチ「ううん。だって、そうなの。わかるもん。どれ見ても、いいこと書いてないし」

私「人のウワサでね」
カンチ「でも、そうなんだって」
私「自分で直接聞いてないものは、ただのウワサじゃん。ウワサって、たいがい悪いよ。いい話はウワサにはならないよ。でも、性格悪そうって、確かに悪そうだよね、あの顔。でも、悪いっていったら、みんな悪いといえば悪いよ。カンチだって悪いんじゃない?」
カンチ「そうじゃなくて。もういい」
と、沢尻エリカを好きなカンチ、性格悪いらしいというウワサにショックをうけている。そしてまた、来年のカレンダーはだれのを買うか、迷っている。今年はもう上戸彩じゃないらしい。
私「えびちゃんにすれば?」
カンチ「うん…、やっぱえびちゃんかな」
私「えびちゃんだったら、飽きないかもよ。個性なさそうだし」(結局、買わなかった)

夜、カンチがやってきて、仕事中の私の腕に、鼻をくっつけてすりすりすりすりするので気持ち悪い。というのも、カンチは、私やしげちゃんのような、年取った人のやわらかくさらさらした肌の肌触りが大好きなのだという。ひじから肩のあいだのところ。

そこに鼻をくっつけて、しつこくすりすりするので、本当に気持ち悪いが、それが好きならと、我慢して、そのままさせてあげる。注射のあとのやけどみたいになってるところも、ことさらに夢中になって匂いをかいで、ここの匂いもいい、と言っている。黙って、後ろから、急に、鼻をくっつけてすりすりしている。何度も。どうだろう？　でも、あまりにも恍惚《こうこつ》としているので、まあいいかと、我慢する。

11月5日（日）

コカ・コーラ工場の敷地内にある公園で秋のイベントがあり、さくと友だちを連れて行ってあげる。熱気球に乗り、カヌー体験をして、竹とんぼをもらい、そばを食べ、マスのつかみどりで服がぬれたので、帰る。マスはつかめなかった。つるつるしてて、とてもむずかしそうだった。ふつうには手ではつかめない様子。きれいでいきのいいマスだった。服がぬれてくれてよかった。早く帰れて。もう一回カヌーにのりたいと言っていたので。すごく天気がよくて、暑かった。

夜は外食。いつも行く喫茶店で、いつも食べるチキン南蛮。

帰りにしげちゃんちにちょっと寄る。さくはいつも、すぐ帰りたがる。なんか、この部屋の匂いがダメなんだって。私はそう感じないけど、若く生命力のあるさくには、病人とか老人とかの匂いがするのだろうか。カンチも別に感じないみたいだが。

『11月6日（月）「ばらとおむつ」第89号

しげちゃんを連れて図書館に行く途中にコカ・コーラの工場があります。昨日はそこでお祭りがありました。バザーがあったり、パラグライダーへの試乗があったりでなかなかの賑《にぎ》わいでした。しげちゃんはお祭りが大好きなので、かなり歩いてお祭りの会場に行ってきましたよ。杖《つえ》をつきながらふらふら歩くので心配したのですが、本人は楽しんだみたいです。さいきんリハビリセンターの職員が辞めたらしいので、その人にハンカチを贈りたいと言い出して、２００円のタオルを買いました。

しげちゃんが回復したとは言っても、病院を退院した時に比べたらという範囲でのことです。昨日、ひさびさに人ごみの中に出たら、うまく歩けないのでなかなか大変でした。バザーの屋台を見ていたら「、、障害者、、」という言葉がささやかれて、しげちゃんは障害者なんだと改めて自覚させられました。長くしげちゃんと一緒にいるので、まるでしげちゃんが健常者と変わらないような錯覚にとらわれてしまってました。

ひさしぶりにＰちゃんに会ったんですが、向こうは気づかぬ振りで通り過ぎていきました。あんなに仲が良かったのにどうしたことでしょう。

しげちゃんは「私が病気だから、人なかで私に声をかけるのが恥ずかしかったのだろう」といってましたが、私はもしかしたら、陰であの人のことを**どろぼう**などと不適切な呼び方をしたのが耳に入ったのかもしれないと言って、しげちゃんを困らせました。それにしても、この田舎にコカ・コーラの工場なんてよくできたと思います。これをきっかけにこの町が発展するということはなさそうですが。』

朝、めざましテレビで、「ひとり鍋《なべ》とひとり焼肉、どっちが寂しい？」というアンケートがあった。

私「鍋じゃない？　鍋は家でひとりではやらないよね。どうしても作ると多くなっちゃうし。焼肉は、ひとり分、ちょうど焼けるけど」

カンチ「うん」

テレビ「今は、一人用の鍋セットとか、売ってますしね」

私「そうか。あるね。そういえば、ひとりで鍋、作ったことあるわ。小さな土鍋で。おいしかった。家でひとりで焼肉って、そっちの方がやんないね。イメージだと、鍋で、現実は焼肉だ」

カンチ「焼肉って、あの火の音が、かえって寂しいかも」

さく「火の音がなぐさめてくれるんだよ」

私「（カンチに）聞いた？　さく、火の音がなぐさめてくれるってよ」

結果をみると、鍋と焼肉が、ほぼ半々だった。

昼間、仕事してたら、ピンポーンと、誰か来た。

「訪問販売、セールス、宗教お断り」の紙を2枚も貼ってるのに、玄関にあがらせろという。ボランティアでうかがいましたと言ってたが、何かの販売っぽかった。

断ったが、気が乱された。インターホンのカメラを見て、知らない人だったらもう出ないと思ってるのに、なんだかつい出てしまう。しかも、うちのカメラは逆光で、最大に明るく補正しても人の顔がわからないのだ。もうやめよう。知ってる人だったら、いきなり来ることはないし。

さくって、同じ服しか着ないが、そろそろ寒くなったので冬支度しなくちゃと、半袖のシャツの上に、去年いつも着てた赤いダウンベストを着せたら、小さくなっていた。「新しいの買うから、いっしょに買いに行こう」と誘ったけど、行きたがらない。で、同じようなのを買ってきてと言われ、買いに行く。色は赤と言ってたけど、赤はなかった。黄色が好きなので、グレイに黄色のラインがちょっぴり入ってるのがあったのでそれを買ったが、気に入るか、どきどき。気に入らないと、ぜんぜん着ないので。

テレビで、こんにゃくを食べると肌が若返ると聞いて、さくがそれをメモして教えてくれた。かいがいしいさく。よっぽど若返ってほしいんだね。それで、こんにゃくをたくさん買った。これから一ヶ月、いろんな野菜といっしょに毎日食べるといいらしい。というか、それ、普通に考えても、こんにゃくと野菜を毎日食べ続けたら、健康にも美容にもよさそうだよね。

コピー機を買い換えたのだが、あまりの安さにびっくりした。せっせが、「こういうのは、インクのカートリッジを高くしてそれで儲《もう》けてるんだよ」と言っていたが、今日、インクを買いに行って、納得。小さくてすぐなくなるので、確かに高い。30本分で、コピー機が買える。

カンチがこないだ出したクッキングママが当たる3枚のハガキが返ってきた。見ると、郵便番号をうつし間違えている。ハガキを持って、ウウウッと泣いている。

「4を1って、書いてるじゃん。自分の書き間違い」

「ウウウッ」

11月7日（火）

寒くなってきた。ついに。今まであったかすぎたので、とても秋とも思えず、夏の終わりみたいだったが、ついに、秋から冬への移行か。

今朝は、「よーし。今日は、ママ、仕事がんばろうっと。みんなも、お勉強、がんばってね」と、声をかけた。こういうひとことで、気合もはいるというものだ。

朝、しげちゃんちに、おかずを持って行って、せっせと3人でひさしぶりにしゃべる。味噌漬のふぐをもらう。たった2枚入りなのに、せっせが持って行っていいよというので持ってきたが、これ、せっせの分だったのだろう。悪かった。返そうか。ま、いいか。

洗濯物を干しながら、タッキー先生のことを思い出す。なんでだっけ。わすれた。なにかからの連想で。で、タッキー先生が言った言葉を思い出していた。当時、保育園児だったさくを見て、「どんな小学生になるんだろう。教えてみたい～」とタッキー先生が言ったのだ。そういうことを感じるって、本当の教師だと思う。それは例えば、新鮮で珍しい食材を見たときに料理人が料理してみたいと思うような、染色家が初めて見る植物を見て、染めてみたいと思うような、釣り師が初めて訪れた海で、釣ってみたいと思うようなものだ。私だったら、めずらしい造形を見つけて、写真を撮りたいと思ったり、素晴らしい人の言葉を聞いたら、その感想を本に書きたいと思ったりするようなものだろう。小さなこどもを見て教えてみたいって思うって、教師の本能を持っているということだと思う。

プロというものが私は好きだ。その職業が好きで、なるべくしてなった人は、その職業ならではの切り取り方で、ものごとを見ている。そういう、プロの視線というものに敬意を払うのが好きな私は、そんな言葉を聞いただけでうれしくなる。

あの言葉は、自分のやり方で世界をつかむ、ってことを意味してる。自分のやり方で世界をとらえたいということだ。世の中への参加の仕方って、人それぞれやり方がある。そのつかみ方が、職業というものだ。

11月8日（水）

朝、しげちゃんちにおかずを差し入れに行って、ついでにせっせにふぐを返した。前のメールを読むと、ふぐふぐ、って書いてあるから、よっぽど好きなのかと思って気になって。しげちゃんのお迎えがきたので、玄関先から手を振って送り出す。

しげちゃんって、昔から楽天家というか、文句やグチをこぼさないのだが、痛いとか苦しいとかも言わない。もしかして、痛みに鈍感なのかな？

バッグをさげている肩が抜けるように痛い、ときどき手のひらを押すと痛いとさっき言っていたけど、その言い方が、明るくてのん気で、笑いながら言うので、こっちもへぇ〜なんて、笑って聞いてるが、実はすごく痛いんだったりして。もし、今、しげちゃんと体が入れ替わったら、私、アイタタタ、イタタタタ、って叫んだりして。でも、痛いとか言わなくて、助かるね。グチっぽい人、いそうじゃん。

「痛い、苦しい、こうなったのも、○○のせいだ、バチがあたった」とか、暗いこと言う人。そういう人じゃなくてよかったね、とせっせと語り合う。

天気がいいから、今日は仕事日和《びより》だねと言うと、「僕は忙しいんだよ」と言う。

『「ばらとおむつ」第90号
月曜日にまた皮膚科の病院に連れて行きました。
検査の結果、なんと現在、しげちゃんの足はやはり水虫ではないとのことです。今までのひどい皮膚の炎症は水虫の薬にかぶれていたようです。
しげちゃんの足は炎症を鎮める薬でずいぶんきれいになりました。もう水虫の薬はつけるのを止めました。まだ時々痒《かゆ》いと訴えるので、そんなときは刺激の薄いハンドクリームのようなものをつけて、乾燥を防ぐようにしようと思います。

今まで水虫だと思い込んで、ぜんぜん違う方向に走り出していたのを反省しています。過去にしげちゃんがひどい水虫で苦しんで、本人も「これは水虫だ」というので、だまされてしまいました。時々足が痒いのは、もしかしたら老人に多い乾燥からくる痒みかもしれません。これからはもう少し他の人の注意も聞いて薬を使おうと思いました。いちばん正しくしげちゃんの症状を診断していたのはお医者さんではなくて、リハビリセンターの職員のスーパーバイザーでした。』

さくが掛け算九九の練習をしている。

ふざけて、さんいちがさん、おなら　ぷっ、さんにがに、おなら　ぷっ、とすべての間におなら　ぷっ、を入れている。

ううっ、新しく、切れすぎる包丁。さっそく指の先を切りました。ガックリ。

夜、さくの前歯が取れかかっている。2本目。うちは、みんな歯の抜け替わるのが遅い。私もそうだった。

次の歯が奥に生えてきていて、サメみたいに2段になっていて怖い。

焼きりんごを作った。茶色にこげて、見た目は悪いけど、すごくおいしかった。

歯がもう、取れそう。しばらくしたら、取れた。

枕の下にいれて寝たいと言っている。いれている。

11月9日（木）

朝、「待って、歯」と言って、さくが枕の下を見に行った。ティッシュの中を見てる。
私「どうなるの？」
さく「妖精がきて、お金を置いていくの」
私「なかった？」
さく「……うん」
童話で読んだのらしい。
その歯を、うちの歯の陳列場にセロハンテープで貼り付ける。
テレビの横の柱なんだけど、チワワのシロとチョロ、カンチの奥歯などがずらりと並んでて、さくの前歯が今日、加わった。
私「見て、カーカの奥歯。こんなに大きい」
さく「ぼく、奥歯とりたくない」
私「どうして？」
さく「だって痛いから」
私「今日は忘れ物しないでね。きのうは宿題、その前はふでばこを忘れたでしょ。ちゃんと、ぐるっと、見てね」
さく「うん、見たよ」

夜、カンチがころんだと言って帰ってきた。走りすぎて、足がからまって、止まらなくてころんだらしい。足や腰や肩や腕が赤くすりむけている。大事に至らなくてよかったけど、かなり痛そう。痛くて寝られないから、ガーゼを巻いてと言ってきたけど、面倒だったので、タオルを巻いたら？ と言ったら、だって痛いじゃんと言う。うーん、ガーゼって、あったっけ。今度、買ってくるね。とぐずぐずしてたら、去っていった。

11月10日（金）

朝、テーブルの上を見ると、また宿題のプリントを忘れて行ってる。

「さくー、さくー」と塀から呼んだら、道から返事が帰ってきた。

「また忘れてるよ」

「ああ」

下へ落とす。

カンチはまだ起きてこない。ぎりぎりに起こすと、あわてて学校へ行った。

そういえば、きのう、痛がってたなあ～。急にかわいそうになってきた。今日は、くすりをつけてあげよう。きのうは、眠くて、面倒だったんだった。ケアンズで買ったティートリーオイルって、ふむふむ、擦り傷にもよくきくって書いてある。これ、つけてあげよう。なんだか、急に、自分を反省する。カンチ、かわいそうだった。あんなに傷だらけだったのに。やさしくもしてあげなくて。口先だけで、痛そうって言って。

カンチが帰ってきて、学校から電話が来るかも、と言う。

今度は何？ と聞いたら、ゲーム機を持っていったから。

さっそく電話がきた。先生が、いろいろ教えてくれた。その他にも、授業中の私語が、注意してもやまないとか、朝早く体育館の裏でお弁当を食べたとか、あめを持って行ってるとか、私語が多いとかいろいろ。それにしても先生も、小さいことでぐちぐちうるさいなあ。

あ〜あ、気分が暗い。カンチも、なぜ決まりを守らなくてはいけないの？ といろいろ聞いてくる。ゲームのルールと同じで、集団生活には決まりがあるから、それを守らないなら、そこにはいられないと、話す。もしどうしても、決まりがいやで、学校に行きたくないなら、学校をやめて、家をでてもいいよ、町はずれまで車で送ろうかと言ったら、いいって。

絵に描いてみせる。家族の円と、中学校の円が重なってるところにカンチがいて、それら全部をかこむ日本という円。中学校の円を飛び出せば、中学校の決まりは守らなくてすむということ。家を出る覚悟で、やるならやれと。

カンチはカンチで、ママも同じことを2回も3回も言わないでよ、繰り返すなら、紙に書いて、むかむかするから、と言っていた。

あと、私語については、「授業おもしろくないんだもん」って。それは、同情する。確かに、おもしろい先生や授業なんて少ないだろう。ママはそうしてたよ」

「マンガでも描いていれば？」

「描くと怒られるんだもん」

「じゃあ、耐えるしかないよ」

11月11日（土）

きのうは、カンチとケンカしたままむかむかした気持ちで寝たが、朝、ゆっくりとそのことを反芻《はんすう》してみた。そして、なんとなく、むかむかの原因がはっきりとした。つまり、私が言いたかったことは、家族という円は、安らかでなくてはいけない。私が仕事のことを家庭にもちこまないように、カンチも仕事（中学校）を家庭に持ちこむな、ということ。

あめやゲームをもっていかないというルールは簡単に守れるはずだから、その程度のことで家庭の安らぎを壊すな（先生から家に電話がきたこと）、ってこと。家という円は、できるだけ安全、安心に保ちたい。あめとかゲームとかそういう、生死にかかわらないくだらないことで、時間をとらすなと。でも、生死にかかわるとか、これは重要な局面だ、というところでは、守るから。

ゆるいことで、怒られるような隙を見せるな、っていうことです。

というようなことをカンチに話したが、もう今日になったら、きのうの気持ちは薄まってて、私のテンションもさがってて、どうでもいいかという気持ち。

テレビをみながら、「のだめ」の指揮のまねして近づいて、カンチのおなかのところに置いてあったこんぺいとうの袋からこんぺいとうをこっそりとって食べたら、「どろぼう！　バカ！」と言われたと、さくが走ってきた。

平和な土曜日だ。

「ぴったんこカン・カン」は、高嶋ちさ子。ずっと前に、テレビでしゃべりを聞いた時から、かわいくておもしろい人だなあと思っていたが、やはりおもしろかった。家族そろってのせっかちぶりのエピソードが特に笑えた。自分はSで、安住アナはM、という話をしていたが、それって、表面と内面は微妙に逆でもある。安住アナの、困ってる顔をしながらもいつもけっこう冷たいコメントを発するところなんて、クールだよなあ〜と思うし、高嶋ちさ子も、けっこう好きな人に関しては傷つけないように気を遣ってそう。思いやりもありそう。安住アナは、あのクールさをのばしてほしい。おもしろいので。

そうそう、それよりも、録画していた「世界遺産」を見ようとしたら、バレーボールかなにかの試合があって時間が30分ずれてて、その前の「情熱大陸」がはいっていたのだ。体操の冨田洋之《ひろゆき》。ああ〜、前のオリンピックで見た。暗い顔立ちで、好きな感じだったんだった。なんか、ますますニュアンスのあるいい顔になってる。で、そのまま見てみた。

そうしたら、おもしろかったのです。25歳。無口。学食で牛丼を食べている。

食事には気をつかってないんですか？

「ぜんぜん」

それっきり会話なし。

取材の人もその口数の少なさに困っている。練習に向かう廊下で、
ちょっと怒ってます？

「いや、いつも通りです」

そして、そのあとのインタビューで、

「おもしろくないですよね、人間として」と言って、にやっと笑った。

自分でそう思うんですか？

「そうですね。リアクションが薄い」

部屋に、マンガ、本棚もなければCDもあまりないと言う。

なにしてるんですか？

「テレビです」

体操→テレビ→睡眠→体操、という毎日。

体操の夢をよくみるという。

あたらしいやり方や、あたらしい技の夢。そして、起きてからそれをやってみたり。

1日8時間（だったかな？）の練習。休みはなく、「冨田の真似は誰もできない」、と

人が言う。

動じない……、いつも平常心なんですか？

そんなこと聞かれても困るといった顔。

体脂肪率を計ると、エラー。測定不能。それほど、脂肪がない。「あるとは思うんですけどね」と、腹部の筋肉に張り付くうすい皮膚を指でひっぱった。

実家に帰った時の様子が映る。おかあさんがいちばんの理解者らしい。

昔からこんなに無口なんですか？

母「しゃべってますよ。聞こえないだけで。ハハハ」

みんなで居間で麺類《めんるい》を食べている。

お嫁さんはどういう人がいいですか？

母「ようしゃべる人。言葉じゃないんですよね。体で表現してるから。それを察しないと、どうしようもないんですよ。それを、つまらないと感じるんだったら、ダメかなあ〜、うん」

引退後はどんな仕事をしたいかと聞かれて、

「あんまり考えてないですね。体操しかできないから。ただ、今は一生懸命やるだけ」

勝ち負けではなく、美しさを追求する姿勢に変わりはないですか？

「むずかしい技をいかにきれいにできるかですごさがでますし。……ずっとこれでやってるんで……」

うーん、冨田。かなりのストイックさ。取材の人の困ってる様子がよく伝わってきたが、それでこそだ。職人みたいなものなんだから、しゃべるはずがない。というか、しゃべるべきではないよね、よけいなこと。それでよければ、ということで取材もOKしたんだろうし。おもしろかった。ここまでサービスしないということは、気持ちがあっちこっち行ってないってことで、まさに一意専心。かっこいいなあ。

こういう人は、ことさらなにもしなくても、時期がきたら、お嫁さんが向こうからやってくるような気がする。すーっと来る人が、その人。ちょろちょろまわりを見てないだけに、間違いもなさそう。というか、その人がどういう人でも、疑問の余地なく、決まってるっぽい。そして、その人によって、広がりそう。

『「ばらとおむつ」第91号

ご無沙汰《ぶさた》しております。最近、急いでやらなくてはいけない事がありまして、なかなか通信を書く時間がとれません。

しげちゃんにコタツを作ってみました。市販品を買おうかと思ったのですが、自分でも作れそうだと思ったのと、値段が結構高かったので、うちの椅子と机を利用して作ってみました。でも、やはり買ったほうがよかったでしょうか。

一人用の小さいやつならそれほど高くないので、そのうち買うかもしれません。こちらの家具屋さんでは予約待ちの人気でした。

今朝、寝起きにしげちゃんがめまいがしたそうです。ちょっと体が弱った感じがしたので

すが、食事も普通だったのでリハビリセンターに出かけました。

センターで血圧を測ったら、血圧が高かったそうです。

薬を飲んで休んだら血圧が下がったので、後は運動などで過ごしたそうです。

私は最近しげちゃんがとても元気で回復著しいので、すっかり安心していましたが、やはりりしげちゃんは病気でした。

今日は普段できていた動作も苦しそうでした。ちょっと楽観しすぎたと反省しました。リ

ハビリセンターが病院の隣で、通路で繋《つな》がっているので、こういう時はとても安心です。

具合が悪い時でも、すぐに隣の病院に連れて行って診察してくれるので、心配しなくてす

みます。先生も親切な人たちで助かります。

ちなみに私が以前、あまり出来が良くなかったと言っていた私の同級生は今福岡にいて、

ここの病院にいるのは、あの同級生のお兄さんたちだそうです。ますます安心しました。』

11月12日（日）

正月のおせちをいろんなところに注文して、食べるたびに、もうやめよう思うのに、先

日、「らでぃっしゅぼーや」のおせちの広告を見て、つい注文してしまった。カンチも、

これはおいしそうだねと言うし。それで、来年のお正月は、家に来てねと、せっせに伝え

る。みんなで一緒にそれを食べようと。

するとしげちゃんが、楽しみにしているようで、「お雑煮もあるのね？」

「うん、お雑煮は私が作る」

……思い出すのは、いつかの正月。

しげちゃんが、みんないらっしゃい、おせちを用意するわ、と言うので、私は行きたくなかったが、しぶしぶ子どもたちを連れて行った。

10時と言われたのでその時間に行ったら、まだなんの準備もできていなくて、部屋も寒く、これからこたつをだして、ストーブを持ってくると言う。ああ〜、やっぱりだ。どこかへ行く時も、準備が遅く、その時になってからばたばたあわてて何かを始める人だった。子どもの頃、どんなにそれがいやだったか。

寒い寒いと思いながら、みんなで待っていると、ずいぶんたってから、お雑煮が出てきた。そういう、段取りの悪さは、私の場合、ありえない。

「それに、君の家だったら、たとえ待たされても、寒くないしね」と、せっせ。

ということで、お正月は家で。お正月の雰囲気は嫌いなんだけど。嫌ってもなくならないから、しょうがない。気持ちがあらたまる感じはいいんだけど、きちんとした服を着たり挨拶《あいさつ》したりを、たとえ自分はしなくても、人々がしあうのが、見ていて疲れる。

日曜日の午前中の陽だまりの中、ごろごろしている。カンチは最近はピアノ。ギターからピアノへ。その音を聞きながら、ブランコにさくと乗るのが、近ごろの習慣。ピアノの音にあわせて、さくの背中をトントンたたくのが気持ちいい。

さくが、「ママ、また結婚しないでね」なんて言ってる。

「なんで？」

「パパと会えなくなるから」

「会えるよ。でも、しないと思うよ。そういう人いないだろうし。……でも、みんなが大好きになる人がでてきたらどうする？」

「でも……」

「わかった。しないよ」

『11月15日（水）「ばらとおむつ」第92号

だんだんと寒くなってきました。しげちゃんは運動不足ですが元気です。ご飯はおさえているのですが、なかなか痩《や》せません。でも体重の増加は抑えられているみたいです。このまま安定してしまうかもしれません。

図書館に行ってきました。例の大活字シリーズです。しげちゃんはこのシリーズがお気に入りで、もっとこのシリーズを充実するべきだと熱っぽく語っていました。リハビリセンターでも毎日大活字シリーズを読んでいるそうです。虫眼鏡を買ってあげたのですが、しげちゃんは使ってくれません。

虫眼鏡は嫌いなんだろうと思っていたのですが、今日、なぜ虫眼鏡を使わないのか判明。なんと虫眼鏡を使うと視力が悪くなると思っていたみたいです。それはしげちゃんの思い違いだろうと言っておきました。

今週の日曜日はいよいよ産業文化祭があります。ともかくＪＡのくれる粗品だけでも貰《もら》いに行こうと話してます。』

11月16日（木）

夕方の語らいに。「たこのやわらか煮」というのを買ったので、それを持っていき、柿を3個もらう。私の好きな堅い柿だったので。

だんだん寒くなったね〜と話すが、今は相撲があるので、しげちゃんは相撲に夢中。

「愛子さまみたいだね。変わってるよね、愛子さまって。あの年で相撲が好きだなんてね。相撲だよ、相撲。なにしろ、相撲。愛子さま、あの無表情もいいよね〜」

私がグーグルアースで見つけた好きな場所は、イスラエルのガザ地区の南の灌漑《かんがい》用水が緑色の丸をいくつも作っているところ、デンマークのパッチワークのような短冊状の畑、エジプトのピラミッド近くの建物が描く模様、ナイジェリアのカノの郊外の家などです。

『11月17日（金）「ばらとおむつ」第93号
さむくなってまいりました。しげちゃんの服もずいぶん厚着になりました。寝るときなんて、まるで布団や服に埋もれるようにして寝ています。あの家は本質的に寒いですが、まだ、今しげちゃんのいる部屋は暖かいほうです。反対側の台所やリビングは冬になると屋外なみに冷え込みます。

神様というのはいるのでしょうか？

しげちゃんは神様のことをよく話題にしますが、私は信仰心が無いので神様にはあまり関心ありません。でも、きっと私が毎日しげちゃんの世話で朝から晩まで苦労しているのを見ていた存在があるのでしょう。しげちゃんが郵便局の簡易保険に入っていたので、今日保険金を請求してみたのです。

隣町の病院まで行って証明を貰い、ずいぶん手間がかかりました。その割にあまり期待していなかったのですが、なんと保険金が現金でその場で出ました。51万6千円。しげちゃんが3ヶ月入院していた間に稼いだお金です。しげちゃん、脳梗塞《のうこうそく》になって、ずいぶん稼ぎが増えたね。焼き芋や堆肥《たいひ》を売っていた時は毎月数万円の赤字だったのに。まあ、このお金も大部分はしげちゃんが簡易保険から借金していたお金の穴埋めに使われるわけですが。でも、日曜日の産業文化祭で何かあまり高価でないものを買ってあげてもいいかなと思います。あと、むろん日々やってくる支払いの助けにもします。

神様のお助けですよ。いつも厳しい綱渡りで生活を乗り切っている私を哀れんで神様が恩寵《おんちょう》をくだされたに違いありません。ちなみにしげちゃんが今欲しい物は脱穀機。私が買おうか迷っているのはしげちゃん用のコタツです。

今日も今日とて、Sおじさんと喧嘩《けんか》です。喧嘩といっても一方的に私が非難されて、それを黙ってたえているばかりですが。さすがにうるさく言われて頭にきました。そろそろあの人との付き合いも考え時かと思っています。お金を貸してくれといってみたり、急に俺は金に困ってない、新しい家を建てるつもりだといってみたり。思うにプライドが高いというか、見栄っ張りな人だと思います。まあ、これはしげちゃんもそうなんですが、内情はぼろぼろのくせにどうだ俺はすごいだろうと空威張り、見栄を張る性格だと判断しました。』

遠くに行ったので、おみやげに風呂《ふろ》上りに濡《ぬ》れた髪にかぶるしゅわしゅわしたタオル地のキャップを買ってきたら（色ちがいの3色）、みんな風呂上りでもないのに、それをかぶって家の中をうろうろしている。

カンチとさくの、変な体質。

カンチ。小さな頃から、のどの奥から米粒大の白いものがたまにでてくる。あ、でるなと思ってこんこんとせきをすると、その白いのが飛び出してくるらしい。

さく。右、左、右、左と交代で、鼻の穴から、でっかい鼻くそがでてくる。あ、でるなと思ったら、ふんふん鼻をかむと、さきっぽがでてくるので、それをひっぱりだす。大きさは、1センチ角ぐらい。でてきたら、いつも見せてねと、お願いしている。それを見るのが、楽しみ。

11月18日（土）

私「もう、カンチに、仕事の話、しないことにした」

カンチ「どうして？」

私「だって、これは売れないとか、あれやれ、これやめろとか、うるさいんだもん。わかってることを言われるのがいやだ。別に、売れるために作ってるんじゃないのに。好きなことができるのがうれしいんだから」

カンチ「ふふ。それ、カーカが、もうママには話さないって言った気持ちと同じだね」

私「うん」

今日は雨。ひさしぶりの雨。しっとりと落ち着いた休日です。

夕食前、カンチはおなかが空いていたようで、なにからなにまで文句言って、すごくいやないやな感じだった。さくにも怒鳴ったりしている。

夕食後、部屋で仕事をしていたら、さくがやってきて、

「ママ、なにかあったら、黙ってないで話してね。家のことでなにかあったら」

「どうしたの？　急に」

「ちょっと心配になったの」

「なにかあったらってどんなこと？　たとえば」

「言いたくない」

「言って」

「たとえば、ママが病気になって、心配させないようにって、ないしょにしないでね」

「うん。言うよ。ぜ〜んぶ、さくに言うよ。さくも言ってね」

「ホント。……カーカってさ、ちょっとのことでも、さくに大きな声で怒るよね」

「うん。……カーカって、あんまりいいカーカじゃないよね」

「カーカのうた作ったの。……カーカといっしょに帰りましょ〜（カラスの歌のメロディで）」

11月19日（日）

夜、テレビでバレーやスケートや、映画があって、みんなそれぞれ自分の好きなものを楽しく見る。カンチは、明日テストなのに、勉強しないで、興奮ぎみに、しゃべったり、叫びまくっていて、ハイな気分でおたけびをあげてたら、さくが「カーカのそういうとこ、きらい」と冷静に言ったが、私はどちらの気持ちもわかるので、「どちらの気持ちもわかるんだよね」と、さくの肩をつかんで、慰めるように言った。

『11月20日（月）「ばらとおむつ」第94号

しげちゃんと産業文化祭に行って来ました。トイレとか心配したのですが、さほど問題にならず無事楽しんできました。一番のメインは、なんとかいう歌手のステージでした。私はあまり演歌に興味ないので知らないいんですが、田舎ではとても人気らしくて黒山の人だかりでした。ぶじに歌謡ショーも終わって、みんなが一斉に立ち上がった時、それはおきたのです。

「ど、どろぼ、、、」

わたしはもうすこしでどろぼうと声をあげるところでした。なんとあの昔の友人の、手癖の悪いことで有名なPちゃんが、しげちゃんに声をかけてきたのです。この前会った時は逃げるように去っていったPちゃんが、こんどは向こうから声をかけてきました。私はいつもこの人をずいぶん悪い人のように書いていますが、本当はそんなに悪い人ではありません。ただ、少し手癖が悪いという噂があるだけです。

それにしてもどうしてしげちゃんに声をかける昔の知り合いはみんな笑いながら「よく元気になったたねえ」と言うのでしょうか。まるで相手の心の声が聞こえるほどよくわかります。

「あらあら、しげこさんも随分落ちぶれたね。脳梗塞はほんとうに怖いね。もうこの人もだめだろう」』

2〜3日前の夜、トイレに行く途中だと思うが、廊下でカンチが、壁にもたれかかって、どこかを見るともなく見ているような様子をしながら、しばらくたたずんでいた。そういう姿って、日常の中であまりしない動作だったので、なんとなく不審に感じたのか、さくが、「カーカがじっとしてた」と言った。私も気になったので、「さっき、あそこで、ぼーっとして、なにを見てたの？　なにしてたの？」と聞いたら、ああ〜と、にやにや笑って、教えてくれなかった。気になる。つまらないことなのだろうけど。

寒い日がしばらく続いたあと、暖かい日が続いたので、黄色いちょうちょが数匹、庭をひらひら飛び回っている。

冬休み、パパのところに遊びに行くさく。楽しみにしている。

「パパと遊んでると、4日が2時間ぐらいにしか感じられないんだよ。映画を見ても、10分ぐらいだし、ごはんを食べにいっても、10分ぐらいみたいなの」

「ふ〜ん。それはね、たのしいって、ことだね」

11月21日（火）

朝、カンチとテレビを見ながら、

私「『東京タワー』って、ドラマでもやるんだって。もこ、だってよ」

カンチ「いやだな。だって演技が下手なんだもん」

私「そうだよね〜。下手な演技、見させられるのっていやだよね」
カンチ「もこって、背が高いだけだよ」
私「ホント。大泉って人が、いちばんリリー・フランキーに似てたね」
カンチ「倖田來未《こうだくみ》って、いい人だよ。絶対いいと思う」
私「どうして？」
カンチ「わかるんだよ。泣いてたもん」
私「へえ〜」
カンチ「沢尻エリカは悪評だったけど。性格悪いって、みんな言ってるし」
浅田次郎が、なんかインタビュー受けてる。
私「こういう作家に自分の本のこと聞くのってつまんないよね。だいたい、謙遜《けんそん》するか、悪く言うもんね」
カンチ「そうだね」

蠅の謎。
仕事をしていると、蠅が飛んでくる。はえたたきで退治する。しばらくすると、また、飛んできて、退治して、飛んできて、退治してを、何度も繰り返した。どういうことだろう。部屋をぐるりと探索する。どこにも蠅の姿はない。戸を閉め切っているのに。どこかから発生してくるのだろうか。おお、いやだ。

そこへ、電話。造園の末川さん。枯れてる木の枝を切ってくれるという。末川一家がやってきたので、いろいろ語りながら、作業を眺める。

「あったかいせいか、すごく蝿が多いんだけど、なんでかな？」

「そうですね。うちもいますよ。昼間になると、おりてくるんですよね〜。夜は寒いから天井にくっついてるんですよね」

「ええっ！　そうなの？　だから、さっきから、5分おきぐらいに一匹ずつガラス窓にくるんだ」

「そうですよ」

「へえー、よかった、聞いてみて。これでわかった」

すっきり。

夜、ごはん中にカンチと喧嘩《けんか》。学校へ提出する紙。参観日の出欠に、○×をつけて点線で切りとって提出するというもの。それに×をつけて、それを渡しながら、「これ、切ってだしといて」と言ったら、「ママが切ってよ」と言う。「カンチが切って」「ママが切って」で喧嘩。切ることもしないのかと、あきれた私は、そういうこともしないっていうなら、ママももうサービスしないよ、と誕生日もお年玉もあげないと言う。

人にものを頼むんなら、そういう言い方をしろ、みたいなことを言う。どういうつもりなんだろう。自分のことを、私の子どもだと思ってない。不思議なことに、私と対等に思ってる。しかもそれは、2~3歳の子どもの頃からそうだった。

『11月25日（土）「ばらとおむつ」第95号

しげちゃんは相撲が大好きです。相撲のある時は、帰宅してから弓取り式までひたすらテレビの前から動きません。時々、呼吸しているのか心配になることがあります。目を見開いて画面をにらみつけて口は半開きです。

時々手を挙げて、右か左かを予想します。手を挙げるのは義務です。私がエプロンをかけて食事を食べさせようとする時も上げようとします。食事の時は私にたしなめられます。予想の結果は紙に書いて残します。でも二度とそれを見返す事はありません。そもそもなんと書いたかもあやふやです。

これはしげちゃんが書いている予想勝敗表ですが、これを見るとしげちゃんの病気が根深いのがわかる気がしませんか？

私はどうしてもしげちゃんが死ぬまでに一度、しげちゃんを相撲に連れて行こうと思ってます。これほど大好きな相撲をまだライブで見たことが無いらしいので、せめて一度くらいどこかの場所につれていこうと思います。』

11月27日（月）

さくが学校から、「文部科学大臣からのお願い」という紙を渡されてきた。

いじめをやめよう。いじめられても、苦しまず、人に話すゆうきをもとう。きっとみんなが助けてくれる。という内容。中学生にもくばられたらしい。

自分宛の自殺予告の手紙がふえて、大臣も、苦肉の策か。全国の子どもたちに、こんな手紙をだすようになるなんて、ひょ〜、すんごい迷走社会じゃないか？ 日本。

私は子どもたちに、もしも、すごく学校が嫌だったら、辞めてもいいから、と言う。すると、カンチが、「ママは逃げるタイプだよね」と言う。

「うん。逃げるんじゃなくて、移動だけどね。逃げる、っていうのは、それと戦わなくてはいけないのに、戦わずに逃げることでしょ？ でも、いじめとか集団になじめないっていうのと、別に戦う必要はないじゃん。悪魔みたいな人っているから、そういう人がもし相手だったら、戦おうとは思わないよ。選択の余地がないならだけど、余地はいっぱいあるんだから、なにも死ぬほどの無理をしてそんな嫌なところにいなくていいと思うよ。馬鹿みたい。嫌なヤツのために人生を左右されるなんて。ママは絶対、戦わないよ。その嫌な、小さな、せまい井戸から、ただ移動するだけ。そして、もしどこに行っても同じことになるなら、こっちに原因があるんだろうけどね」

「うん。まあ、そういう戦いはエネルギーの無駄だね」

フロで、さくと「世界まる見え！」を見ていたら、韓国の料理で、でっかいオーブンの中に、鳥が、

考える人のように椅子にすわってるみたいなのが、
20羽ぐらい、ずらりと2列に並んで、
こんがり丸焼けになっていた。
その様子に、ふたりでびっくり。大笑い。
おもしろくって。
鳥がこうやってねえ〜、とひとしきり真似する。

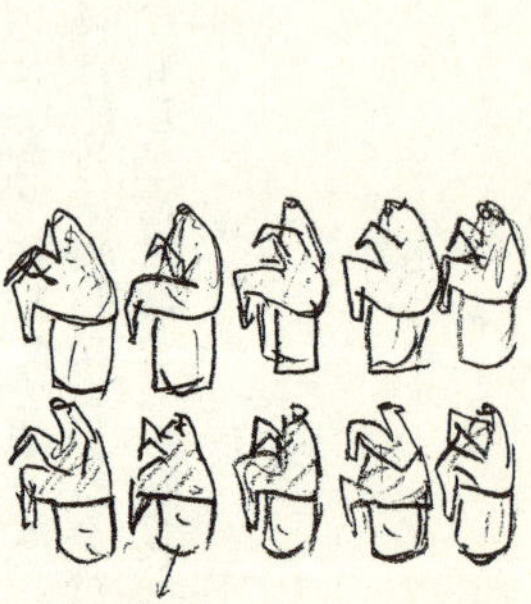

11月29日（水）

「ママって逃げるタイプだよね」が、気になって、考えてみた。そして、「カンチ、逃げるについて考えてみたんだけど、逃げる逃げるって、ママ、自分で言ってたけど、よく今までの自分の人生を振り返ってみると、それほど逃げてる人生に思えないんだよね〜。どちらかというと、攻めてるよね。それとか、すごく嫌なことを、そこまでしなくてもと言われるほど我慢することもあるし、だから、逃げるのは、作戦としてその方がいいと判断して逃げるのであって、それほどいつも逃げてるわけではないと思うよ。というか、逃げなさすぎなぐらいかも」と、カンチに、朝、言ったら、……うなずいていた。ま、もう、どうでもいいのだろうが。

しげちゃんちに、用事があって行く。

せっせは今、しげちゃんちの巨大な倉庫を片付けているそうだ。見に行くと、そこから出したガラクタが、裏庭に3つの山を作っている。まだまだ倉庫の中にもたくさんある。そのガラクタ、どうやって運んだの？　と聞いたら、岩窟王《がんくつおう》のように、コッコツ、ひとりで運んだという。すごい忍耐力。かなり重そうなものがある。タンスなんて軽い方だ。脱穀機や、機械類。

片付けている時に、君の昔の、中学生ごろの絵が出てきたよ、と言う。どこかにあるから、今度、もってくると。そして、裏に感想を書かされていて、「絵は、ほめようと思えばどんなふうにもほめられるし、けなそうと思えばどんなふうにもけなせるので、もうなにも書きません」と書いてあった、君は昔からひねくれていたんだって、みんなで笑おうと思ってね、と言う。

『12月3日（日）「ばらとおむつ」第96号

『今日はしげちゃんの希望で宮崎まで行ってきました。むろんおじさんの病院にお見舞いです。おじさんのいる病院は大きな病院で、精神科は特に有名らしいです。しげちゃんは以前から一度お見舞いに行きたいと言っていました。

おじさんは元気そうでした。病院に入ってかなり干からびているのではないかと思っていたのですが、こちらがびっくりするほど元気そうで、周りから比較するとまともに見えます。

さかんにご飯が少ないとこぼしていました。一回にご飯が150グラムしかわたらないそうです。でも、少し瘦《や》せてますます健康になったようでした。以前は食べ過ぎていたので食事制限をかけられたようです。しげちゃんはなにかお見舞いでも持ってくれば良かったなんて話してましたが、入院患者に食べ物を持ってくるのは普通だめです。

おじさんは以前、うちにいるときは、うちが古くてぼろいので御不満でした。最初の頃はショックでうまく順応できなかったらしく、必死で柱を金槌《かなづち》でたたいていた事を思い出します。今はきれいな鉄筋の建物で、部屋もきれいだし、ドアに鍵《かぎ》も無いのできっと嬉《うれ》しいだろうと思います。

でも、私が最初に部屋に入った時の印象は**監獄**でした。私ならこの部屋に閉じ込められたら15日ぐらいで発狂するかもしれません。ちなみに部屋は二階で、窓は鉄格子などありませんがとても丈夫な網入りガラスです。また、下に降りるエレベーターは開けるのに鍵が必要でした。おじさんに感想を聞いてみたら、以前いた施設よりは自由だとの事でした。わりと監視やしめつけが厳しくないらしいです。

「25日に退院しようと思うんですよ」などというので、あなたの帰る家はもうありませんと返事してやろうと思ったのですが、しげちゃんが一生懸命止めるので、うまく相手に伝わりませんでした。あらためておじさんがうちから出てくれて良かったと思ったしだいです。』

夜、どうもカンチが大人しいと思ったら、私の部屋でパソコンをしていない。それは、おととい、ケンカしてさくの手を爪のあとがつくほどつまんだので、私が怒って同じことをしようと、こっちへ来なさいと言ったら来なかったので、じゃあパソコンもう貸さないよと言ったら、いいよと言ったから。私は、ケンカでも、つまむという行為がきらいで、いつもつまんだらけっこう叱っている。

だから、カンチが静かなのだ。忘れていた。そして、後悔しているらしく、「さくに自分の腕をつまませるから」なんて言ってる。「ダメ」と言ってるのに、ポテチをあげるから自分の手をつまんでと、さくを買収して、つまませたりしてる。でも、無駄だったけど。「これあげるから、カーカの腕をつまんで、って、カーカにもらったの」と、さくがポテトチップスの箱を指して言っていた。後悔先に立たず。

12月4日（月）

買い物に行ったら、せっせとばったり会う。

「最近、寒いから、しげちゃんちになかなか行けないけど、元気？」と聞くと、元気だと言う。きのうのおじさんの様子を聞くと、ずいぶん元気そうで、長生きしそうだと思った、とのこと。

12月5日（火）

今月になって、朝、7時40分に、カンチの担任の先生から毎日電話が来る。遅刻がなおらないので、電話することにしたのだそう。先生の苦労がわかる。その苦労は、かつてカンチがまだ幼い頃、私が感じた苦労と同じだと思う。カンチンという人は、まったく、なにも恐れないので、言うことをきかせるのが本当に難しい。彼女にとっては、遅刻は悪くないらしい。人に迷惑をかけてないということで。先生は、遅刻してはいけないという決まりを守らせる、規律を守るという理由で遅刻しないように注意しているのだけど、彼女が心の底からそうするべきだとは思っていないので、なかなか遅刻がなおらない。で、手を焼いて、先生も友だちに協力させたり、内申書に響くとか、推薦をもらえないと言ったり、いろんな手段を講じたらしいが、どれも功を奏しない。なにしろ本人が悪いと思ってないんだから。私は別にそれでもいい、と思っている人を、変えさせるのは大変だ。こういう子こそ、暴力で痛い目にあわせるとかしかいうことをきかせる方法はないのだろうけど、今どきそんな恐怖心で人をあやつるみたいなことはしたくないだろうし（私は子どもの頃、鬼のように怖い顔をして、そうやったけど。ホント、そういうことしかなかった。で、後悔するのはこっちなんだよ）。

もう十数年もあの子を見ていて、私は思ったけど、私という親や、義務教育の先生というような、扶養や保護する義務のある大人にとっては、こういう子どもには本当に手を焼く。というのも、本人も自由に生きたいし、それでいいと思ってやってるんだけど、年齢はまだ子どもだから放っとくわけにもいかず、とにかく18歳ぐらいまではお互いにきゅうくつな思いをしながらつきあわなきゃいけないから。本当なら、もうひとりで生きていけって、泳がせるべきタイプなんだよね。こういう人は。他の国なら、かなり早い年齢で、家を出てどっか行ってると思う。でも日本に生まれたってことは、ここですべき何かがあるってことだろうけど。まあ、とにかく、まわりの大人が、手を焼くタイプ。悪いことをするとかそういうのじゃなく、勉強も、運動も、まあまあできるし、友だちも多いんだけど、とにかく、大人がいうことをきかせられない。まったく、こう、……いらいらさせられます。早く、大きくなって、本来の行くべきところに行ってほしいよ。

12月6日（水）

そんなカンチは、今日は風邪で休み。学校でも流行《はや》ってるそうだ。さくもきのうからのどが痛いと言っていた。

昼前に起きてきたので、どっこいしょと、玉子雑炊を作ってあげる。

雑炊を食べながら、歌番組をみている。私は、自分が見たいテレビは見たいけど、見たいもの以外のテレビは、すごく見たくないので、聞きたくない歌番組とか、お笑いのバラエティは、聞こえてくるだけですごく嫌だ。そういうところが、子どものいる弊害だ。そういう時は、自分の部屋に行くけど、台所にいると聞こえる時があるので、聞きたくない時に聞きたくないものを聞くと、すご〜く、嫌な気持ちになる。

薪《まき》ストーブを、今月になって焚《た》き始めた。

その薪の中に、ひとつ、根っこの部分で、大きすぎてストーブにはいらないのがあった。それを斧《おの》で、きのう小さくしたら、そのせいで足が筋肉痛。たったの5分ぐらいだったのに。そして、でっぱりを切ったけど、それでもはいらなかった。あとは、もう、半分に割るしかない。それは、大変そうだけど、このまま無駄にするのはどうしてももったいないので、これから少しずつ割ろうと思う。斧っていうものが怖い。どうしても、それで足でも折ったらとか、悪い想像がふくらんで、びくびくしながらやってる。カンチも、そういうふうに、よく想像するらしい。

ゆうべ、乗馬フィットネス機器を、注文してしまった。

見てたらどうしても欲しくなって。いかん、ダメ、また腹筋のやつとか、ああいうのと一緒で、すぐにやらなくなる、とも思ったけど、どうもよさそうだったので。ステップマシーンみたいに、もう何年も断続的に使ってるという成功例もあるし、と、思い切って、インターネットの注文ボタンを押した。ナショナルのジョーバ。高いのと安いのの中間どころのやつ。非常にたのしみ。

薪を、怖い斧でなく、のこぎりで切るということを思いつき、すこしずつ切っている。

夜、中学校で、いじめが原因で転校した子どもの説明会があったので行く。状況説明のあと、自由に意見を言うのだが、みんなさまざまで、意見を言う人のだれもかれもがそれぞれだ。私はじっと黙って聞いていたが、人ってさまざまだからこういうものだなと思う。あまりにも、立場、意見、価値観、感受性、その事件に関する知識、理解度がそれぞれの人で違うので、意見はでたにはでたけど、まあ、それぞれだね、って感じ。こういう話し合いを何回も重ねたら、すこしずつ方向性も見えてくるのだろう。やはり時間をかけて積み重ねるしか、人が分かり合える方法はないのだろうな。

学校側は神妙に謝るいっぽうで、責任を感じてる担任は、今までになく消え入りそうな小声で、そんなにまで小さくならなくてもと思う。息が詰まる。そのまま帰りに、5～6人で、近くの友だちの家で紅茶を飲みながらしゃべって、やっと息がつけた。

帰ったら、こないだ調子にのって、D&Gのワンピースをネットで注文したのが届いていたのだが、失敗した。よくサイズを考えずに注文したら、完全に小さかった。36号。暗い気持ちになる。誰かにあげよう。

12月7日（木）

雨。しっとりとして、寒くない雨。カンチは今日も、からだが痛いというので休み。

燃えるゴミの日なので、外のゴミ置き場まで持って行く。

こんなゴミを集めてくれるなんて、ありがたいなあと、感謝の気持ちがわきおこる。

分業って、ありがたい。本来なら、自分のゴミは自分で処理しなきゃいけないのに、他の人がやってくれる。そのかわり、私は私の仕事をするのだ。仕事を細かく分けて、それぞれの人がどれかを受け持つ。それが分業。人口が多くなればなるほど、仕事も細分化していく。え？　こんな？　なんていう、すごい職業もありそう。これが仕事か、というような。

12月8日（金）

カンチが、「小学校クラス対抗　30人31脚全国大会」の予告を見て、これ、嫌いなんだよね、と言うので、ママも、と言う。めずらしく、意見が合う。

夜、テレビガイドを見たら、明日のその番組にまるがつけてある。

「あれ？　カーカ、これ、嫌いなんじゃないの？」

「うん。雰囲気がね。小学生っていうのが好きじゃないんだけど」

「どうしてまる、つけてるの？」

「参考にね」

「何の参考？」

「もしやった時の」

「ふ〜ん」なんだ、見るんじゃん。

小さかったワンピースをカンチに、これ、着られる？　と着せてみた。すると、ウエストの部分から上にファスナーが上がらない。ぐいぐいやっても、ダメ。風呂《ふろ》にはいって、でたら、まだそのワンピースを半分着たままコタツに入ってるので、脱いでよ～と言って、最後にもう一度、ぐいーっと力いっぱい引き上げたら、ファスナーがしまった。おおっ、と言って、立たせて、どう？　と聞くと、すごい窮屈、と言う。確かに、ぎゅうぎゅう詰めって感じ。ハムだ。今にも千切れそう。これは、ダメだね。だれかに、あげようか、だれだったら入るかなと考える。棒みたいに細くないと、入らないね、この服（いました。たったひとり。神戸に。さっそく送ったら、ちょうどよかった……というか、中にセーターまで着てる写真を送ってくれた）。

12月9日（土）

私はコタツで本を読んでいた。さくは、かたわらで、なにか歌いながら動いていた。

そこへカンチがやってきて、

「そっかー！　カーカとさくって、やっぱり同じ血が流れてるわ！　ひとりでもうるさい」と、感心したように、新しい発見をしたように言う。

「え？　そうだね。そういえば、ひとりでなんか言ってるね。トイレでも歌、歌うしね」

「でしょう？」

カンチ、さくの様子を見て、自分と共通のものを感じたらしい。

ジョーバが届いた。最初のうち、みんなで、ひっぱりだこ。次から次と、交代で乗る。ぐいーん、ぐいーん。ふうん、こういうものか。なるほど。続けばいいのだけど。

カンチ、きのう、「カーカ、いい人になるから。決めたから」って言ってたのに。

ゲームの、「絶体絶命都市」とかっていうサバイバルのをやってて、それをさくが面白そうにずっと見てて、カンチが終わったので、やらせてと言ったら、やらせてくれて。そうしたら、しばらくして、さくが、くすんくすんって泣きながら、階段をおりてきた。聞くと、しばらくさくがやってたら、ちょっとやらせて、と言ってとりあげて、海の中にはいって水を飲んだらどうなるか知りたくて、海にはいったり、高いところから落ちたらどうなるか知りたいって言って、さくの主人公をわざと高いビルから落として、死なせてしまったらしい。カーカ、意地悪だよ。

「もう、あのゲームやりたくない」と、さくがしょんぼりしている。

「実験するんなら、さくのじゃなくて、自分ひとりで、自分のでやればいいじゃん。それか、さくの目の前でやらなくてもいいじゃない」とカーカに言う。

『12月10日（日）「ばらとおむつ」第97号

今日は長くしげちゃんがリクエストしていた白髪染めに挑戦です。安くあげる為に白髪染めの薬品を買ってきて、自宅で染めることにしました。まずはしげちゃんの首にタオルを巻き、雨でもないのにカッパを着せます。これで防水は完全なはず。不安げなしげちゃんの表情が哀れをさそいます。

ものすごく目にくる、強力そうな薬品を髪に塗りました。とても苦労しました。そもそも私は自分の髪も他人の髪も染めたことは無く、今回が生まれてはじめての挑戦だったんです。説明書を覗《のぞ》きながら一生懸命でした。とりあえず塗り終えてしばらく養生している写真です。液体のついた皮膚も色が黒く変化してしまってます。なんだかとても不安がつのります。

しげちゃんはテレビを見て不安な心を静めているのでしょうか。

さあ、時間もじゅうぶん経過しました。二回シャンプーします。

冬なので、あまり暖かくないです。そのため服を着せたままでシャンプーしてみました。予想以上に大変でした。

さて染まり具合はどうでしょう。おお、ちゃんと染まっているじゃないですか。栗色でいい感じです。年寄りは真っ黒に染めると違和感があるので、なるべくなら明るめの色が良いと思って、ちょっと明るめの色にしてみたのですが、正解でした。しげちゃんも気に入ったようです。なんとかうまくいきました。

しかし、もう家で染めるのはたくさんかもしれません。美容院で染めてもらうと３０００円だそうです。家で染めれば１０００円です。でも液を塗ったり、シャンプーしたりするのは予想以上に大変でした。2000円でやってくれるのなら、それぐらいはだしてもいいと思いました。そのほうが仕上がりも綺麗《きれい》ですし。』

12月11日（月）

朝、さくが「学校は好きで楽しいけど、本当におかしくて笑ったことない。笑うふりをしてるの」と言ったら、「カーカもだよ」とカンチ。

そういうものだよな〜。

「家は楽しいの？」とさくに聞くと、「うん」って。

夕方、カーカが帰ってきた。お腹がすいてるらしく、目にはいるもので気に障るものを次々と攻撃し、怒鳴り始めた。こういう状態のときは、なんくせつけられるから、去ったほうが無難。なので、部屋にひっこむ。お腹がいっぱいになったら、攻撃は終わった。

さく「ママ、夢ある？」
私「うん」
さく「なに？」
私「……人を助けたりすることかな。さくは？」
さく「1番目は、野球選手」

私「うん」
さく「2番目は、パパとママと一緒に住むこと」
私「うん。（それは無理）」
さく「カーカがやさしくなれば、カーカもいいけどね」
私「（それも難しい）」
さく「もしね、不幸が連鎖で起こったらどうする？」
私「どういうこと？」
さく「ママが死んだり、誰かが死んだり、仕事がうまくいかなかったり……」
私「ああ〜。わかんない。その時に考える。さくは？」
さく「わからない」
私「わからないから聞いたの？」
さく「うん」

12月13日（水）

また、「プロフェッショナル」を見て泣いてしまった。りんご農家の木村さん。農薬も肥料も使わない自然農法でりんごを育てている。8年間も花が咲かなかったのを耐えた。非常識な農法に、世間からも冷たい目でみられ、苦しかった時期、死のうと思って入った岩木山でくぬぎの木を見てハッとしたという。自然の木は、農薬を使わないのに、なぜ害虫にやられないのだろう。土だ。この山の土を再現しよう。言ってることすべてがご神託のようだった。こういう人こそ、すごいと思う。それに、よく笑ってた。

あの「卒業」の詩3つが載ってる「やがて今も忘れ去られる」を、朗読してくれた当時小6、今中2の生徒に、サインとそれぞれの人の名前を一冊一冊書いて、持っていった。中学校の先生に渡したのだけど、ここまでするなんてちょっと押しつけがましいかなあとか思ったりもしたので、緊張したけど、こころよく受けとって配ってくれた。

カンチに、どうだった？　って聞いたら、けっこうみんなよろこんでたよ、と言ったのでほっとする。あげてよかった〜と思った。

ちょうど今、いろいろと難しい問題も絶え間ない時期で、私に出来ることはなにかなと思ったら、これしかなかった。これだけ。詩とか本しかない。だから、私は私にできることをしようと思った。こういう形で、何かを伝えられたらと。

私はこんなふうに、時間をかけてなにかをしてあげるのがすきだ。何年も、時には何十年もかけて、思いを伝えるのが好きだ。本に同封した手紙が、これです。

「2年生のみなさんへ

こんにちは。

みなさんが小学校を卒業する時に、詩を送らせてもらったのを、覚えていますか？

小学校を卒業する子どもたちのことを思いながら書いた3つの詩が入った詩集が、このたび、本になりました。

本になったら、ぜひ、みなさんにもらってもらいたいと思っていました。

卒業式の日の夜の謝恩会で、みんなでこの3つの詩を大きな声で読んでくれましたね。すごく大きな声でびっくりしたし、ちょっと感動して泣きそうになりました。

それは、うれしかったのと、その時の声がとてもまっすぐだったからです。

本当にありがとうございました。

詩に興味のない人もいると思いますが、お礼ということで、受けとってください。詩を好きそうな人にあげてもいいですよ。他の小学校からの生徒たちも、中学校のひまわりの写真が表紙なので、よかったら、記念にもらってください。

みなさんのおかげで、生まれた3つの詩。その中でも、「卒業」という詩が大好きです。

これから、いくつもの卒業を繰り返して、素敵な人生を送ってくださいね。　銀色夏生」

12月16日（土）

朝、7時半に電話。寝ていて出られなかった。

しばらくしてまた来た。せっせからだ。こんな時間、なにか起こったのかな。

でると、「しげちゃんが、今朝、君の声に呼ばれたらしくて、それで目が覚めたらしい。何かあるのかもしれないから、電話してみてくれと言われて」

「ハハハ。それ、夢だよ。夢。なんにもないよ」しげちゃんとも話す。夢を見たんだね。

12月17日（日）

「私の頭の中の消しゴム」がテレビであったので、録画しておいたのを見る。泣いた。チョン・ウソンっていい役者さんだと思った。

吹き替えは、谷原章介と小西真奈美だったが、どちらもすごくよく合ってた。

小西真奈美……、髪を切って、あれは長い黒髪マジックだった、と思った人は多いだろう。

12月23日（土）

お正月にあるどんと焼きの竹切りに行く。お弁当やお茶の手配など。

カンチのパパ、むーちゃんから、カンチに、毎年恒例の誕生日&クリスマスのプレゼントが届く。今年の冬休みは会いにいけます。連絡ください。と、書いてある。

私「会えるってよ。5年ぶりなんだって」

カンチ「どうしようかな」

私「今度、東京に行く時でもいいし、こっちに来てもくれるって。好きなようにしたら？」
カンチ「うん……」
私「でも、普段一緒にいないから、ただ会っても、話すことないだろうね」
カンチ「でしょう？」
私「気まずかったりして」
カンチ「だよね〜。一緒に遊ぶイメージがないんだよね」
私「うん。ものぐさだからね。共通の趣味とか、あるのかな……」
カンチ「大学生になったら会おうかな」
私「返事、ちゃんと書いといてね」
カンチ「うん。年賀状に書く」

12月24日（日）

しげちゃんとせっせを呼んで、ケーキを食べる。
黒豚の鍋《なべ》をしたのだけど、味付けの説明を読み間違って、入れる水の分量を間違えてしまった。水3杯なのに、1杯しか入れず、ものすご〜く味の濃い鍋になってしまった。首をひねりながら食べたけど、あとでわかって、もっと水で薄めればよかったと思った。ドミノを買ったけど、みんな1回しか遊ばず、あとはテレビゲームをやってた。

『「ばらとおむつ」第98号

おひさしぶりです。最近、私はお店から実家の方へ引っ越ししています。なかなか引っ越しが終わらず、いろいろ混乱していて、なかなか通信を書くことができません。こんな時期に引っ越したものですから、実家の方で寒さに震えています。

ほんとにこの家は寒い家です。その分夏は涼しいのですが、冬の寒さは異常です。しげちゃんのいる部屋は唯一まだましなほうです。私の住もうとしている反対側、今までおじさんが住んでいた方は地獄のような寒さです。そこらじゅうに隙間があって、家の中も外もあまり温度が変わらない感じです。今も、キーボードを打つ指が凍えています。しばらくは通信も途絶えがちになるかもしれませんが、許してください。完全に音信不通になったら、それは私が凍死した証《あかし》と思ってもらってけっこうです。

それでも、やはりしげちゃんと同じ家に住み始めたのは良かったと思います。この家は広くて古いので、しげちゃんひとりでは心細いと思っていました。私でも、もし年取って健康に不安があったら、この家に一人では住みたくありません。

今は夜も同じ屋根の下なので時々見ることもできますし、何かあっても対応できますから安心の度合いが違います。幸いしげちゃんのふらつきも秋以来出ていませんし、このまましばらくはいけると思います。

しげちゃんがセンターから帰ってきて、なにやら険しい顔をして手紙を書いています。とても珍しい事なのでちょっと心配になりました。手紙の事を聞いてもあまりしゃべりたがりません。しばらくしてほとぼりが冷めた頃聞いてみたら、なんとあのドロボー、じゃなかったPちゃんがまだ結婚していないので、今日センターで話したおばあさんの息子さんの嫁さんにどうかなと思って、手紙を書いたと話してくれました。
それにしてもどうして年寄りはやたらと誰かと誰かをくっつけようとするのでしょう。それぞれいろいろ事情があるだろうに大して考えもせずに、「よし、この知り合いを紹介しよう」と腰の軽いことです。自分はよいよいで、歩くこともままならないとなっても、とにかく他人に結婚を勧めずにはいられないらしいです。ちなみにそんなしげちゃんも、結婚していた頃はものすごい夫婦喧嘩《げんか》を頻繁にやってました。』

12月25日（月）

きょうから、カンチとさくと私は、東京。ふたりは、さくのパパ、イカちんの家へ。
到着ロビーで待ち合わせしたら、姿が見えたので、さくが走って行ったけど、イカちんはさくに気づかずに私たちの方に歩いてきて、さくは、くるりとひっかえしてとぼとぼ帰ってきたのがおかしかった。

12月26日（火）

おしゃべり本でお世話になったみんなと、お礼の食事会。

私と、トゥトゥ（無事、赤ちゃんが産まれ、元気です）、エイジくん、木崎さん、ミラさん、ユウコちゃんの6人。

会うなり木崎さんが、「さいきん、合鴨農法に興味がある」と言いだし、それを聞いたトゥトゥとエイジくんが、「私も」「僕も」と言っていた。

それからは、シチリア犬のことなど、エイジくんがしゃべり続けていた。あっというまに、時間がたってしまって、まだまだ話したりない気分で別れる。

今年はいろいろと協力してもらい、本当にうれしかった。私が弱っている時だったので、助けてもらったと思う。感謝してます。

12月27日（水）

きょうは、てるくん一家と、ごはんを食べる。ホテルに来てもらって和食にした。偶然、きょうは、なごさんの誕生日で、それをたまたまてるくんから2日前に聞いたので、小さなプレゼントをあげたら、よろこんでくれた。子どもたちも、カードをわたした。

カンチは、なごさんのことをとても買っていて、「なごさんって、本当にいい人だ！てるくんがなごさんと結婚したことは、奇跡だ！」と時々、言ってる。

本当に、なごさんって、人の話を聞くのがじょうずだと思う。真剣にじっと聞いてくれて、それから、ゆっくりと意見を言ってくれる。私はときどき、これは、という肝心なことで誰かの意見を聞きたくなった時、なごさんに聞くことがある。信頼できるし、頼りになるから。

食後、部屋で遊んでる時、てるくんとカンチとたいくんがコンビニに買い物に行った。帰ってくるなり、カンチがなごさんに、「はねるのトびら」の撮影をやってるよ！と言って、なごさん、カンチ、たいくん、さくは、また走って行った。そんなにあの番組が好きなのかな？と思ったら、「花より男子」だった。

部屋から撮影のライトが遠くに見えた。ずいぶん長い時間、見に行ってた。司とつくしがいたらしい。それでカンチは興奮気味。

『12月31日（日）「ばらとおむつ」第99号

お久しぶりです。どうしても時間が取れなくて、とうとう今年も終わりになってしまいました。しげちゃんがどんな具合か、もっと頻繁にお伝えしたいのですが、忙しくてままなりません。

しげちゃんの近況です。まず、健康状態は良好です。寒くて運動が不足していますが、ふらつきも転倒も無く元気にしています。足は相変わらずあまり良くないです。長く座っていると歩くのがとても大変そうです。まあ、なんとか来年まで生きていけそうなので良しとしましょう。しげちゃんも高齢ですからあまり多くを望んではいけないのかもしれません。

クリスマスはみきの家で食事をいただきました。食後のケーキをじっと見つめるしげちゃんです。この日はえらく沢山お肉を食べていたので、大丈夫だろうかと心配したのですが、後でたずねたら「そうだったかしら？」だそうです。

病気の老人にしてはとても胃が丈夫みたいです。

大晦日《おおみそか》に墓参りに行ってきました。造花をいっぱい生けていたのですが、すべて傍らにかたづけられて、隣と同じ花が生けてありました。隣の親戚《しんせき》が先に来て取り替えていったみたいです。今日もとても寒くて、お墓はさらに寒くて、2時頃行ったのですが、まだ氷が残ってました。それでは皆さん良い新年を。』

『1月3日（水）「ばらとおむつ」第100号

あけましておめでとうございます。今年もよろしくお願いします。

お正月はみきの家でおせちをいただきました。とても豪華なお正月になったと思います。

しげちゃんもたくさん食べてました。年寄りがたくさん餅《もち》を食べると危なくないかと思ったのですが、平気な顔してぺろりと食べてました。

豪華なおせちでした。おいしかったです。

初詣《はつもうで》に近所の神社に行ってきました。あそこは参道が長いので、しげちゃんには無理だろうと思ったのですが、今年は駐車場が整備されて、神社のすぐ近くまで車で行けて助かりました。線香の煙に燻《いぶ》されてあの世に近づいたしげちゃんです。

その神社は焼酎《しょうちゅう》をささげるといいという神社なので、とにかく焼酎くさかったです。皆が棚に焼酎をささげて、かつ焼酎をかけて行くので、そこらじゅうが焼酎の臭いで大変でした。

「この神様、だめじゃないの？　あんた毎年お参りしてるけど、去年は脳梗塞《のうこうそく》で大変だったじゃない？」

「ちがうよ、お参りしてたからこれぐらいですんだのよ。病気はもっとしっかりお参りしろという事じゃないだろうかと思うの」

「はぁ？　お参りが不真面目だって、信徒を病気にするの？　それは神様の恐喝じゃないの」

今日はとても寒かったです。こちらは雪が降りました。

しげちゃんは雪が降ってとても喜んでました。綺麗《きれい》なのだそうです。

最近は水仕事もしないので、あまり寒さは気にならないのかもしれません。』

せっせの髪型がすごく変だった。床屋が混んでいたので、自分で切ったのだそう。

「ものすごい虎刈りだよ。特に襟足。まるいおかっぱみたいになってて、その下の方はむらになってる。その髪型の人をもし町で見かけたら、絶対に頭がおかしいと思うと思う。その髪型で外にでるというその感覚が」と、言ってあげる。

カーカとテレビを見てて、寡黙な主人公を見て、

カンチ「しゃべらない感じがいいね」

私「そう。男の人って、しゃべらない方がいいんだよ。絶対。かっこよく見えるんだよね」

1月6日（日）

食事中、カンチが、うんちがどうとかって言って、それをさくが嫌そうにしたら、カンチ「こういうことって世の中にはよくあるんだから、いちいち嫌がらず、宴会なんかの時のために、うんちに慣れた方がいいんだよ」と言うので、
「宴会なんて非日常のレベルに感受性を合わせなくてもいいんじゃない？」と言ったら、そう思ったのか、反論してこなかった。

それから、めずらしく3人でトランプをした。私が勝ったら、カンチが妙ないいがかりをつけてきてケンカになり、1回でやめた。持ち札を故意に、見えないように隠した、なんて言うんだもん。しばらくして、さくとふたりの時、
さく「カーカの思い出が消えていく……」
私「え？　どういうこと？」
さく「キャンプに行こうよ。ぼく、釣りがしたいんだよ」
私「うん。それはいいけど、カーカの思い出が消えていくって、なに？」
さく「ううん…」

私「どうして、どうして？　ね、ね、なんで消えていくの？」としつこく聞いたら、さく「カーカって、ちょっと意地悪なことあるでしょう？　ぼくもちょっとだけわかってないところもあるけど、カーカのいい思い出がだんだん消えていくから、キャンプに行って、いい思い出を作ろうよ」なんて言う。すぐ、カンチに教えといたけどね。こんなこと言ってたよって。

そんな夜、マロンが赤ちゃんを産んだというメールが届く！

かわいい赤ちゃんが4匹、おっぱいを飲んでいる写真が添付されてきた。

わあーっ、よかったねえ！　と、みんなで喜ぶ。うちにいたら、今ごろまだ外で飼われてて、寒さにふるえて、寂しい毎日だったろう。

写真のマロンは穏やかに落ち着いている。あたたかい家の中で、にぎやかな家族に愛されて、こどもまで産ませてもらって、本当によかった。ほっとする。さくが、「ぼくって、マロンね、オスかと思ってたのに、メスだって知って、びっくり～」。

1月7日（日）

お正月はずっと家にいて、ごろごろしていた。なんともしあわせ。実はかなり出不精な私たち。今日は、せっせとしげちゃんがきて、さくとゲームをしている。

マロンの赤ちゃんの写真を見せて、またひとしきり、マロンの境遇をみんなで喜び、感謝する。しげちゃんも、つくづく、よかったね〜と言っている。

かつて、100万円あげるからマロンを飼ってくれないかと、せっせにお願いしたこともあったな……。そういえば、カンチを預かってくれないかと、お願いしたこともあったっけ！

薪《まき》ストーブで焼き芋を焼いて、食べる。

「きのうテレビを見てたら、亡くなったお母さんのことを思い出して、もっと親孝行すればよかったって泣いてる人がでてきたけど、そういう人、多いよ。そういう人ばっかりだよ。よかったね、今、親孝行できて」と、せっせに言う。「おまえはどうなんだ！　という声が聞こえてきそうだけど、私はいいの」

夜は、どんと焼き。河原で、竹のやぐらを正月のしめ縄と共に燃やす行事。

今年は、この地域の子どもの行事の役員なので、いろいろ手伝いをしなければいけないが、行事に熱心ではないので、一生懸命になれないけど、やってる人はすごく働いていて、熱心な人から、たまに叱られてムッとする。しょせんボランティアなんだから、やりたくないことは無理してまでやらなくてもいいと思う。酒やつまみをお盆に載せて、人々の間をまわって、どうですか〜なんてかいがいしくすすめるの、すごく嫌だ。それよりも他の仕事をさせてよ。得意なやつならできるから。裏方とか、手作業とか。接客じゃないやつ。

ま、しょうがないから、ちょろっとやるが。

寒かったけど、火をつけるとだんだん暖かくなってきた。竹の炭で、みんな、持ってきた網にもちをのせて焼いて食べる。私も焼いた。それはすごく楽しくて、来年は焼肉をしよう！という話になる。

けれど、こういう行事も、やってくれる大人がいなくなったらなくなるだろう。クレーン車とか、トラックとか、いろいろ必要だから。準備が大変だし、もうしたくないという意見も多い。私も、数年に一度まわってくる役員の年は、憂鬱《ゆううつ》だ。次は6年後。その時、どんと焼きはまだあるだろうか。明日は、河原のゴミ拾い。

1月8日（月）

カーカももうすぐ中3。そろそろ高校をどこに行くか考えなくてはいけない時期。

「カーカ、勉強派じゃ、ないんだよね～」とつぶやいている。

「どこでも好きなところに行っていいからね」と言うと、「大阪か東京にしようかな～。どっちがいいと思う？」と聞くので、「ママには全然わかんない。自分でピンときたところがいいんじゃない？　どこか、調べたの？」「ううん」

私は、カーカの将来について、自分の意見は1ミリもいれたくない。というより、わからないというのが本音。本当に、人の人生だから、なにも言うことがない。私だったらといわれれば、なにか考えつくかもしれないけど、私じゃないし。なにも意見を言わない方が、子ども自身が自分の道を100パーセント自分で決めることになるから、その方がいいと思う。

「新しい世界にでた方がいいんじゃない？　勉強派じゃないんだったら」

「カーカも、そう思う」

が、意外とものぐさなのも知っている。どうなることか。

1月11日（木）

カンチがマンガを入れる棚が欲しいといいだし、店に見に行ったが、これというのがなかった。それで、せっせに作ってもらおうと、お願いした。簡単なもので、すぐに分解できるようなやつをと言ったら、板をネジで止めただけの、思ったようなものを作ってもってきてくれた。じゃあ、カンチが帰ったころ、電話するからと言って帰って行った。もうすこし遅い時間に来ればよかったけど、僕は寝るのが早いので、と言う。「何時ごろ寝るの？」と聞いたら、「7時半ごろ」。

「起きるのは？」「早いよ、2時ごろかな」

いったいいつからそんなに早く寝るようになったのだろう？

そして、いったい何をしているのだろうか？

そういえば、ジョーバ、最近、乗ってないな。

1月14日（日）

しげちゃんとせっせが遊びに来た。

雲ひとつない、いい天気。青空。

庭のベンチにしげちゃんと並んですわって、しばらくしゃべる。

「今年の冬はあたたかくて、花が咲いたり、芽がでたり、植物も困るよね」

「そうね」

「こないだ来た時にあげたアメの袋のこと、せっせに怒られたよ」

「ホホホ。そうなのよ。見つかったら、また取り上げられると思って、隠してたら、見つかってしまって」

「あれぐらいいいのにね〜。せっせもちょっと厳しいよね……」

「そうね〜」

空を小さな鳥が、ピーッと鳴きながら飛んでいった。

あとがき

せっせからひとこと、10月5日の記述で、メールがおもしろくなくなったらうんぬんの話。別に悪くとったんじゃなくて、本当に必要でなければ送らない方がいいかなと思っただけで、暗く恨んでいたわけじゃない、とのことです。そうなんだ〜。私も、おもしろくなくなったって私が非難したというふうに誤解されていそうなのが嫌だっただけで。誤解は解けました。あと、イチキおじを悪く書きすぎてないかと心配するので、「身内だから大丈夫！」と言っときました。みんな元気です。さくはもうあんまり甘えなくなってるし。カンチもあいかわらず。しげちゃんも、毎週、日曜日に家に遊びに来ては、毎回同じにぎり寿司《ずし》を買ってきて、飽きもせずに食べています。この本は、なにしろ内容がリアルで濃いので、書くのに大変疲れました。身を削った度が高く、終わって、本当にほっとしています。そう思っていた時、こんなメールが届きました。

「第101号「ばらとおむつ」（仮題）通信
皆さん、私のことを覚えていらっしゃるでしょうか？
さかんにしげちゃんに関する出来事をメールしていたあなた方のお兄さんです。
しげちゃんの病状はずいぶん安定してきて、あまりメールする話題もなくなりました。そこで、ついに「ばらとおむつ」（仮題）通信も終わりにしようと思います。とうとう1年近く、100通ものメールを送り続けてしまいました。1年前は、とてもしげちゃんが長くもつとは思えなかったのですが、なんとか1年以上もしげちゃんの命が続きました。それどころか、まだもうしばらくは大丈夫そうです。そこで、この通信も、皆さんにしげちゃんの現状を伝えるという使命を終えて、配信終了ということにしました。送った通信の一部はみきの本に掲載されることになりました。通信の最後にしてはとても素敵なことだと思います。しかし、考えてみると、しげちゃんはまだ亡くなった訳ではありません。まだいろいろ事件はあります。中には報告しておいたほうが良いだろうと思うこともあります。そこで、再度新しい通信を立ち上げようと思うのですが、どう思いますか？今までのようにしげちゃんの近況と、しげちゃんの周りの事件、そして、私がいかにしてしげちゃんを連れて南の島への移住を試みているかを不定期に送信したいと思います。「珊瑚の島で千鳥足」通信とでもしましょうか？皆さんだって知りたくはないですか？「ばらとおむつ」の一部が本になって、おじさんや親戚《しんせき》に伝わったときの、あの人たちの反応を。私はSおじさんがどんな反応をするかをとても心配しています。同時にとても興味もあります。まさか、殴られたりはしないと思いますが…。ということで「ばらとおむつ」は第101号でお仕舞い。これからは他の題で1号から始まります。もし配信の停止を希望される方は、配信停止希望とメールしてください。さもなければ自動的に配信されます。しげちゃんの病状が安定してきたので、私がしげちゃんを連れて南の島へ移住することを試みるという方向を多めにして、通信を書いてみようと思います。

2007年3月10日　兄より』

わお！これもおもしろそうじゃないか！ムム、またやるのか！この『ばらとおむつ』次第か。もし需要があれば、「珊瑚の島～」もお届けします。それでは、銀色夏生でした！

ばらとおむつ

銀《ぎん》色《いろ》夏《なつ》生《を》

角川文庫 14642

平成十九年四月二十五日　初版発行
平成二十一年二月　五　日　九版発行

発行者―井上伸一郎
発行所―株式会社角川書店
東京都千代田区富士見二―十三―三
電話・編集（〇三）三二三八―八五五五
〒一〇二―八〇七八
発売元―株式会社角川グループパブリッシング
東京都千代田区富士見二―十三―三
電話・営業（〇三）三二三八―八五二一
〒一〇二―八一七七
http://www.kadokawa.co.jp
印刷所―暁印刷　製本所―ＢＢＣ
装幀者―杉浦康平

定価はカバーに明記してあります。

き 9-63　ISBN978-4-04-167365-2　C0195